Am Ende der Leitung

BIG BROTHER AWARDS

Datenschutz ist Menschenrecht

Herausgeber:
quintessenz, Verein zur Wiederherstellung der Bürgerrechte im Informationszeitalter
www.quintessenz.at

Redaktion:
Christian Pree

Lektorat:
Nina Horvath

Cover:
Hans Knöll

Big-Brother-Logo-Design by Rose

Edition quintessenz
quartier21/MQ
Museumsplatz 1
1070 Wien

Originalausgabe 09/2008

Herstellung:
1-2-buch.de

ISBN: 978-3-940445-35-3

Erhältlich beim Buchhändler Ihres Vertrauens oder bei
www.quintessenz.at

Inhalt

Christian Pree

Vorwort

Es gibt viele Definitionen für Science Fiction. Eine davon bezeichnet sie als Literatur über Veränderung. Wir leben in einer Zeit, in der sich aufgrund neuer technologischer Möglichkeiten sowohl unser individuelles Umfeld als auch die Gesellschaft insgesamt permanent ändern. Wir müssen als Einzelpersonen wie auch als Gesellschaft Entwicklungen bewerten, positive Tendenzen fördern und negative möglichst frühzeitig verhindern oder in ihren Auswirkungen auf das Mindestmaß beschränken.

Science Fiction kann dabei helfen, indem heute sichtbare Ansätze weitergedacht und in ihren Konsequenzen in Form von Geschichten sichtbar gemacht werden. Dies gilt auch oder vielleicht sogar besonders im Bereich technisch bedingter gesellschaftlicher Veränderungen. Die Themenkomplexe Datenschutz, Überwachung und Bürgerrechte sind ein zentraler Bestandteil dieses Bereichs, denn jeder Mensch besitzt das Grundrecht auf eine unbeobachtete Privatsphäre.

Die Sicherung dieser Privatsphäre wird im Zeitalter der globalen Kommunikation zur wesentlichen demokratischen Herausforderung. Es ist daher wichtig, öffentlich auf die Gefahren für die Unversehrtheit unserer Daten-Integrität hinzuweisen. Durch deren fortschreitende Verletzung steuert unsere Gesellschaft direkt auf eine lückenlose soziale Kontrolle und kommerzielle Verfügbarkeit aller Individuen zu.

Die Spirale zunehmender staatlicher und privater Überwachung dreht sich immer schneller: Einerseits versuchen Staaten und deren Bürokratien, die durch die Beweglichkeit von Kapital und Informationen um ihre Macht fürchten, unter dem Titel der Verbrechensbekämpfung die Kontrolle über alle Datenflüsse auf ihrem Territorium zu erlangen. Andererseits nimmt die Zahl und wirtschaftliche Bedeutung der Firmen zu, deren Geschäftsgrundlage im wesentlichen oder auch gänzlich ihre Datenbestände sind. Darum versuchen Firmen und Staaten gleichermaßen, sich alle verfügbaren Daten anzueignen, Rücksichten auf die Integrität und die Befindlichkeit von Personen spielen dabei längst keine Rolle mehr.

Die immer weiter zunehmenden technischen Möglichkeiten des Sammelns und Auswertens elektronischer Informationen, gekennzeichnet etwa durch die Stichworte Datamining und Rasterfahndung, verführen immer mehr Organisationen dazu, diese Instrumente global und vernetzt einzusetzen. Dadurch wird auch die Kontrolle des einzelnen erschwert, wer welche Informationen über ihn hat und was mit diesen Informationen gemacht wird. Erst recht gibt es keine Information an den einzelnen, wer welche Schlüsse aus den gesammelten Daten zieht.

Großfirmen verwenden zur Durchleuchtung ihrer Kunden Technologien und Methoden, die noch vor kurzem den Nachrichtendiensten vorbehalten waren. Das Ziel ist „Customer Profiling". Das individuelle Verhalten aller Kunden, ob Konsum oder Kommunikation, wird laufend analysiert, es wird nach Mustern gesucht, die Kunden werden Gruppen zugeordnet, und daraus werden Folgerungen abgeleitet.

Die Konsequenzen aus dieser zunehmenden Datenerfassung aus allen Lebensbereichen müssen nicht zwingend negativ sein. Wenn etwa eine Kreditkartenfirma mit solchen Methoden von sich aus feststellt, dass es sehr unwahrscheinlich ist, dass jemand plötzlich in einem anderen Land 25 Kühlschränke kauft, und von sich aus beim Karteninhaber eine Rückfrage macht anstatt einfach abzubuchen, dann erspart sich der einzelne Kreditkarteninhaber Unannehmlichkeiten. Umgekehrt aber sind die Konsequenzen auch nicht zwingend positiv. Wozu etwa schulische Betragensnoten in Österreich 60 Jahre aufbewahrt werden, ist nicht nachvollziehbar. Dies eröffnet jedenfalls die Möglichkeit, jemand Jugendsünden sein Leben lang vorhalten zu können.

Es sind zwei Kategorien zu unterscheiden: Einerseits Datensammlung per Gesetz, zum Beispiel im Rahmen der Vorratsdatenspeicherung. Andererseits die freiwillige Überlassung von Daten, etwa in Supermärkten mittels Kundenkarten.

Vorratsdatenspeicherung, das klingt fast harmlos. Und es geht ja auch „nur" darum, wer wann mit wem kommuniziert hat: Per Telefon, per Mail, oder bei sonstigen elektronischen Kommunikationsformen. Daraus lässt sich unter anderem das soziale Netz eines Bürgers ermitteln – also etwa wer seine Freunde, Bekannten oder Geschäftspartner sind. Daraus wiederum lassen sich zum Beispiel Rückschlüsse auf seine Interessen oder seine Verdiensthöhe ziehen.

Nun gehört es aber zu den demokratischen Spielregeln, dass Behörden - bis auf genau definierte Ausnahmen (z.B. Strafverfolgung) - nicht in das Privatleben und die persönlichen Lebensumstände Einsicht nehmen dürfen oder sich einzumischen haben. Erst recht gehen diese Informationen sonstige Interessenten wie etwa Firmen nichts an. Wenn diese Daten aber einmal vorliegen, dann steht zu befürchten, dass sie ihren Weg zu Dritten finden werden.

Was haben etwa häufige Telefonate mit dem Arbeitsamt zu bedeuten? Oder mit einem Scheidungsanwalt, mit einer Drogenberatungsstelle, mit der Telefonseelsorge, mit der Schuldnerberatung? Aus solchen Telefonaten oder gar deren Häufung lassen sich schon Schlüsse ziehen – die wiederum stimmen können oder auch nicht.

Kundenkarten können für den einzelnen durchaus Vorteile bieten, üblicherweise bekommt man durch die Verwendung solcher Karten diverse Rabatte oder andere Vergünstigungen. Supermärkte sind gewinnorientierte Unternehmen mit äußerst knapp kalkulierten Gewinnmargen, und haben nichts zu verschenken. Der Vorteil, den das Unternehmen aus der Verwendung von Kundenkarten durch den einzelnen zieht, muss also größer als die

Ersparnis für den Kunden sein. Ein Vorteil für das Unternehmen ist klarerweise die verstärkte Kundenbindung. Ein anderer Vorteil ist aber, dass damit die Kunden aus ihrer Anonymität geholt werden: Plötzlich ist in großen Maßstab sichtbar, wer wann welche Produkte und Produktkombinationen einkauft - und wer sein Kaufverhalten plötzlich ändert.

Was könnte es wohl bedeuten, wenn jemand plötzlich auf Diabetiker-Produkte umsteigt? Was könnte man daraus schließen, wenn jemand plötzlich Babynahrung einkauft?

Bedenklich ist, dass sich erfasste Daten ebenso wie die daraus abgeleiteten Schlüsse der Kontrolle und dem Wissen des Betroffenen entziehen. Vielleicht fallen sie schon am nächsten Tag auf ihn zurück, vielleicht erst nach zehn Jahren – vielleicht auch nie.

Beispiel Schuldnerberatung: Entsprechende Kontakte könnten dazu führen, dass eine Person als „gering kreditwürdig" in einer Datenbank landet. Erst einmal muss das schon zum Zeitpunkt des Kontakts nicht unbedingt stimmen, viel weniger muss es Jahre später stimmen. Doch in der Datenbank steht immer noch die alte Warnung, und diese Person wundert sich, wieso sie von einer Bank keinen Kredit bekommt.

Alle bisher beschriebenen Szenarien sind heute schon möglich oder bereits im Einsatz. Wie sieht es aber in der Zukunft aus? Welche Drohpotentiale, aber auch Chancen, werden sich in den nächsten Jahren zeigen?

Um zu dieser Frage mögliche Antworten zu finden, hat der Verein quintessenz einen Science Fiction-Literatur-Wettbewerb veranstaltet. Die Fragestellung lautete:

Wo geht die Reise hin? In eine Zukunft, in der jeder alles über seine Mitmenschen weiß oder zumindest herausfinden kann, entweder weil jeder ohnehin alles offenlegt, oder auch weil sich niemand den Überwachungsmechanismen entziehen kann? In eine Zukunft, in der jeder seine

Privatsphäre ängstlich hütet, oder in eine Zukunft, in der es keine Privatsphäre mehr gibt? Was fangen Politik und Wirtschaft mit den neuen technischen Möglichkeiten an, und wie wird die Gesellschaft aussehen, in der wir dann alle leben dürfen - oder auch müssen?

Das Ergebnis des Wettbewerbs halten Sie in Händen.

Insgesamt wurden 267 Einsendungen der Jury vorgelegt, aus diesen hat die Jury 27 Beiträge für dieses Buch ausgewählt sowie drei Geschichten bzw. deren Autoren als Preisträger ausgezeichnet:

1. Preis: Florian Bayer, „EWE“
2. Preis: Reinhold Schrappeneder, „Abteilung ÜBLDA“
3. Preis: Uwe Protsch, „Null Punkte“

Der Verein quintessenz gratuliert allen Autoren zu ihren hervorragenden Geschichten und wünscht Ihnen, lieber Leser, gute Unterhaltung und den einen oder anderen nachdenklichen Moment bei der Lektüre dieses Buches,

Wien, September 2008
Christian Pree

Uwe Protsch

Null Punkte

Er freute sich. Endlich mal wieder ein interessanter Fall, eine knifflige Aufgabe, ein vertracktes Rätsel, eben etwas für den Spezialisten. Leichte Schuldgefühle erstickte er gleich im Keim. Eigentlich sollte ein Bundesbeamter jeden Fall gleich objektiv und leidenschaftslos verfolgen, war ja klar. Aber es war doch nicht verboten, bei der Arbeit Freude zu haben! Eine intellektuelle Freude, die aus zwei Quellen gespeist wurde: Der Herausforderung, die Wahrheit hinter der Punktzahl zu ermitteln; und der Möglichkeit, sein Punktesystem weiter zu verfeinern.

Ja, genau, sein System! Er durfte es wohl sein System nennen, obwohl damals ein ganzes Team beteiligt war. Aber er war es gewesen, er hatte die Idee mit den Punkten. Ach, diese Aufbruchstimmung, als der Innenminister den Auftrag erteilte! Wie lange hatten sie darauf warten müssen! Alle möglichen Bedenken wurden vorgebracht, der totale Staat wurde an die Wand gemalt. Dabei war genau das Gegenteil richtig. Nur mit seinem, also gut, mit ihrem Punktesystem war eine unvoreingenommene Beurteilung gewährleistet.

Lange hatten sie in der Dienststelle überlegt, wie man es anstellen sollte. Einerseits wäre es ja blöd, auf die systematische Auswertung der Telefongespräche, Mails und Internetzugriffe zu verzichten. Andererseits, auch wenn es vom Gegner immer wieder angezweifelt wurde, waren sie natürlich alle dem Rechtsstaat und dem Datenschutz verpflichtet. Er ärgerte sich heute noch über die Verleumdungen, mit denen seine Dienststelle überzogen worden war. Aber die ganze Bande von Schreiberlingen begriff halt nicht, dass nur das Punktesystem Objektivität, Nachprüfbarkeit und Anonymität gewährleistete. Weil es nämlich die Bewertung dem Rechner überließ. Dadurch waren Missbrauch und Willkür ausgeschlossen. Und darüber hinaus war es die einzige Möglichkeit, die gigantischen Datenmengen in den Griff zu kriegen.

Mit Wehmut erinnerte er sich an das Klima, das damals in der Arbeitsgruppe herrschte. Es war vielleicht mit einer Gruppe von Kindern vergleichbar, die einen ganzen langen Nachmittag in ein Rollenspiel vertieft sind: „Ich wäre die Prinzessin und Du meine Zofe und Du wärst der Räuberhauptmann und Du wärst..." Jeder hatte seine Rolle: Der Politologe, der erläuterte, welche Strömungen und Bevölkerungsgruppen relevant sind. Der Staatsschützer, der die aktuell gefährlichen Gruppen kannte. Der Psychologe, der aufzeigte, wann jemand zu extremen Verhaltensweisen neigen kann. Staatsanwälte, Datenbankspezialisten, Kriminalisten, Mathematiker, Linguisten, Literaturwissenschaftler. Und er, der die Aufgabe hatte, die Erkenntnisse der Fachleute umzusetzen. Brauchbar umzusetzen, wohlgemerkt.

Als er dann seinem Vorgesetzten die Pilotphase vorschlug, hatte der aufgelacht und an die Stirn getippt.

„Wollen Sie uns alle in den Knast bringen? Wie stellen Sie sich das vor?" Es war der entscheidende Zeitpunkt des ganzen Projekts. Würde die Pilotphase genehmigt werden, dann wäre der Erfolg so gut wie sicher. Aber ohne eine genügend große Datenbasis würde das Team keine Entscheidungshilfen aufstellen können. Eine genügend große Datenbasis bedeutete: Alle Telefongespräche, alle Mails, alle Internetaufenthalte eines jeden Bürgers über einen Zeitraum von sechzehn Tagen.

In diesem Augenblick kam ihm die Idee mit den Punkten. Noch heute, nach all den Jahren richteten sich seine Nackenhaare auf, wenn er daran dachte. Eine Eingebung, genau im richtigen Moment, als alles darauf ankam.

„Wir lassen doch nur die Punkte entscheiden!", entgegnete er mit der Inbrunst desjenigen, der nur einen Schuss hat. „Wer eine bestimmte, objektiv ermittelte Punktzahl überschritten hat, der und nur der wird an den Staatsschutz gemeldet. Nehmen wir ein Beispiel!", improvisierte er drauflos, „Jemand bekommt, äh, sagen wir mal 5 Punkte, weil er im Internet ein Buch über Bakunin bestellt hat. Dann kommen noch einmal 3 Punkte hinzu, weil er in einer Mail das Wort 'sprengen' verwendet hat. Trotzdem wird er nicht gemeldet, weil die Schwelle bei 20 Punkten liegt.“

„Warum wird er nicht gemeldet, wenn er sich für Bakunin und Sprengen interessiert?“ Da wusste er, dass er gewonnen hatte! Sein Vorgesetzter hatte sein Thema bereits akzeptiert und wollte es nur noch verstehen. „Warum er nicht gemeldet wird oder vielmehr nicht gemeldet werden muss? Um genau das herauszufinden, dafür brauchen wir die Pilotphase.“

Es dauerte noch fast drei Monate, bis alle Bedenken innerhalb der Behörde ausgeräumt waren und der Innenminister zustimmte. Und es wurden auch nicht 16, sondern nur 12 Tage bewilligt. Etwaige Erkenntnisse durften selbstverständlich nicht berücksichtigt werden. Inzwischen hatte er sein Team auf das Punktesystem eingeschworen. „Wir finden nur dann Akzeptanz, wenn wir unsere Ergebnisse in eine praktikable Handlungsanweisung umsetzen können.“, predigte er den Spezialisten. Was für die Informatiker und Mathematiker einleuchtend war, bereitete etwa den Staatsanwälten Schwierigkeiten. „Jeder Fall ist anders. Ich glaube nicht, dass man dafür eine allgemeingültige Formel entwickeln kann. Nehmen Sie nur mal den Unterschied zwischen religiösen Fanatikern und militanten anarchistischen Frauengruppen. Wie wollen Sie da ein einheitliches Muster finden?“ Aber da gab es gleich vehementen Widerspruch vom Psychologen. „Ich glaube schon, dass wir da Gemeinsamkeiten finden können. Auf jeden Fall freue ich mich auf die intellektuelle Herausforderung, eine Hypothese zu prüfen.“ Letztlich war es wohl das Bedürfnis, die Arbeit der zurückliegenden Monate zu rechtfertigen, das auch die Zweifler in der Arbeitsgruppe bewog, die Idee des Punktesystems mitzutragen.

Am Punktesystem wurde bis eine Stunde vor Beginn der Datenerhebung gefeilt. War das Interesse für linksradikale Schriftsteller höher zu bewerten als das Zitieren von Koranstellen in Mails? Wenn jemand am Telefon von Zündern sprach: Rechtfertigte das eine hohe Punktzahl? Und die zentrale Frage: Mit wie vielen Punkten war der Schwellwert erreicht? Sie diskutierten leidenschaftlich, schrieen einander an, lachten gemeinsam, tranken so manche Flasche Wein zusammen. Aber sie arbeiteten hart, denn jeder wusste: Sie waren dabei, Geschichte zu schreiben.

Als die Pilotphase begann, war allen Beteiligten klar, dass ihr bis dahin entwickeltes Punktesystem trotz aller Sorgfalt und Diskussionen völlig daneben liegen konnte. Kein Staatsfeind, der auch nur halbwegs bei Verstand war, würde jemals am Telefon oder im Netz seine Ansichten und Pläne offen darlegen. Alles kam darauf an, Kommunikationsmuster zu identifizieren, die jemanden als gefährlich entlarven, obwohl er womöglich gar nichts verdächtig Erscheinendes von sich gibt.

Und es war der Erfolg, der ihnen recht gab und vielleicht sogar das Projekt rettete. Nach Auswertung der Daten von zwölf Tagen, die das elektronische Kommunikationsverhalten aller Bürger lückenlos dokumentierten, gab es siebzehn Personen mit 50 oder mehr Punkten. Auf 50 Punkte hatten sie sich als Schwellwert geeinigt. Natürlich durften sie diese siebzehn nicht melden; doch die Staatsschützer im Team kannten vier von ihnen schon seit langem. Aber was dann alle in der Behörde und vor allem den Innenminister überzeugte, war das Sprengstoffattentat auf die Tagungsstätte des Arbeitgeberverbandes, zu dem sich die *Neuproletarische Gruppe* bekannte. Die beiden Idioten, die keine 48 Stunden später festgenommen wurden, waren ebenfalls in der Menge der siebzehn Gefährder enthalten!

Sechs Volltreffer bei siebzehn Versuchen war nicht schlecht; aber was war mit den anderen elf? Diskrete Ermittlungen des Staatsschutzes führten zu keinen eindeutigen Ergebnissen. Bei sechs Verdächtigen gab es immerhin

Anhaltspunkte, dass sie mehr als einmaligen Kontakt zu gefährlichen Organisationen hatten. Die restlichen fünf erschienen unschuldig. Es gab noch viel Arbeit für das Team, vor allem aber für ihn. Auf keinen Fall durfte ein völlig Unverdächtiger als Gefährder identifiziert werden. Das wäre das Ende ihres Projekts!

Ihm wurde klar, dass das System um eine manuelle Endkontrolle ergänzt werden musste. Ohnehin stellte sich jetzt immer dringlicher die Frage, was man eigentlich mit jemandem anfangen sollte, der vom System als Gefährder ausgemacht wurde, aber bisher für die Behörden ein völlig unbeschriebenes Blatt war. Ihn vom Fleck weg zu verhaften vertrug sich nicht mit rechtsstaatlichen Prinzipien. Dabei wollte man doch gerade die identifizieren, die sich unauffällig verhalten, den Behörden unbekannt und genau deshalb die größte Gefahr sind.

Die Lösung dieses Dilemmas konnte nur darin bestehen, dass bei allen vom System als Gefährder ermittelten Personen die gesamten Kommunikationsdaten manuell ausgewertet würden. Als sie dieses Verfahren auf die siebzehn Verdächtigen anwandten, konnten acht als unverdächtig angesehen werden. Allerdings stellte sich dann heraus, dass unter diesen auch einer der beiden Attentäter war; aber dies erschien als weniger gravierend als die Gefahr der Verdächtigung Unschuldiger.

Jedenfalls wurde die Pilotphase allenthalben als erfolgreich gewertet, und ihr Verfahren sollte zum 1. Januar des nächsten Jahres starten. Die vier Monate bis dahin nutzten sie, um es mit weiteren Echtdaten zu verfeinern. Überhaupt waren sie übereingekommen, das Verfahren permanent weiterzuentwickeln. Alle Informationen über identifizierte Gefährder, vor allem aber über Personen, die nicht identifiziert wurden und trotzdem später als Gefährder auffielen, wurden ausgewertet und in das System eingespeist. Neue Erkenntnisse aus der Kriminologie, der Psychologie und anderen Wissenschaften flossen ebenfalls kontinuierlich ein.

Auf diese Weise wurde das Punktesystem im Laufe der Jahre immer ausgefeilter, aber gleichzeitig in der Handhabung einfacher. Es stellte sich heraus, dass eigentlich jeder Bürger hin und wieder etwas sagte, bestellte oder schrieb, was als verdächtig interpretiert werden konnte. Die Allermeisten waren natürlich völlig harmlos. Aber sie fanden heraus, dass die Identifizierungsquote höher war, wenn möglichst alle verdächtigen Floskeln und Verhaltensweisen mit Punkten belegt wurden.

Schließlich hatten sie ein Schema entwickelt, welches sich als derart zuverlässig erwies, dass man ihm fast blind vertrauen konnte, wenngleich natürlich jeder Verdachtsfall nochmals von Spezialisten genauer untersucht wurde. Es teilte die Bürger in vier Klassen ein. Die *Akut Gefährlichen* waren diejenigen, die in vierzig Tagen mehr als 72 Punkte bekommen hatten. Bei ihnen war sofortiges Eingreifen verlangt. Wer in siebzig Tagen zwischen 46 und 72 Punkten angesammelt hatte, war *Gefährder*. Bei den Gefährdern wurden alle Telefongespräche und Mails nochmals komplett ausgewertet. Die mit 28 bis 45 Punkten in vierzig Tagen waren *Prüffälle*; hier wurde nur der Staatsschutz nach Erkenntnissen gefragt. Alle zwischen 1 und 27 Punkten und damit fast immer mehr als 98 Prozent der Erfassten galten als *Unverdächtig*.

Und dann gab es noch die mit null Punkten. Das waren sehr seltene Fälle, die im Durchschnitt einmal in zwei Monaten auftauchten. Anfangs hatte er ihnen keine Bedeutung beigemessen, sondern als Kuriosa betrachtet. Aber dann, nach einigen Gesprächen mit Staatsschützern, keimte in ihm der Verdacht, dass gerade die mit null Punkten besonders gefährlich sein konnten. In früheren Zeiten, als es noch fallbezogene Telefonüberwachungen gab, hatten die Ermittler festgestellt, dass etliche Zielpersonen ganz bewusst bei ihrer elektronischen Kommunikation nur völlig harmlose Inhalte von sich gaben. Dessen ungeachtet waren sie aber keineswegs das, was ihre Mails und Telefongespräche vorgaukelten! Vielmehr wurde auf andere Weise, etwa durch Observationen, durch Zufall oder auch durch Verrat, offenbar, dass es sich um besonders intelligente beziehungsweise besonders gefährliche Personen handelte.

Er fing dann an, alle mit null Punkten systematisch zu untersuchen. Also alle Gespräche, alle Mails, alle Kontobewegungen, alle Mautdaten und in Einzelfällen noch mehr. Und siehe da: In allen Fällen gab es Verdachtsmomente, und mehrfach konnte er schwere Straftaten verhindern! Als Konsequenz landeten seitdem auf seinem Schreibtisch alle Fälle mit null Punkten in achtzig Tagen; zusätzlich zu den anderen kniffligen Angelegenheiten.

Und jetzt war es wieder so weit. Nur die schwierigsten Fälle wurden ihm zugewiesen, weil er derjenige war, der die meiste Erfahrung hatte. Jeder dieser Fälle war eine intellektuelle Herausforderung, ein Ringen mit dem Unbekannten, der versuchte, sich der Einschätzung zu entziehen. Aber bisher hatte er noch jeden geknackt! Nur einmal war der Gegner schneller. Es war ein siebzehnjähriger Junge, ein rechtsradikaler Einzelgänger, der so gut wie gar nicht kommuniziert hatte - schon das war ja im höchsten Maße verdächtig - und nur ab und zu mit seiner Mutter telefonierte. Keine Spuren waren festzumachen, der Staatsschutz kannte ihn nicht, seine EC-Karte benutzte er fast nur, um Jacken oder Schuhe zu kaufen. Das Einzige, was auffiel, war, dass er in den letzten Wochen etwas mehr Geld abgehoben hatte als vorher.

Der Junge schlug zu, bevor es Gelegenheit gab, Schlüsse zu ziehen. Man fand seine halbverkohlte Leiche im Treppenhaus eines von Türken und Marokkanern bewohnten Altbaus. Wie die Ermittlungen ergaben, hatte er zwanzig Liter Benzin und Brandbeschleuniger gekauft. Offensichtlich hatte er die Geschwindigkeit, mit der sich das Feuer ausbreitete, unterschätzt. Die Bewohner kamen alle mit dem Leben davon; allerdings brachen sich drei von ihnen die Beine, als sie aus dem ersten Stock sprangen. Der rechtsradikale Hintergrund ergab sich aus den Tagebucheintragungen des Jungen, einer einzigen grauenhaften

Sammlung von Hasstiraden. Wahrscheinlich war er der einzige Siebzehnjährige weit und breit, der ein Tagebuch in Papierform führte.

Obwohl der Fall über ein Jahr zurücklag, machte er ihm immer noch zu schaffen. Zwar sagten ihm alle bis hinauf zum Innenminister, dass ihn absolut keine Schuld träfe. Aber wenn er energischer gearbeitet und weniger gezaudert hätte, dann wäre dieser Junge vielleicht rechtzeitig dingfest gemacht worden und würde heute noch leben. Er schwor sich, dass ihm so etwas nie mehr passieren würde.

Der Tod des Jungen war ihm auch Verpflichtung, sich allen schwierigen Fällen mit besonderer Hingabe zu widmen. Gerade die mit null Punkten bewiesen ja, dass man sich nie mit dem ersten Anschein, dem Offensichtlichen und Naheliegenden, zufrieden geben durfte. Nein, es galt, hinter die Fassade zu kommen, die Maske wegzureißen! Mal sehen, um wen es sich diesmal handelte.

Er begann mit den üblichen Behördendaten. Hier kam nichts Spektakuläres zutage. Die Zielperson war 66 Jahre alt und seit zwei Jahren Rentner. Zwei Töchter, drei Enkelkinder, seine (vermutliche) Lebensgefährtin hatte vor drei Jahren die gemeinsame Wohnung verlassen. Die Auswertung der Telefonate ergab ebenfalls nichts Besonderes. Meistens waren es Gespräche mit der ehemaligen Lebensgefährtin, zu der er wohl ein freundschaftliches Verhältnis pflegte, mit seinen Töchtern und mit zwei ehemaligen Arbeitskollegen. Völlig banales Geschwätz mit nahezu ausschließlich privatem Inhalt.

Ähnlich verhielt es sich mit den Mails. Das Aufregendste war noch eine höflich verfasste Beschwerde an die Verkehrsbetriebe, dass ein Schienenersatzverkehr zwar angekündigt, aber nicht durchgeführt worden war. Bei der Überprüfung der Internet-Verbindungsdaten ergab sich, dass die Zielperson sich anscheinend nur für Fußball-Ergebnisse, Wetterberichte und Pauschalreisen interessierte. Sporadisch bestellte er ein oder zwei harmlose Kinder- oder Jugendbücher, vielleicht für die Enkel.

Nun gut, bis hierher war es notwendige Routine gewesen, die zwar oft den einen oder anderen Hinweis gab, aber für einen wirklich intelligenten Gefährder kein Risiko darstellte. Der nächste Schritt waren die Kontobewegungen und die Mautdaten. Er erinnerte sich an den vorletzten Null-Punkte-Fall. Ein älterer Herr, den kein Wässerchen trüben konnte. Nur ein paar Dinge waren merkwürdig: Alle paar Wochen wurde von einer dänischen Bank ein hoher vierstelliger Betrag auf sein Konto überwiesen. Ohne zeitlichen Zusammenhang damit wurden von diesem Konto häufig Beträge zwischen achthundert und tausend Euro in bar abgehoben. Und etwa einmal im Monat fuhr die Zielperson morgens mit dem Auto nach Frankreich und kam abends oder nachts zurück.

Sie hatten die Franzosen um Hilfe gebeten, weil er nicht weiterkam. Es stellte sich heraus, dass die Zielperson immer nach Paris zu fahren schien. Aber warum fuhr jemand nach Paris, nur um dann gleich wieder umzukehren? Man beschloss, die Zielperson bei der nächsten Fahrt zu beschatten. Es stellte sich heraus, dass sie gar nicht in die Hauptstadt hineinfuhr, sondern sich vorher mit einer anderen Person im Restaurant einer Raststätte traf. Diese andere Person war den Franzosen gut bekannt. Ein verbal-militanter Islamist, dem aber außer einigen hasserfüllten Äußerungen nur vorzuwerfen war, dass er manchmal in demselben Café verkehrte wie andere bekannte Islamisten auch.

Bei einer weiteren Fahrt heftete sich der französische Staatsschutz an die Fersen des Islamisten, nachdem der sich mit der Zielperson getroffen hatte. Man folgte ihm zu einem unscheinbaren, typischen Vorort-Bistro, wo er sich einen Tee bestellte und dann geradewegs die Herrentoilette aufsuchte. Nach geraumer Zeit kam er von der Toilette zurück und trank ruhig seinen Tee, um anschließend quer durch Paris nach Hause zu fahren.

In der Herrentoilette gab es eine Tür, die mit dem Schild *Putzraum* versehen war. Spezialisten öffneten heimlich die Tür, ohne sie zu beschädigen. Sie fanden einen kleinen Lagerraum; in den Wandregalen lagen Flugblätter mit islamistischem Inhalt und Kartons mit Banknoten, aber auch Handgranaten, Maschinenpistolen und Munition.

Beim nächsten Treffen an der Raststätte wurden die beiden hochgenommen. Gleichzeitig stürmte eine Spezialeinheit das Bistro und nahm das anwesende Personal fest. Es dauerte ein paar Tage, aber dann brachten die Verhöre den gewünschten Erfolg: Der Erste brach zusammen und packte alles aus. Eine komplette islamistische Zelle konnte eliminiert werden. Und sein Null-Punkte-Typ war einer von dreien, die Gelder aus dem arabischen Raum nach Paris brachten. Damals schickte sogar der französische Innenminister ein Dankschreiben.

Für die Kontobewegungen und die Mautdaten des Rentners brauchte er die Freigabe durch einen Richter. Reine Formsache, aber leider Vorschrift, die seinerzeit von der Opposition durchgesetzt wurde. Er schickte eine Mail mit dem üblichen Inhalt an das zuständige Gericht. Die Antwort sollte in spätestens einer Stunde da sein. Die Zwischenzeit konnte er nutzen, um beim Staatsschutz nachzufragen.

Hier war er auf das Telefon angewiesen; ein automatischer Datenabgleich ließ sich seinerzeit nicht durchsetzen. Damals hatte ihn das geärgert; inzwischen war er ganz froh darüber, Gelegenheit zum Plaudern mit den Kollegen zu finden, die er fast alle schon seit Jahren kannte und von denen ihn manche schon zu Abteilungsfeiern oder Betriebsausflügen eingeladen hatten. Und bei einem Gespräch konnten auch die Zusammenhänge, in denen sich eine Zielperson befand, besser erörtert werden. Vor allem aber erfuhr man Dinge, die zwar bekannt waren, aber in keiner offiziellen Datei jemals dokumentiert wurden.

Diesmal jedoch wurde Fehlanzeige gemeldet. Weder die Zielperson noch irgendjemand aus seinem Verwandten- und Bekanntenkreis waren den Kollegen jemals aufgefallen. Er war darüber nicht verwundert, eher fast erleichtert, dass es nicht so einfach war. Er hatte das Gefühl, dass es noch spannend werden würde.

Da meldete ihm sein Rechner den Eingang einer Mail. Es war die Antwort vom diensthabenden Richter mit dem Freigabecode, der für achtundvierzig Stunden galt. Etwa zehn Minuten später hatte er die Konto- und Mautdaten der letzten neun Monate heruntergeladen. Mit den Mautdaten fing er an und war schon nach kurzer Zeit damit durch. Die Zielperson fuhr etwa zweimal die Woche in die Stadt, in der seine ältere Tochter wohnte. Alle vier Wochen besuchte er anscheinend seine jüngere Tochter; mit Übernachtung, wie er vermutete, denn die Entfernung betrug mehr als dreihundert Kilometer, und es handelte sich immer um eine Hinfahrt und eine Rückfahrt am folgenden Tag.

Darüber hinaus gab es noch vier weitere vom Mautsystem überwachte Fahrten. Drei davon schienen zum Flughafen und am selben Tag wieder zurück nach Hause zu führen. Die vierte Fahrt ging offensichtlich ins bayrische Voralpenland, mit einer Rückfahrt zwei Wochen später. Sah alles nicht außergewöhnlich aus. Vielleicht war bei den Kontobewegungen mehr zu holen.

Die Zielperson zahlte selbst kleinste Beträge mit Karte. Kein Wunder, dass Barabhebungen nur hin und wieder erfolgten; meistens Beträge deutlich unter fünfhundert Euro. An Eingängen waren fast ausschließlich die monatlichen Rentenzahlungen zu verzeichnen. Eine Überweisung an den Gasthof Bergblick passte zeitlich zu der Fahrt nach Bayern. Ansonsten das Übliche: Miete, Strom, Versicherungen, Bekleidung. Kein größerer Betrag, der ungewöhnlich oder nicht plausibel war. Ein erneuter Anruf beim Staatsschutz ergab, dass der Gasthof „Bergblick“ noch nie in irgendeinem Zusammenhang aufgefallen war.

Spielte dieser Mann den braven, unauffälligen Rentner? Immerhin hatte er in den vergangenen neun Monaten sechs Einkäufe in Buchhandlungen getätigt. Das war doch merkwürdig! Warum bestellte er im Netz nur Kinderbücher, kaufte aber weitere Bücher auf althergebrachte Art? Er schickte noch eine Mail an den Richter mit der Bitte, bei den beiden betreffenden Buchhandlungen die Daten abfordern zu dürfen. Eine Antwort würde er heute nicht mehr kriegen, also konnte er genauso gut Feierabend machen.

Seine Frau und sein Sohn freuten sich, dass er verhältnismäßig früh nach Hause kam, aber er war zerstreut. Er bemühte sich redlich, an ihren Gesprächen teilzuhaben, doch seine Gedanken schweiften immer wieder ab. Seine Zielperson gab sich so normal und harmlos, dass es schon eine Provokation war. Was konnte ein Sechsundsechzigjähriger verbergen? Wäre er nur vier Jahre älter, dann wäre er nicht erfasst worden; das System umfasste nur die Daten der über Vierzehn- und unter Siebzigjährigen.

Als er am nächsten Morgen im Büro seinen Rechner startete, war er gereizt, dass die Antwort vom Richter noch nicht vorlag. Ohne zu überlegen, schrieb er eine dritte Mail mit der Bitte um Erlaubnis zur Observation seines Rentners. Kaum hatte er diese abgeschickt, kam die Genehmigung für die Anfrage bei den Buchhandlungen. Sogleich rief er die größere der Beiden an und leitete gleichzeitig die Mail weiter. Nachdem er auch die andere Buchhandlung verständigt hatte, bat er zum vierten Mal in dieser Angelegenheit die Justiz um Erlaubnis. Diesmal ging es um die Fluggastdaten an den Tagen, an denen die Zielperson zum Flughafen gefahren war.

Dann war es Zeit für den wöchentlichen Erfahrungsaustausch mit seiner Arbeitsgruppe. Natürlich wussten alle in seiner Abteilung, dass es wieder einen Null-Punkte-Fall gab, und brannten auf nähere Informationen. Aber ein ungeschriebener Kodex sorgte dafür, dass niemand ihn darauf ansprechen würde, wenn er nicht von selber das Gespräch darauf lenkte. Sollte er das tun? Eigentlich hatte er ja noch nichts herausgefunden. Er beschloss, die Sache nicht zu erwähnen.

Als er in sein Büro zurückkam, lag die Genehmigung zur Observation vor. Er rief beim Staatsschutz an.

„Ja, hm, also muss das wirklich sein? Unsere Observationsteams sind alle voll ausgelastet und schieben Überstunden bergeweise vor sich her. Ich meine, wir helfen Dir ja gern, aber ein Rentner, und dann noch ohne jeden Anhaltspunkt ...? Muss der wirklich den ganzen Tag beschattet werden?“ Ja, es musste sein, und zwar sofort! Er durfte sich nicht vorwerfen oder gar vorwerfen lassen, irgend etwas außer Acht gelassen zu haben.

Kurze Zeit später kamen die Antworten der beiden Buchhandlungen. Die Zielperson hatte zwei Kinderbücher gekauft, ein Kochbuch, einen Bildband über die Alpen, einen Wandkalender mit Aufnahmen aus den Alpen sowie acht Bücher, die sämtlich auf den üblichen Bestsellerlisten zu finden waren. Keines dieser Werke war auch nur in entfernter Weise verdächtig. Wollte der ihn verarschen? Entweder war er besonders gewissenhaft, so wie ein Betrunkener, der tunlichst langsam mit seinem Auto fährt, um nichts falsch zu machen. Oder er war geltungssüchtig und provozierte, um zu zeigen: Ich führe was im Schilde, aber ihr kommt nie darauf, was es ist!

Er fieberte förmlich der Mail entgegen, die ihm die Anfrage beim Flughafen gestattete. Aber erst am frühen Nachmittag war es soweit. Bis er dann die Daten hatte, war es schon fast wieder Feierabend. Trotzdem jagte er sie noch durch ihre Personendatenbank. Zusätzlich gab er noch die Daten aller Verwandten und Bekannten der Zielperson ein.

Nach der Auswertung musste er davon ausgehen, dass der Mann seine ehemalige Lebensgefährtin zum Flughafen gefahren hatte. Diese hatte nämlich an den fraglichen Tagen zweimal nach Mallorca und einmal nach Berlin eingecheckt. Zwar waren an denselben Tagen auch insgesamt elf als verdächtig eingestufte Personen auf dem Flughafen. Aber das waren keine wichtigen Leute, und vor allem gab es keinen Anhaltspunkt, dass diese sich mit seiner Zielperson getroffen haben könnten. Ohnehin lag ein Wert von 11 noch unter dem Durchschnitt der täglich auf dem Flughafen anwesenden Verdächtigen.

Frustriert fuhr er nach Hause. Er musste sich in Geduld fassen und abwarten, was die Observationen brachten. Die letzte Möglichkeit wäre dann noch die geheime Durchsuchung des Rechners. Aber um dafür eine Genehmigung zu bekommen, brauchte es einen dringenden Verdacht, und den konnte er bisher nicht liefern.

Nach einigen Tagen musste er sich eingestehen, dass die Observationen keinen einzigen Anhaltspunkt lieferten. Jeden Abend bekam er den Bericht für die zurückliegenden vierundzwanzig Stunden. Die Zielperson schien tatsächlich ein völlig regelmäßiges und belangloses Leben zu führen. Jeden Morgen nach dem Frühstück ein Spaziergang, Einnahme der Mahlzeiten immer zur selben Zeit, Besuche nur von und bei ihm bereits bekannten Personen. Die Abende wurden meist zuhause verbracht. Einkäufe immer in denselben Geschäften. Ahnte sein Mann, dass er beobachtet wurde?

Die Kollegen vom Staatsschutz gaben ihm zu verstehen, was sie von der Observation hielten. Er hatte seinen Kredit bei ihnen schon reichlich in Anspruch genommen; lange konnte er diese Verschwendung von Personal nicht mehr rechtfertigen. Verdammt, er wusste genau, dass dieser Mann ein Geheimnis hatte! Aber er schien unglaublich raffiniert zu sein. Deshalb würde auch die Analyse seines Rechners wahrscheinlich nichts bringen, selbst wenn sie genehmigt würde. Wer so durchtrieben war, würde auf seinem Computer nichts Verfängliches speichern.

Andererseits: Irgendwo musste er ja schließlich Aufzeichnungen, Propagandamaterial, Waffen oder sonst was ablegen! Der einzige Ort, der dafür in Frage kam, war seine Wohnung. Zumindest hatte die Observation keinen Hinweis geliefert, dass er Orte aufsuchte, an denen man etwas verstecken oder deponieren konnte. Man musste also irgendwie in die Wohnung gelangen.

Für den Staatsschutz war es natürlich Routine, unbemerkt in eine Wohnung einzudringen und sie genauestens zu durchsuchen. Aber dafür brauchte man Zeit, und dieser

Rentner blieb kaum lange genug außer Haus, dass sie so eine Aktion durchführen konnten. Außerdem war es fraglich, ob seine Kumpels ihm noch an den Gesetzen vorbei helfen würden, nachdem er sie durch die Anordnung des Observationseinsatzes derart aufgebracht hatte. Und für eine richterliche Genehmigung galt dasselbe wie für eine Rechneranalyse.

Anders wäre das natürlich bei einer akuten Gefahr. Dann könnte man die Wohnung stürmen lassen und sich die Genehmigung nachträglich besorgen. Langsam und unerbittlich breitete sich ein Gedanke aus und forderte immer nachdrücklicher sein Recht. Ein Kollege vom kriminalwissenschaftlichen Institut hatte ihm einmal gezeigt, wie man Mails fälschen kann. Mails, bei denen man Inhalt, Absender und Empfänger bestimmen konnte und die nicht von echten Mails zu unterscheiden waren. Die illegale Software hatte er noch.

Es dauerte einige Zeit, bis er das Programm auf seinem Rechner gefunden und sich mit den Parametern vertraut gemacht hatte. Dann entwarf er eine Mail. Absender war seine Zielperson, Empfänger ein wegen militanter Aktionen mehrfach vorbestrafter Linksextremist. Der Inhalt würde jeden Spezialisten sofort elektrisieren: „Morgen 8.30 Uhr neue Zusammenkunft. Hbf Flughafen. Vergiss nicht die Unterlagen. Anschließend gemütliches Beisammensein in unserem Café.“

Er zögerte. Was er tat, war weitaus ungesetzlicher als alles, was jemals in seiner Behörde vorgekommen war. Und wenn er sich irrte? Er dachte wieder an den Jungen, den er hätte retten können. Wenn dieser Rentner tatsächlich unschuldig war, dann würde diesem außer der Durchsuchung nichts passieren. Für ihn gäbe es natürlich einen Rüffel, aber bei seinen Verdiensten würde man ihm dieses eine Mal nachsehen. Hatte nicht sein Vorgesetzter mehrfach gesagt, er habe was bei ihm gut? Er schickte die Mail ab.

Minuten später rief er bei der zuständigen Polizeidienststelle an und wies auf die Mail hin, die er bei seinen Recherchen zufällig abgefangen habe. Innerhalb von sechzig Minuten war die Einsatzgruppe bereit. Weitere fünfzehn Minuten später traten sie die Wohnungstür der Zielperson ein.

Die Zielperson erwies sich als resolut und mutig. Sie schlief, als der Einsatz begann und glaubte wohl, es mit Einbrechern zu tun zu haben. Mit einem Kleiderbügel in der Hand kam sie aus dem Schlafzimmer gestürmt, bevor Licht gemacht werden konnte. Die Einsatzgruppe war darauf hingewiesen worden, dass die Zielperson bewaffnet sein könnte. Bevor die Beamten den Kleiderbügel als solchen erkannten, eröffneten sie das Feuer. Zwei Geschosse trafen die Zielperson in den Kopf und töteten sie sofort.

In der Wohnung wurde nichts Verdächtiges gefunden.

Holger Dauer

Der kurze Sommer der Phantasie

Eine Erzählung aus der Zukunft

Ray Bradbury gewidmet – zum 55. Geburtstag seines Romans „Fahrenheit 451"

Sie haben Anastasius verhaftet. Gestern, vor meinen Augen. Ich habe schon lange geahnt, dass so etwas passieren würde. Und auch Anastasius selbst muss sich darüber im Klaren gewesen sein, wie gefährlich sein Treiben war, wie unüberlegt und anmaßend, ja geradezu unverschämt. Mehrmals in den letzten Wochen habe ich ihn auf die schlimmen Folgen aufmerksam gemacht, die sich unweigerlich einstellen würden – eindringlich, beschwörend und zuletzt, wie ich zugeben muss, auch etwas verzweifelt. Jedes Mal war ein verstohlenes, unergründliches Lächeln über sein bärtiges Gesicht gehuscht, immer nur für einen ganz kurzen Moment, und doch lange genug, um zu spüren, dass hier einer mit seinen Ängsten alleine bleiben wollte. Er war nicht fähig, darüber zu sprechen. Dabei hat er sonst über alles Mögliche geredet, pausenlos und bei jeder Gelegenheit – Anastasius, der eloquente Plauderer, der schwatzhafte Räsoneur, der romantische Wortdrechsler. Ja, romantisch! Auch so ein Wort, das ich erst durch ihn kennen gelernt habe. Wie so viele andere auch, die mich meist erst völlig durcheinander gebracht hatten und mir dann doch neue Welten eröffneten. Bevor ich Anastasius getroffen habe, hätte ich nicht im Traum damit gerechnet, dass es noch andere Welten, andere Realitäten gab außer jene, in die ich vor fast achtzehn Jahren hineingeboren wurde. Wie denn auch! Es gab keinen, der sie kannte, oder der den Mut gehabt hätte, sie mir zu zeigen – diese anderen, diese vibrierenden, diese bunt schimmernden, diese schmerzgrellen Anderswelten.

Ich habe mich natürlich immer wieder gefragt, wie er, Anastasius, das eigentlich geschafft hatte: Wir kannten einander erst seit drei Monaten, und doch war es mir schon nach wenigen Tagen, ja, nach wenigen Stunden vorgekommen, als sei er seit frühester Kindheit nicht von meiner Seite gewichen, als sei er schon immer da gewesen, wie die Luft zum Atmen – oder die Gewissheit des Todes.

Das ist jetzt vorbei, seit gestern. Ich werde dieses Bild nie wieder aus meinem Kopf bekommen: Anastasius, wie er das Treppenhaus, das ich gerade betreten wollte, herunterkam – bleich und steif, sein graues, lockiges Haar hing ihm wirr ins Gesicht, sein drahtiger Körper wirkte jetzt eigenartig schmächtig und ausgezehrt, wie bei einem Menschen, der lange Zeit gehungert hatte. Zwei muskulöse Gelbhemden der Sicherheitsbehörde hatten ihn in ihre Mitte genommen, ihn zwischen sich eingeklemmt, als wollten sie ihn zerquetschen. Seine Beine schienen wie metallene Prothesen über die Stufen zu schleifen, seine Arme waren gar nicht zu sehen, weil sie, wie sich zeigen sollte, auf dem Rücken mit elektronischen Handschellen fixiert waren. Die Gelbhemden stutzten, als sie mich bemerkten, starrten dann aber rasch an mir vorbei, interesselos und mit solch ausdruckslosen Gesichtern wie die Sales-Roboter an den Kassen der Supermärkte. Ich wollte etwas sagen, irgendetwas tun, eine Erklärung für diese absurde Szenerie verlangen, die – betrachtete man es nüchtern – so absurd gar nicht war. Aber Anastasius Blick wies mich in die Schranken. Für Sekundenbruchteile hatten seine Augen noch einmal jenes Feuer, jene Leidenschaft, jene mitreißende Urgewalt, die mich die ganze Zeit so in den Bann gezogen hatte. *Du kennst mich nicht*, sagte dieser Blick. *Und du hast mich nie gekannt. Denn nur so wirst du überleben!*

Es klingt so schal und ist doch so wahr: Es zerreißt mir das Herz, wenn ich daran denke! Und wie sollte ich es jemals schaffen, nicht daran zu denken? Und dennoch: Es musste einfach so kommen. Immerhin hat er, Anastasius, ein unverzeihliches Verbrechen begangen: Er hat Romane gelesen!

Anastasius saß auf einer Bank in der Ruhezone der Straße *Unter den Linden*, als ich ihn zum ersten Mal sah. Warum ich an diesem Tag ausgerechnet dort spazieren gegangen bin – ich weiß es nicht mehr. Ich war nur sehr selten unterwegs, und wenn, dann suchte ich stillere Orte auf. Aber manchmal braucht man wohl den Trubel, um zu sich selbst zu kommen. Im Nachhinein kommt es mir fast vor, als hätte mich jene seltsam magische Kraft dorthin gezogen, von der verwirrte Zeitgenossen hinter vorgehaltener Hand behaupteten, sie sei dieser Straße seit Menschengedenken eigen. Seit mehr als vierhundert Jahren, so hieß es, trage sie ihren Namen, man habe sich – aus welch mysteriösen Gründen auch immer – nicht entschließen können, ihn auszutauschen – eine sentimentale Reminiszenz an historisch längst überwundene Phasen, wie viele Kritiker meinten, nutzlos und ineffektiv, nicht mehr als ein peinliches Zeugnis nostalgischer Unvernunft und blinder Realitätsferne. Tatsächlich gab es hier schon lange keine Linden mehr, die Baumsorte war längst ausgestorben, nun flanierte man unter Orangen- und Zitronenbäumen und an den Enden des altehrwürdigen Boulevards hatte man Zypressen, Steineichen und Olivenbäume gepflanzt.

Ja, es war ein passender Rahmen, eine würdige Kulisse für jenen alten Mann, den ich an diesem Tag Ende Juni kennen lernte. Es war ein ganz normaler Sommeranfang, gerade mal vierzig Grad im Schatten, nicht sonderlich warm, eher ein wenig zu kühl, aber wenigstens regnete es nicht mehr, wie all die Wochen zuvor, die Klimageräte in den öffentlichen Gebäuden und Transportmitteln kamen noch mit halber Kraft aus, die zentralen Ozonfilteranlagen hatten kaum etwas zu tun und es schien sogar, als hätte man schon jetzt die Zerstäuberanlagen der Stadt in Betrieb genommen, mit denen normalerweise nur im Hochsommer und im tiefsten Winter feinste Partikel eines serotoninhältigen Pulvers in die Atmosphäre gewirbelt werden, ein Mittel, das – einmal eingeatmet – wirkungsvoll und ohne jede Nebenwirkung zur allgemeinen Gemütsaufhellung und bedingungslosen Daseinsbejahung beitrug, im Volksmund „Glücksstaub“ genannt. Denn es lag ein seliges, selbstvergessenes Lächeln auf den Gesichtern der Metropole. Möglicherweise war das auch der Grund, warum man den alten Mann nicht weiter beachtete, der auf seiner Bank saß und sich in etwas vertieft hatte, das in seinem Schoß ruhte und das ich als ein altertümlich wirkendes Konstrukt aus raschelndem, stark vergilbtem Papier und bunten, abgegriffenen Pappdeckeln identifizieren konnte, nachdem ich mich neben ihn gesetzt hatte. Es gab keinen tieferen Grund dafür, es war einfach der einzig freie Platz weit und breit. Nein, dieser Mann hier schmökerte nicht in einem der üblichen digitalen Pocketbooks. Es war etwas, das man vor langer Zeit benutzt hatte, um Texte zu verbreiten, als Kind hatte ich einmal in einem Museum ein solches Exemplar gesehen, es wurde *Buch* genannt, ganz einfach *Buch*. Ich hatte noch nie das Knistern von Papier gehört. Jetzt drang es an mein Ohr, wie ein Lockruf aus der Vergangenheit, eine unbestimmte Verheißung, ein Versprechen, das in der Ewigkeit eingelöst werden wird – der Alte hatte die Seite umgeblättert.

Merkwürdig, wie schnell sich doch die ersten grauen Schleier über unser Gedächtnis legen! Ich würde mich so gerne an jede Einzelheit erinnern, an jede noch so kleine Geste, an jedes Wort, an jedes Lachen. Ich glaube, das werde ich am meisten vermissen: sein Lachen, sein maßloses, unbändiges Lachen. Damit hatte es im Grunde ja auch begonnen. Der Alte saß neben mir auf der Bank und prustete plötzlich los. Nicht etwa ungebührlich laut, nicht durchdringend, wie er es später gerne tat, wenn wir unter uns waren, das wäre mir peinlich gewesen und ich hätte sicher sofort das Weite gesucht, nein, ich war glücklicherweise der Einzige, der es bemerkte, alle anderen dösten weiter vor sich hin oder ließen gleichgültig ihre Blicke über die Masse der nachmittäglichen Spaziergänger schweifen. Und dann lachte dieser Mensch noch einmal. Und, nach einem erneuten Umblättern, ein drittes Mal. Vielleicht wäre es jetzt an der Zeit gewesen, sich zu entfernen. Aber meine Neugierde hielt mich zurück. Was in aller Welt löste bei meinem Banknachbarn solche Heiterkeit aus? Es hatte zweifellos etwas mit seiner Lektüre zu tun. Aber genau das war so verwunderlich: Die einzig verfügbaren Texte waren jene, die das Informations- und Unterhaltungsministerium täglich via Satellit auf die Handys der Bürger schickte, meist Verlautbarungen der Zentralregierung, Anweisungen für das Abstimmverhalten bei der nächsten Wahl, Sportnachrichten, aktuelle Wetterprognosen oder praktische Ratschläge für Haushalt und Gesundheit, mit denen auch die Pocketbooks bestückt wurden. Noch nie war etwas dabei, das zum Lachen reizte, ganz im Gegenteil. Lachen, zumal in der Öffentlichkeit, war ohnedies verpönt ...

Ob er meine Gedanken lesen konnte? Ganz plötzlich wandte er sich mir zu und sagte: „Bitte, verzeihen Sie mir, wenn ich Sie gestört haben sollte. Es ist sonst nicht meine Art, Gefühle irgendwelcher Art auf solch ... intensive Weise kundzutun.“ Erst jetzt bemerkte ich die kleine, randlose Brille auf seiner Nase. Und die lange, rote Narbe auf der Stirn.

„Nun ja“, korrigierte er sich schmunzelnd, „jedenfalls nicht mehr allzu oft in letzter Zeit. Früher war das anders, glauben Sie mir.“

Er seufzte kurz und zwinkerte mir dann komplizenhaft zu, als wollte er eine gemeinsame Vergangenheit heraufbeschwören.

„Übrigens: Anastasius Willibald Lufft.“ Ich brauchte eine Zeitlang, bis ich begriff, dass er sich vorgestellt hatte.

„Angenehm.“ Unsicher ergriff ich die Hand, die er mir entgegen streckte. Er musste weit über achtzig sein, aber sein Händedruck war der eines jungen Mannes, der noch viel mit seinem Leben vorhat.

„Sagen Sie einfach Anastasius. Das spart viel Zeit.“ Wieder lachte er.

Und diesmal lachte ich mit. Ich bin kein sonderlich

gesprächiger Mensch, keiner, der sich anderen sofort öffnet, sein Innenleben bedingungslos offen legt. Aber hier spürte ich eine Wärme, auf die ich mich verlassen konnte, ein unwillkürliches Einvernehmen, das ich so noch nie erlebt hatte und wahrscheinlich auch nicht mehr erleben werde. Ich plauderte bedenkenlos drauf los, immer mehr und mehr, als sei es das Selbstverständlichste von der Welt, ich nannte meinen Namen, erzählte, wo ich wohnte, was ich mit meiner Freizeit anfing, was meine Freunde taten, dass ich eben die Schule beendet hatte und im Herbst eine Ausbildung in der Verwaltung der Zentralregierung beginnen würde. Es war eine ungewohnte Leichtigkeit in mir und dennoch kam mir aus irgend einem Grund plötzlich alles, was ich von meinem bisherigen Leben zum Besten gab, langweilig, nichtssagend, trostlos vor. Aber Anastasius schaffte es, mir das Gefühl der Einzigartigkeit, der Originalität zu geben, mir die Gewissheit zu schenken, etwas ganz Besonderes aus meinem Dasein machen zu können. So saßen wir zwei, drei Stunden und vielleicht noch länger, die Zeit raste, mir war irgendwann etwas schwindlig geworden, mein Mund wurde trocken und eine tiefe, zufriedene Müdigkeit schlich sich langsam, aber unaufhaltsam ein. Dann hielt ich inne. Ich war leergeredet, völlig außer Atem, als hätte ich einen Langstreckenlauf absolviert, aber das hatte ich ja auch, einen Langstreckenlauf der Seele. Anastasius lächelte immer noch. Um uns herum war es still geworden, wir waren die einzigen, die noch in der Ruhezone saßen. Es dämmerte, ein schwacher Wind zupfte zaghaft an den Zweigen der umstehenden Bäume. Letzte Reste dunkler Wolken hatten sich verflüchtigt. Nur das leise Summen der unzähligen Überwachungskameras war noch zu vernehmen.

„Sie haben ein erfülltes Leben vor sich, da bin ich sicher!“ Er sprach mit gedämpfter Stimme, als fürchtete er, jemanden zu wecken. „Vielleicht hätte ich Sie vor vierzig, fünfzig Jahren darum beneidet. Sie werden ...“ Er zögerte. „Oder darf ich ‚Du’ sagen?“

Ich nickte stumm. Auf einmal wurde mir bewusst, dass ich noch keine Frage an ihn gerichtet hatte. Da schwatzte ich und schwatzte ... Ich schämte mich. Und doch ... Vielleicht hatte ich die ganze Zeit über Angst vor dem, was er mir sagen würde. Trotzdem: Ich wollte meine Unhöflichkeit wieder gutmachen. Eher hilflos brachte ich heraus: „Sind Sie öfter hier?"

„Fast jeden Tag", antwortete er, nun wieder fröhlich. „Ich bin gern in Gesellschaft. Und lese."

„Und was lesen Sie gerade ... wenn ich fragen darf?"

„Selbstverständlich dürfen Sie ... darfst du." Er sah mir unverwandt in die Augen. Dann reichte er mir das Buch, in dem er anfangs geblättert hatte. „Ich lese einen Roman."

Was mag ihn zu einer solchen Offenbarung bewogen haben? Warum hatte er sich mir gegenüber so arglos, so vertrauensselig gezeigt? Ich war ihm völlig unbekannt, ein blutjunger Mann, der noch kaum etwas vom Leben wusste. Er hat es mir nie erzählt. Vielleicht blieb ihm auch einfach nichts anderes übrig, als Vertrauen zu haben, wenn er überhaupt mit jemanden sprechen wollte. Ich hätte ihn anzeigen, ihn verraten können, ja, ich hätte es sogar tun müssen! Fiktionale Literatur, alles bloß Erdachte, Erfundene war verboten! Wer solche Texte besaß, in Umlauf brachte oder gar selbst verfasste, wurde mindestens mit lebenslanger Verbannung in die Zone der Ewigen Kälte bestraft ...

„Natürlich lese ich nicht nur Romane." Anastasius ließ sich wieder vernehmen und seine gute Laune schien sich noch verstärkt zu haben. „Hin und wieder sind auch Erzählungen, Novellen und Autobiografien und manchmal sogar Dramen und Gedichtbände dabei."

„Tatsächlich?" In meinen Ohren klang es wie die Aufzählung sämtlicher Todsünden. Unwillkürlich blickte ich mich um. Er betrachtete mich schmunzelnd. „Keine Sorge, es hört uns keiner. Wir sind allein."

Immerhin schien er sich der Ungeheuerlichkeit seiner Worte bewusst zu sein.

„Aber warum bloß tun Sie das?" Es war eine völlig

berechtigte Frage und doch kam sie mir im selben Moment kindisch und abgrundtief naiv vor. Anastasius schien das nicht weiter zu stören. „Warum ich all diese Dinge lese? Weil die Welt dann bunter wird. Und sei es nur für ein paar Stunden."

Fetzen von Erinnerungen an unzählige Gespräche, an wilde und dennoch freundschaftliche Wortgefechte jagen durch meinen Kopf. Ich hätte sie aufzeichnen, für die Ewigkeit bannen sollen. Ich weiß nicht, wie lange ich mich auf mein Gedächtnis verlassen kann ... Schon am Tag nach unserer ersten Begegnung trafen wir uns wieder. Und Anastasius empfing mich mit einem Satz, der mein Inneres in ein sturmgepeitschtes Meer verwandeln sollte. „Habe Mut, dich deiner Phantasie zu bedienen!"

Seine Augen leuchteten wie das Display meines neuen Telecomputers. „Hier steht es, schwarz auf weiß." Er hielt mir ein kleinformatiges Buch unter die Nase, das schon durch unzählige Hände gegangen sein musste. „Es ist das Werk eines bedeutenden Mannes aus dem achtzehnten Jahrhundert." Und dann noch einmal, wie ein ehrfürchtiger Rezitator: „Habe Mut, dich deiner Phantasie zu bedienen!"

Selbstverständlich war ich verwirrt, ich wusste nicht, was er mir sagen wollte. „Was ... genau ... versteht man denn darunter?"

Anastasius räusperte sich. „Nun, unter Mut versteht man im Allgemeinen die Abwesenheit von Angst. Oder doch zumindest ..."

„Nein, nicht dieses Wort." Ich schüttelte heftig und auch etwas beleidigt den Kopf. „Natürlich weiß ich, was Mut ist. Ich meine ... das andere ... Phana ..."

„Phantasie. Es heißt : Phantasie!"

Das Wort war mir bis dahin nicht bekannt, auch das unlängst überarbeitete Einheitslexikon aus dem Staatsverlag verzeichnete es nicht, wie ich später feststellen konnte, und das war nun wirklich ein untrügliches Zeichen dafür, dass es gar nicht existierte. Oder es hatte einmal existiert, damals, in der Zügellosen Zeit, vor dem Großen Gerechten

Krieg, und es war dann verboten worden.

„Phantasie ist, wenn du dich aufmachst, die grünen Stellen in der trostlosen Öde der Realität zu suchen“, belehrte mich Anastasius. Und er fügte feierlich hinzu: „Wenn du dich mit der Wirklichkeit nicht zufrieden gibst.“

Mit der Wirklichkeit nicht zufrieden geben! Solche Ansichten kamen einem Hochverrat gleich. Als ich einige Tage später beim Mittagessen meinen Vater fragte, ob ihm der Begriff geläufig sei, ließ er vor Schreck seine Gabel ins Gulasch fallen, sodass eine kleine Saucenfontäne in die Höhe schoss, die sich in der nächsten Sekunde platschend aufs weiße Tischtuch ergoss. Mein Vater war schlagartig blass geworden, seine Hände zitterten und er schien aus heiterem Himmel heiser geworden zu sein.

„Schon dein Großvater hat mich vor diesem Wort gewarnt“, stammelte er, „und sein Großvater hat es auch getan. Und sie hatten ihre guten Gründe, glaub’ mir, mein Sohn.“ Meine Mutter starrte nur auf den Saucenfleck und blieb stumm.

„Und welche?“, wagte ich zu fragen. Doch er ließ sich nicht darauf ein und wiederholte nur: „Glaub’ mir, glaub’ mir, mein Sohn.“

Ich glaubte ihm. Warum auch nicht?

„Vertraue den Vätern!“ stand an jeder zweiten elektronischen Plakatwand, die man im Stadtgebiet finden konnte. Welchen Grund sollte ich haben, das in Frage zu stellen, was sich so tief ins Bewusstsein der Menschheit eingeschrieben hatte? Keinen! Gar keinen! Und doch versagte der sonst so verlässliche Automatismus bedingungslosen Glaubens, der eingebläute Mechanismus des unbedingten Bejahens, und es stellte sich etwas ein, was schon häufig zum Unwort des Jahres erklärt wurde: Zweifel.

Meinen Eltern war sicher kein Vorwurf zu machen. Sie sind im Grunde liebe, brave Menschen, inzwischen seit fast zwanzig Jahren verheiratet, mein Vater war damals, wie er zum Hochzeitstag immer wieder eifrig versichert, mit seiner Zuteilung sehr zufrieden gewesen, das Amt für Partnerschaftshygiene und Nachwuchssicherung hatte eine gute Entscheidung getroffen, als sie einst die beiden zusammengeführt und die Eheschließung angeordnet hatte. Das Leben in unserer Familie war zweifellos so verlaufen, wie es in Tausenden anderer Familien auch gelaufen wäre: unauffällig und unspektakulär, man tat, dachte und sagte, was alle anderen auch taten, dachten und sagten. Das wurde erwartet, und Erwartungen waren da, um erfüllt zu werden, auch von den Kindern. Gerade von den Kindern. Ich war fest entschlossen, die Eltern nicht zu enttäuschen, ihr und mein Leben nicht ins Wanken geraten zu lassen. Aber da war Anastasius mit seinen ungeheuerlichen Provokationen. Und seinen merkwürdigen, unverständlichen, subversiven Ansichten. Und da war dieser Saucenfleck auf dem sonst so weißen Tischtuch ...

Nach einer Woche trafen wir uns zum ersten Mal in seiner Wohnung. Es war wie im Traum, wie ein ungeheurer Zeitsprung, als ich die Schwelle überschritt. Rings um die schweren, uralten Eichenmöbel standen meterhohe Regale, die sich unter der Last tausender Bücher bogen.

„Wie bist du nur an sie herangekommen?“ Er hatte mir mittlerweile ebenfalls das „Du“ angeboten. Ich schrie fast. „Es dürfte sie doch gar nicht geben! Schon seit Jahrhunderten nicht mehr!“

Anastasius nickte und sah mich lange an. Dann sagte er:

„Ich kenne das Geheime Lager. Die Deponie des Geistes. Die Büchergruft.“

Er betonte jedes Wort. Ich war sprachlos. Es gab sie also doch! Es war ein steinaltes Gerücht, das sich hartnäckig hielt: Einst, so hieß es, habe die Zentralregierung alle Bücher unwirklichen, verderblichen und lebensfremden Inhalts in einer Nacht- und Nebelaktion aus dem Verkehr gezogen, aus den Bibliotheken, den Buchhandlungen, den Schulen und den Privatwohnungen. Alles sei an einen geheimen Ort verbracht worden, in einen Bunker tief unter der Erde, zu dem nur Wenige Zutritt hätten: die Büchergruft.

„Ich gehörte zur Wachmannschaft", sagte Anastasius leise. „Mehr als dreißig Jahre lang habe ich in unmittelbarer Nähe des Bunkers gelebt, dafür gesorgt, dass ihm keiner zu nahe kam. Keiner. Außer mir selbst. O ja, ich kam ihm nahe! Anfangs habe ich nur in einigen Büchern geblättert, aus Langeweile und Neugierde, aber schon bald fing ich an zu lesen und nach kurzer Zeit verschlang ich ein Werk nach dem anderen. Ich konnte nicht mehr aufhören, es war wie ein Fieber, eine Sucht, und auch heute noch bin ich süchtig."

Er machte eine kleine Pause. Dann fuhr er fort: „Irgendwann habe ich damit begonnen, mir heimlich ein paar Exemplare mit nach Hause zu nehmen. Und ... nun ja ... Es sind dann im Laufe der Zeit ein paar mehr geworden."

„Und das hat keiner jemals bemerkt?"

Anastasius blicke ernst. „Einmal hat man mich lesend vor dem Bunker erwischt. Es gab ziemlichen Ärger." Er fuhr sich mit dem Finger über die breite Narbe auf seiner Stirn. „Man ging schon damals nicht gerade zimperlich mit Menschen um, die in Verdacht standen, notorische Romanleser zu sein. Aber ich will mich nicht beschweren. Ich lebe ja noch. Mehr kann man in diesen Zeiten nicht verlangen."

An diesem Tag saßen wir noch lange auf dem roten, abgewetzten Kanapee im Wohnzimmer von Anastasius. Er hatte Tee gemacht, der Duft von Zimt und Orangenblüten durchzog die Wohnung, und trotzdem wollte sich so etwas wie Gemütlichkeit nicht einstellen. Ich war noch immer schockiert von dem, was Anastasius erzählt hatte. Und das machte mich streitlustig – vielleicht hoffte ich so, meine Angst zu bändigen ...

„Ich verstehe immer noch nicht, warum du dich so in Gefahr begibst, für etwas, das effektiv keinen Nutzen hat."

Er schaute mich an, als müsste er mir das Einmaleins beibringen.

„Mit einem Buch, einer Geschichte, einer Erzählung bereist du ferne Länder und Kontinente, längst vergangene

Epochen und wirfst sogar einen Blick auf kommende Zeiten."

„Was vergangen ist, ist vergangen", entgegnete ich trotzig, „und kommende Zeiten werden so sein, wie die heutigen Zeiten, denn Veränderungen wird es nicht mehr geben, alles, was verändert werden konnte, wurde verändert, und zwar zum Besten der Menschheit."

Anastasius lächelte mitleidig. „Ich glaube, mein junger Freund, du weißt nicht, was du sagst."

Ehe ich mich empören konnte, fuhr er fort, und er wurde dabei lauter und lauter. „Sieh' dir doch deine wohl geformte Menschheit an, die du so forsch verteidigst: Sie besteht aus uniformierten Mitläufern, die ausschließlich in der Gemeinschaft existieren können, weil sie panische Angst davor haben, mit sich selber alleine zu sein. Und warum? Weil man es geschafft hat, unsere Seelen mit unseligen Normen zu verstopfen, unser Blut mit nutzlosen Verordnungen und billigen Binsenweisheiten zu verseuchen. Sie haben Barrikaden aus Banalität und Gleichförmigkeit errichtet und keiner ist bereit, sie umzustürzen. Die Menschen sind in einen stählernen Mantel der Lustlosigkeit gehüllt, Leben ist für die meisten nur als bloße Analogie denkbar, mit der Gleichschaltung der Gefühle, der Suspendierung der Sehnsüchte hat man sich dauerhaft abgefunden und auch damit, dass man am liebsten auch ihre Seelen in Hochsicherheitstrakte einsperren würde, wenn sich dies irgendwie bewerkstelligen ließe. Wer bestimmt unser Leben? Hohlköpfe, deren Intelligenz sich auf genau so dünnem Eis bewegt wie ihr Humor!"

Anastasius hatte sich in Rage geredet, sein Kopf war feuerrot, er schwitzte und es war mehr als offensichtlich, dass er sich nicht mehr bremsen ließ. Ich hatte ihn so noch nicht erlebt.

„Die Menschen sind nur noch Abziehbilder ihrer selbst. Kein Wunder, wenn man ideologisch umsorgt, utopielos und barrierefrei aufwächst! In einer Spaßgesellschaft, berauscht vom Konsum, in der allenfalls noch die Handelskette als Sinnstifter fungiert, Erlös statt Erlösung gefragt ist und Event statt wirkliches Erleben die Losung der Stunde ist, lebt es sich eben einfach und unproblematisch! Was ist das Leben hier, frage ich dich? Nicht mehr als ein austauschbares Provisorium! Die Bankrotterklärung ausgelaugter Individuen!“

Ich brauchte lange, bis mir bewusst wurde, was er da sagte. Ich glaube, der Mann ist so lange unbehelligt herumgelaufen, weil ihn keiner verstanden hat. Hätte man geahnt, was er da eigentlich von sich gab, er wäre als verbaler Bombenleger sofort inhaftiert oder doch zumindest entmündigt und der Obhut eines Fürsorgeheimes für Querulanten und Demenzkranke überantwortet worden.

„Das hört sich alles ziemlich kompliziert an“, sagte ich, weil mir nichts Besseres einfiel.

„Es wird dich vielleicht überraschen, aber das Leben ist nun mal vielschichtig, komplex und unendlich kompliziert. Das eigentliche Leben, meine ich.“

„Was ist denn so verkehrt daran, das Leben einfacher zu gestalten?“

„Weil es dann kein Leben mehr ist, es ist nur noch die Fälschung seiner selbst. Es ist eben beispielsweise nicht einfach, sich in den verschlungenen Windungen der eigenen Innenwelt zurechtzufinden. Denn da rumort es mächtig. Das wird jeder feststellen, der sich die Mühe macht, einmal genau hinzuhören. In sich hineinzuhören. Ganz nebenbei: Was sollen denn die Vorteile deiner so genannten Einfachheit sein?“ Der ironische Unterton war nicht zu überhören.

„Nun, man hat Zeit, sich auf das Wesentliche zu konzentrieren.“

„Und das wäre?“

Ich warf vor Hilflosigkeit die Arme in die Luft. „Romane sind es jedenfalls nicht!“

„Das hat auch keiner behauptet. Aber sie gehören dazu! Man kann sie nicht verbieten. Man kann die Leidenschaft nicht verbieten, die Sehnsucht, den Schrei nach einer helleren Welt. Diejenigen, die damals nicht nur die Romane, sondern die Phantasie selbst verscharren wollten, wussten sehr genau: Bücher sind schlafende Drachen. Erst wenn sie gelesen werden, entfalten sie ihre feuerspeiende Kraft, ihre schöpferische Gewalt. Aber das muss man ertragen können, wenn man die Welt regieren will."

Anastasius hielt inne. Das lange Schweigen, das nun eintrat, tat unglaublich wohl. Es war dunkel geworden, nur ein schwaches, milchiges Mondlicht quetschte sich durch die schmalen Ritzen der Vorhänge. Im Zimmer war es warm. Ich stand auf, ging zum Fenster und öffnete es. Ein paar Augenblicke lang sah ich auf den nächtlichen Verkehr hinunter, der sich grollend am Haus vorbeischob. In meinem Rücken spürte ich Anastasius' Blicke.

„Was würdest du sagen, wenn ich dich bitten würde, mir ein Buch zu leihen?"

Erst jetzt drehte ich mich wieder um.

Er lächelte. „Dann, mein Freund, sage ich: Du bist auf dem richtigen Weg. Auf dem Weg zu dir selbst."

Sie haben Anastasius verhaftet. Gestern, vor meinen Augen. Ich weiß, dass ich ihn nie wieder sehen werde. Und ich weiß auch, dass er trotzdem bleiben wird, in mir, in meinen Gedanken. Ich habe jetzt Hunderte von Romanen gelesen, ich habe schallend gelacht und bitterlich geweint, ich habe geschwitzt, gehungert, gefroren und unsagbare Schmerzen ertragen, ich habe die Wolllust erlebt und die Trauer an unzähligen Gräbern, ich habe süßen und sauren Wein geschmeckt und Austern und Trüffel und verschimmeltes Brot, ich habe die Pest und die Cholera überstanden, ich habe Gebirge überquert, Wüsten durchwandert, Meere durchsegelt, Klippen umschifft, ich habe Kriege entfacht und Landschaften zerstört, ich habe Felder gepflügt und Trauben geerntet, ich habe Brunnen vergiftet und aus vergifteten Brunnen getrunken, Frauenkörper erforscht und meinen Körper erforschen lassen, Kinder – meine Kinder – lachen und weinen sehen, ich habe mit Göttern gerungen, sie angebetet und doch wieder verflucht, ich habe mich selbst zum Gott erklärt und wenig später den kalten Stahl eines Messers in meinem Leib gespürt, ich habe im Rausch mich selbst erblickt und mich in der kalten Nüchternheit verloren.

Und dann ist mir klar geworden: Ich lebe in jener Zukunft, vor der die Dichter vergangener Jahrhunderte gewarnt haben. Ich bin Teil jener Welt, die eigentlich nicht sein sollte und die trotzdem – oder gerade deswegen – vorgibt, die einzig richtige zu sein. Ich habe mich von vielem verabschiedet, was ich nie zu hinterfragen gewagt hätte. Etwa dass die Weltgeschichte, der Fortschritt, unaufhaltsam voranschreitet. Aber was sich hier wie eine unendliche Gerade gebiert, ist in Wirklichkeit ein Kreis. Denn ich kenne jetzt die Zukunft. Sie hat schon längst begonnen. Sie hat immer schon begonnen. Vielleicht halluziniere ich auch nur, wer weiß. Aber eines habe ich aus alledem gelernt: Es gibt keine Wahrheiten. Es wird sie nie geben. Und ich glaube, das ist gut so.

Björn Schubert

Der Protokolleur

Den ganzen Tag über saß der Protokolleur auf dem Schrank in meinem Wohnzimmer. Es war sein letzter Tag bei mir, was ich in diesem Augenblick noch nicht wusste. Ich fragte mich, weshalb er diesen staubigen und zudem unbequemen Sitzplatz gewählt hatte. Seinen Oberkörper hielt er eingeknickt, um nicht mit dem Kopf an die Zimmerdecke zu stoßen, seine Beine hingen hilflos vor den Schranktüren hinab, ohne Aussicht, sie zur Entspannung bewegen zu können. Trotz der unglücklichen Haltung fand er auch dort noch die rechte Stellung zum Schreiben. Mit ungelenk eingeknickter Hand und einer Schreibunterlage, die er wackelig auf den Knien balancierte. Darauf ein Stapel mit behördlichen Bögen, die immer wieder zu entgleiten drohten, doch nie entwichen und von Stunde zu Stunde mit mehr und mehr Sätzen gefüllt wurden. Unablässig protokollierte er, hielt bloß kurz inne, wenn er den Kopf hob, um mich zu beobachten. Doch oft schrieb er auch dann noch fort, geradlinig, wie ich schon manches Mal beobachten konnte, als habe er den Blick bei der schreibenden Hand. Ich fragte den Protokolleur nicht, weshalb er an diesem Tag den erhöhten Beobachtungsposten eingenommen hatte. Bereits in den ersten Wochen seiner Arbeit hatte ich gelernt, dass man selten Anwort von ihm erhielt und kam es einmal dazu, dann fiel sie in einer unwirschen Fachsimpelei aus, die kurz angebunden war und unverständlich blieb und einem das Gefühl versetzte, man hätte nicht fragen sollen, da es einem später zum Nachteil werden könnte. So sagte ich mir, dies wäre ein Prozedere, welches vorgeschrieben ist. Eventuell diente es dazu alle nur erdenklichen Sichtweisen auf mein Leben mit einzubeziehen, einen Gesamtüberblick zu erhalten, von dem höchstmöglichen Punkt aus, wie es der Schrank in meinem Wohnzimmer war. Bis dahin nahm er auf herkömmlichen

Sitzgelegenheiten Platz. Mal auf einem Küchenhocker, einem Sessel, dem Stuhl im Schlafzimmer oder der Bettkante, auf dem Rand der Badewanne oder dem Klosettdeckel. Je nachdem, wo ich mich befand und was ich tat. Natürlich vertrat er sich auch die Beine. Er streifte durch die Wohnung, tat hier mal einen Blick in eine Schublade, dort mal in einen Schrank, sah in meine Fotoalben und blätterte meine Papiere durch. Er schrieb im Stehen, lehnend an der Wand oder hingehockt, mitten auf dem Teppich. Wenn ich die Wohnung verließ, blieb er dicht bei mir oder ging neben mir her oder folgte in geringem Abstand um unvermittelt wieder dicht neben mir aufzutauchen oder mir über die Schulter zu sehen. Mit der Zeit gewöhnte ich mich an seine natürlich werdende Gegenwart. Mir war bald kaum mehr bewusst, dass da ein fremder Mensch in meiner Wohnung war und mein Leben wie ein Schatten begleitete. Und noch weniger nahm ich die Tatsache wahr, dass er mich studierte. Ich erinnere nur eine Situation, in der das Unbewusste seiner Anwesenheit einem Unbehagen wich. Eines Vormittags las ich ein Buch. Es war völlig still und nach einer Weile schob sich aus einem hintergründig beruhigenden Ton ein stumpfes Kritzeln hervor. Der Ton wurde beunruhigend, ließ mich die Konzentration auf das Gelesene verlieren und trat vollends als ein störendes Krakeln in mein Bewusstsein. Ein absurder Klang der Protokollierung eines lesenden Menschen, der ich mich nun Buchseite für Buchseite fragte, was der emsige Mann gerade aufschrieb. Ich fragte mich, gedanklich fern von meinem Buch, ob der Protokolleur, in starre Zeitabstände geordnet, wieder und wieder festhielt, dass ich gerade las oder ob er, einem Dossier gleich, alle bisher ausgewerteten Informationen über mich in einem umfassenden Bericht zusammenstellte und somit die Zeit nutzte, in der ich lesend dasaß und es mich nicht zu beobachten galt, um ausführlich darüber zu schreiben. Zu dokumentieren wie etwa meine Orientierung war, wie ich dachte, wie es aussah in meiner Seele, in meiner Wohnung, in allen meinen Schachteln. Auch an diesem Tag war ich drauf und dran nachzufragen, wie es sich denn wirklich verhielt, wie es sein konnte, dass es so viel zu notieren gab über so wenig Geschehnisse, doch da hatte ich bereits gelernt, es zu unterlassen. Ich nahm einfach das Wahrscheinlichste an, somit hatte es sich. Seitdem ließ ich ständig Musik laufen, stets seicht im Hintergrund, Hauptsache, sie übertraf den irritierenden Ton des kritzelnden Stiftes. Um Gedanken daran zu verhindern und die Anwesenheit des Protokolleurs schlussendlich ignorieren zu können.

An dem Tag, den er auf meinem Wohnzimmerschrank verbrachte, saß ich über einigen Papieren, die ich durchsah. Als ich zum Ende kam schaute ich hinauf zum Protokolleur. Sein dürrer Anblick erinnerte mich daran, dass er noch nicht zum Essen gekommen war. Er trug stets eine blecherne Brotdose in seiner Tasche mit, die er sonst zur Mittagszeit unauffällig leermuffelte. Wobei er mich stets beobachtete oder mit einer freien Hand Notizen machte oder alles drei zur gleichen Zeit. Es war schon später Nachmittag, seine Tasche aber lehnte unangetastet an einer Wand, unerreichbar aus seiner Position, die er ungebrochen innehielt. Nach einem schnellen Entschluss kam ich mit einigen belegten Broten aus der Küche, ging auf ihn zu und blieb direkt vor seinen Schuhspitzen stehen. Den Teller streckte ich empor, seinen Blick konnte ich dabei nicht erhaschen, sein Gesicht blieb mir aus dieser Position verborgen. Nichts geschah. Mein Arm wurde schwer, meine Hand begann zu wackeln. Ich überlegte, etwas zu sagen. Ich senkte den Kopf, der Arm begann zu schwanken, ich besah seine polierten Schuhe. Ich überlegte, den Teller wieder hinabzunehmen und zurück in die Küche zu bringen, mich wieder an meine Arbeit zu setzen und somit die ganze Situation rückgängig zu machen. Aber ich sah es nicht ein. Schließlich erhoffte ich mir keinerlei Vorteil aus meinem Handeln und wollte einfach nur freundlich sein. Indem ich mich auf die Zehenspitzen stellte, verlieh ich meiner

Entschiedenheit Nachdruck. Doch es geschah weiterhin nichts. Der Arm wurde schwächer, er begann einzusacken. Da spürte ich einen erleichternden Ruck und der Teller war mir abgenommen. Nach einem Schritt nach hinten konnte ich ihm endlich in die Augen sehen. Sie sagten nichts, er schaute regungslos, dann begann er zu essen. Meine Konzentration war fort, ich setzte mich und nahm eine Zeitung zur Hand, ich überflog sie, war jedoch aufgewühlt, wollte ganz und gar nicht lesen, wollte am liebsten diesen Protokolleur vom Schrank zerren, ihm ordentlich eine verpassen und dann mal schauen, ob er dann immer noch so gelassen reagieren würde. Ob er nicht dann einmal eine Regung zeigen würde. Natürlich untersagte ich mir desgleichen, natürlich war so etwas keine Lösung. Ganz im Gegenteil, es konnte das eigentliche Problem werden. Irgendwann schreckte ich aus meiner wütenden Phantasie auf, aus einer tiefen, verworrenen Gedankenwelt, als der Protokolleur vor mir stand, staubig am Anzug, wo er sich nicht abklopfen konnte, mit schmalen Schultern und Lippen und durchgestrecktem Kreuz. Er reichte mir zwei Bögen Papier in den Sessel hinab. Ich nahm sie und bekam einen Kugelschreiber vorgehalten. Er bat mich auf je einem Bogen, unten am Kreuz auf der gestrichelten Linie, zu unterzeichnen. Eine Ausfertigung sei für mich, eine für ihn. Der Vorgang wäre soweit abgeschlossen, sagte er, es sei vorerst nicht damit zu rechnen, dass ich von ihnen Nachricht erhalten werde. Nach einer abgehackten Drehung ging er zwei stramme Schritte zu seiner Tasche, hob sie auf wie einen Stein, klemmte sie unter einen Arm und ging hinaus. Den Durchschlag heftete ich bei meinen Dokumenten ab und den Protokolleur sah ich seitdem nie wieder.

Mirko Swatoch

Lauschangriff

Ihn hat belauscht
und sich berauscht
der Informant –
bleibt unerkannt.

Der hat gesagt,
er hätt geklagt
gegen den Staat,
was er nicht tat.

Das Telefon
hört ab man schon
ohne Distanz
mit einer Wanz.

Man observiert
ganz ungeniert
vom Nachbarhaus
das ganze Haus.

Und jeden Schritt
gehn sie gleich mit;
in ihrer Hand
lebt er auf Band.

Für Sicherheit
ist höchste Zeit;
sie ist das Maß!
Der Mensch – aus Glas.

Katja Häuser

Kontrollierte Ahnungslosigkeit

Als Sam Clarke aufwachte, war er von Dunkelheit umgeben.

Erst nach einer kurzen Weile stellten sich seine Augen auf das schwache Mondlicht ein, das von draußen durch das Fenster fiel.

Und er konnte dennoch kaum etwas erkennen.

Soweit er zurückdenken konnte, war er es gewohnt, ständig Helligkeit um sich herum zu haben. Jetzt versetzte ihn diese nie gekannte Situation in totale Hilflosigkeit.

Das musste ein Stromausfall sein, so unglaublich das auch klingen mochte! Und nicht nur sein Wohnkomplex schien betroffen zu sein, sondern das gesamte Gebäude. Er konnte nur hoffen, dass die übrigen Bewohner sich ebenfalls zur Nachtruhe begeben hatten, denn ihre Verwirrung würde zweifelsohne ebenso groß sein wie seine.

Er stand auf und tastete sich vorsichtig bis zum Fenster vor und warf einen Blick hinaus.

Da war nichts.

Keine der üblichen Videobotschaften, die ständig über die Glasfronten der Gebäude flimmerten, waren zu sehen. Die Riesenbildschirme, auf denen ununterbrochen Nachrichten aus aller Welt ausgestrahlt wurden, waren erloschen. Nirgendwo auch nur ein einziger Lichtschein. Wenn er sich vorbeugte, konnte er sogar die Sterne sehen.

Und da fiel ihm auch diese Stille auf. Es war sehr unheimlich, keine Stimmen zu hören und keine Bewegungen mehr aus den Augenwinkeln wahrzunehmen. Er war mit seinen Gedanken allein, und ihm wurde schnell klar, dass er nicht allzu lange mit diesem ständig arbeitenden Gehirn in seinem Kopf alleine sein wollte. Früher hatten sich die Menschen ins Bett gelegt, das Licht ausgemacht und waren einfach eingeschlafen. Es war für ihn unvorstellbar, ohne die ständig laufenden Informationskanäle auf seinen Flachbildschirmen einzuschlafen.

Er war nicht weit davon entfernt, in Panik auszubrechen. Was war mit den Lebenserhaltungssystemen? Waren sie mit einem Notstromaggregat ausgerüstet? Dachte zu dieser Zeit überhaupt noch jemand an so etwas?

In der Küche war plötzlich ein Scheppern zu hören. Er drehte sich um und blinzelte in die Dunkelheit.

„Nelson, bist du das?"

Ein dumpfes Surren erklang aus dem Nebenraum. „Ja, Sir. Es ist aber nichts passiert - hoffe ich mal."

Sam sah die grünen LED-Augen seines Haushaltsroboters aufleuchten, als dieser versuchte, in das Schlafzimmer zu fahren. Seine interne Energiequelle machte ihn unabhängig vom Stromkreislauf, aber ein Nachtsichtgerät hatte er dennoch nicht eingebaut.

„Bleib besser, wo du bist, Nelson! Ich weiß nicht, wie lange dieser Zustand noch anhält."

Er warf erneut einen Blick hinaus, und es brauchte seine Zeit, bis er diesen seltsamen Schimmer wahrnahm, dort draußen, weitab vom Zentrum. Da, wo sich die Slums befinden mussten. Einer jener Orte, in denen diejenigen lebten, die nicht das Glück hatten, zu den so genannten Privilegierten dieser Gesellschaft zu gehören. Sie hatten, abgesehen von Energie, keinerlei Zugang zu dem, was unsere heutige Zivilisation ausmacht - die Information. Mit beidem war Sam wie selbstverständlich aufgewachsen, und es war für ihn vollkommen unbegreiflich, dass es in der heutigen Zeit immer noch Menschen gab, die unter derart erbärmlichen Bedingungen leben mussten.

Aber sie schienen Licht zu haben.

Sams Augen gewöhnten sich immer mehr an die Dunkelheit, und so fiel ihm auf, dass die Lichtquelle nicht von einem Feuer stammen konnte.

Ihm entging nicht die Ironie an dieser ganzen Situation. Dort hinten wohnten Menschen, die nicht an das herkömmliche Energie- und Informationsnetz angeschlossen waren und dennoch Licht zu haben schienen, und er konnte sich noch nicht einmal in seiner eigenen Wohnung bewegen, ohne irgendwo gegenzurennen, geschweige denn, aus ihr herauszukommen.

Ohne Vorwarnung kam die Energie zurück, und Sams Augen wurden schmerzhaft von unzähligen Lichtreizen getroffen. Es dauerte nicht lange, bis sämtliche Systeme wieder hochfuhren und das übliche Stimmengewirr und Bildflackern wieder zur Stelle war, ganz so, als wäre nie etwas geschehen.

Sam öffnete seine Augen und sah, wie Nelson mit atemberaubender Geschwindigkeit zur nächsten Steckdose raste und die Gelegenheit dazu nutzte, sich eine Ladung Update-Software aus dem Internet herunterzuladen. Jede Menge unnötige Dateien, die er für Sams Bedürfnisse nicht brauchte, und die wieder zu löschen Stunden in Anspruch nehmen würde. Bezahlen durfte Sam sie trotzdem.

Er musste daran denken, dass es Zeiten gegeben hatte, in denen das Internet nur über einen so genannten Telefonanschluss zugänglich gewesen war. Das hatte sich aber mit dem Aufkommen der Mobiltelefone rasch geändert. Bald nannte fast jeder sogar zwei dieser Apparate sein Eigen, und die Festnetzbetreiber bekamen es mit der Angst zu tun. So griffen sie die Idee auf, das Internet über das Stromnetz verfügbar zu machen - denn eine Steckdose hatte jeder im Haus.

Und deshalb hatte Sam jetzt den Ärger mit einem netsüchtigen Roboter, der es nicht lassen konnte, sich ständig in den Stromkreislauf einzuklinken!

Als zuständiger Sicherheitsbeauftragter seines Gebäudekomplexes lief Sam sofort zu seinem Computerbildschirm und überprüfte mit Hilfe des Touchscreens, ob alles wieder reibungslos lief. Bald darauf nickte er zufrieden.

Er begann sich anzuziehen und warf Nelson einen wütenden Blick zu.

„Ich warne dich! Wenn du wieder Stunden da drin bleibst, lasse ich dir deine Fortbewegungsrollen abmontieren, ist das klar?“

„Ja, Sir! Ihr Befehl, Sir!“

Waren diese Modelle alle so vorlaut, oder hatte ausgerechnet er das Sonderangebot erwischt?

Sam ging zur Wohnungstür und stellte sich unter den Scanner. Er funktionierte ebenfalls wieder, denn er erfasste den Bio-Chip, der in Sams rechten Oberarm implantiert war und begann mit der Identifikation.

Den Beginn des Bio-Chip Zeitalters betrachteten Sams Zeitgenossen als wahren Segen für die Menschheit. Durch die auf ihnen gespeicherten Daten waren nicht nur Ausweise und Reisepässe überflüssig geworden. Sie funkten auch regelmäßig medizinische Daten an eine Datenbank. Bei einer negativen Veränderung des Gesundheitszustandes wurde sofort der betreffende Arzt oder eine Med-Einheit alarmiert. Krankheiten und Unfälle, zu denen es in früheren Zeiten gekommen war, weil die Menschen nicht auf warnende Signale ihres Körpers gehört hatten, wurde rechtzeitig vorgebeugt.

Die Tür ging auf und schloss sich automatisch wieder, als Sam den Flur betrat. Er machte sich auf den Weg zum Fahrstuhl. Er musste rasch zum Basiscomputer dieses Gebäudes, um eventuell aufgetretene Schäden zu überprüfen. Das hätte er zwar auch über sein eigenes System machen können, aber da er auch noch einige andere Sache zu kontrollieren hatte, war ihm dieser Weg lieber.

Er verließ den Aufzug auf der Etage, die direkt an der Verbindungsbrücke zum nächsten Gebäudekomplex grenzte. Er warf einen Blick hinaus und stellte beruhigt fest, dass die Züge zwischen den Gebäudekomplexen planmäßig hin- und herfuhren.

Er wollte sich gerade umdrehen, als ihm eine beunruhigende Spiegelung im Fenster auffiel.

Sie kamen wie üblich in Scharen auf ihn zu, und er hatte keine Chance, ihnen zu entkommen. Die PROMS, mobile Übertragungseinheiten, die schon lange die früheren Reporter ersetzt hatten, kannten keine Hindernisse und keine Gnade. Sofort umschwirrten sie ihn und hetzten stakkatoartig ihre Fragen auf Sam.

„Mr. Clark, was halten Sie von dem Stromausfall? So etwas hat es schließlich seit fünfzig Jahren nicht mehr gegeben!"

Sam musste grinsen. „Tja, da sehen Sie es. Vor fünfzig Jahren schwamm ich noch in einem Reagenzglas herum!"

Hatte er wirklich geglaubt, dass sie sich damit zufrieden geben würden?

„Aber Mr.Clark! Sie als Sicherheitsbeauftragter müssten doch …"

Sam hob genervt die Hand. „Ich bin gerade auf dem Weg zum Hauptcomputer. Fragen Sie mich besser aus, wenn ich mit dessen Überprüfung fertig bin."

Er ging weiter, aber diese kleinen Nervensägen schwirrten energisch hinter ihm her.

„Mr.Clark, es hieß doch immer, dass der Quantengenerator niemals ausfallen könne. Wie erklären Sie sich dann diesen Vorfall? Vor allem, da ja anscheinend all die anderen Generatoren ebenfalls ausgefallen sind."

Sam blieb stehen. „Sie sind was?"

Zugegeben, das war eine sehr dumme Reaktion von ihm, aber er hatte wirklich angenommen, dass sich das Problem nur auf seinen Gebäudekomplex beschränkte. Diese Tatsache änderte nun einiges. Er wandte sich einer dieser sirrenden Übertragungseinheiten zu, was ein hoffnungsloses Unterfangen war, da sie ständig die Plätze tauschten, um einem noch besser auf den Geist gehen zu können!

„Sie können sich sicher sein, dass ich alles Menschenmögliche tun werde, um herauszufinden, was hier geschehen ist."

Damit ging er schnellen Schrittes weiter. Aber in dem Moment, in dem er in der Hauptcomputer-Zelle verschwinden wollte, hörte er noch den ätzenden Kommentar von einem der PROMS.

„Ja, Mr.Clark, alles Menschenmögliche. Vielleicht liegt darin der Fehler ...!"

Er verkniff sich eine Antwort, biss sich auf die Lippen und trat in die Zelle ein.

Die Überprüfung des Hauptcomputers ergab keine Auffälligkeiten. Niemand hatte sich an ihm zu schaffen gemacht, und es waren auch keine Viren eingeschleust worden. Da dieser Computer nur für die Versorgung diese Gebäudes zuständig war, erfolgte dessen Versorgung mit aktueller Software nur auf manuelle Weise, was stets von Sam überwacht wurde. Somit war er nicht ans Internet angeschlossen und konnte demzufolge auch nicht mit illegaler Software infiziert werden.

Aber er überwachte den Quantengenerator, und der war wiederum mit sämtlichen existierenden Generatoren in diesem Quadranten verbunden. Konnte auf diese Weise vielleicht ...?

Es gab nur einen, der Sam in dieser Sache wirklich weiterhelfen konnte. Er ging zum Monitor an der gegenüberliegenden Wand und wandte sich an dessen Computer.

„Verbinde mich bitte mit Professor Jim Warren, Leiter der zentralen Forschungseinheit dieses Quadranten."

Er hörte ein leises Klicken, was bedeutete, dass eine Verbindung zustande kam.

Der Bildschirm blieb jedoch schwarz. Sam runzelte die Stirn und wollte sich schon wieder an den Computer wenden, als mit einem Mal das wutentbrannte Gesicht seines Onkels auf dem Schirm auftauchte.

„Was zum ...? Sam! Verdammt, was soll das? Warum zum Teufel benutzt alle Welt dieses verfluchte Bildtelefon, wenn ich meine Ruhe haben will? Weshalb will jeder meine Meinung hören, wenn ich gerade auf dem Klo hocke!?!"

Sam musste grinsen. „Vielleicht, weil du einer der genialsten Wissenschaftler unserer Zeit bist, Jim?"

Sein Onkel zog die Augenbrauen zusammen und brummte irgendetwas Unverständliches.

„Lass mich raten, Sam. Du willst wissen, was ich von diesem mysteriösen Stromausfall halte, nicht wahr?"

„Exakt, gut geraten."

„Gut, dann komm vorbei. Ich bin zurzeit in Sektor 7 beschäftigt."

Der Bildschirm wurde prompt wieder schwarz. Sams Onkel hatte gesagt, was zu sagen war und die Verbindung ohne Vorwarnung unterbrochen.

Er ging noch einmal zum Hauptcomputer und sah sich die Daten sämtlicher Bewohner an. Es hatte so gut wie keine Verletzten gegeben, und die wenigen, die leider betroffen waren, hatten unmittelbar nach dem Ende des Stromausfalls Hilfe bekommen. Ihre Bio-Chips hatten sofort nach der Analyse ihrer gesundheitlichen Werte eine Med-Einheit zu Hilfe rufen können. Das System lief also wieder einwandfrei, also konnte Sam sich beruhigt auf den Weg zu seinem Onkel machen.

Um den mit Sicherheit noch immer auf ihn lauernden PROMS zu entgehen, nahm er vorsichtshalber den Notausgang, der durch einen schmalen Korridor direkt zur Parkanlage dieser Etage führte. Er wollte schon die Abkürzung über die Rasenfläche nehmen, hielt sich dann aber doch zurück. Es machte keinen guten Eindruck, wenn ein ranghoher Sicherheitsbeauftragter von den Überwachungskameras dabei gefilmt wurde, wie er die hiesigen Grünanlagen pflügte.

Auf der anderen Seite angekommen, ging Sam schnell zur Haltestation der Shuttle-Bahn, die ihn in den Süden des Quadranten bringen sollte, wo sich das Forschungszentrum befand.

An der Endstation angekommen, musste er erst einen Scan über sich ergehen lassen, bevor er eines der Shuttle betreten durfte, das ihn direkt ans Ziel bringen sollte. Am Eingang des Forschungszentrums stieg er aus und wurde an der Eingangstür erneut gescannt. Ein Roboter (die angenehme Ausgabe der fiesen PROMS) empfing ihn in der Eingangshalle.

„Es freut mich, Sie hier anzutreffen, Mr.Clark. Ich nehme an, dass Sie zu Ihrem Onkel wollen?"

„Ja, ganz recht, Einheit 17."

„Dann folgen Sie mir bitte."

Er schwebte Sam voran bis zu einer dieser entsetzlichen Röhren-Transporter, die jeweils eine Person entweder vertikal oder horizontal zu jeder Etage dieses Gebäudes bringen konnten.

Sam hasste diese Dinger wegen ihrer Enge, die durch das Fehlen von Fenstern noch verschlimmert wurde. Widerwillig zwängte er sich hinein und lenkte sich mit dem Gedanken ab, dass diese Dinger wenigstens sehr schnell waren.

Es dauerte auch nur ein paar Sekunden, bis er in Sektor 7 ankam. Dort empfing ihn der nächste Roboter, diesmal Einheit 38.

„Folgen Sie mir bitte, Mr.Clark, es sind nur ein paar Schritte."

Und selbst dafür hätten manche noch gerne ein Transportmittel gehabt, dachte Sam höhnisch.

Es war schlimm, wie bewegungsfaul die Menschen geworden waren. Sie wohnten, arbeiteten und verbrachten ihre Freizeit in ein und demselben Gebäudekomplex. Sie fuhren höchstens mal mit der Shuttle-Bahn von einem Standort zum nächsten.

Einheit 38 führte Sam zu einer großen Schiebetür, an deren Seite sich ein Terminal befand, in dem der Roboter einen Code eingab. Die Tür ging auf und Sam betrat ein Labor, das so riesig war wie eine Messehalle. In der Mitte führte eine Metallbrücke über einen sicher zwanzig Meter tiefen Abgrund hinweg. Er betrat die Brücke und schaute hinunter.

Viel war nicht zu erkennen, außer Nebelschwaden, die sich um große, runde Behälter rankten.

„Ich würde es dir nicht raten, dich noch weiter vorzubeugen, Sam", rief sein Onkel, der anderen Seite auf ihn zukam.

Er wirkte wie ein lebendiger Anachronismus mit seinen langen, wirren Haaren und der Brille auf der Nase. Er war der Einzige, den Sam kannte, der noch eine trug, und er hatte sich mit Händen und Füßen gewehrt, seine Augen lasern zu lassen. Aufgrund seines Genies ließ man ihm so einiges durchgehen. Auch der Implantation eines Bio-Chips hatte er sich heftig erwehrt. Dieser Eingriff war zwar immer noch freiwillig, erschwerte das Leben aber für die Nichtträger . Sie mussten selbst entscheiden, wann es an der Zeit war, einen Arzt aufzusuchen, und überall, wo der Bio-Chip quasi als Ausweis galt, mussten sie einen Augenscan über sich ergehen lassen.

„Was hast du da unten in den Behältern?", fragte Sam. „Das sieht ja gruselig aus."

„Da drin ist nichts!", keifte Jim und machte wieder kehrt.

„Nichts?", rief Sam.

Er sah Jim erstaunt nach. „Du besitzt nichts? Wie günstig wirkt sich das auf die Steuer aus?"

Sei Onkel blieb kurz stehen, fuchtelte genervt mit den Armen herum und setzte seinen Weg fort. „Willst du mit mir hier über nichts diskutieren, oder nimmt unser Gespräch irgendwann doch noch intellektuelle Züge an?"

„Du weißt, warum ich hier bin", rief Sam und folgte ihm. „Kannst du dir diesen Stromausfall erklären?"

„Glaub mir, du bist nicht der Einzige, der mich heute damit nervt. Und dann muss ich auch noch überprüfen, ob keines unserer Projekte hier Schaden genommen hat!"

„Vielleicht liegt es daran, dass die Quantengeneratoren alle miteinander verbunden sind?", setzte Sam nach.

Jim blieb abrupt stehen und drehte sich zu ihm um. „Meinst du, da hätte ich nicht auch schon dran gedacht? Aber zu diesem Zweck müsste sie jemand von außen manipuliert haben. Und hast du bei deinem Sicherheitscheck irgendetwas dergleichen feststellen können?"

Sam schüttelte verneinend den Kopf.

„Siehst du? Und da dank der Bio-Chips nur du und von dir autorisierte Personen an den Hauptcomputer und den Quantengenerator herandürfen ..."

„Ja, aber ..."

„Nichts aber!", rief Jim wütend.

Er fasste sich gestresst an die Stirn und sah Sam entschuldigend an. „Ehrlich gesagt, Sam, bin ich vollkommen ratlos. Wenn ein oder zwei Geräte ausfallen, weil sie nicht rechtzeitig erneuert wurden, ist das normal, aber alle gleichzeitig? Einfach alles? Selbst unsere unabhängigen Quantengeneratoren? Es ist mir einfach unerklärlich ..."

Dieses Geständnis erschütterte Sam dann doch etwas. Jim klopfte ihm auf die Schulter und sagte: „Es tut mir leid, ich hätte dich nicht herkommen lassen dürfen. Sobald diese Hektik hier etwas nachgelassen hat, werden meine kleinen grauen Zellen sicher wieder so funktionieren wie gewohnt. Ich melde mich, wenn ich etwas Wichtiges herausfinde. Mach es gut."

Damit drehte er sich um und machte sich auf den Weg zum nächsten Ausgang.

Genauso schlau wie vorher begab Sam sich auf den Heimweg. Er hatte schon befürchtet, dass ihn die Leute, die mit ihm in der Shuttle-Bahn fuhren, aufgrund seiner Sicherheitsuniform auf das Stromproblem ansprechen würden, aber dem war nicht so.

Sie saßen da und beschäftigten sich mit ihren faltbaren Taschencomputern und sahen sich auf ihren VR-Brillen irgendwelche Programme an. Manche von ihnen gingen wohl auch dem unerlaubten Nebenjob nach, eine Arbeiterdrohne auf dem Mars virtuell in Teilzeit zu steuern.

Aber es war nicht Sams Aufgabe, sie daran zu hindern. Das seltsame Verhalten seines Onkels beschäftigte ihn zu sehr. Jim war ein stets hilfsbereiter, technisch versierter und erklärungsfreudiger Mensch, aber heute hatte er ihn nicht wiedererkannt. Entweder wusste er wirklich keine Erklärung für dieses Problem, oder die ganze Sache war schlimmer, als Sam annahm.

Und er nahm grundsätzlich immer das Schlimmste an.

Als er in seiner Wohnung ankam, sah er gerade noch, wie Nelson von der Stromleiste wegfuhr und so tat, als wäre nichts geschehen. Sam wollte ihn gerade wieder einmal maßregeln, als ihm etwas einfiel.

Nicht nur Nelson, sondern alle Roboter seiner Bauweise hingen, sobald sich die Gelegenheit ergab, an der Steckdose. Und es gab sie in jeder Wohnung. Wenn sie nun durch ihre ständige Gier nach Information das Stromnetz blockiert hatten? Aber nein, sie taten dies nun schon seit so vielen Jahren, und noch nie war etwas passiert.

Oder hatte etwa die Roboter etwas sabotiert?

Aber warum sollten sie ihren liebsten Zeitvertreib lahm legen?

„Nelson, du hängst doch ständig im Internet herum. Was für Gerüchte kursieren dort über den Stromausfall?"

„In dem Internet, das Sie als Informationsquelle nutzen, wird wohl kaum etwas darüber zu finden sein."

„Wie meinst du das? Was soll das heißen?"

„Es gibt noch ein so genanntes Sub-Netz, in dem man auch die Informationen finden kann, an denen Sie und der größte Teil Ihrer Artgenossen kein Interesse haben. Ihr Internet ist nur dazu da, Ihnen das zu vermitteln, was Sie wissen wollen. Oder was Sie wissen sollen."

Sam starrte seinen Roboter entgeistert an. Dessen LED-Augen wechselten die Farbe, wobei er den Kopf etwas schräg zur Seite legte. Der Roboter seufzte leicht dramatisch.

„Es wird vermutet, dass der Stromausfall durch starke Sonnenwinde verursacht wurde", meinte er schließlich.

„Sonnenwinde? Du meinst das Zeug, das auf das Magnetfeld der Erde trifft?"

Nelson nickte zustimmend.

„Aber das kann nicht sein!", rief Sam voller Überzeugung. „Sonnenstürme gibt es immer wieder, und während meiner bisherigen Lebensphase haben sie noch nie etwas ausgelöst."

Nelson ging noch einmal seine gespeicherten Daten durch. „Das wird aber diskutiert, Sir. Einige Wissenschaftler haben extreme Sonneneruptionen beobachtet. Und die Partikel, die das Magnetfeld der Erde durchdringen, schädigen nicht nur sämtliche elektrisch betriebenen Geräte, sondern auch die Magnetfelder im Innern der Quantengeneratoren."

Sam schüttelte den Kopf. „Und das soll mein Onkel nicht wissen? Nein, es muss eine andere Erklärung geben."

Er ging zum Fenster und sah hinaus. Überall flimmerten wieder die Videobotschaften auf den verglasten Gebäudefronten, wurden wieder Nachrichten und die unvermeidlichen Werbespots verbreitet. Ganz so, als wäre nie etwas geschehen ...

Sein Blick wanderte zu dem Ort, an dem er während des Stromausfalls dieses seltsame Licht gesehen hatte. Er hatte diesen Vorfall völlig verdrängt, aber jetzt fiel er ihm wieder ein. Und ihm wurde klar, dass er der Sache auf den Grund gehen musste.

„Nelson, wie komme ich in den Osten des Quadranten, zu den Slums?"

Nelson ließ ein erschrecktes Gurgeln vernehmen. „Sir, Sie wollen doch nicht allen Ernstes dorthin, oder etwa doch?"

Sam drehte sich zu ihm um. „Ich muss, Nelson. Während des Stromausfalls habe ich dort Licht gesehen, und es war kein Feuer. Irgendetwas stimmt da nicht."

„Sie werden mit der Shuttle-Bahn wohl nur bis zur Endstation im Osten kommen. Von dort aus werden Sie zu Fuß weitergehen müssen. Und denken Sie dran, dass Ihr Bio-Chip das Verlassen des Quadranten registrieren wird."

„Ja, Nelson, das ist mir bewusst, sehr sogar."

Sam hätte nie gedacht, dass es so einfach sein würde, die Verbundenheit der Gebäudekomplexe zu verlassen. An der Endstation im Osten stieg er aus der Shuttle-Bahn und fand nach langer Suche einen Notausgang, dessen System seinen Bio-Chip kurz scannte und ihn dann passieren ließ. In dem kleinen Korridor, den er dann betrat, befand sich aber kein Aufzug, sondern nur eine einfache Treppe. Und die musste er runterlaufen - und der Weg war sehr lang.

Unten angekommen passierte Sam die nächste Sicherheitsschranke und stand bald darauf draußen in freier Natur auf festem Erdboden. Er hatte sich noch niemals hier herausgewagt, und alles, was er sah, war eine öde, staubige Landschaft.

„Mr.Clark, was machen Sie hier?“

Sam fuhr zusammen. Er hörte ein leises Surren und sah vor sich einen der PROMS auftauchen. Was sollte er jetzt tun? Was sollte er antworten?

Er beschloss, es mit der Wahrheit zu versuchen. „Letzte Nacht habe ich während des kurzen Stromausfalls dort hinten einen Lichtschein wahrgenommen, und jetzt will ich der Sache nachgehen. Vielleicht habe ich es mir auch nur eingebildet.“

Der PROM schien nachzudenken. „Das klingt interessant! Darf ich Sie begleiten?“

Auch das noch!

Sam rang sich ein Lächeln ab. „Aber natürlich, warum nicht?“

Er setzte seinen Weg fort, während der PROM um ihn herumsirrte.

Die Abenddämmerung hatte bereits eingesetzt, aber Sam konnte dennoch in einiger Entfernung die Umrisse einer Siedlung ausmachen.

Er ging darauf zu und erkannte, dass es sich um eine dieser Vorstadtsiedlungen handelte, die es früher in Massen gegeben hatte. An der Straße, die an einer Reihe von kleinen, betagten Häusern entlang führte, standen alte Fahrzeuge, die damals mit einem Treibstoff namens Benzin betrieben worden waren. Er sah keine Ruinen und zerlumpte Gestalten, wie es in all den Berichten und Erzählungen immer hieß.

Plötzlich gingen die Lichter der alten Straßenlampen an, und er starrte verwundert auf die Quelle des Lichtscheins, den er während des Stromausfalls gesehen hatte.

„Es war also doch keine Einbildung, wie mir scheint“, sagte der PROM nüchtern. „Ich werde mich mal ein wenig umsehen.“

Er schwirrte davon, ohne eine Antwort von Sam abzuwarten.

Einer der Bewohner, dessen Alter Sam nicht einschätzen konnte, kam zielstrebig auf ihn zu.

„Interessant, was?“, stellte dieser fest.

Sam konnte nur nicken. Es war offensichtlich, dass er nicht hierhin gehörte, und er wusste nicht, wie er sich jetzt verhalten sollte.

„Keine Angst, wir werden dir schon nicht den Kopf abreißen. Denkst du, du bist der Einzige, der seinen Elfenbeinturm verlässt, um hierhin zu kommen?“

Der Mann fand seine Feststellung offenbar sehr witzig, denn er lachte kurz auf. Er klopfte Sam auf den Rücken und wies auf die Straßenlampe vor ihnen.

„Dies und die übrige Energie in unseren Häusern verdanken wir der Erfindung eines Mannes, der sich schon lange Gedanken darüber macht, wie das Leben einmal weitergehen soll, wenn eure ganze Maschinerie einmal ausfällt.“

Sam sah ihn fragend an. „Und wer soll das sein?“

„Das bin dann wohl ich, Sam.“

Er erstarrte. Die Stimme war ihm nur allzu vertraut. Er drehte sich um und sah seinen Onkel über die Straße auf sich zukommen.

„Ich bin schon öfters hier gewesen, als du dir vorstellen kannst“, sagte Jim und blieb vor Sam stehen. „Es interessiert niemanden, wenn man die Slums zu seinem *Sozialprojekt* erklärt. Aber es war die einzige Möglichkeit für mich, einige von mir entwickelte Ideen zu testen, die im Forschungslabor noch nicht einmal ausgesprochen werden dürfen ...“

„Wie hast du das gemacht?“, unterbrach Sam ihn. „Wieso gibt es hier Strom? Kommt der von irgendeinem alten Kraftwerk, eines dieser alten Dreckschleudern?“

Jim schüttelte den Kopf. „Nein, nein. Das ist eine Erfindung von mir. Ich werde es dir irgendwann genauer erklären. Jetzt sind andere Dinge wichtig. Es betrifft den

Stromausfall."

Sam funkelte ihn wütend an. „Du weißt, was ihn verursacht hat, oder? Oder warst du es sogar, um dieser Welt zu zeigen, wie erbärmlich sie dran ist mit ihrem technischen Fortschritt?"

Jim zuckte entsetzt zusammen. „Du meinst, ich bin insgeheim ein Technikfeind? Du liebe Güte, nein! Es gibt ein paar Dinge, die ich übertrieben finde, aber ich habe nichts am Fortschritt der Menschheit auszusetzen. Es gibt nur einige Dinge, die mir sehr missfallen."

„Das heißt?"

„Lass mich dir etwas erzählen. Anfang dieses Jahrhunderts fanden Forscher heraus, warum Hyänen-Babys ihre Geschwister töten. Es liegt an den hohen Dosen männlicher Hormone, die ihnen von ihrer Mutter weitergegeben werden. Und das macht sie so aggressiv. Was unsere heutigen Wissenschaftler auf die Idee brachte, Bio-Chips zu entwickeln, die unter anderem den Hormonhaushalt des Menschen beeinflussen können. Was ich damit sagen will, ist, dass über die Bio-Chips das Verhalten der Menschen nicht nur kontrolliert, sondern auch beeinflusst wird."

Sam schüttelte entsetzt den Kopf. „Was für einen Unsinn erzählst du mir da? Davon müsste ich doch etwas wissen!"

„Du meinst damit das Internet? Ich hoffe doch inständig, dass dich dein vorlauter Roboter inzwischen darüber aufgeklärt hat."

Sam schwieg, Das alles wurde langsam zu viel für ihn. Aber sein Onkel dachte nicht daran, ihn zu schonen.

„Unsere Gesellschaft ist mittlerweile sehr, sehr passiv geworden. Der Staat kontrolliert uns bis in den kleinsten Winkel unseres Lebens, aber die Menschen sehen das als etwas Positives an. Es gibt nur noch wenige, die dem sehr kritisch gegenüberstehen, aber es sind zu wenige, als dass sich der Staat darüber Gedanken machen würde."

Jim seufzte. Er wartete einen Moment und begann dann

weiterzureden.

„Genauso verhält es sich mit unserer Energie. Wir verlassen uns mittlerweile nur noch auf die Quantengeneratoren. Sie sind absolut sicher, keinen Zweifel, aber wir haben nichts für den Notfall. Weißt du, dass der Stromausfall nur zehn Minuten gedauert hat, in den Med-Zentralen aber das Chaos ausgebrochen ist, weil viele der Maschinen nicht mehr funktionierten? Früher gab es noch Geräte, die in einem solchen Fall einspringen konnten, aber …"

„Worauf willst du hinaus, Jim?", fiel Sam ihm wieder ins Wort.

„Also gut, Berechnungen von mir haben ergeben, dass uns eine der größten Sonneneruptionen der Menschheitsgeschichte bevorsteht. Ein Ausläufer davon hat auch unseren kürzlichen Stromausfall verursacht."

Sam musste an Nelson denken. Hatte er also doch recht gehabt!

„Das Fatale ist nur, dass sich unser Magnetfeld gerade umpolt", erzählte Jim weiter. „Das, in Verbindung mit der zu erwartenden Stärke der Sonnenstürme, kann sehr gefährlich werden. Und glaube ja nicht, ich hätte nicht versucht, die zuständigen Behörden zu warnen. Aber es wird leider angenommen, dass unsere Elektronik robust genug ist. Es kommt jetzt alles darauf an, wie sich unser Magnetfeld und das des Sonnensturmes verhalten werden. Sind sie entgegengerichtet, könnten sie sich miteinander verbinden, und wir wären geliefert. Andererseits besteht die Möglichkeit, dass sie sich abstoßen, und dann geht alles an uns vorbei."

„Und wie stehen unsere Chancen?", fragte Sam mit einer düsteren Vorahnung.

Jim zuckte mit den Schultern. „Du willst es wirklich wissen? Fifty-fifty, würde ich sagen."

Sam hatte sich nie für einen Helden gehalten.

Auch das, was er nach dem folgenreichen Gespräch mit seinem Onkel vollbrachte, sah er nicht als eine Heldentat an.

Mit der Hilfe von Jim, Nelson und dessen Roboterkollegen gelang es ihm, die Quantengeneratoren rechtzeitig vor dem fatalen Sonnensturm abzuschalten. Sie funktionierten kurz darauf wieder einwandfrei.

Er stellte auch sämtliche Informationen über die Ereignisse ins allgemeine Internet. Nur ob die Menschen sich auch dafür interessierten, das stand auf einem anderen Blatt.

Er vermochte auch nicht abzuschätzen, inwieweit seine Handlungen Konsequenzen für ihn haben mochten.

Vielleicht war sich der Staat der Passivität seiner Bürger so sicher, dass er es nicht für notwendig hielt, sich darum zu kümmern. Wie überzeugt die Machthaber von ihrem ausgeklügelten System waren, zeigte allein schon die Tatsache, dass Sam dazu in der Lage gewesen war, die Quantengeneratoren zu manipulieren. Sie rechneten einfach nicht damit, dass auch nur jemand auf die Idee kommen könnte, Handlungen wie diese auszuführen.

Er ließ sich von Nelson den Weg ins Sub-Netz zeigen und gelangte an Informationen, die sein gesamtes Weltbild erschütterten. Was Jim über die Bio-Chips erzählt hatte, entsprach der Wahrheit. Der menschliche Organismus war durch sie im höchsten Maße beeinflussbar, und die Aufenthaltsorte ihrer Träger waren ständig überprüfbar. Was die Menschen gerade unternahmen, konnte anhand von öffentlichen Videokameras, den PROMS und den in jedem Haushalt üblichen Webcams verfolgt werden. Offiziell war dieses System dazu installiert worden, um die Sicherheit der Bürger zu gewährleisten.

Aber inoffiziell …

Die Menschen kannten keine Privatsphäre mehr, Datenschutz war ein Relikt aus der Vergangenheit, und das Recht auf freie Informationen war durch das Vorgaukeln eines freien Internets schachmatt gesetzt worden.

Das Schlimme war nur, dass die Menschen all dies als einen *positiven* Überwachungsstaat wahrnahmen!

Sam sah nie etwas von den Aufnahmen, die der PROM

von der Siedlung gemacht hatte, in der er Jim angetroffen hatte. Was aus dem PROM geworden war, konnte er sich vorstellen.

Wann würde man ihn mithilfe des Bio-Chips aus dem Verkehr ziehen?

Er konnte nachts nicht mehr schlafen, ohne das Licht und die Flachbildschirme anzulassen, auf denen jetzt für ihn gänzlich unbrauchbare Informationen gesendet wurden.

Denn wenn sein Gehirn nicht unaufhörlich mit irgendwelchen Reizen aus der Medienwelt bombardiert wurde, fing es an, sich seine eigenen Gedanken zu machen.

Und damit wollte er nicht allein sein …

Reinhold Schrappeneder

Abteilung ÜBLDA

„Meine Damen und Herren – im Namen aller Mitarbeiter unserer Abteilung möchte ich Sie herzlich begrüßen und Sie aufrichtig willkommen heißen.

Ich kann Ihnen versichern, dass es sich dabei keineswegs um eine bloße Höflichkeitsformel handelt: Die jüngste Erweiterung unseres Aufgabenbereichs hat eine rasche Aufstockung der Mitarbeiterzahl zu einer unabdingbaren Notwendigkeit gemacht.

Ich kann durchaus verstehen, dass dem einen oder der anderen von Ihnen nicht ganz wohl in der Haut ist bei dem Gedanken, aus dem stillen Teich der Theorie gefischt und derart übergangslos in die wildbewegten Meeresfluten der Praxis geschleudert zu werden. Und ich möchte Ihnen auch gar nicht verhehlen, dass Ihre Arbeit nicht leicht sein wird und den bedingungslosen Einsatz der ganzen Person erfordert. – Gut, Sie haben eine wohlfundierte und intensive Ausbildung an einem unserer Spezialinstitute genossen, in deren Verlauf Sie die grundlegenden Kenntnisse und Fähigkeiten erworben haben, die zur Ausübung Ihrer Tätigkeit nötig sein werden; und Sie waren die Besten Ihres Jahrgangs. Aber Sie müssen sich stets vor Augen halten: Die Theorie verhält sich zur Praxis wie das Samenkorn zum Getreide, wie die Knolle zur Orchidee. Viele Fertigkeiten, die erst in Ihnen keimen, werden Sie noch zur Entfaltung bringen müssen – und zwar innerhalb kürzester Zeit, im Treibhausklima unserer Abteilung gewissermaßen. Denn Ihre Ausbildung ist zwar durchaus grundlegender, aber eben doch recht allgemeiner Natur; und die Abteilung, der Sie zugewiesen wurden, ist eine ganz besondere Abteilung. Ihr neuer Tätigkeitsbereich wird Sie vor Aufgaben stellen, zu deren Bewältigung neben viel Einfühlungsvermögen und Fingerspitzengefühl auch ganz besondere Fertigkeiten erforderlich sind. Eine davon – und gewiss nicht die unbedeutendste – besteht darin, mit literarischen Texten umgehen zu können.

Ja, Sie haben richtig gehört: Die Analyse und Bewertung literarischer Texte wird einen nicht unwesentlichen Teil Ihrer Betätigung ausmachen. Und um Ihnen diesen Aspekt Ihrer zukünftigen Tätigkeit und zugleich das volle Ausmaß seiner Bedeutung eindringlich vor Augen zu führen, werde ich Ihnen jetzt eine Geschichte vorlesen, die meines Erachtens ausgezeichnet geeignet ist, diesen Zweck zu erfüllen wie auch etwaige Unklarheiten zu beseitigen, die aufgrund der strikten Geheimhaltung von Funktion und Arbeitsweise unserer Abteilung selbst bei Ihnen noch bestehen mögen.

Es handelt sich dabei um dieses vor mir liegende Manuskript, in dessen Besitz wir erst kürzlich gelangt sind. – Die Geschichte heißt:

GESCHICHTENERZÄHLERGESCHICHTE

Eine Geschichte, deren einer, wenn auch nicht lebendigster und anschaulichster, so doch literaturtheoretisch höchst aufschlussreicher Teil in literarisch interessierten Kreisen oft und gern diskutierte Fragen wie: Ist es heute noch möglich, einfach eine Geschichte zu erzählen? Ist es heutzutage noch möglich, eine einfache Geschichte zu erzählen? und: Ist es in Zeiten wie diesen überhaupt noch möglich, eine Geschichte einfach zu erzählen? sowie: Ist die Metapher tot? nebst etlichen anderen erzähltechnischen Elferfragen insofern und in dem Maße beantwortet, wie die Geschichte (und übrigens auch ihr Protagonist – doch davon später) schnell voranschreitet, was sie – wie Sie, der aufmerksame Leser dieser Zeilen, vielleicht schon bemerkt haben, spätestens aber in der nächsten Zeile bemerken werden

– längst tut, da, wie leicht ersichtlich ist, dieser Untertitel eigentlich schon zur Geschichte gehört, deren Einleitung oder Exposition laut Adam Riese dann als abgeschlossen zu betrachten ist, wenn – Moment ..., nein ... – wer war das doch gleich? Na ja, egal. Jedenfalls dann als abgeschlossen zu betrachten ist, wenn der Handlungsfaden fest im Erzählschiffchen verankert ist und dem Geschichtenweben nichts mehr im Wege steht. – Wohlan denn:

Ich habe also, wie schon oben angedeutet, für meine Geschichte einen Protagonisten erfunden, der –

Aber halt! Mir scheint doch, ich habe einen nicht unwesentlichen Punkt außer acht gelassen: die Frage meiner Identität. „Ich", „meine Geschichte": Wer ist denn „ich"? werden Sie fragen, – und recht haben Sie, wenn Sie das tun – wer ist denn dieses „Ich", das uns da mit einer Geschichte kommen will, überhaupt?

Ich kann nicht gerade behaupten, dass es mir sehr angenehm ist, dass Sie diese Frage stellen. Ja ich muss gestehen, sie bringt mich sogar einigermaßen in Verlegenheit. Aber immerhin: Sie haben ein Recht darauf. Wer sonst.

Also die Sache ist die: Es gibt mich nämlich nicht. Ich existiere überhaupt nicht. Nicht im eigentlichen Sinn. Nicht im handfesten fleisch- und blutigen Sinn. Mehr im übertragenen, bildlich-sprachlichen. Sie zweifeln an der Fundiertheit einer solchen erzähltechnischen Daseinsweise? Das bleibt Ihnen unbenommen. Auch ich habe da so meine Zweifel. Und eine gesunde Portion Skepsis kann nie schaden. Aber andererseits möchte ich doch darauf hinweisen, was schon der alte G. zu bedenken gab: „Es gibt mehr Dinge zwischen Himmel und Erde, als sich unsere ..." etc., etc.

Und immerhin: Ich kommuniziere mit Ihnen, oder? Ich kann Ihnen etwas erzählen. Eine Geschichte zum Beispiel.

Darf ich mich also vorstellen: Ich bin der Erzähler. Gut, ich bin nur erfunden, aber – die Geschichte habe *ich* erfunden, und wenn Ihnen mein Erfinder zehnmal etwas anderes erzählt. Basta. Und wenn schon nicht alles, so doch die Grundidee und wesentliche Teile der Handlung, um nicht zu sagen *die* wesentlichen, ganz zu schweigen von den Ausschmückungen, Einschüben und Abschweifungen. Und ohne meine stilistischen Korrekturen wäre er sowieso aufgeschmissen. Im Vertrauen gesagt: Seine diesbezügliche Inkompetenz schreit zum Himmel.

Wer mein Erfinder ist? Wie er heißt? Was er macht, wenn er nicht gerade zusammen mit mir eine Geschichte schreibt? Um der Wahrheit die Ehre zu geben: Keine Ahnung. Da müssen Sie ihn schon selber fragen. So eng unsere Zusammenarbeit in beruflicher Hinsicht auch ist – privat geht jeder seiner eigenen Wege. Und das ist gut so. Es könnten sonst zu große Abhängigkeiten entstehen, der Arbeit hinderliche Emotionen ... – um es in einem Wort auszudrücken, scheue ich nicht davor zurück, auf einen jener markigen Begriffe der 68er zu rekurrieren, die in mein Vokabular aufzunehmen ich ansonsten eher zögere: Beziehungsscheiß.

Noch etwas müssen Sie wissen, um sich ein richtiges Bild von der Beziehung zwischen mir und meinem Erfinder machen zu können: Der arglose Wicht ist doch tatsächlich felsenfest davon überzeugt, die Geschichte, die er schreibt, selbst zu verfassen – nur weil er mich erfunden hat! Heilige Einfalt! – Natürlich verhält es sich vielmehr so, dass ich es bin, der ihm die Feder führt – aber er will das partout nicht wahrhaben.

Gewiss, hin und wieder schwant ihm doch so etwas, dass ich, einmal erfunden, ein deutlich ausgeprägtes Eigenleben entfalte; solcherlei Gedanken pflegt er im allgemeinen jedoch mit ein paar magischen Beschwörungsformeln von der Sorte: Überarbeitung! Nervöse Überreiztheit! Fehlende Konzentration! rasch und sicher aus dem Bewusstsein zu bannen. Und wenn er doch einmal länger bei derartigen Überlegungen verweilt – was selten genug vorkommt –, so endet das nach einigem Grübeln schließlich mit schöner Regelmäßigkeit damit, dass er sich an seiner überschäumenden schöpferischen Phantasie berauscht und sich solcherart selbst in einen Zustand versetzt, der ihn für die Zeit seines Andauerns zu einem noch gefügigeren Opfer meiner Einflüsterungen macht, zu einem völlig willenlosen Instrument in den phantasiegeschwielten Händen meiner unbändigen Schöpfungskraft.

Nach diesem den geneigten Leser möglicherweise etwas ermüdenden, meinem redlichen Erzählergewissen aber nichtsdestoweniger unbedingt notwendig erscheinenden Exkurs über den Erzählstandpunkt – und damit auch über meine Wenigkeit – halte ich es nun doch für angezeigt, etwas in den Hintergrund zu treten, um der Handlungsentfaltung freien Raum zu gewähren. In diesem Sinne: Hinein ins volle Geschichtenleben! – Wohlan denn:

Ich habe also, wie schon mehrfach angedeutet, für meine Geschichte einen Protagonisten erfunden, der mit schnellen Schritten dem Fuße des Berges zustrebt. – Ja, jenes Berges dort drüben, dessen mächtig aufragendes Haupt in Morgendunst und bleierne Wolken gehüllt ist; und etwas weiter im Vordergrund ihres Blickfelds, die Gestalt in Bergsteigerausrüstung, leichtfüßig die Talsohle am Fuße des Berges entlangeilend, ausgeruht, morgenfrisch – sehen Sie den Mann? Behelmt, beseilt, bepickelt? Ja, den! – Ich erzähle also:

Wie eine Lawine im Zeitlupentempo – schwerfällig, träge und doch unaufhaltsam – wälzte sich die Morgendämmerung ins Tal und vertrieb die dunklen Schatten der Nacht.

Eine Gestalt löste sich aus dem Halbdunkel, das jetzt zunehmend dem milden Licht des jungen Tages wich. Der Mann, ein Bergsteiger offensichtlich, eilte – angesichts seiner schweren Ausrüstung erstaunlich leichtfüßig – die Talsohle am Fuße des Berges entlang, dessen mächtig aufragendes Haupt in Morgendunst und bleierne Wolken gehüllt war. Den Helm, dessen Bänder lose herabbaumelten, hatte er verwegen in die Stirn geschoben. An beiden

Schultern und an der linken Hüfte waren mit Karabinern befestigte Seile zu erkennen; der in einer Gürtelschlaufe steckende Eispickel schlug bei jedem Schritt mit hellem Klang gegen die ebenfalls dort befestigten Steigeisen, was einen reizvollen Kontrast zum dumpfen Stampfen seiner schweren Genagelten schuf.

Die ersten Sonnenstrahlen durchfluteten das Tal, als er den eigentlichen Ausgangspunkt seines waghalsigen Unternehmens erreicht hatte: das Westende der Talsohle. Mit einem kampflustigen Funkeln in den Augen wandte er sich dem Fuß des Berges zu – genauer: dem äußersten westlichen Zipfel des Bergfußes, von dem aus er den Aufstieg zu wagen gedachte. Er traf letzte Vorbereitungen, überprüfte noch einmal seine Gerätschaft, schickte ein schnelles Stoßgebet zu den Wolken und – setzte entschlossen den Fuß in die nächstgelegene Pore der kleinen Bergzehe. –

Gestatten Sie mir, werter Leser, an dieser für den weiteren Verlauf der Handlung so entscheidenden Stelle einen kurzen literaturtheoretischen Einschub.

Wie Ihnen gewiss nicht entgangen sein wird, handelt es sich bei Ihrem Erzähler keineswegs um einen jener notorischen Unbefangen-drauf-los-Fabulierer, wie sie die Seiten der Bücher und Zeitschriften bis zum Überdruss bevölkern. Im Gegensatz zu diesen Ausbünden an geradezu penetranter erzähltechnischer Unbedarftheit und Naivität kann er sich vielmehr zugute halten, seinen Gegenstand auch theoretisch einigermaßen durchdrungen zu haben. Weit davon entfernt, jemals in die geistlosen und phantasie tötenden Niederungen des heimischen akademischen Literaturbetriebs hinabgestiegen zu sein, hat er es doch nicht verabsäumt, in intensivem Selbststudium jenes Wissen um die Probleme der Erzähltechnik, wie: Erzählstruktur, Erzählhaltung, Erzählstandpunkt, Vorgriff, Rückblende und Einschub – um nur einige zu nennen – gewissenhaft sich anzueignen, das in Verbindung mit schöpferischer

Gestaltungskraft den Erzählenden erst zum *Erzähler* reifen lässt.

Was mich betrifft – und damit komme ich zum eigentlichen Thema dieses den Fortgang der Handlung aufschiebenden Einschubs –, was also mich selbst betrifft, ist es mir darüber hinaus auch ein ernstes Anliegen, dem Leser einen gewissen Einblick zumindest in einzelne Teilaspekte meiner Arbeitsweise und damit in den Entstehungsprozess der Geschichte zu gewähren.

Wer sich eingehend mit der Materie befasst, wird in der einschlägigen Fachliteratur früher oder später unvermeidlich auf das leidige Problem der sogenannten Krise der Metapher stoßen. So auch ich. Ohne zu übertreiben darf ich behaupten, im Zuge meiner umfangreichen Studien mich wirklich ausführlich damit beschäftigt zu haben. Die herbe Frucht meiner Bemühungen liegt mir in Form einer nach sorgfältigen Überlegungen erstellten konzisen Richtlinie vor, die ich beim Verfassen dieser Geschichte mir stets vor Augen zu halten bestrebt bin und die ich auch Ihnen nicht vorenthalten will:

Die Metapher beim Wort nehmen! – Der Metapher das Wort im Munde verdrehen, ihr das Wort aus dem Mund nehmen. Nicht der Metapher nach dem Mund reden, nein: ihr jedes Wort aus der Nase ziehen, jedes Wort aus ihr herauspressen, wenn nötig auch mit Gewalt; ihr einen Ausruf des Erstaunens über sich selbst entlocken: das nenne ich der Metapher das Wort reden!

Die Metapher beim Schopf packen und sie ordentlich durchbeuteln, dass ihr Hören und Sehen vergeht, sie nach allen Seiten drehen und wenden, ihr Innerstes nach außen kehren – mit einem Wort: Die Metapher beim Wort nehmen!

Soweit also die Richtlinie, die zu kennen für das tiefere Verständnis gerade des nun folgenden Teils der Geschichte von nicht zu vernachlässigender Bedeutung ist.

Also: Augen auf und auf die Metaphern geheftet – und

immer im Auge behalten, gelt!

– Nach einer knappen halben Stunde hatte der Bergsteiger die Kleinzehenwand überwunden, den Scheitelpunkt des Kleinzehenhügels überschritten und den Großteil der Strecke zum Hohen Rist zurückgelegt. Zügig durchwanderte er die sanft ansteigenden, wellig geäderten Matten des Niederen Rists.

Ein prickelndes Gefühl der Zuversicht durchströmte ihn, als er an den glatten Verlauf des bisherigen Aufstiegs dachte. Zwar: der Kampf mit dem Berg hatte noch gar nicht richtig begonnen, dessen war er sich wohl bewusst – die Kleine Zehe war nicht der Rede wert, und auch der Niedere Rist bot keinerlei alpinistische Schwierigkeiten. Aber eben das war ja Teil seiner Strategie, die auch voll aufzugehen schien: schnell und kräfteschonend den Fuß des Berges zu überwinden, um seine ganze Kraft und Energie auf den Hauptaufstieg konzentrieren zu können. Ja, so musste sein ehrgeiziges Vorhaben zu verwirklichen sein: die Erstbesteigung des Großen Linksfüßers im Alleingang und ohne Sauerstoff!

Und Stolz gesellte sich zur Zuversicht: Stolz ob der Erhabenheit seines großen Ziels; denn unser Protagonist hatte neben einer Anzahl anderer Eigenheiten, auf die näher einzugehen im Lauf der Geschichte noch Gelegenheit sein wird, auch die, stolz zu sein nicht nur auf schon Erreichtes und Vollbrachtes – was in manchen Fällen eine gewisse Berechtigung haben mochte –, sondern auch auf erst zu Erreichendes und noch zu Vollbringendes, und zwar auch dann, wenn das Vorhaben nicht wie in diesem Fall den Stempel wilder Entschlossenheit trug, sondern bloß von der sanften Brise einer vagen Absicht umweht war – alles in allem also eine Eigenschaft, die er mit etlichen anderen Protagonisten, zahlreichen Menschen, unzähligen Erzählern und allen Schriftstellern teilte.

Einige Stunden später war die stolze Zuversicht

unerschütterlicher Gewissheit gewichen. Den Kopf auf den Rucksack gebettet, die Beine behaglich von sich gestreckt, vom Schatten des Kinnmassivs vor den stechenden Strahlen der Sonne geschützt, die schon fast im Zenit stand: so lag er am Grunde der Schlüsselbeinmulde, die ihm als Basislager für den bevorstehenden Gipfelsturm diente. Dicht über ihm wölbte sich der Kehlkopfkogel; etwas darüber – wuchtig, drohend und dennoch verlockend – die mächtige, weit vorspringende Kinnkante; und dahinter, seinem Blick vorerst noch entzogen, lag das Ziel seiner bergsteigerischen Sehnsüchte: der Gipfel des Großen Linksfüßers.

Und während er mit geschlossenen Augen dalag, ruhig und voll Siegesgewissheit, Kräfte sammelnd, Reserven mobilisierend für die letzte große Anstrengung, schweiften seine Gedanken noch einmal zurück zu dem hinter ihm liegenden Teil seines Aufstiegs: zum Hohen Rist mit seinem jähen Übergang in die Schienbein-Steilwand, wo nach den einleitenden Zehen- und Ristgeplänkeln die Schlacht erst ihren eigentlichen Anfang genommen hatte; zum Kniescheibenkogel, nach dessen Bezwingung er die erste Rast eingelegt hatte, um sich auf die langgezogene Oberschenkelwand vorzubereiten; zum Schamhügel, dessen dichtbewaldetes Gelände er ebenso wie die tückischen Abhänge des im Zentrum der Großen Bauchwand lauernden Nabelkraters geschickt seitlich umgangen hatte; und schließlich zur mächtigen Brustkorb-Steilwand, nach deren strapazenreicher Überwindung er sich erschöpft, aber glücklich, stolz und siegesgewiss in diese Mulde hatte fallen lassen, auf deren Grund er sich jetzt zum letzten Gefecht rüstete. Denn die Schlüsselstrecke – das war ihm klar – lag noch vor ihm!

Mühsam entriss er sich seiner autogenen Versenkung, indem er die Augen öffnete. Er stand auf, – He! I n d e m e r d i e A u g e n ö f f n e t e ! Na los, du müder Krieger, mach gefälligst die Augen auf! – Na also, warum nicht gleich.

Der Leser möge die kurze Stockung im Fluss des Erzählens entschuldigen, aber ... Protagonisten sind halt auch nicht mehr das, was sie einmal waren.

Wo waren wir stehengeblieben? – Ach ja: ... indem er die Augen öffnete. Er stand auf, schulterte den Rucksack, straffte energisch die Riemen und nahm entschlossen den letzten, schwierigsten Teil des Aufstiegs in Angriff.

Zwei Stunden darauf war der Kampf mit dem Felsgiganten in die alles entscheidende Endphase getreten. Schutzlos der vollen Wucht einer feindseligen Gravitation ausgeliefert, die mit aller Kraft versuchte, ihn in den unter ihm gähnenden Abgrund zu zerren, hing er in der scharf vorspringenden Kinnwand, Zentimeter um Zentimeter sich vorwärts kämpfend, auf die Kinnkante zu, deren oberer Rand mit ihrem schmalen Absatz für kurze Zeit Sicherheit verhieß vor dem unablässigen Zerren der grausamen Schwerkraft. Der Schweiß strömte ihm in Gebirgsbächen aus den Poren. Schon drohten seine Kräfte zu erlahmen, als er endlich den unteren Rand der Kinnkante erreichte. Mit einer letzten, schier übermenschlichen Anstrengung schleppte er sich weiter zum rettenden Felsabsatz der oberen Kante.

Erschöpft brach er zusammen. Aber er wusste: jetzt hatte er es geschafft. Der hinter ihm liegende Abschnitt hatte ihm alles abgefordert: seine ganze Konzentration, seine ganze Kraft, die Summe all seiner bergsteigerischen Fähigkeiten, ja noch mehr: sein Darüberhinauswachsen; und schließlich die äußerste Bewährungsprobe, die einem Menschen – und namentlich einem Bergsteiger – überhaupt auferlegt werden kann: das Hinauswachsen über sich selbst.

Und dieses Bewusstsein weckte neue Kräfte in seinem geschundenen Körper ... Kräfte, die er brauchte, um seine Mission zu Ende zu führen. Denn noch trennte ihn ein letztes kleines Stück vom endgültigen Triumph.

Und er erhob sich ... – Und er erhob sich, verdammt noch mal! Jetzt verschläft der schon wieder seinen Einsatz!

Und er erhob sich – na endlich! – und kletterte zügig weiter. Wie in Trance bewegte er sich jetzt. Mechanisch klopfte er mit dem Pickel Stufen in die lange, rissige Gletscherzunge, die sich vor ihm, über ihm wölbte, krallte sich mit den Fingern fest, schlug mit wuchtigem Tritt die Steigeisen ins harte Zungenfleisch.

Eisige Kälte wehte ihm aus der Großmaul-Höhle entgegen. Auf allen Vieren die Gletscherkuppe entlangkriechend, tastete er sich zum linken Rand der Höhle weiter – zum linken, zum linken! – Also gut, meinetwegen, zum rechten – tastete er sich also zum rechten Rand der Höhle weiter, deren Eingang von einem schmalen Felswulst umgeben war. Ihn vorsichtig entlangkletternd, gelangte er zu einer schmalen Vertikalrinne, die ihn direkt unter eine weit vorspringende, spitze Felsnase führte. Er umging sie auf der rechten Seite – rechts, rechts – halt! Nach rechts! Sofort zurück mit dir – nach rechts hab' ich gesagt!

Er hört mich nicht. – Was heißt hört mich nicht: Der will mich nicht hören! Diese windige Schemengestalt, diese erfundene Kreatur ... diese Ausgeburt meines Geistes hört nicht auf mich, ihren Schöpfer! Dieser ... Bergsteiger, dieser ... Protagonist hört nicht auf mich, den Erzähler!

Das ist der Dank dafür, dass ich ihn mir ausgedacht habe, dass ich ihm Gestalt gegeben, ihn erschaffen habe! – Ich frage Sie: Wie soll man eine ordentliche Geschichte erzählen, wenn der Protagonist macht, was er will? So geht das nicht! – Da, sehen Sie selbst, da geht er, eigenmächtig den Pfad verlassend, den ich ihm gewiesen habe, meine Anordnungen gröblich missachtend, da geht er – links um den Felsen herum. Fehlt nur noch, dass er die bequeme Furche, die am Fuße der Felsnase entlangführt, verlässt, den Fels erklimmt und diesen schmalen Grat entlangbalanciert, zwischen den Augen-Höhlen durch und über die Stirnfels-Kante mitten hinein ins von querlaufenden tiefen Gletscherspalten heimtückisch durchzogene Eisfeld der umwölkten Hohen Stirn-Wand. – Na, wer sagt's denn!!

Jetzt ist es aber genug. Endgültig! Ich werde mir das

nicht länger bieten lassen, nicht länger dabei zusehen, wie er die letzten Meter zum Gipfel zurücklegt, mit einem kräftigen Ruck sich über die obere Stirnwand-Kante zieht, mühelos den Scheitelpunkt des Plateaus erreicht und hoch aufgerichtet, taumelnd, trunken von seinem Sieg, mit flackernden Augen triumphierend in die Runde blickt. – Nein. Aus! Ohne mich! Ich will nicht mehr! Ich mag nicht mehr!! Ich kann nicht mehr!!!

Da mein Erzähler, dem die Kontrolle über den Protagonisten nun vollends entglitten zu sein scheint, derart schmählich versagt hat, und man ja auch nicht gut den Protagonisten selbst die Geschichte zu Ende erzählen lassen kann (Da könnte ja jeder kommen!), bleibt mir wohl nichts anderes übrig, als selber weiterzuerzählen, selbst als Erzähler in Erscheinung zu treten.

Jawohl, als Erzähler. Denn das bin ich: ein vom Autor erfundener Erzähler, der seinerseits einen anderen Erzähler erfunden hat, von dem die Geschichte erzählt wird – oder doch bis vor kurzem erzählt wurde.

Wie der Leser wohl schon bemerkt haben wird, bin ich – im Gegensatz zu meinem Vorgänger, diesem anmaßenden und hochnäsigen Knilch, dessen peinliche Selbstüberschätzung nur noch von seiner himmelschreienden Ignoranz übertroffen wird – über das subtile Beziehungsgefüge der Erzähler dieser Geschichte völlig im Bilde. Diese Klarheit sollte sich auch in meinem Stil niederschlagen, der sich, wie ich hoffe, wohltuend von dem verwirrten und metaphernüberfrachteten Gefasel dieses Möchtegernerzählers unterscheidet, von dem Sie bisher belästigt wurden.

In diesem Sinne also werde ich ruhig und sachlich den Abstieg des Protagonisten kommentieren, den er nach einiger Zeit des Verschnaufens und Sich-in-der-Erhabenheit-des-Augenblicks-Ergehens wie vorgesehen mit dem

Einstieg in die Hinterhaupt-Wand in Angriff nahm, und Sie weder mit unerheblichen Einzelheiten behelligen, noch Ihre ohnedies schon über Gebühr strapazierte Geduld mit langatmigen Schilderungen und blumigen Ausschmückungen traktieren, wie es mein Vorgänger getan hätte, dessen zwanghafte Vorliebe für ellenlange, unübersichtliche und das Lesen unnötig erschwerende Schachtelsätze, die Ihnen gewiss unliebsam aufgefallen sein wird, einfach lächerlich ist.

Ich werde Ihnen also nicht, wie er es getan hätte, erzählen, wie unser Protagonist, der Bergsteiger, vom äußersten Punkt der Hinterhaupt-Wand sich direkt auf den Breiten Schulterstein abseilte; wie er, nachdem er, auf dem von Felsspalten wild zerklüfteten schmalen Rück-Grat Halt suchend, den langen Bergrücken überwunden hatte, sich zwei dicht aneinandergeschmiegten Hügeln mit einander zugewölbten, am oberen Rand ebenmäßig abgerundeten und sodann steil abfallenden Felswänden gegenübersah, auf deren Grund sich eine langgezogene Furche dehnte, an deren entfernterem Ende eine von aufgefalteten Gesteinsschichten umgebene kreisrunde Vertiefung zu erkennen war; wie er, Furche und links gelegenen Hügel links liegen lassend, vom Scheitelpunkt des anderen Hügels aus an seinem allerlängsten Seil sich wagemutig in die Tiefe ließ, um schließlich wohlbehalten auf dem Dicken Wadenstein zu landen, von wo aus es nur noch eines Seils von wesentlich geringerer, wenn auch immer noch recht ansehnlicher Länge bedurfte, um ihn glücklich auf dem Fersenfels anlangen zu lassen.

Nein, das alles werde ich Ihnen nicht erzählen. Umso mehr deshalb, weil es zum Verständnis der Geschichte keineswegs beiträgt, von ihrem inneren Gehalt vielmehr eher ablenkt. Auch bin ich kein Freund langer Vorreden; darum gleich hinein in medias res:

Unser Protagonist, der Bergsteiger, ließ sich aus der Hinterhaupt-Wand kurzerhand auf den Breiten Schulterstein hinab, überwand den langgestreckten Bergrücken entlang des schmalen Rück-Grats, seilte sich vom Rechten Backen-Hügel in einem Zug auf den Wadenstein und von dort weiter auf den Fersenfels ab. –

Spätestens hier scheint es mir aber nun doch angebracht, auf die von meinem Vorgänger in unverantwortlicher Weise in Aussicht gestellte – ich zitiere – „Anzahl anderer Eigenheiten" des Protagonisten einzugehen. In unverantwortlicher Weise deshalb, weil weder ihm noch mir vom Autor ein solches Wissen um andere Eigenheiten anvertraut worden ist – ein Umstand, der darauf hindeutet, dass er sich die nähere Charakterisierung des Protagonisten wohl selbst vorbehalten möchte. Denn ein Mann ohne Eigenheiten – obzwar es in der Literatur auch das schon gegeben haben soll – scheint mir doch ein allzu großes Manko einer Geschichte darzustellen, die ernst genommen werden will.

Zwar hätte ich gern den Protagonisten noch weiter begleitet bis zum gewiss triumphalen Empfang in seinem Heimatort; auch bin ich überzeugt, dass ich der Geschichte – und damit dem Leser – noch manch guten Dienst zu erweisen durchaus imstande gewesen wäre; aber ich kenne meine Grenzen.

Und so möchte ich mich denn an dieser Stelle in aller Form verabschieden und das Feld – wenn auch schweren Herzens – dem Autor überlassen.

So. Schluss mit dem Versteck Spielen: Hier spricht der Autor. Und ich muss sagen, ich habe überhaupt keine Lust, mich lang und breit über irgendwelche erfundenen Eigenheiten irgendeines erfundenen Bergfexen auszulassen. Diesbezüglich kann sich jeder Leser, dem danach der Sinn steht, in einem der zahlreichen und leicht zugänglichen Luis Trenker- oder Reinhold Messner-Bücher informieren –

Werken, in denen das Innen- wie auch das Außenleben dieses merkwürdigen Menschenschlags hinreichend ausführlich, ja erschöpfend dargestellt wird.

Gut, ich habe für meine Geschichte neben zwei Erzählern auch einen Protagonisten erfunden, der sich im Bergmilieu bewegt. Schön. Aber warum denn? Doch offensichtlich einzig und allein zu dem Zweck, ein erzähltechnisches Experiment zu veranstalten, in dessen Verlauf dem Wörtlichnehmen von Metaphern eine gewisse Bedeutung zukommt. Ich wollte das einfach ausprobieren. Das ist alles. Deshalb von mir gleich zu verlangen, dass ich mich ans Entwerfen und Ausfeilen einer Art von Innenleben mache, die mir so fern liegt wie der Gipfel des Mount Everest, ist doch wohl etwas viel verlangt.

Aber eine einmal begonnene Geschichte muss zu Ende erzählt werden. Eine tiefverwurzelte literarische Konvention verlangt dies. Und um die Erwartungen des Lesers nicht auch noch in diesem, mit allen Weihen der literarischen Tradition versehenen Aspekt zu enttäuschen, entledige ich mich hiermit dieser heiligen Pflicht:

Ohne weitere Zwischenfälle erreichte der Bergsteiger, nachdem er sich von der Großen Hinterbacke auf den Wadenstein und von dort weiter auf den Achilles-Grat abgeseilt hatte, auf der Fersenseite den Fuß des Berges. – Aber das hatten wir wohl schon.

Längst war die Sonne untergegangen. Langsam wanderte er denselben Weg zurück, auf dem er vor langer, langer Zeit – fast schien es ihm jetzt wie ein ganzes Leben – aus dem Dunkel der Nacht getreten war. Und tiefe, undurchdringliche Schwärze senkte sich auf ihn nieder, umfing ihn und hüllte ihn ein wie ein weicher, wattierter, wetterfester Schlafsack. –

So weit, so gut. – Nur: Mir ist da eben etwas in den Sinn gekommen, das ... – Also, mir ist aufgefallen, dass ich ... – na ja: Ich komme in der Geschichte vor. – Was allerdings die Lage, oder besser mein Bewusstsein von ihr, schlagartig ändert.

Warum? fragen Sie da noch, warum? – Wie jedermann weiß, kommt der Autor nie in der Geschichte vor. Und wenn er das doch tut, dann – tja, dann ist er eben nicht der Autor, sondern ein Erzähler. Ein vom Autor erfundener Erzähler. Also ... ich glaube fast –

Soweit also die Geschichte. – Was bleibt mir als dem tatsächlichen Autor noch hinzuzufügen?

Vielleicht nur soviel:

Natürlich stammt die Geschichte von mir – vollständig, restlos, in allen ihren Teilen. Von der ersten vagen Idee über die mehr oder weniger ausufernden Ergüsse der diversen Erzähler bis zum vorliegenden Endprodukt ist alles in meiner bescheidenen Werkstatt entstanden.

Zwar sind in der letzten Zeit vereinzelt Gerüchte halblaut geworden, dass es der Regierung im Zuge der fortschreitenden Totalverkabelung gelungen sei, ihre direkte Einflussnahme auf die Gedanken der Staatsbürger wesentlich zu intensivieren, wobei sie einen entscheidenden Durchbruch insbesondere bei der Überwachung und Beeinflussung von Schriftstellern erzielt habe, welch letzterer Verdacht durch eine genauere Untersuchung der zeitgenössischen Literatur eindeutig erhärtet werde, bei deren Produkten es sich fast ausschließlich um zwar durchaus formbewusste, oft genug sogar formvollendete, aber nichtsdestoweniger ihrem Inhalt nach ziemlich harmlose Sachen handle, die keinem weh täten und schon gar nicht der Regierung.

Nun kann ich ja nicht gerade behaupten, dass meine Geschichte irgendeine Art von politischem Sprengsatz enthielte; aber sie stellt doch ein, wie ich meine, nicht ganz uninteressantes Experiment erzähltechnischer Natur dar.

Wie auch immer – jedenfalls ist sie von mir. – Ja, ich bin sicher: Diese Geschichte ist das Produkt ausschließlich meiner eigenen, freien Einbildungskraft.

Zwar, je länger ich darüber nachdenke

Soweit also die Geschichte. – Meine Damen und Herren! An diesem Textbeispiel können Sie nicht nur einiges über den gegenwärtigen Stand unserer Technik der Autorenbeeinflussung ablesen, Sie können ihm auch etliche im Hinblick auf Ihre zukünftige Tätigkeit in unserer Abteilung äußerst wertvolle Hinweise entnehmen. Wie die Geschichte deutlich erkennen lässt, ist es uns gelungen, den Autor über weite Strecken auf harmlose Experimente formaler Natur – den Stil, den Aufbau und die Erzähltechnik betreffend – abzulenken. Sie werden aber bemerkt haben, dass wir nicht durchgehend, nicht auf der ganzen Linie erfolgreich waren. Vereinzelt eingestreute Redewendungen und Sätze, ja ganze Absätze durchaus systemzersetzenden Charakters konnten nicht verhindert werden; ganz zu schweigen von der Schlusspassage, die an aufrührerischer Unverblümtheit, ja brutaler Direktheit kaum zu überbieten ist und sozusagen den Zündfunken des politischen Sprengsatzes darstellt, der – und Ihnen als zukünftigen Mitarbeitern und Mitarbeiterinnen unserer Abteilung sollte das nicht verborgen geblieben sein – trotz gegenteiliger Beteuerungen des Verfassers in diesem Manuskript sehr wohl enthalten ist.

Und bei diesem Beispiel handelt es sich bedauerlicherweise keineswegs um einen Einzelfall.

Wie Sie sehen, sind also noch bedeutende Anstrengungen vonnöten, bis wir unsere Überwachungs- und Beeinflussungstechniken so weit perfektioniert haben werden, dass die dritte wesentliche Komponente unserer Arbeit in den Hintergrund treten kann und sich eines Tages vielleicht ganz erübrigt.

Und in diesem Sinne möchte ich Ihnen, meine Damen

und Herren, bevor ich Sie in Ihre verantwortungsvolle Tätigkeit entlasse, alles Gute und viel Erfolg bei der Ausübung Ihres für unser Staatswesen so segensreichen Dienstes wünschen.

Meine Damen und Herren: Ab sofort gehören Sie zur Abteilung ÜBLDA – zur geheimen, direkt dem Innenministerium unterstellten Abteilung zur **Ü**berwachung, **B**eeinflussung und **L**iquidierung **d**issidenter **A**utoren."

Mary Jirsak

Alles richtig

Mit der Rechtschreibung hatte ich noch niemals Probleme, und auch die letzten drei immer abstruseren Rechtschreibreformen habe ich relativ mühelos integrieren können.

Das ist auch gut so, denn ich bin Wissenschaftsjournalistin und schreibe unter anderem für die Zeitschriften always mobile und Leben Heute sowie als freie Mitarbeiterin für mehrere Tageszeitungen.

Außerdem gehöre ich zum Club Feder, deren Mitglieder sich in ihrer Freizeit dem Schreiben mit der Hand widmen, soweit dies möglich ist. Leider wächst die Anzahl der jüngeren Menschen, die keine Handschrift mehr lesen können, stetig an. Daher bekommen nicht nur meine Tochter, sondern auch meine beiden Neffen regelmäßig handgeschriebene Nachrichten von mir.

Kurz, ich schreibe ausgesprochen gern.

Daher war ich an jenem Morgen zunächst auch recht verunsichert, als ich das speziell für journalistische Artikel entwickelte Schreibprogramm Pubnetz in meinem Mobilcenter öffnete, um anlässlich des Weltarchitektenkongresses einen längeren Artikel zum Thema artgerechtes Bauen zu schreiben. Die Diskussion darum, welche Behausungen den Menschen, vor allem auch Kindern, angemessen waren, war gerade in vollem Gange. Nachdem vor fünf Jahren ein neuer Zusatzartikel in die Verfassung aufgenommen worden war, der allen Staatsbürgern das Grundrecht auf eine sichere Wohnung zugestand, hatte es eine Flut von Beschwerden und Klagen gegen Bauämter, Vermieter und Bauunternehmen gegeben. Mittlerweile hatten sich die Wogen etwas geglättet, nachdem die Rechtslage durch diverse Ausführungsbestimmungen geklärt worden ist. Inzwischen waren die meisten Neubauten aufgrund hoher Steuervorteile sichere Häuser, und auch viele ältere

Gebäude waren entsprechend umgerüstet worden.

Für die Einführung in das Thema hatte ich einen Rückblick auf die Wohntrends der letzten Jahrzehnte geplant, vom genossenschaftlichen Wohnen über die Eigentum für alle-Bewegung mit winzigen Zweipersonenhäusern in riesigen Vorstadtsiedlungen, über die inzwischen verbotenen netzfreien Dörfer und die Seniorenstädte bis hin zu den überdachten, klimaneutralen Familienparks der letzten Jahre. Ich hatte gerade mal einen Absatz verfasst, als das Korrekturprogramm die erste Anmerkung machte. Das Wort netzfrei wurde mit einer roten Wellenlinie markiert, obwohl ich den Ausdruck schon häufig verwendet und ihn in mein persönliches Wörterbuch integriert hatte.

Als Alternativen schlug das Programm Netzstrumpf oder fettfrei vor. Wie immer in solchen Fällen ignorierte ich die idiotischen Vorschläge – irgendwann würde ich die witzigsten mal sammeln und veröffentlichen - und fuhr fort. Bereits im nächsten Satz ging es weiter: die Zeltstadt wurde nicht mehr als richtig erkannt – ich konnte wählen zwischen Zellstoff und Weltstadt. Auch die Ausdrücke analog (anal, Blog), alternative (iterative) und kollektiv (Kollekte) wurden moniert. Ich war ziemlich genervt. Zwar war mein MC bereits ein dreiviertel Jahr alt, die Programme wurden aber permanent automatisch aktualisiert. Vielleicht musste ich sie mal überprüfen lassen.

Ich schrieb die Rohfassung dennoch fertig, bevor ich das Gerät zuklappte. Ich schob es in den Navi-Steckplatz und fuhr los, um meine Tochter von der Schule abzuholen. Das MC zeigte an, dass sie bereits mit ihrer besten Freundin am Tor stand.

Wir fuhren am Bio-King vorbei, und die beiden bekamen laktosefreie, kalorienreduzierte Käseburger mit der für die weibliche Altersgruppe von vierzehn bis sechzehn vorgeschriebenen Vitaminzufuhr. Ich aß das Middleager-Sandwich, das mir meine Frauenärztin wegen der besonders günstigen Auswirkungen auf den Hormonspiegel verschrieben hatte. Seit wir uns als Familie an die

Ernährungsempfehlungen der Krankenkasse hielten, war unser Beitrag deutlich gesunken. Ehrlich gesagt: hätten wir so gegessen wie früher, hätte ich mir die Raten gar nicht mehr leisten können. Auf dem Weg nach Hause ermahnte ich Katrin und Maria wie immer, ihre Studentphones auf Standby zu stellen, damit wir unbehelligt am Scanposten vorbeikamen. Ich hatte noch eine Menge Arbeit vor mir. Neben dem Artikel zu Thema Bauen arbeitete ich an einem Buch, das sich mit den dramatisch anwachsenden Verurteilungen von Terrorhelfern beschäftigen sollte. Dafür plante ich ein Interview mit der Soziologin Sandra Meier, die jahrelang Motive, Verbindungen und Aufdeckung der Täter recherchiert hatte. Seitdem mit dem zweiten Antiterrorgesetz jedes datenverarbeitende oder zu deren Wiedergabe geeignete Gerät mit einer Funkverbindung ausgestattet sein musste, waren durch routinemäßige Durchsuchungen Zehntausende von Verdächtigen ausgemacht und verhört worden. Allerdings musste sich noch eine große Menge analoger Telefone, Netzkabel und alter, nicht umgerüsteter PCs rechtswidrig in Privatbesitz befinden, so dass davon auszugehen war, dass einige Rechtsbrecher den staatlichen Organen durch die Lappen gingen. Immer mehr war auch von radikalen Splittergruppen die Rede, die sich aus ehemaligen Angehörigen von Bürgerinitiativen gegen Mobilfunkmasten rekrutierten. Nachdem die Masten aufgrund der fortgeschrittenen Satellitentechnologie abmontiert werden konnten, hatten die Protestler schnell neue Themen gefunden, an denen sie sich abarbeiteten.

Nachdem es mir auf Anhieb gelungen war, die Wissenschaftlerin zu einem Interviewtermin einige Tage später zu verpflichten, setzte ich mich wieder an das MC. Die Mädchen beschäftigten sich mit ihren Hausaufgaben, bevor sie später zum Sport gehen würden.

Offensichtlich hatte am Scanpoint eine Programmaktualisierung stattgefunden. Meine Versuche, ein Konzept für mein Buch zu entwerfen, wurden vom Rechtschreibprogramm jetzt nämlich regelrecht sabotiert. Die Autokorrektur ließ sich nicht mehr deaktivieren, und ich musste mich für einen der dummen Alternativbegriffe entscheiden, denn das ursprüngliche Wort wurde überhaupt nicht mehr akzeptiert. Ich fühlte mich in meiner journalistischen Gestaltungsfreiheit beschnitten und begann langsam, etwas wütend zu werden. Auch das Wort Migranten – diese hatten nämlich einen hohen Anteil an den als Terrorhelfern verurteilten - wurde jetzt nicht mehr akzeptiert. Ich dachte an die Umbenennung von Gastarbeitern in Ausländer, die dann direkt, ohne den Umweg über Einwanderer zu gehen, in den Nuller Jahren zu Zuwanderern geworden waren. Spaßeshalber versuchte ich dieses Wort – vergeblich. Es musste also wieder eine Umbenennung stattgefunden haben, die nicht zu mir durchgedrungen war. Ich hatte allerdings auch die letzten beiden Ausgaben des Newsletters Deutsch aktuell noch nicht gelesen. Das Programm erlaubte mir lediglich die Auswahl zwischen Islamisten, EU-Bürgern, Beitrittsberechtigten, NATO-Angehörigen und Altfällen. Nun, ich ahnte, dass mit dem Verfassen dieses Buches noch größere Schwierigkeiten auf mich zukommen würden.

Zur Veröffentlichung auf Papier vorgesehene Texte mussten mit Pubnetz abgeliefert werden, sonst durften sie von den Medien nicht akzeptiert werden. Die Zeitungen, die sich nicht darum scherten, hielten sich meistens nicht lange, weil sie sofort Probleme bekamen. Einige arbeiteten im Untergrund und hatten dementsprechend nur eine geringe Leserschaft.

Da ich dort weniger Schwierigkeiten erwartete, wandte ich mich wieder meinem Haustext zu. Ein Großteil der Bevölkerung lebte schon in den sicheren Häusern, und viele andere würden bald an die Reihe kommen. Die Beheizung geschah automatisch und richtete sich nach gesundheitlichen und klimapolitischen Daten, die permanent abgerufen wurden. Die Einführung war nach dem Verstummen einzelner Kritiker, die immer noch versuchten, so etwas wie

Datenschutz aufrecht zu erhalten, als Meilenstein gefeiert worden. Da jeder Kranke am ersten Krankheitstag den Arzt aufsuchen musste, waren alle Gesundheitsdaten auf der Karte gespeichert. Diese konnten so ganz einfach zum Beispiel mit der Einkaufsliste und der Hausklimatisierung synchronisiert werden.

Vor allem der Kinderschutz war ein wichtiges Anliegen der Planer: die Studentphones waren jetzt lückenlos mit Sendern an Türen und Fenstern vernetzt und gaben beim Verlassen des Hauses sofort Alarm. Die Kameras erkannten Fremde selbständig, und die Häuser und Gärten wurden regelmäßig vom TÜV auf Sichcrheit überprüft, so dass keine riskante Unterschreitung der Balkongitterhöhe, keine gefährlichen Pflanzen wie Riesenbärenklau oder Hanf im Garten und auch keine nicht für die Altersgruppe geeigneten oder aus China stammenden Spielzeuge in den Spielzimmern zu finden waren.

Da wir unser Haus geerbt hatten und unsere Tochter schon groß war, mussten wir bislang nicht umbauen und konnten uns noch an weit offenstehenden Terrassentüren und Trompetenbäumen erfreuen – auch wenn wir wegen beider regelmäßig wohlmeinend ermahnt wurden.

Nachdem ich eine Weile zähneknirschend versucht hatte, das Beste aus der Situation zu machen und mir selbst andere Wörter auszudenken, gab ich irgendwann auf und beschloss, am nächsten Morgen weiterzumachen. Vielleicht kam mir ja über Nacht eine zündende Idee. Könnte ich mich nicht einfach beschweren? Immerhin würde dann vielleicht ein Arbeitsplatz frei.

In dieser Nacht hatte ich einen schrecklichen Alptraum: Ich verfasste mit meinem geliebten alten Füller einen Brief an meinen Bruder Leon, der auf einem Nato-Stützpunkt in Novosibirsk arbeitete, und der Stift korrigierte und unterkringelte alles, was ich schrieb! Schweißgebadet wachte ich auf und brauchte lange, um wieder einzuschlafen. Nicht ohne mich vorher überzeugt zu haben, dass ich mit dem Füller und der Tinte, die ich mittlerweile zu exorbitanten

Preisen im Ausland einkaufen musste, nach wie vor Herrin über meine Worte war.

Der nächste Tag begann mit strahlendem Sonnenschein, und es war mit bereits 25 Grad erstaunlich warm für einen Spätjanuarfrühlingsmorgen. Ich setzte mich unter die große Linde und öffnete meine Datei. Langsam wurde es wirklich unheimlich. Nun ersetzte das Programm meine Eingaben direkt nach dem Schreiben selbständig durch ihm genehmere Formulierungen, sobald ich einen Satz beendet hatte. Dies bezog sich nicht mehr nur auf einzelne Wörter, sondern auf ganze Sätze. Es war unglaublich. Nur zum Test gab ich folgenden Text ein:

„Die neue Bauweise hat eine beruhigende Sicherheit für das Wertvollste in unserem Leben mit sich gebracht: unsere Kinder."

Keine Änderung.

Dann schrieb ich folgende Sätze:

„Die Zahl der Menschen, die sich fragen, wie hoch der Preis für die vermeintliche Sicherheit sein wird, wächst. Alte Häuser, die nicht den Standards entsprechen, wechseln für regelrechte Vermögen die Besitzer, und das, obwohl sie voraussichtlich mit dem Ablauf des Jahrzehnts nicht mehr bewohnt werden dürfen."

Korrigiert hieß das so:

„Die Zahl der Zweifler, die die neuen Sicherheitsstandards für unnötig halten, ist nach den ersten Erfahrungen stark gesunken. Alte Häuser, die nicht den Standards entsprechen, lassen sich auf dem freien Markt kaum noch verkaufen, da möglichen Kunden bewusst ist, dass sie schon in wenigen Jahren ohnehin nicht mehr bewohnt werden dürfen."

Nun wissen Sie, liebe Leserin und lieber Leser, warum dieser Text auf der wunderbaren und folgsamen Triumph-Adler-Schreibmaschine geschrieben wurde, die schon meinem Großvater gute Dienste geleistet hat. Und warum er auf so ungewöhnlichem Weg zu Ihnen kam. Die Namen entsprechen selbstverständlich nicht der Wirklichkeit.

Wenn Sie sich an unserem kleinen untergründigen Erfahrungsaustausch beteiligen möchten, legen Sie Ihren Beitrag einfach dorthin, wo Sie diesen gefunden haben.

Falls Sie keine Schreibmaschine haben: ich lese auch Ihre Handschrift und übertrage den Text für diejenigen, die dies nicht können, mit der Triumph-Adler in Druckschrift.

Initiative für selbstbestimmtes Schreiben: IFSS!

Markus Pausch

Sie sind nicht allein

„Fühlen Sie sich sicher?", fragte mich der Mann mit dem schwarzen Helm, der an meiner Türe geklingelt hatte. Ich zuckte mit den Achseln. Ich wusste es nicht genau. Sicher fühlte ich mich eigentlich immer nur dann, wenn ich alleine war. „Fühlen Sie sich sicher!", wiederholte er noch einmal, doch diesmal war es keine Frage, sondern eine Aufforderung.

„Sie sind nicht allein", fügte er hinzu. Dann wandte er sich ab und ließ mich stehen. Ich sollte mich also sicher fühlen, da ich nicht allein wäre. Nur schade, dass bei mir diese Logik nicht zusammenlief, dass es für mich geradezu umgekehrt war, dass ich mich eben nicht sicher fühlte, wenn ich nicht allein war, sondern dass ich mich in Gegenwart anderer unsicher fühlte. Der Behelmte hatte versucht, mir Sicherheit zu geben und damit genau das Gegenteil erreicht. Ich war also nicht allein. Er war stets bei mir, der Mann mit dem schwarzen Helm. Aber so war das eben. Ich kannte das ja schon. Es war nicht wirklich neu. Seit einigen Jahren rannten private Sicherheitsmänner und –frauen mit schwarzen Helmen in der Stadt herum. Sie waren vom Vermummungsverbot ausgenommen und erhielten ihre Aufträge vom Innenministerium. Ihre Aufgabe war es, die Polizei in der Aufrechterhaltung der öffentlichen Sicherheit zu unterstützen. Konkret hieß das, dass sie uns überwachten. Nichts anderes taten sie. Sie rannten von Haus zu Haus, in jedem Bezirk und jedem Stadtteil, fragten nach dem Stand der Dinge und dem subjektiven Sicherheitsgefühl der Einwohner und verschwanden dann wieder für einige Minuten. So ging das Tag und Nacht. Was sie in Wirklichkeit interessierte, war aber nicht unsere Sicherheit. Es ging um Kontrolle. Denn seit einigen Jahren war jeder und jede in der Stadt verdächtig. Damals hatten einige Verrückte den Innenminister angeschossen. Der lag seitdem im Wachkoma. Am gleichen Tag gab es Bombenalarm im Parlament. Ein Sprengstoffexperte konnte die Bombe gerade noch entschärfen. Der ist dadurch zum Nationalhelden geworden. Tja, und seit damals hat sich vieles verändert. Die Politiker haben schrittweise unsere Sicherheit erhöht, wie sie sagen. Selbst die Bürgerrechtler in der Opposition haben nach dem Schockerlebnis mit dieser Parlamentsbombe den Sicherheitsaspekt in den Vordergrund gerückt. Obwohl danach eigentlich nicht mehr viel passiert ist. Den oder die Täter konnte man aber nie fassen und den Eliten saß seither die Angst im Nacken. Anonymität und Privatsphäre gab es nicht mehr, nur am Bankgeheimnis wurde mit Zähnen und Klauen festgehalten. Alles andere lag offen am Tisch. Ob man telefonierte, SMS oder E-Mails verschickte – der Staat war immer am anderen Ende der Leitung. Die Kontrolle beschränkte sich aber nicht mehr nur auf unsere Telefonate oder Briefsendungen, sondern auf all unsere Lebensbereiche. Man konnte sein Haus nicht mehr verlassen, ohne dass irgendein privater Sicherheitshelm-Mensch das bemerkte. Und was in den Häusern vorging, wurde auch regelmäßig gecheckt. Da kamen sie eben manchmal vorbei, klingelten, warfen einen Blick ins Haus und fragten, ob man sich sicher fühlte. Nicht selten verlangten sie Zutritt zu allen Zimmern und nahmen sie in Augenschein. Ich wusste damals noch nicht, warum sie so oft gerade vor meiner Türe standen. Ich hatte ja nichts verbrochen. Die Witze, die ich manchmal über den Staat und den Innenminister machte, wenn ich mit meinen Freunden unterwegs war, waren ja nicht ernst gemeint. Das war ja noch kein Grund, mich ins Visier zu nehmen, war ich überzeugt. Wenige Minuten nach dem ersten Läuten klingelte es schon wieder. Diesmal war es eine weibliche Stimme, die mich durch den schwarzen Helm hindurch ansprach und fragte: „Alles in Ordnung?" Ich war von dieser blöden Fragerei genervt, und machte – wahrscheinlich auch weil die Stimme diesmal weich, angenehm und wenig gefährlich klang – einen Scherz, den ich noch bereuen würde: „Sehen Sie diesen Saustall auf meinem Schreibtisch?", fragte ich und öffnete die Tür in mein Arbeitszimmer, sodass man vom Gang aus reinschauen konnte. „Alles in Unordnung. Aber wenn Sie mir beim Aufraumen helfen wollen, freu ich mich." Die Sicherheitskraft starrte mich durch den Helm hindurch an und obwohl ich ihre Augen nicht sehen konnte, fühlte ich einen eiskalten Blick auf mir haften. Ohne ein weiteres Wort verließ sie mich. Jetzt bekam ich es mit der Angst zu tun. Ich hatte das dumpfe Gefühl, mich endgültig verdächtig gemacht zu haben. Die nackte Panik übermannte mich. Irgendjemand hatte vor kurzem erzählt, dass ein Mann von den Helm-Typen abgeholt worden war unter dem Vorwand, er hätte sich verdächtig benommen und Drohbriefe verfasst. Tatsächlich konfrontierte man ihn vor Gericht mit seiner DNA-Spur auf irgendwelchen Kuverts, die im Bundeskanzleramt aufgetaucht waren. Man konnte sich das gut vorstellen. Für Gerichte war eine DNA-Spur ein unumstößlicher Beweis der Täterschaft. Dass man solche Spuren auch manipulieren kann, kam denen nicht in den Sinn. Wenn es stimmt, was gesagt wurde, dann saß dieser Mann jetzt mehrere Jahre im Gefängnis. Wenn sie also bei mir etwas finden wollten, dann fanden sie es auch. Das alles ging mir durch den Kopf, als ich in mein Schlafzimmer rannte, um das Fernsichtgerät zu verstecken, durch das ich manchmal meine Nachbarn beobachtete. Die waren in Wirklichkeit viel verdächtiger als ich, aber zu ihnen kamen die Helm-Menschen wesentlich seltener als zu mir. Das hatte ich schon festgestellt. Das Gerät hatte ich mir vor drei Monaten gekauft, als sich die Besuche der Sicherheitskräfte plötzlich zu häufen begannen. Da dachte ich, es wäre nicht blöd, zu wissen, ob nicht die Nachbarn, die ich nie hatte leiden können, auch kontrolliert würden. Und mehr noch: ob die nicht mich kontrollierten und mich vielleicht sogar irgendwie anschwärzen wollten bei den Behelmten. Indizien gab es dafür schon, aber Beweise fand ich durch meine Beobachtungen keine. Ich räumte dann auch noch schnell den Schreibtisch auf, obwohl dort nichts Verdächtiges herumlag außer meinem Kontrollheft. So nannte ich das Büchlein, in dem ich seit einigen Monaten alles aufschrieb, was mir an den Menschen in meiner Umgebung eigenartig erschien. Wenn einer meiner Freunde plötzlich sein Verhalten veränderte, weniger oft Zeit für ein Bier hatte, über Themen sprach, die ihn bisher nicht interessiert hatten, den Job oder die Freundin wechselte, dann notierte ich das. Denn man wusste ja nicht, wem man noch vertrauen konnte. Die privaten Sicherheitsleute wurden immer mehr. Auch Freunde – ehemalige Freunde – konnten darunter sein. Menschen, die etwas über mich wussten, was nicht alle wissen sollten. Vorsicht war oberstes Gebot. Vorsicht! Und ich Idiot hatte in einem Moment der Dummheit diese Vorsicht völlig aus den Augen verloren. Dieser blöde Scherz konnte mich ins Gefängnis bringen. Meine Hände zitterten, als ich die Unordnung auf meinem Schreibtisch, die ich vor kurzem noch so komisch fand, behob. Und schon klingelte es wieder an der Tür. Keine Viertelstunde war vergangen. Draußen standen diesmal zwei Helme und ein Nadelstreif mit Brille. Sie gingen unaufgefordert ins Wohnzimmer und der Nadelstreif setzte sich mit strengem Blick in meinen Lieblingsfauteuil, währen die beiden anderen neben ihm stehenblieben.

„Fühlen Sie sich belästigt von den Sicherheitskräften?", fragte er mich. „Finden Sie sie überflüssig oder komisch?" Ich schüttelte nur den Kopf, ohne ein Wort zu sagen.

„Das ist gut", kommentierte er. „Sicherheit ist nämlich wichtig. Man kann sie nur gewährleisten, wenn man konsequent ist und sich um die Menschen sorgt. Sie nicht allein lässt." Er öffnete seine Aktentasche und legte mir ein umfangreiches Papier auf den Tisch, auf dem mein Name stand. „Wir haben einen Bericht über Sie verfasst. Darin wird festgestellt, dass Sie bisher unbescholten sind, einem bürgerlichen Beruf nachgehen und in der Vergangenheit keine erkennbare Gefahr für den Staat darstellten. Dass Sie sich über unsere Sicherheitspolizei lustig machen, verändert die Situation allerdings.“ Mein Mund wurde trocken und das Sprechen fiel mir schwer: „Aber das war nur ein dummer Scherz. Man darf doch den Humor nicht verlieren. Ein bisschen Spaß ist doch nicht strafbar.“ Der Nadelstreif lächelte und erwiderte: „Sie werden auch nicht bestraft, keine Sorge. Wir leben ja immer noch in einem Rechtsstaat. Ich möchte Ihnen nur ein Angebot machen, dem Sie sicher mit Freude zustimmen werden.“ Es fiel mir schwer, die Situation zu verstehen oder einzuschätzen. Alles schien mir suspekt und ich hatte keine Ahnung, was dieser Mensch von mir wollte. Aber die Erklärung ließ nicht auf sich warten: „Sie besitzen ein Fernsichtgerät und notieren Auffälligkeiten in Ihrer Umgebung. Das ist gut! Das ist sehr gut. Man kann niemals vorsichtig genug sein. Der Staat braucht Menschen wie Sie, auch wenn Ihr Humor vielleicht ein wenig unpassend ist. Daher biete ich Ihnen hiermit den Einstieg in unsere private Sicherheitsorganisation an. Voll anonym natürlich. Sie können nebenberuflich anfangen und dann später hauptberuflich einsteigen. Der Verdienst mag ein bisschen geringer sein als in Ihrem derzeitigen Job, aber dafür tun Sie etwas für die Allgemeinheit. Und es wird natürlich positiv in Ihrer Akte erwähnt. Was halten Sie davon?“ Ich stand da und konnte kaum antworten. Sie wussten tatsächlich alles über mich. Das Fernsichtgerät, sogar die Notizen – alles war ihnen bekannt. Der Nadelstreif grinste mich breit und fragend an. Dieses Grinsen signalisierte Gewissheit und bedeutete: *Sagst du ja, ist alles gut. Sagst du nein, wirst du es bereuen.* Ich hörte die Botschaft wohl. Und auch wenn mir der Glaube fehlte, war ich seit jenem Tag einer von ihnen.

Sarah Fiona Gahlen

Das Geheimnis

Cyrris saß auf der Wohnzimmertreppe, hatte die Arme auf der unteren Strebe des Geländers verschränkt und den Kopf darauf gelegt. Der Abstand zwischen den sanft geschwungenen, wie schwebend wirkenden Elementen des Treppengeländers war so konzipiert, dass man sich keinesfalls darin verfangen konnte; Cyrris' Stirn lehnte an der nächsthöheren Strebe, eine kalte, glatte Linie über ihren Augen. Es war unbequem, aber sie saß genau gegenüber der großen Fensterfront mit dem Blick über die Stadt, der wolkenverhangene Himmel spiegelte sich in den Glasfassaden der Wolkenkratzer, und ganz in der Ferne glaubte sie, einen Vogel zu sehen, mit ausgebreiteten Schwingen zwischen den Türmen segelnd. Vielleicht war es aber auch nur Einbildung, oder der Schemen eines tief fliegenden Flugzeugs zwischen den Wolken.

„Cyrris? Was machst du da?"

„Nichts." Sie verzichtete darauf, den Kopf zu heben, als die zögernden Schritte von oben näher kamen. Mindo, ihr kleiner Bruder, ließ sich auf der gleichen Stufe nieder.

„Was machst du da?", wiederholte er. „Ist das nicht unbequem?"

Cyrris hob nun doch den Kopf und grinste ihn an. „Du sitzt doch auch hier, oder?"

Mindo erwiderte ihr Grinsen. „Nur, um herauszufinden, was du an diesem Platz findest." Die wachen dunklen Augen sahen sie herausfordernd an, und Cyrris widerstand nur schwer der Versuchung, ihrem kleinen Bruder durch das feine, blonde Haar zu wuscheln. Der Altersunterschied betrug fünf Jahre, aber Cyrris hatte mehr als alle anderen Verständnis dafür, dass Mindo sich mit zehn Jahren nicht mehr behandeln lassen wollte wie ein kleines Kind, auch wenn er noch immer viel zu jung aussah für sein Alter.

„Mama würde sagen, dass die Treppe nicht dazu da ist,

um darauf zu sitzen. Und das Geländer nicht, um darauf zu liegen."

„Das sagt sie nur, weil sie es noch nie probiert hat", gab Cyrris zurück. „Und außerdem ist sie nicht da." Sie atmete übertrieben tief ein und aus. „Ich liebe es, wenn wir wegen der schlechten Luftqualität frei haben. Manchmal ist es langweilig, aber Schule wäre noch langweiliger. Feinstaubferien sind prima." Cyrris hob den Kopf in einer zufriedenen Geste noch ein wenig höher.

„Willst du den ganzen Tag hier auf der Treppe sitzen?" fragte Mindo, durchaus ernsthaft.

Cyrris schüttelte den Kopf. „Nein, das nicht. Vielleicht rufe ich noch Janetta an. Mal sehen, wo sie ist und was sie mit dem freien Tag anfängt."

Mindo zog seinen Positionsempfänger aus der Tasche, ein kleines, handtellergroßes Gerät, das fast nur aus einem Display bestand, und indem er zweimal auf den Bildschirm tippte, ermittelte er den Aufenthaltsort von Janettas Positionsempfänger und damit auch von Janetta selbst, Cyrris' bester Freundin.

„Sie ist zu Hause", teilte er Cyrris dann mit, mit einem sanften Spott, dem man einem Jungen in seinem Alter gar nicht zugetraut hätte. „Was hast du denn gedacht? Wir haben frei wegen der Luftqualität, gerade damit wir nicht nach draußen gehen müssen. Und wenn du das Haus verlässt, fällt es ungefähr tausend Leuten auf, hier und in der Schule, und dann darfst du eine Strafarbeit schreiben, über gesundheitsgefährdenden Leichtsinn oder so ähnlich."

Cyrris zuckte mit den Schultern, obwohl sie wusste, dass Mindo recht hatte.

„Mama und Papa gehen auch zur Arbeit. Es sind überall Luftfilter in den Gebäuden und Zügen des Öffentlichen Nahverkehrs. Wenn sie noch fünfzig Meter unter freiem Himmel zurücklegen müssen, ist das viel."

„Du kannst dir die aktuellen Luftmessungen an jedem Computer ansehen, und die aktuellen Grenzwerte auch", sagte Mindo. „Bei einem bestimmten Messwert halten es die Behörden nun einmal für vorsichtiger, uns nicht zur Schule gehen zu lassen, weil wir von zu Hause aus fast genauso gut lernen können. Das gilt aber nicht für die Berufstätigen, ganz einfach. Du siehst immer überall Geheimnisse, dabei leben wir in der modernen Zeit, es sind jederzeit alle nur denkbaren Informationen verfügbar. Es gibt keine Geheimnisse mehr.“

„Soso“, machte Cyrris. „Danke für den Vortrag. Was ist überhaupt mit deinen Hausaufgaben?“

„Schon erledigt“, sagte Mindo.

Das konnte Cyrris von sich nicht sagen. Zum Glück war die stadtweite Positionsbestimmung noch nicht so genau, dass ihre Mutter auf dem tragbaren Empfänger hätte erkennen können, dass Cyrris hier auf der Treppe saß anstatt am Schreibtisch.

„Und hast du die Aufgaben auch schon abgeschickt?“, fragte Cyrris.

Mindo zögerte und schüttelte den Kopf.

„Warum nicht?“ Cyrris konnte sich nichts Erleichternderes vorstellen, als die Ergebnisse der Hausaufgaben mit dem erlösenden Tippen auf den Bildschirm endlich abzuschicken.

„Wenn ich sie so früh abschicke, kommt es irgendwie heraus. Irgendwo taucht auf einem Ausdruck oder in einer Liste die Zeitangabe auf, und dann ziehen mich die anderen auf, weil ich meine Hausaufgaben frühmorgens erledige und noch vor dem Mittagessen damit fertig bin.“ Mindos Stimme klang trotzig.

„Oh. Na, dann schickst du sie erst heute Abend ab.“ Ein wenig geistesabwesend betrachtete Cyrris den Himmel und versuchte herauszufinden, ob der dunkle Schemen zwischen den Hochhäusern wirklich ein Vogel war.

„Ich weiß nicht“, sagte Mindo niedergeschlagen. „Es kommt mir so vor, als würde ich ein Geheimnis daraus machen, wie lange ich für die Hausaufgaben brauche. Es ist nicht richtig.“

„Es ist auch nicht richtig, dass die anderen dich deshalb

ärgern“, sagte Cyrris. „Du hast doch einen guten Grund, es zu verheimlichen.“

„Aber Geheimnisse sind falsch“, sagte Mindo überzeugt. „Unsere Gesellschaft hat sich schon vor Jahren dafür entschieden, keine Geheimnisse mehr zu haben. Jeder weiß alles über jeden. Nur deshalb geht es uns so gut.“

Cyrris wandte sich mit gerunzelter Stirn zu ihrem kleinen Bruder um. „Woher hast du denn das?“

„Wir haben das gerade in der Schule. Neuere Geschichte. Die Informationsreform von 2050. Wusstest du, dass – „

„Ja“, unterbrach ihn Cyrris kurz. „Ich hatte das auch in der Schule. Und außerdem bin ich froh, dass wir Feinstaubferien haben und möchte keinen Unterricht von meinem kleinen Bruder.“

„Nein“, sagte Mindo.

„Was nein?“

„Nein, du hattest das nicht in der Schule. Ich brauche mir nicht einmal deine Zeugnisse aus den Dateien der Schule anzusehen, um das zu wissen. Du hattest diesen Kurs in neuerer Geschichte nie.“

Cyrris sah auf ihren kleinen Bruder hinunter und hatte trotz ihres Ärgers Mühe, nicht zu lachen. „Weißt du, ich persönlich hätte schon ganz gerne das eine oder andere Geheimnis“, sagte sie zu Mindo, halb wütend, halb belustigt. „Genau wie du, mit deinem Hausaufgaben-Problem.“

Die Anspielung wirkte, Mindo war schlagartig wieder niedergeschlagen. „Ich weiß genau, dass es falsch ist“, murmelte er.

„Woher denn?“ fragte Cyrris provozierend. „Aus der Schule, Kurs für Neuere Geschichte?“

„Wenn Leute Geheimnisse haben, haben sie dafür immer einen Grund, und das ist nie ein guter.“ Mindo sprach langsam vor sich hin, er überlegte bei schwierigen Dingen immer laut. Das war auch etwas, wofür sie ihn in der Schule hänselten. „Sie tun etwas, das sie nicht tun sollen. Seit der Informationsreform gibt es praktisch keine

Kriminalität mehr, weil alles, was wir tun, wo wir uns aufhalten und mit wem, sofort überprüfbar ist. Ich sollte nicht geheimhalten, wann ich meine Hausaufgaben mache."

„Nein?", fragte Cyrris. „Was solltest du dann tun?"

„Ich sollte es ignorieren, wenn ich in der Schule deshalb geärgert werde."

„Na dann, bitte", sagte Cyrris. „Nur zu. Aber beeile dich mit dem Abschicken, du bist schließlich schon seit mindestens zehn Minuten fertig, und wir sitzen schon volle fünf Minuten hier auf der Treppe. Daraus solltest du auch kein Geheimnis machen." Sie legte den Kopf wieder auf die verschränkten Arme und suchte den Himmel mit den Augen ab, aber die Silhouette des Vogels, wenn es denn ein Vogel gewesen war, war verschwunden.

Sie war zu sarkastisch gewesen, Mindo war verletzt. Sie erkannte es an der Art, wie er eine ganze Weile stumm neben ihr saß, und als er dann anfing zu sprechen, war es wieder nur ein lautes Überlegen.

„Du solltest aus bestimmten Dingen auch kein Geheimnis machen", sagte er.

Cyrris hob den Kopf und warf ihrem Bruder von der Seite einen langen, argwöhnischen Blick zu. „Sagst du mir auch, was du damit meinst?"

„Nach deinem persönlichen Sender warst du vorgestern fast zwei Stunden lang in der Bibliothek", sagte Mindo.

Cyrris ahnte, was kommen würde, aber sie spielte trotzdem weiter die Unbedarfte, weniger aus der Hoffnung heraus, Mindo etwas verheimlichen zu können als aus Gewohnheit heraus. „Und?", fragte sie betont gelangweilt.

„Du warst gar nicht da. Du hast nur deine Tasche mit dem Positionsempfänger dort liegenlassen. Ich habe versucht, dich anzurufen, du hast nicht geantwortet. Und auf der Videoaufzeichnung aus der Bibliothek waren nur deine Sachen auf einem ansonsten leeren Tisch, und das eineinhalb Stunden lang. Wo warst du?"

Cyrris erinnerte sich plötzlich, in einem alten Buch aus dem zwanzigsten Jahrhundert einmal eine ganz ähnliche

Szene gelesen zu haben. Dort hatte die Hauptperson sich aufgeregt: 'Du spionierst mir nach?' Der Vorwurf war ihr schon damals absurd erschienen. Es kostete Mindo einen Knopfdruck auf seinem tragbaren Empfänger, um herauszufinden, wo sie war, und wenn sie in der Bibliothek war und sich nicht meldete, kostete es ihn einen weiteren Knopfdruck auf dem nächsten Computer, um die Videoaufzeichnung aus der Bibliothek abzurufen. Letztendlich war es kein Spionieren, Cyrris hätte es schließlich nicht anders gemacht, wenn sie ihrerseits Mindo gesucht hätte. Und dass jemand seinen Positionssender so lange einfach liegenließ, war wirklich ungewöhnlich.

„Wo warst du, Cyrris?", fragte Mindo wieder.

Sie zuckte mit den Schultern und wusste, dass sie schlecht schauspielerte.

„Ich weiß nicht mehr, wirklich. Wahrscheinlich wollte ich auf die Toilette oder einen Kaffee trinken, und dann habe ich jemanden getroffen und bin aufgehalten worden, oder so etwas."

„Du bist weder auf der Videoaufzeichnung in der Cafeteria noch auf der vor den Toiletten. Warum sagst du es nicht, Cyrris? Ich habe es noch nicht nachgesehen, aber ich kann es herausfinden, das weißt du doch auch."

„Dann tue es doch", sagte Cyrris giftig. „Hast du sonst noch etwas Ungewöhnliches an mir bemerkt?"

„Du warst gestern Mittag eineinhalb Stunden lang in der Schulcafeteria", sagte Mindo.

„Ja. Ich habe gegessen."

„Du isst sonst nie so lange", sagte Mindo. „Und du warst alleine, an einem Zweiertisch. Hast du auf jemanden gewartet, der nicht gekommen ist?"

„Das", sagte Cyrris kühl, „ist zum Glück eine Information, die man noch nicht auf dem Positionsempfänger oder den Videoaufzeichnungen findet."

„Vielleicht nicht da, aber irgendwo anders doch. Jeder, der es will, kann es ohne große Mühe herausbekommen."

„Dann brauchst du mich ja auch nicht danach zu

fragen", antwortete Cyrris. „Hast du auch schon überprüft, wann und ob ich Nachrichten auf meinem persönlichen Empfänger bekommen habe?"

Mindo zögerte mit der Antwort, was Cyrris genau verriet, dass er es getan hatte. Es war seltsam, dass ausgerechnet das jahrhundertealte Postgeheimnis die Informationsreform überlebt hatte, nicht als echtes Geheimnis, natürlich, sondern als eine gewisse Scheu der Menschen, fremde Briefe und Nachrichten zu lesen. Auch wenn die Informationen zur Verfügung standen, es gehörte sich nicht, und wenn man es doch tat, dann schwieg man zumindest darüber. Mindo schwieg noch aus einem anderen Grund: Cyrris hatte gestern während ihres einsamen Mittagessens keinen Anruf und keine Nachricht bekommen; zumindest keine elektronische. Aber Mindo hatte sehr aufmerksam geforscht.

„Du hattest einen Zettel in der Hand, gestern in der Cafeteria", sagte Mindo. „Ich habe es auf der Aufzeichnung gesehen."

Cyrris nickte gleichgültig. „Du weißt, ich schreibe manchmal mit der Hand."

„Das war bestimmt keine Mitschrift aus einem Kurs, die du dir eine ganze Stunde lang aufmerksam angeschaut hast."

„Und wie hast du das erkennen können?", stichelte Cyrris. Sie wusste genau, dass die Auflösung der Videoaufzeichnung im Internationalen Datennetz nicht ausreichte, um eine Handschrift auf einem Zettel leserlich abzubilden. Nicht, dass es nicht technisch möglich gewesen wäre, aber die Erhöhung der Auflösung ging über das hinaus, was ein durchschnittlicher Mensch auf seiner Suche nach Informationen auf sich nehmen würde. Man lernte schließlich schon früh, mit der Fülle von Daten zurechtzukommen, indem man die Suche nach einer Information rechtzeitig aufgab und an anderer Stelle weitersuchte, wenn es zu schwierig wurde. Die völlige Geheimhaltung einer Information war unmöglich geworden; ein modernes

Geheimnis schuf man, indem man den Zugang dazu an möglichst vielen Stellen möglichst schwierig machte, ohne Verdacht zu erregen. Es konnte eigentlich nur funktionieren, wenn man alles so unauffällig gestaltete, dass überhaupt niemand vermutete, es könnte ein Geheimnis geben. Sobald jemandem auffiel, dass es eine Tatsache gab, die man nicht ohne weiteres in Erfahrung bringen konnte, war das Geheimnis so gut wie verraten. Die Menschen hatten große Angst bekommen vor Geheimnissen, und wer Angst hatte, vergrößerte seine Anstrengungen, eine neue Spur zu entdecken.

Mindo bestätigte Cyrris' bisherige Erfahrungen. Sie hatte ihn selten so beunruhigt gesehen.

„Cyrris, bitte, sag' es mir." Wenn sie sich richtig erinnerte, hatte sie ihn noch nie in diesem Tonfall bitten hören. „Es wird sowieso herauskommen, was immer es ist."

Cyrris legte den Kopf wieder auf die verschränkten Arme und verlieh der Geste einen Anstrich von Endgültigkeit. „Wir werden sehen."

Das Display der Uhr auf dem Schreibtisch zeigte schon den neuen Tag an, es war weit nach Mitternacht. Cyrris hatte ihren Eltern schon vor Stunden gute Nacht gesagt, aber sie dachte noch längst nicht daran, schlafen zu gehen. Die Feinstaubferien gingen morgen weiter, und Cyrris sah keinen Sinn darin, früh ins Bett zu gehen und die langen, ungestörten Abendstunden ungenutzt zu lassen, wenn sie morgen genauso gut ausschlafen konnte wie in den letzten Tagen auch. Ihren Eltern würde es nicht auffallen, wenn bis tief in die Nacht Licht in ihrem Zimmer brannte, die automatische Tür mit dem Luftfilter schluckte neben den Feinemissionen auch das Licht, und die Videokamera in Cyrris' Zimmer war schon seit längerem kaputt. Ihre Eltern hatten Kameras bei ihr und auch bei Mindo installieren lassen, als sie noch Säuglinge gewesen waren, damit sie es immer gleich sehen konnten, wenn etwas nicht in Ordnung war. Eine einmal installierte Kamera baute niemand ab, dazu war sie einfach zu praktisch, allein schon um festzustellen, was jemand tat und ob man ihn dabei stören konnte oder nicht, aber als die Kamera dann vor einem knappen Jahr kaputtgegangen war, hatten sich Cyrris' Eltern nicht darum gekümmert, sie reparieren zu lassen, denn so wichtig erschien sie ihnen dann auch nicht. Hätten sie es versucht, hätten sie festgestellt, dass sie irreparabel beschädigt war – Cyrris war gründlich gewesen. Eine Bildübertragung aus ihrem Zimmer fand seitdem nicht mehr statt, und sie musste nicht mehr fürchten, dass ihre Eltern ihre nächtlichen Tätigkeiten beobachteten, denn um nach dem Gutenachtgruß noch einmal in die obere Etage der Wohnung zu gehen und persönlich nach ihrer fünfzehnjährigen Tochter zu sehen, waren sie dann doch zu bequem. Sie waren es einfach gewöhnt, dass man nicht mehr aufstehen musste, um zu wissen, was andere Menschen gerade machten und wo sie waren. Natürlich musste Cyrris aufpassen, keinen Lärm zu machen, dann wären ihre Eltern sofort in die obere Etage gestürzt, um nachzusehen, aber ansonsten waren sie fest davon überzeugt, dass sie schlief, und Cyrris war ungestört. Manchmal reizte es sie fast zum Lachen, wie sehr die Menschen gelernt hatten, auf Videobilder und Signale von Positionsempfängern zu vertrauen und es ihnen überhaupt nicht in den Sinn kam, dass irgend etwas möglicherweise nicht so war, wie es schien. Cyrris' Freund Andreo war es gelungen, das Bild der Kamera aus seinem Zimmer auf dem Computer seiner Eltern durch eine Videoaufzeichnung zu ersetzen und je nach Tageszeit ein leeres Zimmer, ein Zimmer mit einem fleißig am Schreibtisch arbeitenden Andreo und einem friedlich schlafenden Andreo zu ersetzen, aber er war immer ein wenig in Sorge, dass etwas den Ablauf stören könnte und seine Eltern ein falsches Bild sehen würden. Cyrris' Lösung war wesentlich effektiver.

Cyrris unterbrach sich grinsend in ihren Gedanken und widmete sich wieder ihren Tagebuchaufzeichnungen, die sie per Hand in einem kleinen Buch führte, wie alles, was sie schrieb, in zu kleiner Schrift, um mit der Auflösung einer durchschnittlichen Überwachungskamera ein leserliches Bild abgeben zu können

Sie hörte die leisen Schritte draußen auf dem Flur, die sich der Zimmertür näherten, rechtzeitig, um mit einem Tippen auf den Lampenschirm das Licht zu löschen und mit der anderen Hand ihren Positionsempfänger zu Rate zu ziehen. Das schwach leuchtende Display zeigte ihr, dass keines der drei anderen Positionssignale in der Wohnung sich bewegte, also waren es nicht ihre Eltern. Es musste Mindo sein, der ebenso wie sie schon im Schlafanzug im Bett liegen sollte und seinen Positionssender irgendwo in seinem Zimmer abgelegt hatte. Cyrris musterte die Dunkelheit in Richtung der Tür misstrauisch.

Halb kratzte es, halb klopfte es an der Tür.

„Cyrris?“, klang Mindos Stimme fragend durch die Tür, gedämpft von den Luftfiltern.

Cyrris überlegte sich, ob sie so tun sollte, als ob sie schliefe und entschied sich dagegen.

„Ja, was ist?“, fragte sie knapp.

Es kratzte wieder an der Tür. „Ich muss mir dir reden. Darf ich hereinkommen?“

Cyrris verdrehte die Augen. Sie saß komplett angezogen auf ihrem Bett, Mindo würde wieder Fragen stellen. Sie hätte ihn wegschicken können, er wäre nicht gegen ihren Willen hereingekommen. Er hätte keine Skrupel gehabt, sie die ganze Nacht lang zu beobachten, hätte die Kamera nur funktioniert, aber einfach hereinzukommen traute sich niemand.

Sie schickte ihn trotzdem nicht weg, seine Stimme klang zu dringlich.

„Ja. Komm' herein“, sagte sie, während sie das Licht wieder einschaltete.

Die Tür glitt auf, und Mindo trat zögerlich ein. Über seinem Schlafanzug trug er einen Pullover, und an den Füßen sah Cyrris zwei unterschiedliche Socken.

Sie versuchte erst gar nicht, den Umstand zu verbergen, dass sie gelesen und geschrieben hatte, verzichtete sogar darauf, das Buch von den angezogenen Knien zu nehmen, sondern sah nur nachlässig auf. „Ja?"

„Ich muss mit dir reden", sagte Mindo. Es klang dumpf, aber entschlossen, und plötzlich wurde Cyrris bewusst, dass Mindo in den letzten beiden Tagen, seit ihrem Gespräch auf der Treppe, still und nachdenklich gewesen war. Es war ihr nicht aufgefallen, natürlich, sie hatte anderes zu tun, aber wenn sie ehrlich war, hatte sie ihn selten so verstört gesehen. Mit einer kurzen Geste winkte sie ihn näher und klopfte auf das Bett. „Setz dich. Was gibt es? Kannst du nicht schlafen?"

Mindo kam näher und setzte sich auf die Bettkante, scheu, aber die Neugier reichte noch, um einen schnellen Blick in Richtung des Buches auf Cyrris' Knien zu werfen. Mit einer kurzen Bewegung der Rechten ließ sie es abrupt zuklappen. Das dumpfe Geräusch ließ Mindo zusammenzucken, und Cyrris verkniff sich ein Grinsen. Es war um so vieles wirkungsvoller als das Schließen eine Computerdatei, und anders als bei einer Datei existierte es nur einmal, und man musste ihr schon die Finger brechen, um Zugriff auf das Buch zu erhalten.

Erst jetzt bemerkte Cyrris, dass Mindo etwas in der Hand hielt, einen vielfach gefalteten Zettel, den Ausdruck einer Computerbilddatei auf dünnem Papier, den er nervös zwischen den Fingern drehte.

„Etwas Interessantes?", fragte Cyrris provozierend und deutete darauf.

Mindo entfaltete den Zettel, strich ihn glatt und reichte ihn ihr. Es war das Bild einer Videokamera in der Schule, der Gang vor den Laboratorien, und es war die Ecke, von der Andreo behauptet hätte, sie läge im toten Winkel von jeder der vier Kameras auf dem Gang. Offenbar hatte er sich geirrt. Der Ausdruck zeigte Cyrris und Andreo vor drei Tagen, als schemenhafte Gestalten in Grautönen, aber dennoch in ausreichend feiner Auflösung, um ihre Gesichter sehen zu lassen und den Kuss. Es war in Wirklichkeit nicht mehr als ein flüchtiges Umarmen und Küssen gewesen, aber auf dem Bild sah nach es einem sehr langen, leidenschaftlichen Kuss aus, das Problem jeder Momentaufnahme.

Cyrris grinste und gab Mindo das Bild zurück.

„Hast du es schon allen gezeigt?“, fragte sie amüsiert.

„Nicht, dass ich denke, dass jemand sich für küssende Schüler auf dem Gang interessiert, aber …“ Sie schlug ihr Büchlein wieder auf.

„Ich habe es noch niemandem gezeigt.“ Mindos Stimme war sehr klar, Cyrris sah unwillkürlich auf. „Ich wollte dich zuerst fragen, warum ihr es geheimhaltet.“

Cyrris antwortete nicht gleich, sie sah Mindo schlucken, und dann war es mit seiner Beherrschung vorbei. Seine Stimme war hell und schrill und laut. „Warum, um Himmels willen, haltet ihr es geheim?“

Cyrris hob erschrocken die Hand und legte den Finger an die Lippen, und deutete nach unten, wo unter den Räumen der oberen Wohnungsetage das Zimmer ihrer Eltern lag, und das brachte auch Mindo zum Verstummen. Einen Moment hielten sie den Atem an, aber alles blieb ruhig, und Cyrris beschloss, einen allerletzten Versuch zu machen, alles herunterzuspielen.

„Warum denkst du, dass wir es geheimhalten?“ Sie deutete auf das Blatt in Mindos Hand. „Jeder kann sich das ansehen.“

Mindo hob den Kopf, und sie sah Tränen in seinen Augen glitzern.

„Denkst du, ich bin dumm?“ Seine Stimme war nicht mehr als ein heiseres Zischen. „Das ist ein toter Winkel, normalerweise nimmt das keine Kamera auf. Sie haben bei einer Reparatur vor ein paar Tagen die rechte Kamera falsch montiert, und sie hat hauptsächlich die Wand aufgenommen und nur zufällig ein oder zweimal den Winkel. Das Bildmaterial wurde nicht ausgewertet, ich habe nur zufällig die automatische Sicherungskopie gefunden, ehe sie gelöscht wurde. Niemand hat das gesehen außer mir, und ihr wolltet auch nicht, dass es jemand sieht! Warum tut ihr das?“ Mindo zerrte das Papier auseinander und wies auf das eine der grauschattierten Gesichter. „Ich kenne ihn sogar, er ist in deiner Jahrgangsstufe. Andreo.“ Mindo holte Luft. „Wenn ihr ein Paar seid, warum haltet ihr es geheim? Was ist dabei?“

Cyrris blickte auf Mindos blonde Haare und lächelte. Er war so dicht davor, es herauszufinden, sie konnte ihn einweihen.

„Es hängt damit zusammen, wie wir uns kennengelernt haben.“

„In der Schule“, sagte Mindo schwach die allgemein verfügbare Information auf.

„Wie wir uns besser kennengelernt haben“, verdeutlichte Cyrris. „Es war ursprünglich eine Idee von Janetta und mir. Mittlerweile sind wir fast zwanzig, aber es funktioniert trotzdem.“

„Was funktioniert?“ fragte Mindo.

„Das Geheimnis. Wir haben ein richtiges Geheimnis geschaffen, von dem nur wir wissen.“ Cyrris holte Luft. „Zwanzig Leute wissen etwas, das der Rest der Welt nicht weiß.“

Sie genoss einen Moment Mindos halb staunenden, halb verständnislosen Blick, ehe sie weitersprach.

„Es hat mit einem Schulprojekt angefangen. Wir sollten einen Vortrag zu einem aktuellen Thema halten.“

„Welches Fach?“

„Moderne Lebensführung. Janetta und ich hatten uns das Thema schon ziemlich genau überlegt. 'Das Geheimnis damals und heute' oder so ähnlich, aber die Lehrerin wollte nicht. Sie hat gesagt, sie will keinen historischen Vortrag darüber, wie früher alles war, und heute gebe es nun einmal keine Geheimnisse mehr. Am Anfang war es nur Trotz, wir haben uns überlegt, dass wir trotzdem ein Geheimnis schaffen, dass wir uns treffen, dass wir etwas tun, ohne dass es irgendwo eine Information darüber gibt.“

„Und?“, fragte Mindo ungläubig.

„Es hat nicht ganz funktioniert. Ganz ohne eine

Information darüber geht es nicht. Aber es geht anders. Wir können ein Geheimnis erschaffen, indem wir nur Informationen hinterlassen, die sowieso niemanden interessieren."

„Das verstehe ich nicht."

„Gut, ein Beispiel. Ich verlasse während der Unterrichtszeit in einer freien Stunde die Schule und will nicht, dass es jemand weiß."

„Das ist unmöglich", sagte Mindo überzeugt.

Cyrris lächelte. „Das habe ich schon gemacht."

„Nein", sagte Mindo. Es klang fast verstört.

„Doch. Es ist eigentlich nicht einmal schwer. Ich gebe meinen Positionsempfänger Janetta. Wir sind sowieso immer zusammen und haben fast alle Kurse gemeinsam, es fällt nicht auf, wenn unsere Signale immer zusammenbleiben. Das Schulgebäude verlasse ich in der Pause in einer großen Gruppe, am besten mit Janetta gemeinsam. Mein Bild ist zwar auf den Aufzeichnungen, aber es widerspricht nicht dem Signal. Das Schulgebäude ist alt, neben dem Eingang gibt es einen Winkel, der nicht kameraüberwacht wird. Ich warte, bis die nächste Gruppe kommt und verlasse mit ihr den Schulvorplatz."

„Auf den Straßen werden auch Videoaufzeichnungen gemacht", sagte Mindo.

„Die sieht fast niemand an, jedenfalls nicht, wenn er nicht einen bestimmten Ort und eine bestimmte Zeit angeben kann. Die Chance, den Gesuchten durch Zufall in einem größeren Gebiet zu entdecken, ist einfach zu gering. Wir haben es ausprobiert."

„Die Informationen sind trotzdem da", sagte Mindo.

„Ja, aber wenn es zu aufwendig ist, sie auszuwerten, tut es niemand, und die Sache bleibt geheim."

„Und wenn dich jemand anruft?"

„Das ist ein Problem. Andreo arbeitet an einem Gerät, das die Signale empfängt und auch zurücksenden kann, aber ohne eine Positionsbestimmung abzugeben. Wir haben uns noch nicht getraut, es zu testen."

Mindos Schweigen war beredt, aber ganz überzeugt war

er noch nicht.

„Und was ist nun das Geheimnis?“, fragte er. „Dass es immer noch Geheimnisse gibt, nur weil sie zu unbedeutend sind, damit sich jemand dafür interessiert?“

Cyrris grinste, rutschte vom Bett und ging zu ihrem Regal, in dem alte Bücher und stapelweise gebundene Computerausdrucke achtlos herumstanden, weil niemand sie brauchte. Jedes dieser Schriftstücke konnte man viel besser und viel schneller im Internationalen Datennetz abrufen, bis auf eines. Es war ein schmales, blaues Buch, das sie zwischen den anderen Ausdrucken hervorzog, dort, wo niemand ihm Beachtung schenken würde. Mindo nahm es interessiert entgegen.

„Das Geheimnis im Hier und Jetzt“, las Mindo den mit dem neuesten Layoutprogramm gestalteten Titel und spielte Daumenkino mit den weißen, farbig bedruckten Seiten, auf denen die vielen Dinge geschildert waren, in Wort und Bild, die sie gemacht hatten und von denen niemand wusste. Vorne auf der ersten Seite stand ein Datum, es war fast ein halbes Jahr her, dass das Buch entstanden war.

„Es gibt achtzehn Exemplare“, sagte Cyrris. „Der Titel war Andreos Idee. Wir hatten alle keine Lust, den geschichtlichen Abriss zu schreiben.“

„Wer hat das drucken lassen?“

„Janetta hat es in der Firma ihres Vaters gedruckt, um zu sehen, ob wir es können, ohne dass es jemand merkt.“

„Wie hat sie das gemacht?“

Cyrris zuckte ein wenig mit den Schultern. „Nachts. Nachts kann man gut ohne Positionsempfänger durch die Stadt spazieren; und es wundert sich auch niemand, wenn man sich auf einen Anruf nicht meldet. Man muss nur mit den Kameras aufpassen.“

„Aber das – das ist eine Computerdatei, die sie hier ausgedruckt hat.“

„Renon aus der Wohnung unter uns experimentiert schon seit längerem mit Dateien, die nur eine Zehntelsekunde existieren und sich dann selbst zerstören, ehe es eine Kopie geben kann. Bisher haben ihn alle nur ausgelacht, aber er ist wirklich gut. Die Dateien existieren gerade lange genug, um den Druckbefehl geben zu können, und sie sind schon längst nicht mehr da, wenn der mechanische Drucker noch arbeitet. Eigentlich war Janettas größte Sorge, jemand könnte merken, dass Papier und Farbe verbraucht wurden. Das war ziemlich offensichtlich, aber darum hat sich niemand gekümmert."

„Das heißt, ihr könnt es nicht reproduzieren?", fragte Mindo und wog das schmale Buch fast ehrfürchtig in den Händen.

„Nicht ohne das Papierexemplar", bestätigte Cyrris. „Es ist auch nicht nötig. Wir sammeln Stoff für Band zwei." Sie lächelte und deutete auf den Computerausdruck, den Mindo noch immer in der Hand hielt. „Eigentlich sollte es mit Andreos und meiner Beziehung anfangen, denn das wird auch eine Überraschung für die anderen im Geheimnis sein, das wissen wirklich nur wir beide. Wir halten das schon fast zwei Monate geheim."

„Wird euch das nicht zu anstrengend?", fragte Mindo.

Cyrris wog den Kopf. „Wir sind in letzter Zeit ein bisschen unvorsichtig geworden, das stimmt. Wir werden es nicht ewig geheim halten. Aber es ist ein schönes Gefühl, dass wir es sind, die entscheiden, wann es bekannt wird. Es ist ein so schönes Gefühl, dass wir vielleicht noch ein bisschen warten."

Cyrris grinste in sich hinein und nahm Mindo das 'Geheimnis im Hier und Jetzt' ab.

„Es ist wie mit dem Buch", sagte sie und hob es hoch. „Wir wollten es eigentlich der Lehrerin zuspielen. Wir konnten es in ihr Fach im Lehrerzimmer schmuggeln, und dann über die Kameraübertragung ihr Gesicht beobachten, wenn sie es findet. Aber es macht so viel Spaß, zu wissen, dass nur wir davon wissen."

„Darfst du mich denn einweihen?", fragte Mindo.

Cyrris nickte und wies auf den Computerausdruck. „Wir weihen jeden ein, der etwas herausfindet, was geheim bleiben sollte. Wir versuchen, herauszufinden, wie viele Leute das Geheimnis tragen können. Eigentlich dachten wir, bei fünf ist Schluss. Aber es funktioniert zu gut. Alle haben mehr Spaß am heimlichen Wissen als am Verraten, mittlerweile haben wir Geheimnisse im Geheimnis, wie das zwischen Andreo und mir." Cyrris grinste. „Aber um wirklich dabeizusein, musst du mitmachen. Finde etwas, was du geheim halten willst. Jeder von uns kann dir helfen."

Mindo sah ratlos aus. „Ich weiß nicht."

„Man kann mit etwas Leichtem anfangen. Ich schlage dir etwas vor", sagte Cyrris.

„Ja?"

„Lass uns mit Renon reden, dann erreichen deine Hausaufgaben die Schule morgen ohne Zeitangabe."

Ulf Großmann

Verfahren

Der Wind wehte die nach frischem Gras duftende Luft um seine Nase, als Rubi das Vorstadtlokal verließ. Das Gebäude war unansehnlich. Die innere Ausstattung aber vermochte mit den größten Mietraumaufenthaltshäusern zu konkurrieren. Hier fand jeder mit genügend Geld mehr als ausreichende Vergnügungsmöglichkeiten. Der Wind kam aus Richtung Stadtzentrum. Dieser Duftschleier, mit Sauerstoff angereichert, der in den besseren Stadtvierteln aus winzigen Öffnungen der Kunststoffbetondecke strömte, sollte das Wohlbefinden steigern. Rubi ging es nicht besser. Linda fehlte.

Er schob die Gedanken an sie beiseite und ging zum Wagen. Die Türen öffneten sich. Er stieg ein und fuhr los. Ihm fielen zum ersten Mal die noch lesbaren Buchstaben an der Fassade des Lokals auf. Hot l Ke pi ski. Das Fragment sagte ihm nichts.

Zwei Wege führten in die Stadt. Rubi nutzte die Untertunnelung, dort wurde alles technisch überwacht und es gab keine Stichprobenkontrollen. Er hatte illegale Drogen konsumiert. Er pfiff auf die Verbote und konnte es auch.

Mit seinem Drogengeld wurde schließlich die Wirtschaft angekurbelt. Außerdem war er sonst sauber.

Der Tunnel schluckte ihn. Rubi schaltete den Autopiloten ein und lehnte sich zurück. Ihm stand der Sinn nach postklassischer Musik. Er rief die Beatles ab, *Yesterday* erklang.

Seltsames Rhythmusgefühl haben die gehabt, dachte Rubi. So melancholisch. Er versuchte mitzupfeifen, es misslang. *Das muss eine traurige Zeit gewesen sein.*

Nach fünf Minuten tauchte er wieder aus dem Tunnel auf. Die Silhouetten der Hochhäuser flogen an den getönten Scheiben vorüber. Im Innenviertel der Stadt waren kaum Kontrollen zu erwarten. Für die Ausnahmen der

Regel hatte er eine saubere Urinprobe und genügend Pfund einstecken.

Seit die Regierung von den Goldenen Zehn, den zehn am höchsten dotierten Unternehmen Europas, gestellt wurde, ging es bergauf. Er hatte ausgesorgt. Als ehemaliger Regierungsangestellter der Wahlregierung bezog er mit 32 Jahren eine Pension und erhielt halbjährlich Aktienanteile der regierenden Unternehmen. Mit seiner Identitätskarte hatte er Zugang zu fast allen Stadtbezirken. Sein Status war dem eines Firmenanwalts oder mittleren Managers gleichzusetzen.

Er löste den Sicherheitsgurt und öffnete mit einem Knopfdruck die Minibar.

Plötzlich krachte es, der Wagen blieb stehen.

Rubi bekam einen Flaschenhals aufs rechte Auge. Ein brennender Schmerz. Seine Urinprobe lief ihm über das Bein.

„Au, scheiß Technik", fluchte Rubi.

Er drückte sein Taschentuch aufs rechte Auge, stieg aus. Das Hindernis war menschlich. Ein alter Mann, dessen langes graues Haar über den starren Augen in der Luftströmung der Stadtklimaanlage wehte. Tot!

Rubi zog ihm die Identitätskarte aus der Tasche. Rot. Er atmete auf. Darum hatte das Auto nicht gestoppt. Eine Negativperson. Nicht weiter schlimm. Das wurde nicht bestraft. Wieder einer weniger von diesen Schnorrern, die durch die Länder zogen und Grundnahrungsmittel an Versorgungsständen außerhalb der Städte erhielten.

Der Zusammenstoß war eine Art biologische Auslese gewesen. Diese Subjekte hatten nichts in der Stadt zu suchen! Ein Fall für die morgendlichen Putzmaschinen.

Rubi schüttelte sich, stieg wieder ein und befühlte sein Auge. Er drückte den Autopilot und fuhr weiter.

Viele Negativpersonen und Behinderte waren vor Jahren eliminiert worden. Dann traten Menschenschutzorganisationen auf und drohten mit Anschlägen auf die Regierungsunternehmen. Die Einigung war ein fauler

Kompromiss, wusste Rubi.

In den nächsten Generationen würde es zum Glück so etwas nicht mehr geben. Durch die Nahrungsmittel, die die Negativpersonen erhielten, wurden sie unfruchtbar.

In drei Jahren wollte Rubi ein Kind. Er dachte an Linda. Ja, er wollte eine Frau und sich dann mit ihr ein Kind zeugen lassen. Am besten mit Linda.

Es konnte nichts schief gehen. Fehlerhafte Zygoten, wenn gentechnisch nicht reparabel, wurden zerstört. Bei unvorhersehbaren Fällen erfolgte das schnelle Ableben des Säuglings. Irgendwann würde die Welt sauber sein. Sein Kind konnte in einer reinen Welt aufwachsen, rundum glücklich. Rubi lächelte.

Die vertraute Glasfront erschien. Daheim. Rubi stellte den Wagen ab, lief zur Eingangstür.

„Öffnen! 1269", sagte Rubi und drückte seine Identitätskarte in den Identitätskartenscanner. Die kugelsicheren Glasscheiben schoben sich lautlos auseinander. Der Schnellaufwärtstransporter brachte ihn bis zu seiner Wohnung im 56. Stockwerk.

Im Flur stolperte er über den Gefrierkoffer mit den sauberen Blut- und Urinproben. Der sollte hier nicht so herumliegen! Rubi war in letzter Zeit ziemlich durch den Wind. Scheiß Drogen!

In der Küche schluckte er eine Vollwertmahlzeittablette. Die würde ihn wieder in Schwung bringen. Er musste etwas gegen seine melancholische Stimmung tun. Zwei Glückstabletten sollten reichen. Sie schmeckten zu süß, aber erfüllten meist ihren Zweck.

Er ließ sich die neuesten Nachrichten vom Wandbildschirm vorlesen:

Überschwemmungen in Bangladesh / Kampfhandlungen der Nationalstaaten in Afrika gehen weiter, Europa hat auch die restlichen Truppen abgezogen / Japan droht Sibirien mit Militärschlag in der Südkurilenfrage / Handelsembargo gegen die Vereinigten amerikanischen Staaten wird aufrechterhalten / die

Goldenen Zehn bewilligen mehr Gelder für Grenzsicherung / Entlassungen bei Aguti lassen Aktien in die Höhe schnellen / Beretta auf Platz elf im Aktienindex gerutscht. Airbus-Krupp jetzt auf Platz zehn und in der Regierung / ...

Keine schlechten Nachrichten, dachte Rubi. In den letzten Stunden hatte sich sein Vermögen um zehn Prozent vermehrt.

Die Präsidentschaft von *genfood & tanks* war nicht gefährdet. Dass die *Airbus-Krupp AG* unter die ersten zehn kam, war zu erwarten gewesen. Sie hatten sich an der Urlaubsraumstation und dem neuen Vakuumraketensystem Beteiligungen gesichert.

Im Bad sah er, dass die Netzhaut des rechten Auges blutunterlaufen war und die Schwellung ringsherum zunahm. Er würde diese Woche zum Augenchirurgen gehen, da konnte er gleich noch die Augenfältchen behandeln lassen. Für den vorgeschriebenen Patientendrogentest würde er ein paar Pfund zahlen müssen.

Die Toilette verkündete, dass sein Gesundheitszustand nicht der beste sei. Er wusste es. Er schlug auf die Anzeige, die splitterte und er verletzte sich seinen Daumen. Rubi leckte über die Wunde und sprühte dann etwas Hautspray auf den Finger.

Wieder im Wohnraum rief er seinem Organisationsphon auf dem Schreibtisch die Bestellung zweier Karten für den Erlebnispark zu. Korrigierte dann. Eine.

Seit Linda ihn verlassen hatte, konnte er sich wieder richtig austoben.

Rubi wählte Lindas Profil und ließ hastig das Sexprogramm des Taschencomputers durch seinen Körper rieseln. Der Orgasmus kam, verschaffte ihm jedoch keine echte Erleichterung.

Er ging wieder ins Bad. Dort warf er seine Sachen in den Waschschrank und ging unter die Sterildusche. Keimfrei und mit frischen Sachen fühlte er sich besser.

Er setzte den Putzroboter in Gang, nahm sich ein

Kühltuch für sein Auge, und verließ das Haus.

Rubi schob seine Identitätskarte über den Verriegelungsscanner seines Wagens. Die Tür öffnete sich. Er stieg ein.

„Schließen! 1269!" Die Tür verriegelte sich.

Er würde jetzt in den Lichtklub fahren, sich die Depressionslaune vertreiben lassen. Die Glückstabletten wirkten nicht. Im Klub konnte er sich bessere besorgen. Er brauchte stärkere und vor allem eine neue Linda.

Die beleuchteten Glas- und Kunststoffbauwerke glitten vorbei. Er bemerkte nur ein paar Sicherheitsbeamte. Eigentlich kaum nötig. Die Kriminalitätsrate hielt sich seit Monaten bei 0,1 Prozent. Laut Statistik.

Sein Auto bog in die falsche Straße. *Der Satellit spinnt*, dachte Rubi. Er schaltete die Automatik aus und gab die erforderlichen Daten per Hand ein.

Zehn Minuten später erschien die illuminierte Front des Klubs.

Er parkte seinen Wagen im Innenhof.

Beim Trockenspringbrunnen standen zwei Sicherheitsbeamte und sahen kurz zu ihm. Er nickte, ging um die Ecke zum Eingang.

„1269, Einlass!", sagte er und drückte seinen Daumen auf die Einbuchtung neben der Tür.

Eine kleine Scheibe fuhr beiseite.

Haben die wieder mal die Software gewechselt?, dachte Rubi. Oder hatte das Hautspray die Daumenlinien verwischt? Er rieb den Daumen an seiner Hose.

„Irisrechtslegitimation!", forderte die Computerstimme.

Rubi hielt sein rechtes Auge über den Scanner – das schmerzte - und schob seine Identitätskarte in den Schlitz.

„Person ohne Berechtigung für grüne Identitätskarte."

Die Scheibe fuhr wieder vor den Scanner und den Identitätskartenschlitz.

Rubi wurde blass.

„Das ist nur das Auge!" Er schlug gegen die Scheibe. „Meine Identitätskarte, du Dreckstück!"

Keine Antwort. Nur Stille, perfekt durch den im Vorgarten des Lichtklubs eingebauten Lärmbeseitiger. Mit seinem Blutbild konnte er sich nicht an den Sicherheitsdienst des Klubs wenden.

Rubi wurde noch blasser. Ohne grüne Identitätskarte war er verloren. Selbst wenn alles nur ein Fehler war. Diese Chips hatten ihn soeben zu Freiwild erklärt.

Ohne Identitätskarte konnte er den Wagen nicht starten, ja nicht einmal öffnen. Die Sicherheitsbeamten beim Trockenspringbrunnen würden ihm nicht helfen. Eher das Gegenteil. Eine Person, die sich nicht identifizieren konnte und Drogen im Blut hatte ...

Er blickte um sich, dann begann er zu rennen. Bis nach Hause würde er es wahrscheinlich nicht schaffen, ohne in eine Kontrolle zu geraten. Wenn eine Streife ihn auf dem Weg, ohne Legitimation und Drogenpositiv schnappen würde, wären zwei Jahre Rehabilitationsanstalt die günstigste Variante. Seine Überlegungen stoppten bei Linda. Seiner Linda. Zu ihr war es nicht so weit.

Eine Stunde später stand er vor ihrem Haus. Er konnte sich nicht anmelden. Ohne Identitätskarte unmöglich. Sie wohnte zwar nur im zweiten Stock, doch wenn er etwas gegen die Fensterfront warf, würde sicher ein Alarm ausgelöst werden. Doch was sollte er auch werfen? Die Straßen und Wege waren blank geputzt. Abfälle oder Steinchen gab es nur in den Außenbezirken.

Er müsste Linda anrufen. Das Phon lag im Wagen.

Da erinnerte er sich an den Hintereingang des Hauses. Am Anfang ihrer Beziehung hatte ihn Linda einmal dort hinausgelassen. Sie fand es ungemein romantisch. Einmal hatte er den dort für ihre Wohnung vorhandenen Klingelknopf gedrückt. Der funktionierte noch. Wenn man bei Schulz klingelte, hörte es Linda in ihrer Wohnung. Sie hatte ihm damals lächelnd geöffnet, fast nackt. Der Kitzel, dass die Nachbarn sie sehen könnten, hatte sie erregt.

Rubi drückte den Knopf und wartete. Natürlich würde sie nicht wegen irgendeines Klingelns das Haus verlassen.

Dann öffnete sich der Hintereingang. Linda hielt einen Elektroschocker in der Hand.

„Ich bin's", flüsterte Rubi.

Sie musterte ihn im dämmrigen Licht. „Rubi?"

„Ich habe meine Identitätskarte verloren", sagte er.

„Komm rein." Sie fasste nach ihm. Er spürte ihre Hand an seinem Arm, die ihn zum Aufwärtstransporter zog. Ein kurzes surren. Sie waren da. Vor ihrer Wohnung ließ sie ihn los.

In den Zimmern hatte sich nichts verändert. Rubi sah Linda genauer an. Sie hatte sich auch nicht verändert. Für sie hätte er jedes Sexprogramm aus dem Taschencomputer gekickt.

„Dein Auge sieht ziemlich schlimm aus", sagte Linda.

„Ich geh morgen zum Augenchirurgen."

„Soll ich es mir mal ansehen?"

„Nein, geht schon."

„Was ist passiert? Drogen?"

„Ich hatte einen Unfall. Negativperson. Und irgendwo muss ich meine Identitätskarte verloren haben."

„Verloren?"

„Ja."

„Deine Ersatzidentitätskarte?"

„Hab ich irgendwo bei mir im Appartement."

„Ich soll dir jetzt helfen?"

„Du bist die Einzige."

„Du hast mich wegen meines Vaters angezeigt."

„War nicht so gemeint. Du weißt, dass es verboten ist, Menschen in der Wohnung zu pflegen. Dafür gibt es Hinfälligenstationen."

„Ich kenne die. Ich bin Ärztin." Sie zog die Augenbrauen hoch. „Wie du weißt."

„Dann ist ja alles gut. Dir ist ja auch nichts passiert."

„Sie haben ihn geholt."

„Lass die alten Geschichten."

„Lass ich", sagte Linda. „Ich helfe dir. Aber ich will dich nie wieder hier sehen."

Rubi nickte.

Sie gab ihm ihre Ersatzidentitätskarte. „Hier, damit bist du ein Teil von mir.“ Sie lächelte. „Fast wie Vater.“

Er ging nicht auf die Bemerkung ein. Bedankte sich höflich und knapp.

„Nicht nötig“, sagte Linda, „schick die Karte bald zurück. Wo der Wagen steht, weißt du ja.“ Sie schob Rubi vor die Tür. Er wollte noch etwas sagen, aber Lindas Tür schloss sich.

Aus ihnen würde kein Paar mehr werden. Egal. Erst einmal war er aus dem größten Schlammassel raus.

Er fuhr mit dem Abwärtstransporter zu den Hausautoparkdecks, fand ihren Wagen.

Die Türen öffneten sich, Rubi stieg ein. Der Wagen surrte los. Rubi atmete auf.

Linda atmete aus. Sie griff zum Telefon und rief die Sicherheitsdienstzentrale an.

„Ja, mein Wagen und eine Ersatzidentitätskarte wurden von einer Negativperson gestohlen. Starker Drogeneinfluss, würde ich sagen.“ Sie hielt ihre Erkennungsmarke ins Bild. „Ich bin Ärztin.“

Der Sicherheitsdienst bedankte sich, fragte nach.

„Ja, ich bin sicher. Die Nummer des Wagens ist 44553.“

Die entscheidende Frage des Dienstes kam.

Linda antwortete ohne Zögern: „Ja, Sie haben die Erlaubnis, die Implosionsfunktion des Wagens mit meinem Identitätskartencode zu aktivieren. 0998.“

Rubi wollte gerade die Minibar öffnen, als sich die Verriegelung schloss und die Automatik, von außen gesteuert, den Wagen zu einem der sogenannten Prüfbunker brachte. Er wollte es nicht glauben. Schlug auf die Knöpfe und Schalter. Nichts.

Um ihn herum wurde es dunkel. Die Bunkertüren schoben sich hinter dem Wagen zu, versiegelten den Raum. Er wusste, was kommen würde. Das war unter anderem sein Sachgebiet gewesen. An diesen Dingen hatte auch die neue Regierung nichts geändert.

„Bitte weisen Sie sich mit Ihrer Identitätskarte aus“, forderte der Lautsprecher in Lindas Wagen.

Rubi schob ihre Karte ein. Seine Hand zitterte. Er ahnte den letzten Kommentar der Computerstimme.

„Gestohlene Identitatskarte.“

Rubi lachte, dachte an Linda. Er hätte gern noch einmal Gras gerochen.

Matthias Beirau

Der Besucher

Magnus Kohlmann lief die Gangway mit unsicheren Schritten hinunter. Sosehr er es gewöhnt war, die schwankenden Planken seines Segelbootes unter seinen Füßen zu spüren, so unsicher fühlte er sich an Land auf festem Boden und die 21 Stunden im Flugzeug trugen nicht dazu bei, sein Gefühl zu verbessern. Sehnsüchtig hatte er sich während des Fluges an die Zeiten vor der großen Rohstoffkrise erinnert, als Flugzeugtreibstoff noch in beliebiger Menge verfügbar und ein Transatlantikflug noch in wenigen Stunden möglich war.

Er hatte das Flugzeug als einer der Letzten verlassen, um sich nicht mit dem Strom der Reisenden mitreißen zu lassen. Nun mündete die Gangway in eine helle Empfangshalle, an deren Ende die Personenschleusen des Zolls lagen. Große Displays an den Wänden priesen Waren und Dienstleistungen an, leise Musik füllte den Raum. Über den Ausgängen leuchteten auf Displays die Namen der Reisenden und wiesen ihnen die für sie bestimmten Schleusen zu.

Magnus blieb stehen und versuchte sich an den Displays zu orientieren. Die zu den beiden linken Ausgängen gehörenden Displays waren mit *Europäische Union und Nordamerika* in den Sprachen Deutsch, Französisch und Polnisch überschrieben. Über den beiden rechten Ausgängen stand *Süd- und Mittelamerika* in Portugiesisch und Spanisch. *Seltsame Sprachkombination*, dachte er bei sich. Auf einem etwas kleineren Display direkt über den Schleusen las er seinen Namen und ein Pfeil deutete nach rechts. Magnus blickte an das rechte Ende des Raumes und sah zwei uniformierte Grenzsoldaten mit auf dem Rücken verschränkten Armen stehen. Er tastete in seiner Tasche nach seinem Ausweis und ging zu den Grenzern.

Der Grenzsoldat führte Magnus in einen kleinen Raum mit sehr niedriger Decke. Ein Tisch mit vier Sesseln waren das einzige Mobiliar. In der Wand eingelassen leuchtete ein Display. Der Soldat wies mit einer routinierten Bewegung auf einen der Sessel und stellte sich dann neben die Tür. Magnus setzte sich. Eigentlich hatte er lange genug im Flugzeug gesessen, aber der Sessel war bequemer, als er auf den ersten Blick aussah. Er streckte die Beine aus und sein Blick fiel auf das Display in der Wand. Viel hatte sich, was die Präsentation der Nachrichtensender anbetraf, in den Jahren, die er nicht mehr hier gewesen war, nicht verändert. Eine attraktive Nachrichtensprecherin, neben ihrem Kopf Grafiken oder Einspielfilme, darunter Laufbänder mit aktuellen Nachrichten, an der Seite ein Streifen mit Börsennotierungen und diversen anderen Daten, von denen Magnus nur das aktuelle Wetter erkannte. Es waren mehr und andere Informationen, die nebenbei eingeblendet wurden, als er es gewohnt war. Dass der Ton fehlte, störte ihn eher weniger.

Magnus drehte den Kopf, als er hörte, wie sich die Tür leise öffnete. Ein hoch gewachsener Mann in Uniform betrat das Zimmer, Magnus' Koffer in der einen, einen kleinen Kasten in der anderen Hand. Er stellte den Koffer neben der Tür ab, ging auf Magnus zu und streckte ihm mit einem Lächeln die Hand entgegen.

„Ich habe mir die Freiheit genommen, Ihren Koffer mitzubringen, bevor er verloren geht. Ich hoffe, das ist Ihnen recht", begrüßte er Magnus. Mit festem Griff schüttelte er Magnus die Hand und setze sich dann in einen der gegenüberliegenden Sessel. Das Kästchen legte er auf den anderen Sessel. Dann streckte er die Hand über den Tisch und führte sie in einer kleinen Kreisbewegung dicht über die polierte Platte. Augenblicklich erwachte der Tisch zum Leben, ein kleiner Monitor erhob sich aus der Tischplatte und die Buchstaben einer Tastatur begannen direkt auf der Oberfläche zu leuchten. Magnus war verblüfft. Er hatte keinerlei Linien oder Rillen auf der Oberfläche des Tisches bemerkt.

„Ich bin Leutnant Seamus Whyte, diensthabender

Offizier der European Borderline Forces", stellte er sich immer noch lächelnd vor, „Sie hatten einen Direktflug von Kuba. Wie war die Reise ?"

„Lang und anstrengend", antwortete Magnus, „vermutlich war nicht mal Lindbergh länger unterwegs."

„Lindbergh?", der Offizier runzelte die Stirn.

„Der erste Non-Stop-Flug über den Atlantik", sagte Magnus.

Der Offizier blickte ihn mit ausdruckslosen Augen an. Nach einem Moment drehte er den Kopf in Richtung Monitor.

„Nach unseren Unterlagen waren Sie lange nicht mehr in Europa", wechselte er das Thema.

„26 Jahre", antwortete Magnus.

„Eine lange Zeit. Wo waren Sie in den ganzen Jahren?"

Der Offizier wandte seinen Blick wieder zu Magnus.

„Ich bin hauptsächlich in der Karibik und um Südamerika gesegelt,", antwortete Magnus wahrheitsgemäß. Er hatte erwartet, dass es zu Fragen bei seiner Einreise kommen würde und war nun nicht überrascht. Während des ganzen Fluges hatte er mehrfach überlegt, ob man ihm Probleme bei der Einreise bereiten würde, aber er war zu dem Schluss gekommen, dass ihm als europäischen Bürger, der er immer noch war, das Recht zur Einreise zustand.

Der Offizier seufzte fast unhörbar. „Zu welchem Zweck waren Sie dort?"

„Zu keinem besondern. Meine finanzielle Situation erlaubt es mir. Nennen Sie es einfach einen langen Urlaub." Magnus richtete sich etwas im Sessel auf. Er hatte nichts zu verbergen, aber er war sich unsicher, ob man ihm Glauben schenken würde. Der Offizier berührte die Tischoberfläche über den Tastaturbuchstaben und tippte konzentriert. Magnus beugte sich weiter vor, um den Bildschirminhalt sehen zu können.

„Oh verzeihen Sie", entschuldigte sich Seamus Whyte, berührte den Monitor an der Seite und drehte ihn mit sanften Druck in Magnus' Richtung. „Das Europäische

Bürgerinformationsgesetz von 2023 berechtigt Sie natürlich, alle Daten, die ich sehe, auch sehen zu dürfen." Magnus erkannte auf dem Display zwei Fotos. Das erste stammte aus seinem Reisepass, das zweite war offensichtlich bei seinem Abflug in Kuba von einer Überwachungskamera aufgenommen worden. Neben den beiden Fotos konnte er eine Reihe von persönlichen Daten über sich erkennen, der untere Teil jedoch war zu klein für seine nachlassenden Augen, aber er erkannte die Logos der Banken, die sein Vermögen verwalteten. Auch die beiden Nichteuropäischen war darunter.

„Sie können da nicht wirklich meine Kontostände sehen?", fragte Magnus fassungslos.

„Das Europäische Gesetz zur Verhinderung von Wirtschafts- und Finanzkriminalität von 2026 ermächtigt alle staatlichen Institutionen zum direkten Zugriff auf alle Finanzströme innerhalb Europas. Mit seiner Revision von 2029 betrifft das auch die Staaten von Nord- und Südamerika, sowie der Russische Union, Asien und Ozeanien mit der Revision von 2031." Seamus wirkte amüsiert, „Erzählen Sie mir nicht, das Sie das auf Kuba nicht mitbekommen hätten."

„Ich war ja nicht die ganze Zeit auf Kuba!"

Magnus rang mit seiner Fassung. Nicht, dass er seine finanzielle Situation verbergen müsste, aber die Selbstverständlichkeit, mit der der Grenzbeamte sich einen vollständigen Überblick verschaffte, verwirrte ihn.

„Das sieht alles recht normal und unbedenklich aus," murmelte der Offizier nach einem Moment, „auch die Plausibilitätsalgorithmen finden, außer einer Zahlung von 12.000 Währungseinheiten vor zwei Jahren in Buenos Aires, keine Auffälligkeiten."

„Ein neuer Schiffmotor", sagte Magnus immer noch in Gedanken.

„Kommt wohl mal vor", antwortete Seamus und tippte eine Notiz zu der entsprechenden Kontobewegung.

Dann machte er eine kurze Pause, atmete tief ein und

wandte sich Magnus wieder zu.

„Darf ich wissen, was Sie nach so langer Zeit wieder nach Europa führt?“, fragte er mit ruhiger und sachlicher Stimme.

„Mein Vater ist vor einiger Zeit gestorben und meine Schwester bat mich, bei der Bestattung anwesend zu sein. Unser Verhältnis war ... “ Magnus machte eine kleine Pause, „ .... war eher nicht so eng. Trotzdem möchte ich ihm natürlich diese letzte Ehre erweisen.“

Die Finger des Offiziers tippten längst wieder lautlos auf der Tischplatte. Auf dem Display erschien ein Gesicht, das Magnus schwer als das seines Vaters erkannte. Er sah sehr viel älter aus, als er ihn in Erinnerung hatte, aber er erkannte ihn trotzdem sofort.

„Jan-Hendrik Kohlmann“, murmelte der Offizier, „gestorben vor fünf, nein fast sechs Wochen und fünf Tage später eingeäschert. Leider kann ich hier keine Daten zu Beisetzung abrufen ... aber okay. Sonst noch Pläne?“

„Es gibt eine Reihe von Dingen, die um die Erbschaft zu klären sind. Hauptsächlich Vollmachten, die ich meiner Schwester erteilen werde. Außerdem möchte ich die Gelegenheit nutzen, mich mal wieder auf europäischem Niveau gesundheitlich durchchecken zu lassen.“ Magnus lehnte sich im Sessel zurück. „Und eine Brille werde ich wohl auch brauchen.“

Der Offizier blickte ihn sichtlich belustigt an.

„Sie meinen sicher eine operative Sehschärfenkorrektur. Bei Ihrem Vermögen werden Sie doch sicher auf die bequemere Variante zurückgreifen.“

Magnus antwortete nicht. Zum ersten Mal in ihrem Gespräch fühlte er sich unbehaglich. Ein Kommentar dieser Art stand dem Grenzoffizier seiner Meinung nach nicht zu. Er ärgerte sich, dass dieser ihm völlig fremde Mensch so gut über sein Vermögen Bescheid wusste. In der Karibik konnte eine solche Information über ihn gefährliche, wenn nicht sogar tödliche Konsequenzen haben. Er war mehr als einmal überfallen und einmal sogar von Seeräubern aufgebracht worden. Er wusste um dieses Risiko und verhielt sich entsprechend vorsichtig. Nun verunsicherte es ihn, dass er nach der langen Abwesenheit nicht mehr einschätzen konnte, welches Risiko diese Information in Europa für ihn bedeutete. Ebenso wenig konnte er einschätzen, wie vertraulich seine Daten von den Grenzbehörden behandelt wurden.

Der Offizier verschränke die Unterarme und beugte sich nach vorne. Er atmete wieder tief ein und legte die Stirn in Falten. Sein Blick wirkte durchdringend und Magnus spürte, dass das Gespräch nun in seine kritische Phase trat.

„Ich will offen zu Ihnen sein“, sagte er nach einer kleinen Pause. Seine Stimme klang immer noch ruhig, hatte aber einen deutlich besorgten Unterton. Magnus war sich nicht sicher, ob der Mann wirklich um ihn besorgt war oder ob er nur ein wenig Dramatik in dieses Gespräch bringen wollte. „Ich bin geneigt, Ihnen die Einreise zu genehmigen, aber es gibt da so zwei Punkte, die wir noch aus der Welt schaffen müssen.“

Magnus schaute den Offizier mit entsetztem Blick an. Dieser Mann drohte ihm, die Einreise zu verweigern, die Einreise in seine Heimat. Niemals hatte er sich etwas zu Schulden kommen lassen, nie eine Straftat begangen und selbst nach all den Jahren zahlte er noch immer seine Steuern hier.

„Sie können mir die Einreise verweigern?“, fragte Magnus mit mehr Zittern in der Stimme, als er seinem Gegenüber offenbaren wollte.

„Das hängt allein von Ihrer Kooperationsbereitschaft ab. Schauen Sie, Ihr Pass wurde vor neun Jahren vom europäischen Konsulat in Argentinien verlängert und ist noch ein Jahr gültig. Allerdings enthält dieser Pass keine genetische Prüfsumme und das wäre nach damaliger Gesetzgebung bereits notwendig gewesen. Ich habe die Unterlagen über diesen Vorgang nachvollziehen können und der Fehler lang nicht auf Ihrer Seite. Nächstes Jahr wird dieser Pass sowieso ungültig und muss erneuert werden. Ich möchte Ihnen also vorschlagen, dass Sie mir eine genetische Probe geben, nur einen kleinen Tropfen Blut, und wir Ihnen hier und jetzt einen neuen Pass ausstellen. Dieser wird dann wieder zehn Jahre Gültigkeit haben. Da ich davon ausgehe, dass Sie nichts zu verbergen haben, sollte das für Sie kein Problem darstellen."

Seamus blickte Magnus fragend an.

„Nein, das wäre völlig in Ordnung."

Magnus entspannte sich etwas. Früher oder später würde er nicht um die Hinterlegung seines DNA-Profils herumkommen und letztlich hatte er ja wirklich nichts zu verbergen.

„Das heißt, Sie laden mein DNA-Profil auf meinen neuen Pass und ich darf einreisen?"

„Nicht ganz", antwortete Seamus, „es wird nur eine Prüfsumme auf Ihrem Pass hinterlegt. Das eigentliche Profil wird auf dem europäischen Zentralspeicher für DNA-Profile gespeichert und kann bei Bedarf dort von allen staatlichen Organen abgefragt werden. Eine vollständige Speicherung auf einem Pass, das geben unsere Speicherchips noch nicht her."

Seamus lächelte.

„Gut." Magnus richtete sich abrupt im Sessel auf und schlug seine Hände geräuschvoll auf seine Oberschenkel, „dann machen wir das so. Sie bekommen einen Tropfen Blut von mir und ich einen neuen Pass und kann einreisen. Wie lange wird das in etwa dauern?"

Seamus seufzte hörbar und lehnte sich in seinem Sessel zurück. Er ignorierte Magnus' Versuch, das Gespräch zu beenden.

„Die Analyse des Genprofils dauert etwa acht Minuten, den Pass haben wir dann weniger als einer halben Stunde fertig."

Seamus rieb sich mit beiden Händen über das Gesicht, seufzte leise und blickte Magnus mit sorgenvollem Blick an. „Mir macht da noch etwas anderes Sorgen", sagte er mit rauer Stimme. „Sie sind nicht getaggt."

Magnus ließ sich wieder zurück in den Sessel sinken.

„Was bin ich nicht?", fragte er überrascht.

„Getaggt. Sie tragen keinen Identitäts-Chip", antwortete Seamus.

„Und den muss ich haben?" Magnus versuchte, sich vorzustellen, was ein Identitäts-Chip wäre und wofür er so etwas brauchen würde.

„Das genau ist mein Problem. Vom rechtlichen Standpunkt aus gesehen, gibt es kein Gesetz, das Ihnen das Tragen eines Identi-Chips vorschreibt. Auf der anderen Seite gibt es so gut wie niemanden, der diesen Chip nicht trägt. Schauen Sie", Seamus lehnte sich nach vorne und legte die gefalteten Hände auf den Tisch, „als ich vorhin hier reinkam und den Tisch aktiviert habe, tat ich das mit meinem Identi-Chip. Wenn ich heute Abend nach Hause gehe und meine Wohnung öffnen möchte, werde ich die Tür mit diesem Chip öffnen, wenn ich einkaufen gehe oder öffentliche Verkehrmittel benutze, ich benötige immer nur diesen einen Chip." Magnus kreuzte die Arme vor seiner Brust und dachte einen Moment nach.

„Nun, ich denke, ich werde das nicht brauchen. Während meines Aufenthaltes wohne ich bei meiner Schwester und wenn ich etwas kaufen möchte, dann bezahle mit Bargeld. Ich denke nicht, dass ich öffentliche Verkehrmittel benutzen werde."

Seamus griff neben sich auf den Sessel, nahm das Schächtelchen vom Sessel und stellte es auf den Tisch.

„Bargeld", Seamus ließ das Wort durch den Raum klingen, „ich ahnte, dass sie so antworten würden."

Er öffnete das Schächtelchen. Ein kleiner zylindrisch runder Gegenstand von circa zwei Zentimeter Länge, aus dem ein kurzer Draht ragte, kam zum Vorschein.

„Wir würden Ihnen diesen kleinen Chip unter die Haut am Handgelenk implantieren. Das ist völlig schmerzfrei. Ein kleiner Schnitt, keine drei Zentimeter lang und unter Betäubung, danach kleben wir die Haut wieder zusammen.

Ich garantiere dafür, dass Sie, außer einem leichten Kälteempfinden durch das Betäubungsspray, nichts spüren werden. Sie werden ein oder zwei Tage ein diffuses Gefühl unter der Haut haben, weil Sie sich erst an den Fremdkörper gewöhnen müssen und genau solange kann es bei bestimmten Bewegungen des Handgelenkes dazu kommen, dass Sie einen kleinen Pieks von der Antenne spüren. Aber nach spätestens zwei Tagen hat sich das Gewebe verkapselt und Sie werden vergessen haben, dass Sie diesen Chip tragen. Es ist eine unbedeutende Kleinigkeit."

Seamus fixierte Magnus Augen.

„Ich denke, ich habe keinen Bedarf dafür, aber danke für das Angebot!" Magnus hielt dem Blick stand.

„Schauen Sie", Seamus seufzte hörbar, „ dieses kleine Wunderwerk ist nicht nur für die Benutzung von Verkehrsmitteln oder das Öffnen von Türen gut. Sie brauchen sich nirgendwo mehr auszuweisen. Wenn sie eine Behörde betreten, wenn Sie Ihren Anwalt aufsuchen, ein Einkaufszentrum, ein Kino, egal was, immer werden Sie bereits erkannt, immer liegen Ihre Daten bereits vor. Es verschafft ihnen Zutritt zu allen Geschäften, auch zu denen, in denen sozial Schwache unerwünscht sind. Es sorgt dafür, dass Sie nicht mit unerwünschter Werbung belästigt werden, es werden Ihnen nur noch die Waren und Dienstleistungen angeboten, die für Sie und Ihren Lebensstil von Relevanz sind. Sie brauchen sich um nichts zu kümmern, alles, was Sie kaufen, alle Dienstleistungen, die Sie nutzen, alles wird automatisch bezahlt. Alles, auch die Begrüßung und die Infotafeln hier im Flughafen, wird in Ihrer Landessprache angezeigt. Und das allerbeste daran: Es überwacht außerdem Ihre wichtigsten Vitalfunktionen und wenn Sie, sagen wir, eine Kreislaufschwäche erleiden, alarmiert es sofort den nächsten medizinischen Notdienst."

In Magnus Kopf kreisten die Gedanken. Dieses Ding musste ein Sendefunktion haben, die jederzeit und überall zu orten war. Und vor allem, diese Funktion konnte offensichtlich nicht nur von staatlichen Institutionen genutzt werden, sondern stand allen offen. Und jeder nutzte dieses Ding. Jedes Unternehmen benutzte den Chip, um seine Kunden zu identifizieren.

„Wer sagt mir denn, dass Sie dieses Ding nicht benutzen, um ein Bewegungsprofil von mir zu erstellen?“, fragte Magnus.

Seamus antwortete nicht. Er wirkte ruhig, aber sein Blick war unergründlich. Magnus spürte sein Herz schneller schlagen.

„Das ist es, worum es hier die ganze Zeit geht, oder?“, fragte Magnus.

Seamus antwortete wieder nicht.

„Ich will das nicht und ich brauch das nicht. Ich werde Europa in drei Wochen wieder verlassen und da, wo ich lebe, hat dieses Ding keinerlei Funktion und ich sehe nicht ein, warum ich es mir implantieren lassen sollte. Sie sagten selbst, es gibt keine rechtliche Grundlage dafür.“

„Sie verstehen mich nicht“, antwortete Seamus ruhig, aber mit Nachdruck, „ich werde Sie nicht einreisen lassen, wenn Sie diesen Chip nicht tragen.“

„Das dürfen Sie nicht!“ Magnus richtete sich ruckartig im Sessel auf..

„Im Rahmen des Europäischen Gesetzes zur Abwehr von Terror bin ich berechtigt, Ihnen die Einreise bei Verdacht zu verweigern. Und ich werde mich nicht scheuen, dieses Gesetz anzuwenden. Es liegt allein in meinem Ermessensspielraum.“

Magnus spürte die kalte Wut in sich aufsteigen.

„Bei Verdacht? Bei einfachem Verdacht? Das ist Willkür!“, fauchte er.

„Herr Kohlmann“, der Offizier versuchte, Magnus zu beruhigen, „es ist völlig schmerzfrei, wir alle tragen einen Identi-Chip. Auch Ihre Schwester trägt einen und selbst Ihr Vater trug einen. Wollen Sie wirklich die ganze lange Reise umsonst gemacht haben?“

„Ich bin immer noch Bürger der Europäischen Union. Ich habe Rechte“, schnaubte Magnus.

Seamus schüttelte den Kopf.

„Jeder nutzt Identi-Chips. Alle Unternehmen benutzen sie zur Zeiterfassung ihrer Mitarbeiter oder zu deren Schutz, wenn diese in gefährlichen Räumen arbeiten. Universitäten und Schulen setzen sie ein, um ihre Studenten und Schüler bei Prüfungen zu identifizieren, Verkehrsmittel lassen sich nur benutzen, wenn Sie sich auch in der körperlichen Verfassung befinden, ein Fahrzeug steuern zu können. Wenn Sie Lebensmittel kaufen wollen, identifiziert Sie der Einkaufwagen und zeigt Ihnen, was noch in Kühlschrank vorrätig ist. Und es gibt noch tausend weitere Anwendungen. Glauben Sie mir, diese kleinen Chips erleichtern Ihnen wirklich den Alltag."

Magnus dachte nach. Er hatte seinen Standpunkt klar gemacht und er wollte nicht davon abrücken. Um nichts in der Welt würde er sich freiwillig solch ein Überwachungsgerät in den Arm setzen lassen. Aber die Aussicht, dass die lange Reise umsonst gewesen sein sollte, dass er sich nicht mehr von seinem Vater würde verabschieden können, nicht mehr seine Schwester in die Arme würde schließen können, nicht mehr ein letztes Mal die Orte seiner Jugend würde sehen können, zermürbte ihn. Er suchte verzweifelt nach einem Ausweg.

„Zu meinen Bürgerechten gehört die Freizügigkeit und die werde ich mir nicht nehmen lassen", flüsterte Magnus, aber es hörte sich nicht mehr kämpferisch an.

Seamus ließ sich in die Sessellehne zurück sinken. Er seufzte hörbar. „Was ist mit den Rechten der anderen Bürger? Dem Recht auf Schutz und Sicherheit vor terroristischen Angriffen? Hat nicht jeder Bürger das Recht auf körperliche Unversehrtheit und ist es nicht die Pflicht aller staatlicher Institutionen, alles in ihrer Macht stehende zu tun, um ihre Bürger zu schützen?"

Magnus antwortete nicht.

„Sie waren viele Jahre im Ausland, Herr Kohlmann. Sie waren nicht hier, als die Terroranschläge von 2027 Paris und Berlin erschütterten, Sie waren nicht hier, als während der Weltnahrungskrise 2031 bis 2033 hunderttausende Afrikaner versuchten, die Grenzen der europäischen Union zu stürmen und tausende Grenzsoldaten bei der Verteidigung unserer Souveränität ihr Leben gaben. Sie geben nur ein Stück Ihrer Bürgerrechte, aber wir alle erhalten ein großes Stück Sicherheit."

Magnus versuchte, seine Fassung wiederzugewinnen. Zumindest in einem Punkt war er sich sicher. Dies würde sein letzter Besuch sein. Wenn er in drei Wochen Europa den Rücken kehren würde, dann würde es für immer sein. Das war nicht mehr die Welt, in der er leben wollte. Wütend presste er die Lippen aufeinander.

Ein piepsendes Signal ließ Seamus in seine Hosentasche greifen und ein kleines Gerät hervorziehen. Er blickte kurz darauf, schürzte die Lippen und seine Augen wurden für einen Moment ausdruckslos. Dann räusperte er sich.

„Okay, es gibt eine Alternative, wenn es wirklich so ein großes Problem für Sie darstellt. Nein, es ist nicht wirklich eine Alternative, aber vermutlich macht es Sie glücklich."

Magnus blickte den Offizier überrascht an.

„Sie tragen während Ihres Aufenthaltes ein versiegeltes Kunststoffband mit einem Signalgeber an Ihrem Handgelenk. Es enthält keinerlei persönliche Daten, aber es erlaubt es uns, Sie jederzeit orten zu können. Sie dürfen das Band nicht ablegen, eine Durchtrennung des Bandes löst unweigerlich einen Einsatz der Sicherheitskräfte aus. Die Zerstörung oder Beschädigung ist strafbar. Wenn Sie wieder ausreisen, wird das Band in der Sicherheitszone des Flughafens entfernt. Wären Sie mit einer solchen Lösung einverstanden ?"

Magnus überlegte kurz, dann nickte er.

„Überlegen Sie es sich noch mal. Niemand hier bezahlt hier mit Bargeld, Sie werden den Menschen suspekt erscheinen und sie werden Sie entsprechend behandeln. Sie werden feststellen, dass Ihnen viele Türen verschlossen bleiben."

Magnus schüttelte den Kopf. Er hatte seine

Entscheidung getroffen.

Seamus stieg die letzten beiden Stufen zur Empore der Abfertigungshalle empor. Wenige Schritte entfernt und mit den Armen auf die Balustrade gestützt, stand der Oberstleutnant des Nachrichtendienstes Titus Braumann und beobachtete die Menschen unter ihm. Braumann war ein hagerer Mann in den Fünfzigern, dessen tief gefurchtes Gesicht ihn deutlich älter erscheinen ließ. Er bemerkte Seamus, als er sich näherte und nickte ihm zu. Seamus folgte dem Blick Braumanns und entdeckte Magnus Kohlmann in dem Gewirr der Menschen.

Er erkannte die Frau bei Magnus als dessen Schwester und als dieser sie ihn den Arm nahm, sah Seamus das blaue Band an Magnus Handgelenk blitzen.

„Warum wollten Sie, dass ich ihm das Band gebe?“, fragte Seamus, „Ich hätte ihn bestimmt dazu bekommen, dass er sich den Chip einsetzen lässt.“

Titus Braumann ließ sich Zeit mit der Antwort.

„Vermutlich hätten Sie das wirklich geschafft. Sie machen Ihren Job gut, Seamus, aber Sie sind noch jung. Dieser Mann“, Braumann nickte in Richtung Magnus Kohlmann, „dieser Mann ist ein Dinosaurier. Er war hier lange vor Ihnen und nun passt er nicht mehr in diese Welt. Die Welt, in die er einmal geboren wurde, diese Welt gibt es nicht mehr und das weiß er nun. Er wehrt sich dagegen, doch er weiß, dass er verloren hat. Aber eines ist er ganz sicher nicht: Er ist kein Terrorist und er ist sicher nicht gefährlich. Wir brauchen keine lückenlose Überwachung. Für ihn ist das hier ein Ausflug in eine schreckliche Zukunft und in drei Wochen wird er diese Zukunft für immer verlassen. Gönnen Sie ihm diesen kleinen Sieg, er hat ihn sich verdient. Wussten Sie, mit was er sein Vermögen gemacht hat?“

Braumann blickte den jungen Grenzoffizier an.

„Nein, diese Information ist klassifiziert. Ich habe nur gesehen, dass immer noch regelmäßig größere Summen auf seine Konten fließen, aber die Plausibilitätsalgorhythmen haben das nicht moniert."

„Er hat die RFID Technologie weiterentwickelt und dafür erhält er bis heute Lizenzgebühren. Er war wesentlich an der Entwicklung und Verbreitung der Chips beteiligt und seine Arbeiten waren zum Teil Grundlage für der Standards der RFID3 und RFID-BURST Technologien. Bis heute werden Teile seiner Entwicklungen in den Identi-Chips verwendet."

„Weiß er das?", fragte Seamus Whyte grinsend.

Gemeinsam blickten sie Magnus Kohlmann nach, der am Arm seiner Schwester die Abfertigungshalle verließ.

„Ich denke nicht", murmelte Titus Braumann fast unhörbar.

Achim Stößer

Der Imperativ von Brokkoli

Toto, I have a feeling we're not in Kansas anymore
Dorothy bei der Ankunft in Oz

Er lief so schnell er konnte, seine Beine schmerzten. Nicht einmal in der verkommensten Gegend der Bronx war er sicher vor ihnen. Nirgendwo war eine Zelle in Sicht.

Er bog in eine Seitengasse, stolperte über einen am Boden liegenden Cyberjunkie, fiel in den stinkenden Müll eines umgekippten Containers. Er sah sich um. Kein Verfolger weit und breit. Hatte er sie abgehängt? Atemlos hastete er weiter. Da, endlich, eine Zelle! Er riss die Tür auf, sprang hinein. Er keuchte. Seine Hände zitterten, nur mit Mühe gelang es ihm, seine Kreditkarte in den Schlitz zu stecken.

Ein Schlag direkt neben ihm. Seine beiden Verfolger pressten ihre Brokkolifratzen gegen das Glas, doch sie waren zu spät gekommen, die Sicherheitstür war bereits eingerastet.

Thomas' Hand fuhr wild über den Trackball, mit dem Körper bedeckte er den Bildschirm, drückte willkürlich die Bestätigung, während er die Kugel im gleichen Augenblick anstieß, so dass die Trägheit den Cursor auf ein anderes Ankunftsziel stellte.

Erleichtert lehnte er sich zurück, ließ sich gegen die Wand sinken. Noch immer schlugen sie gegen das Glas der Tür. Vergeblich.

Zahnarztbohrer schrammten vibrierend über die Knochen in seinem Körper, rissen an jeder Muskelfaser. Er glaubte sie selbst in den Spitzen der Haare auf seinen Zehen und auf seinem Kopf zu spüren. Sein Kinn sank auf seinen Brustkorb, als er durch einen kurzen Schwindel die Orientierung verlor, schlagartig wurde es dunkel, und er war frei.

boson lepton myon xenon tensorprodukt der geschmack der quarks ist up down strange aber kein bottom top charm weil es zu kalt ist involutorische spiegelung rote grüne blaue quarks gluon gluon gluon antimyon die welt ein pollock neutrino elektron positron

Es war Nacht, beleuchtet nur von den Lichtern der Zelle und der Stadt. Einer Großstadt. Seine Lungen begannen, sich zu beruhigen. Der Gestank der Bronx hing noch immer in der Zelle.

Die ganze gottverdammte Welt riecht wie ein Leichenhaus, dachte Thomas. Mühsam richtete er sich auf und zog die Kreditkarte aus dem Schlitz. Als er die Tür öffnete und hinaustrat, musste er sich daran festhalten. *ТЕЛЕПОРТ*, las er, darunter stand *МОСКВА* und die Adresse der Zelle.

Er ging ein paar Schritte, und als ein Taxi vorbeifuhr, winkte er es heran und stieg ein. Solange es noch Taxen gab, wollte er das ausnutzen. Mit der Rollkugel steuerte er auf dem Bildschirm ins Sprachmenü, der kyrillische Text wurde durch Englisch ersetzt, und er wählte ein billiges Hotel in der Majakowskogo Uliza.

„Majakowski“, murmelte er. „*U menja rastut goda – budet mne semnadzat. Gde robotat mne togda, tschem sanimatsja?*“ – Robot. Karel Čapek, 'RUR', uraufgeführt 1921.

„Nushnye rabotniki – stoljary i plotniki. Srabotat mebel mudreno ...“ Meine Jahre wachsen – ich werde siebzehn. Was soll ich dann arbeiten, womit mich beschäftigen? Unentbehrliche Arbeiter sind Tischler und Zimmerleute. Sie fertigen Möbel an, auf eine wunderliche Weise.

Und damit war sein Russisch erschöpft.

Trotzdem würde er eine Weile hierbleiben. Ausgerechnet er, der das Teleportieren nicht vertrug, war gezwungen, auf der Flucht von einem Ende der Welt zum anderen zu springen. Natürlich würden sie ihm folgen, sie würden über die Kreditkarte, sobald er etwas kaufte oder das Hotel bezahlte – schon das Taxi, fiel ihm ein – herausfinden, wo er war. Er hätte besser zu Fuß gehen oder teleportieren sollen, doch auch das Hotel würde sofort die Kosten wenigstens für die erste Nacht abbuchen. Aber um es herauszufinden mussten sie Dutzende von Anträgen stellen, Formulare ausfüllen, bis sie Schreibkrämpfe in ihren Kohlfingern bekämen, ein endloser Papierkrieg, immer wieder. Sie waren solche Bürokraten, ungeheuerliche Bürokraten, als wären sie einem Alptraum entstiegen, einem Alptraum – seine Gedanken stockten, er schüttelte den Kopf. Doch beim besten Willen wollte ihm der Name des Autors, dessen Alptraum sie entstiegen sein mochten, nicht einfallen. Nur, dass er bei der Arbeiter-Unfall-Versicherungs-Anstalt für das Königreich Böhmen am Poric beschäftigt gewesen war, wo er Fälle von Arbeitern untersuchte, um festzustellen, ob sie sich die Finger an den Maschinen nicht absichtlich amputiert hatten.

Entsetzlich, sein Gedächtnis, oft konnte er Enzyklopädien wörtlich zitieren, und andererseits entschlüpften ihm solche grundlegenden Fakten wie ein Bündel sich windender Schlangen.

Wenn er doch nur Kontakt zu Maske oder irgendjemand anderem von *Sub rosa* bekäme ...

Es begann zu hageln, kleine Eiskörner prasselten auf das Fahrzeug; kurz darauf hörte es ebenso unvermittelt wieder auf.

„Byt schoffjorom choroscho“, gröhlte Thomas zynisch in die Nacht, als er vor dem Hotel ausgestiegen war und dem fahrerlosen Taxi nachsah, das nach Touristen Ausschau hielt, die eine Sightseeing-Tour durch die Stadt machen wollten. Dicht neben ihm leuchtete eine aktive Zelle, ein Brocken-Gespenst, oszillierend in den Farben des Regenbogens, schleuderte Lichtfinger in die Nacht wie Gorodki-

Scheite.

*

Eine Woche später wurde ihm Moskau zu riskant. Er ging in einen Waschsalon, betrat eine der Kabinen, zog sich aus, legte die Kleidung in den Reiniger, der den Schmutz wegteleportierte, und zog sich wieder an. Er sah an sich hinunter. Bald würde er etwas Neues kaufen müssen, den natürlichen Verschleiß durch das Tragen konnten die Waschmaschinen der Brokkoli nicht beseitigen, und seine Garderobe hatte er auf der Flucht schon so oft zurücklassen müssen, dass er sich inzwischen entschieden hatte, nur noch das zu besitzen, was er am Leib trug, Kleidung und eine kleine Tasche. Dann suchte er die nächste öffentliche Zelle auf, dachte einen Augenblick nach und entschied sich für Monaco.

*

„Entrez!"

„Le petit déjeuner, monsieur." Der Hotelangestellte – Thomas war sicher, es war der Portier, oder aber sein Zwillingsbruder – brachte das Tablett mit dem Frühstück.

„Merci" Schon längst konnte er es sich nicht mehr leisten, in Hotels zu wohnen, die über Kleinteleporter verfügten, sondern musste sich mit abgewirtschafteten wie diesem zufrieden geben, in denen noch Menschen das Essen ans Bett schleppten.

Den ganzen Tag verbrachte er damit, durch die Stadt und die Museen zu schlendern. Staubig und sonnig, typisches mediterranes Wetter, das den kubistisch verschachtelten Häusern zwischen kitschigen Prunkbauten den Flair der Riesenbauklötzchenversion eines Anasazi-Pueblos verlieh. Nichts schien sich durch die Ankunft der Brokkoli verändert zu haben, die Straßen waren nach Prinzessinnen und Fürsten benannt, auf den großen Plätzen konnte er Vasarélys mit Füßen treten, enorme öffentliche Aufzüge verbanden die Terrassenebenen.

Dabei waren sie hier zuerst aufgetaucht, der Massenteleporter war direkt vor der monegassischen Küste mit einem Donnerknall im Ligurischen Meer niedergegangen, und sie hatten sich über die Erde ergossen wie Gülle aus einem Jauchefass. Hatten der Hawkingschen Physik einen Tritt versetzt wie Hawking der Einsteinschen und Einstein der Newtonschen. Humanoid, aus der Ferne, abgesehen von doppelten Ellbogen und Kniegelenken, doch von nahem ein gesichtsloser Brokkoli auf den Schultern, mit einem Dutzend Stecknadelkopfaugen. Und vor allem hatten sie wie selbstverständlich die Welt übernommen, Regierungen durch bloßes Ignorieren beiseitegefegt, ersetzt durch einen globalen Verwaltungsapparat, immer darauf bedacht, die heilige Entropie einen Schritt vorwärts zu bringen.

Thomas fragte sich, warum das Schild an der Baustelle, an der er gerade vorüberging, das Singen verbot, entschied dann jedoch, dass dies auf sein schlechtes Französisch zurückzuführen sein musste.

Spätabends betrat er eine Spielbank und wurde aufgefordert, seine Tasche abzugeben. Die Tasche wurde durchsucht, was ihn ärgerte, doch er sagte nichts dagegen. Er bezahlte den Eintritt und erstand an der Kasse Jetons im Wert von zweitausend Florin. Ein eigenartiges Gefühl, wieder einmal die alte europäische Währung in der Hand zu halten, die in den Casinos aus Tradition noch verwendet wurde, nirgendwo sonst auf der Welt - auch wenn es nur Plastikspielmarken waren.

An einarmigen Banditen und *trente-et-quarante* vorbei ging er zielstrebig auf einen Roulettetisch zu. Wie überall in Monaco wimmelte es im Casino nur so von Brokkoli. Doch das nahm er in Kauf, gerade hier würden sie ihn wohl am wenigsten vermuten.

Als der Croupier die Spieler aufforderte, zu setzen, warf er ein Hundert-Florin-Stück auf *Rouge.* Einhundert Florin, so viel hatte er sich vorgenommen, zu gewinnen. Die Kugel rollte.

„Rien ne vas plus. Les jeux sont fait."

Die Kugel fiel auf 2. *„Deux. Noir, pair et manque."* Die Jetons wurden weggeharkt.

Seine Strategie war einfach: Er musste nur genau so viel setzen, dass er im Fall eines Gewinns hundert Florin mehr bekam als sein bisheriger Verlust betrug, also lediglich mit jedem Spiel seinen Einsatz verdoppeln. Er setzte zweihundert und verlor. Doch das ließ ihn kalt, schließlich konnte die Kugel nicht ewig auf Schwarz landen. Vierhundert, wieder auf Rot, mehr aus psychologischen Gründen, denn ob er auf *Noir* oder *Rouge*, *Pair* oder *Impair*, *Manque* oder *Passe* setzte, war gleichgültig, die Gewinnchance betrug in jedem Fall knapp fünfzig Prozent, achtzehn Siebenunddreißigstel genau, schließlich konnte immer noch die Zahl der Bank fallen und sein Einsatz *en prison* gehen. Im Mittel betrug der Gewinn bei einem Grundeinsatz von hundert Florin 47,30 pro Coup. Und wieder fiel *Noir.* Siebenhundert hatte er bereits verspielt. Langsam wurde er doch etwas unruhig, bald würde er das Tischlimit erreichen – dann hieße es *divide et impera* –, zumindest aber sein eigenes, vier weitere Spiele würden ihn über zwölftausend kosten, so viel besaß er nicht.

pr–1 · (1-p), dachte er, und überschlug den Wert für eine Serie der Länge sieben. 1:150. Vor allem konnte er ohne

Geld die Teleportgebühren nicht bezahlen, und dann war er gefangen in dieser Stadt, den Brokkoli hilflos ausgeliefert wie ein Schwein im Koben dem Schlachter.

„*Huit cents*", flüsterte er, als er zum vierten Mal auf Rot setzte.

Die Kugel fiel auf 21. „*Rouge, impair et passe.*"

Lächelnd nahm er seinen Einsatz und weitere achthundert Florin, die der Rechen dazugeschoben hatte, entgegen. Ein Gewinn von einhundert, und das Spiel war vorbei, Zeit, aufzuhören. Andererseits ... das Gewinnsystem funktionierte, jetzt standen ihm zweitausendeinhundert Florin zur Verfügung, wenn er wieder einhundert setzte, würde er ebenso viel gewinnen, wahrscheinlich sogar schneller, die Kugel würde beim ersten oder zweiten Mal bereits auf Rot fallen. Mit fünfzig Spielen konnte er fast ohne Risiko über zweitausend Florin gewinnen.

Jemand rempelte ihn an, räusperte ein kaum verständliches '*Pardon*'. Der Sprachgenerator eines Brokkoli. Thomas presste seine Chips an sich, lief zur Kasse, löste sie ein und verließ die Spielbank. Erst an der Tür fiel ihm seine Tasche ein, er machte noch einmal hastig kehrt, draußen ließ er sich vom nächsten Aufzug auf die unterste Ebene bringen und ging zum Hafen.

An die Kaimauer gelehnt betrachtete er die kleinen Jachten, die im Hafenbecken dümpelten. Bunte Lichter spiegelten sich hüpfend und schaukelnd im Wasser, Lichter von Wohnhäusern und Restaurants, Straßenlaternen, einer Zelle, auf der in Leuchtschrift *Téléporte* stand.

Thomas sog die Luft ein. Es war merkwürdig. Überall auf der Welt roch das Meer gleich. Woher der Geruch wohl kam? Das im Wasser gelöste Salz? Algen? Abfall? Fische?

Tote Fische? Rote Heringe?

Irgendwo draußen zog ein Schiff vorbei, nur die Positionslampen waren zu sehen, und die im Mondlicht weiß schimmernde Gischt der Bugwelle oder der Antriebsschraube. *Süßwasser schäumt nicht*, dachte er. Dann fragte er sich, woher er das wusste.

Er löste sich von der Mauer, stieg ein paar Stufen hinab. Wasser klatschte gegen die unterste, er schöpfte eine Handvoll davon und ließ es plätschernd zurückrinnen. Tropfen spritzten hoch und fielen wie winzige Geschosse auf Parabelbahnen zurück.

Alle Ozeane sind verbunden, dachte er, *verbinden jede Küste der Erde mit der anderen, so wie Interkontinentalraketen die alten Nationen und Quantenpaare jeden Ort des Universums mit allen anderen verbinden; dieser Hafen hier, die Straße von Gibraltar, Atlantik, Nordpolarmeer; Pazifik; Indischer Ozean, Golf von Oman, Persischer Golf. Dort, wo jetzt Kriegsschiffe auf eben diesem Wasser fuhren, dem Wasser, das er aus seiner Hand vergoss, in Gebieten, die die Brokkoli noch nicht vollständig kontrollierten.*

Oh, ja, sie hatten den Krieg abgeschafft, aus wirtschaftlichen und praktischen Erwägungen, als ihre Kriege angefangen hatten, mehr zu kosten als sich damit verdienen ließ, nicht aus sentimentalen.

Thomas fuhr zusammen. Unbemerkt hatte sich ihm jemand genähert, eine Frau kauerte neben ihm nieder. Sie ließ ihren Blick über die Irrlichter im Wasser schweifen.

„*It's nice, isn't it?*" Ein eigentümlicher Akzent, ungarisch vielleicht.

Thomas brummte zustimmend. Dann überlegte er es sich anders. „*Naw*", bemerkte er, bemüht, Groucho Marx zu imitieren, „*it's not Nice, it's Monte Carlo.*"

Sie sah ihn verstört an.

Was wollte sie von ihm? Wieso hatte sie ihn ausgerechnet auf Englisch angesprochen, nicht auf Französisch? Kannte sie ihn? Und – hatte er sie nicht schon in Wien gesehen, im *Café l'Éclipse*?

Er murmelte eine Entschuldigung, lief, zwei Stufen auf einmal nehmend, die Treppe hinauf, zum Teleport, schlug die Sicherheitstür hinter sich zu und bestätigte ohne hinzusehen das erstbeste Ziel. Sekundenlang geschah nichts, er fluchte, die Ankunftszelle musste besetzt sein. Dann setzte endlich erlösend der Bohrer an seinen Knochen an.

photon tachyonen tachistische tachyonen einfache martingale-progression phasenübergänge insbesondere erster art spontane quellen und senken im leeren raum oder im hilbert-raum unschärfe unschärfe kanon voraus ein kopfstehender klee nahezu ausdehnungsfrei durch invar-effekt quantenphysik quantenchemie quantenbiologie quantenneurologie quantenpsychologie etcetera

Ringsum war alles voller Eis. Nur ein paar Blechhütten waren zu erkennen und in der Ferne eine Kolonie Königspinguine. Ihr gelbes Brustgefieder ließ die Fräcke nicht ganz so klischeehaft steif erscheinen. Ehe das Zellenglas innen milchig beschlug, sah Thomas, dass davor eine dick vermummte Gestalt verharrte und ihn missbilligend beäugte. Er öffnete die Sicherheitstür einen Spalt. Eiskalte Luft zerschnitt seine Haut. Eisblumen begannen zu wuchern. Er stellte sich vor, wie in diesem Augenblick an den Außenseiten der Scheiben der Zelle in Monte Carlo das Wasser kondensierte.

„*Wo chunnsch du dänn hèr?*“, fragte die Gestalt. Eine Frauenstimme. „*Wèr bisch du? Mir händ di nöd erwartet.*“

„*Verzeihung*", antworte er auf Deutsch. „*Falsche Adress'.*" Er zog sich in die Zelle zurück wie eine Schnecke in ihr Haus, wenn ihre Fühler zu sehr gereizt wurden, und teleportierte weg.

neutron neuron neutron jackson newton entstehen spontan bogonen und cluonen ihre antiteilchen mit unterschiedlicher halbwertszeit gluon psion radon freon maxwells dämon jagt werelfen überall zerschnittener klee kanton moron cinnamon rasch zerfallendes cluon langlebiges bogon kein baryon über-es es selbst ich über-ich neutron neuron neutron neuron neutron neuron neutron

Er schob sich durch die Tür und lehnte sich mit dem Rücken gegen die Zelle. Es roch nach verfaultem Gemüse und Früchten und Gewürzen, Zimt und Nelken und Ingwer. Als wäre die Welt ein Lebkuchen auf einer riesigen Müllhalde.

Wie betäubt taumelte er durch die Menge. Sein ganzer Körper schmerzte. Zwei Teleportsprünge innerhalb von ein paar Minuten. Wie ertrugen andere das nur? Manche teleportierten schon, nur um über die Straße zu kommen, mehrmals täglich, und für ihn war jede Teleportation eine Qual. Bohrende Schmerzen am ganzen Leib, Gleichgewichtsstörungen, Kreislaufprobleme.

Wie Ameisen flossen Menschen und Brokkoli überall um ihn herum. Er ließ sich von der Menge davon treiben.

Nach einiger Zeit kam er in eine etwas ruhigere Gasse. Ein paar Frauen standen dort herum und boten sich ihm an. Einige von ihnen waren ausgesprochen schön. Misstrauisch sah er genauer hin, und tatsächlich bemerkte er unter ihnen mehrere Hidschra. Mit dem Verkauf von Segen kamen sie nicht aus, auch wenn sie göttliche Kraft in sich verspürten, sobald sie Penis und Skrotum der Göttin geopfert hatten.

Er ging weiter, hörte Fußschellen hinter sich und drehte sich um. Einer der Hidschra war ihm gefolgt. Jetzt hob er den Sari und zeigte seinen verstümmelten Unterleib. Die Eunuchen konnten nicht nur segnen, sondern auch verfluchen, und auf diese Weise jagten sie den Leuten Angst ein; die Menschen gaben ihnen Geld, um nicht verflucht zu werden.

Thomas richtete seine rechte Faust mit ausgestrecktem Zeige- und kleinem Finger, Abwehr gegen den bösen Blick, auf ihn, drehte die Hand mit einer fließenden Bewegung um und zeigte ihm den erhobenem Mittelfinger. „*The pen is not mightier than the sword*", sagte er, sorgfältig die Pause zwischen dem zweiten und dem dritten Wort verwischend. Der Hidschra ließ den Sari fallen und machte kehrt.

Zielstrebig ging Thomas weiter, einen Song von AC/DC pfeifend, verließ die Stadt, ohne Schreine und Tempel eines Blicks zu würdigen. Vielleicht war er sicherer, wenn er durch die winzigen Dörfer zog.

Am Abend des zweiten Tages traf er Rajadhyaksha, während er aß. Vielmehr kam Rajadhyaksha vorbei und setzte sich unaufgefordert an seinen Tisch. Thomas war misstrauisch, aber da er gerade angefangen hatte zu essen, wollte er die Kofta nicht stehen lassen, wo er nun schon das Glück gehabt hatte, abseits der Städte ein Restaurant zu finden, in dem es nicht nur Dal oder Reis mit Gemüse gab, und so wurde er in ein Gespräch verwickelt.

Rajadhyaksha sprach fließend Englisch, er war früher Pilot bei der Air India gewesen, hatte also ebenfalls seine Arbeit durch die Brokkoli verloren, und lebte nun in einer Einsiedelei ganz in der Nähe. Als er Thomas einlud, ein paar Tage bei ihm zu verbringen, nahm dieser die

Gelegenheit wahr, im Hinterkopf den Gedanken, dass er dort wohl am wenigsten entdeckt würde. Nirgendwo auf der Welt konnte er sich verstecken, an jedem Ort würden sie ihn aufspüren, aber immerhin konnte er es ihnen schwerer machen.

Nach ein paar Tagen kannte Thomas die Rituale seines Gastgebers. Sie saßen im grellen Licht einer 20-Watt-Birne, die nackt von der Decke baumelte, in von ätherischen Ölen und aromatischem Rauch durchtunnelter Luft, nippten an einem widerwärtigen, stechend scharfen Gebräu. Das Flackern des Heiligen Feuers, das nie verlöschen durfte, störte kaum. Ein Gewitter tobte, Regen hämmerte aufs Dach und klatschte in den Schlamm der Umgebung, erzeugte eine Kakophonie aus Trommeln, Tosen, Plätschern und Gurgeln, das zu nervenaufreibendem Rauschen verschmolz, immer häufiger unterbrochen durch Donnergrollen, begleitet von Blitzen. Rajadhyaksha schwenkte mit einer merkwürdigen Geste den Tschai im heißen Blechbecher wie Weinbrand und starrte in das nicht vorhandene Teeblättergestöber.

„*May celestials bring timely rains so that harvests may be bountiful. May the kings act in accordance with religion and the people of the world always prosper*", sagte er unvermittelt nach minutenlangem Schweigen, als würde er es aus dem virtuellen Kaffeesatz lesen. Thomas war nicht klar, ob Rajadhyaksha die Schriften Shantidevas als ironischen Kommentar zu dem Unwetter zitierte, oder ob er ihm gar die jahrtausendealten Worte des buddhistischen Heiligen, von der Unwissenheit des Amerikaners überzeugt, als seine eigenen verkaufen wollte. Doch er ließ es auf sich beruhen, hatte er doch kaum noch Geld, da die Teleportgebühren an seinen Reserven nagten und er nichts mehr verdiente, so dass er diese Einsiedelei den immer mieseren Absteigen, in denen er hausen musste, zumindest für einige Zeit vorzog.

Ein Donnerschlag fuhr auf sie nieder, begleitet von

einem Blitz, und im selben Augenblick war es stockfinster. Rajadhyaksha murmelte etwas Unverständliches, polterte durch die Finsternis und machte sich am Sicherungskasten zu schaffen. Ehe die Glühbirne an der Decke ihre volle Leuchtkraft erreichte, flackerte das Heilige Feuer bereits wieder auf.

Am nächsten Morgen teleportierte Thomas zurück in die Zivilisation.

*

Thomas atmete schwer. Zum ersten Mal seit Monaten keuchte er nicht deshalb, weil er gerannt war. Savannah schmiegte sich an ihn und ließ ihre Finger um seinen Nabel kreisen. Sie lagen da wie ein Doppelintegral. Spielerisch drapierte er ihr langes Rabenhaar auf seinem Gesicht. Es kitzelte in der Nase, und er schüttelte sich.

„*Konoronkwa*“, sagte er.

Sie lachte und meinte, sie sei keine Mohawk. Auch sie atmete heftig nach zwei Orgasmen. Einzelne Regentropfen pochten wie das verräterische Herz gegen die Fensterscheibe.

„*Sioux?*“, versuchte er. „*Techihhila?*“

Sie schüttelte den Kopf, so dass die Kette ihres bajoranischen Ohrrings wild hin und her baumelte, und hob träge die Hand, um auf die unzähligen hölzernen Katchina-Masken zu deuten, die an den Wänden hingen. „*Zuni.*“ Eigentlich war es ungehörig, die Masken so offen zur Schau zu stellen.

Er lächelte. „*Tom ho'ichema.*“

Wieder ein Kichern, nur angedeutet mit geschlossenen

Lippen. „*Nakupenda malaika*“, antwortete sie.

Er richtete sich halb auf, verrenkte den Hals, sah ihr ins Gesicht. Dann grinste er. *Mein Engel* hatte ihn noch niemand genannt, erst recht nicht eine Zuni-Indianerin, die Liebeserklärungen auf Kisuaheli machte.

Er sank zurück aufs Bett. Sie schmiegten sich wieder aneinander und schliefen ein.

Als er aufwachte, war er allein im Zimmer, nur die Katchina-Masken starrten ihn an, richteten ihre obszönen Nasen aus Holzzylindern und Maiskolben auf ihn. Das Bad war leer. Er fröstelte. Draußen war es dunkel, Wassertropfen prasselten gegen die Fensterscheiben. In dieser Stadt schien es ständig zu regnen. Er öffnete das Fenster, feine Tröpfchen spritzen auf und benässten seine Brust. Eine Taube landete auf der Dachrinne direkt über ihm. Er beugte sich hinaus. Nur das Schwanzgefieder ragte hervor, so nah, dass er danach hätte greifen können. Er zog sich an und ging nach unten.

Am Eingang zum *Ten Forward* im Erdgeschoß traten ihm zwei Klingonen in den Weg. Die Stirn-Moränen der Frau waren deutlich als Kunststoffmaske zu erkennen, doch der Mann, der zwar bullig, aber einen Kopf kleiner als Thomas war und damit für einen Klingonen eher lächerlich wirkte, hatte sich offenbar chirurgisch verändern lassen, die knorrige Stirn war aus seinem eigenen Gewebe modelliert. „*bImoHqu'*“, pöbelte er Thomas an, und die Frau fiel in sein Lachen ein. Auch seine Stimmbänder waren manipuliert, er dröhnte in nichtmenschlich tiefem Bass.

Thomas lächelte ihm mit geschlossenen Lippen zu. „*Beauty's in the eye of the beholder*“, antwortete er.

„*yab mach Daghaj SoH*“, fuhr der Klingone ihn fauchend

an.

Thomas unterdrückte eine Bemerkung über den Verstand von Leuten, die es wagten, trotz der Brokkoli in Gestalt fiktiver Figuren an einem Ort wie diesem aufzukreuzen.

„bang SoH'a'", sagte er stattdessen schlicht. *„You look for the battles in the wrong place. The true test of a warrior is not without – it is within. Qapla'.*" Er hob die rechte Hand, zwischen Mittel- und Ring- sowie Daumen und Zeigefinger gespreizt, schob die konsternierten Zinnkrieger beiseite und betrat die Bar.

Das *Ten Forward* war gut besucht, niemand hier schien einen Gedanken an die Brokkoli zu verschwenden. Die wenigsten sahen wie Menschen aus, es gab Vulkanier, Trill-Symbionten, Klingonen, Ferengi – die meisten weiblichen waren allerdings bekleidet – und viele Spezies, die Thomas nicht erkannte, aber natürlich keine Brokkoli. Es war schwer zu sagen, wie viele von ihnen transethnisch waren und wie viele Masken trugen, echte Spitzohren, Riffelnasen, pulsierende Stirnadern, Antennen, Leopardenmusterhautpigmente – oder Latex und Make-up. Kleinteleporter hinter dem Tresen simulierten Replikatoren. Thomas schnappte amerikanische, klingonische und vulkanische Gesprächsfetzen auf. Er sah sich suchend nach Savannah um. Beinahe hätte er sie übersehen, sie saß an einem der hinteren Tische, verdeckt von zwei Männern, einer war ein Benzite, der andere ein Cardassianer. Obwohl das Atemgerät die beiden beim Küssen behinderte, fiel der Benzite nicht aus seiner Rolle und nahm immer wieder einen tiefen Zug daraus.

„175 badges?", flüsterte Thomas erstaunt, doch dann sah er, dass es nur Starfleet-Abzeichen waren. Savannah unterhielt sich mit einer Frau, während sie einen Tribble auf dem Tisch streichelte. Die giftgrünen Strähnchen in ihrem Haar mit lila Spitzen leuchteten im künstlichen Licht wie Neonschlangen. Thomas ging auf sie zu, doch plötzlich blieb er

stehen, als wäre er gegen einen unsichtbaren Schutzschild geprallt. Er hatte die andere Frau erkannt: Es war die, die ihn in Monaco angesprochen hatte.

Sein Blick trübte sich, er machte kehrt, lief hinaus in den Regen, der in harten Schauern fiel, und auf die nächste Zelle zu. Er war ohnehin schon viel zu lang an einem Ort gewesen. Ihretwegen. Im Teleporter hielt er einen Augenblick inne und warf einen letzten Blick auf Mingeborough. Der Regen peitschte blühende Apfelbäume, ein T. S. Eliot-April. Kinder lungerten herum mit Leimtüten und Flaschen, die in braunes Papier eingewickelt waren, sie rauchten, rieben sich Jubjub an die Handgelenke, unschuldig weiße Salbe. Er sah sie verschwommen, weil über die Scheiben Regenwasser rann, durch Kilroys Spuren, das Einzige, das er mitnehmen würde.

*

Seit einer Woche lag er nun schon in seinem Zimmer und starrte seine nackten Zehen an, Jubjub an Hals und Unterarmen. Dank der Brokkoli war kaum noch irgendwo richtiger Stoff aufzutreiben, und er wollte nicht als Cyberjunkie in der Gosse enden. Nicht nur die Teleportation, auch der Port-Lag machte ihm noch mehr zu schaffen als sonst. Nicht einmal Melatonin-Tabletten gab es hier, und dem Sonnenlicht wollte er sich nicht aussetzen. *Frey's Prick* dröhnte überlaut durchs Zimmer. Die Luft war klar und ruhig wie Glycerin. Das Bettzeug war schweißfeucht, sein nackter Oberkörper glänzte. Lichtschwerter stachen durch die Lüftungsschlitze der Fensterläden.

Unten auf der Straße sprach ein Mann mit brüchiger Stimme.

„*Si sería parte de su sueño. Se sintieron fuertas ruides subterráneos*“, sagte er. Seine Worte drangen trotz der Musik so klar ins Zimmer, als stünde er direkt neben Thomas. „*Si sería parte de su sueño. Y todo hueco alrededor del mar. Si sería parte de su sueño. Y todo profundo alrededor del mar.*"

Thomas sprang auf, schaltete den Jizz leiser und war mit einem Satz beim Fenster. Er öffnete die Läden einen Spalt und spähte hinunter. Ein halbes Dutzend Kinder hatte sich um den alten Mann geschart und hörte ihm zu.

„*¡Hum!, dijo Juan. No pudo mover el brazo que le faltaba y se pasó el movimiento al cristalino brazo de la cerbatana. Se pasó el movimiento al brazo pro–*"

„*Fiction!*", zischte Thomas ungläubig. Der Mann erzählte eine Geschichte, eine alte guatemaltekische Legende.

Die Brokkoli hielten Fiktionen für gefährlich, und alles, was sie daher auf der Erde zuließen, waren Sachbücher, Pulp-TV, Gedichte, Gameshows, konkrete Poesie, Kreuzwort- und Silbenrätsel. Nichts, das eine Handlung, Protagonisten, fiktive Charaktere enthielt. Störenfriede wurden evakuiert auf andere Welten, in stabilere Gesellschaftsformen, die Fiktionen besser ertragen konnten als die Brokkoli in ihrer eigenen furchtbaren Vergangenheit.

Thomas nahm aus seiner Hemdtasche zwei Würfel, die er durch all seine Sprünge gerettet hatte. Er ließ sie aufs Fenstersims fallen. *Snakeeyes*, denn jede Seite der Würfel hatte nur ein Auge, die Kontaktstellen zum Lesegerät. Jeder Würfel enthielt, obwohl Platz für Tausende darauf gewesen wäre, nur ein Buch. *Stand on Zanzibar* und *The Sheep Look Up*.

Seit achtzehn Monaten hatte Thomas nichts mehr dazu getan, zu schreiben, das Wort zu verbreiten. Jetzt holte er sein Deck heraus und schaltete es ein. Minutenlang starrte er es an, ohne ein Wort zu sagen. Dann begann er zu diktieren: „*Outside the area broiled slowly under the sun. The air was soggy, hanging motionless. The sun glared yellow off the sand around the tiny houses. The old man yawned and spat into the hot sand. Somewhere a mosquito was buzzing against a windowpane and somewhere else–*"

Es klopfte an der Tür.

Er fuhr herum. „*Who ...? ¿Quién ...?*" Er steckte das Deck weg. „*¡Adelante!*"

Die Tür öffnete sich und eine Frau trat ein. Sie trug einen Güipil, doch Thomas erkannte sie.

Er sank in sich zusammen.

„*Don't panic!*", sagte sie mit einem Akzent, den Thomas in Monte Carlo für ungarisch gehalten hatte. „*Thomas Phonncy?*"

Er nickte.

„*Listen. My name is Heidemarie Leopoldseder. I'm Professor Leopoldseder's sister. We're from Sub Rosa.*"

Eine Stunde später teleportierten sie in die andere Hemisphäre.

*

„*But there's no destination booth in the past*", sagte Thomas aufgewühlt. Die Sonne näherte sich dem Horizont, und obwohl es hier nicht regnete, war im Osten ein klarer doppelter Regenbogen vor Marshmallow-Wolken zu sehen, der aus den altertümlichen Häusern zu wachsen, sie mit dem Dom zu verbinden schien und ein Brücke über die Salzach spannte. Die Seilbahn war immer noch in Betrieb, wie früher die Fiaker.

„Was für ein Stiefel?“, fragte Hannes.

„Zelle. Es gibt dort keine Zelle“, half Heima aus. „Er meint, dass in der Vergangenheit keine – “

„Nein, nein, nein. Wir brauchen keine Zielzelle, auch hier für die Teleporter nicht. Prinzipiell kann überall hin teleportiert werden, es findet nur ein Austausch der Partikel statt, nichts weiter.“ Er blieb stehen, trat ans Ufer, hob einen Kiesel auf und warf ihn ins Wasser. Ein großer Tropfen spritzte glucksend nach oben, als der Stein in die Oberfläche eindrang. „So wie der Stein das verdrängte Wasser ersetzt und umgekehrt. Die Zellen sind lediglich eine Sicherheitsmaßnahme, Kollisionsvermeidung. Damit nicht ein Mensch und ein bisschen Luft hier gegen einen halben Menschen und viel Luft oder gegen das Innere eines massiven Felsens dort ausgetauscht wird.“

Ein Brokkoli kam ihnen entgegen und sie schwiegen. Sein grünes Gesicht wirkte krank, als ob er durch Eisenmangel anämisch wäre. Einmal hatte Thomas sich am ganzen Körper grün geschminkt.

„*I felt different then and better*“, flüsterte er, „*for having been green, even sickly green, even for a minute.*“ Dann sagte er laut: „*Great.*“ Er klaubte seine High-School-Physik zusammen. „*What about the heat death of the universe? Cause and effect?*“

„Entropie? Kausalität?“ Hannes schnippte mit den Fingern. „Vergiss es. In der Minkowski-Geometrie ist die Geodäte zwischen zwei Punkten noch wie in der euklidischen eine Gerade, die Raumzeit ist also flach, aber in Wirklichkeit wird sie ja bekanntlich durch Masse gekrümmt, und umgekehrt – nun, lassen wir das. Jedenfalls besteht zwischen dem Teleportieren von Antigua nach Zaire oder von heuer nach anno dazumal kein Unterschied, die alten Gesetze werden so oder so gebrochen.“ Sie gingen langsam weiter. „Ich weiß nicht, warum die Brokkoli nicht schon längst darauf gekommen sind.“

„*Oh, sheesh. And how will I return?*“

Heima sah Hannes an. „*Not at all*“, sagte sie zu Thomas.

„Das ist ein Problem bei der Chronoportation“, erklärte Hannes bedauernd. „Durch die Unschärfe können wir die Zeit nur sehr ungenau bestimmen, mit Abweichungen von zehn, zwanzig Prozent. Eine Art makrokosmischer Heisenberg, sozusagen. Nun ja, vielleicht auch nicht. Wir können dich wegschicken, aber nicht genau genug erfassen, um dich zurückzuholen.“

„Es ist wie der Fluss“, warf Heima ein. „Wenn du die Fließgeschwindigkeit kennst, kannst du sagen, auf welcher Höhe sich ein Tropfen nach einer gewissen Zeit befindet, jedoch nicht, ob in der Mitte des Flusses oder am Ufer, an der Oberfläche oder am Grund.“

„Ganz schlechter Vergleich“, widersprach Hannes. „Hinkt an allen Ecken und Enden. Ort und Zeit ist ja gerade vertauscht, und die Fließrichtung –“

„Was soll's? Du kannst dir überlegen, Thomas, was dir lieber ist: weg von hier, oder weg von jetzt. Willst du dich von den Brokkoli deportieren lassen oder von Hannes chronoportieren?“

„*Will I meet Herbert Maske?*“

„Herbert Maske“, sagte Heima, „existiert nicht.“

*

Das Leopoldsedersche Labor hatte nichts mit dem Dr.

Frankensteins oder Dr. Jekylls gemein. Ein paar Bücher – Würfel und sogar solche aus Papier –, vor allem aber Bildschirme und ein Dschungel von Grünpflanzen, in dem Lord Greystoke nicht weit zu sein schien.

„Was ist mit die Zukunft?“, fragte Thomas und nippte an seinem Kaffee. Er schmeckte bitter. „Kann ich gehen dorthin auch?“

Hannes schüttelte den Kopf. „Stell dir einen Fluss vor –“

„Ach!“, unterbrach Heima. „Jetzt plötzlich doch?“

Hannes bestrich ein Reiswaffel mit Erdnussbutter, löffelte Johannisbeermarmelade darauf und biss hinein. „Jamf“, kam es aus seinem Mund, dann schluckte er und versuchte es erneut: „Das ist etwas ganz anderes. Ein Fluss in einem unendlich langen Bett also. Das Wasser der Quelle fließt seit fünfzehn Milliarden Jahren –“

„Was ist ein *Quelle*?“

„Spring“, sagte Heima.

Hannes sah sie verblüfft an. „Ich dachte, das heißt *Frühling* oder *Feder*?“ Er legte die angebissene Reiswaffel ab, stand auf, nahm eine kleine Blechgießkanne und wässerte damit eine Kentia-Palme. Während er einige gelbe Blätter entfernte, fuhr er fort: „Nun, das Wasser, das die Quelle zuerst verlassen hat, hat eine gewisse Strecke zurückgelegt. Ein Wasserfloh darin kann notfalls bis zur Quelle zurück, aber –“

„*I see.* Eine sehr schöne Bild. *Il pulce d'acqua* kann nicht weiter als die Spitze von die Wasser.“

„Nicht ganz, es ist gleich, ob es Süßwasser ist ...“

„*Pulce*“, sagte Heima müde. Sie setzte ihre Tasse ab und lehne sich zurück. Dabei versank sie halb im raschelnden Blätterwerk eines riesigen Benjamin. „*Floh. Nicht acqua dolce.*”

„Der Floh. *That's me. I got it.* Und ihr seid sicher, dass es arbeitet?“

„Es funktioniert, keine Frage. Wir haben es getestet, ich habe Schachteln mit Uhren chronoportiert, ein wenig unter die Erde, und meine Schwester hat sie ausgebuddelt.“

Heima drehte die Augen zur Decke, über die Ausläufer einer Efeutute wucherten.

„Ich bin Archäologin“, sagte sie zu Thomas. „Warum habe ich nur das Gefühl, dass mein lieber Bruder meinen Beruf nicht ernst nimmt?“

„Warte eine Minute, ihr habt nur Dinge gesendet, noch kein –“

„Ein kleiner Schritt für dich“, deklamierte Hannes, immer noch damit beschäftigt, seine Pflanzen zu gießen, „doch ein großer Sprung für die Menschheit.“

„Aber ist es sicher?“

„Was erwartest du? Soll ich ein Meerschweinchen in eine Kiste stecken? Wozu? Das ist Physik, kein Zirkus.“

Heima schüttelte den Kopf. „Erinnert mich an einen Cartoon, den ich als Kind gesehen habe: Ein Mann im Laborkittel hält ein Kaninchen an den Ohren aus dem Fenster, im Begriff, loszulassen, um festzustellen, ob Schwerkraft auch auf Säugetiere wirkt.“

„Jedenfalls ist es ein Glück", sagte Hannes, „dass wir unabhängig von Zeit und relativer Bewegung den Ort präzise bestimmen können, sonst würdest du womöglich mitten in einer Mauer landen oder unter einem Erdhügel."

„Aber was ist mit Erosion, Bauwerken, Menschen, wenn die Zeit um zwanzig Jahre – *you know, fluctuates?*" Thomas hatte seine Tasse geleert und nun den Mund voller Kaffeemehl.

„Gut nachgedacht." Hannes hob die Gießkanne auf die Höhe einer Bananenstaude, jedoch nicht, um sie zu gießen. „Deshalb werden wir dich ein paar Kilometer über die Erdoberfläche chronoportieren."

*

„Viel Glück", sagte Heima. „Mach's gut. Und schreib mal."

Thomas rückte Helm und Schutzbrille zurecht. Die Beingurte zwickten. Im Gepäck hatte er nichts als hoffentlich zeitgenössische Kleidung, etwas Papiergeld und Diamanten, um sich eine neue Identität zu kaufen. „So wirf deinen LOX-Generator an, Professor", sagte er nervös.

Hannes hob verwundert die Brauen, sah dann jedoch auf die Uhr. „Wir sollten anfangen. Denk dran: Halt den Mund geschlossen, sonst kannst du in der Luftfeuchtigkeit ertrinken."

„*No hommage to Fritz Lang?*" Thomas' Stimme zitterte.

Dann kreischten nicht Zahnarztbohrer, sondern Presslufthämmer in seinem Mark, und er schlidderte über die Monaden-Rutschbahn, stolperte drei oder vier Generationen zurück.

no no no satinav nosias noisore nosias noisore nosias noituak noingapmok nograj nogaw noitpo noen noitargim noillim noitol nosiail noigol stleb nellu nav netsaf esaelp noigiler nosiar nortolkyz nomäd nopmat noitaluvo noisulli noitkel noisolpxe noisolpmi noisivid noinu noitak noina eiw nehclietitna dnu nehcliet noilgnag nobbig notuf tznälg nöhcs se timad noitalopartxe noitalakse noitkere nolispe noitome retrevnokdlihcszrawhcs relakol norab norka noisulla nonohp nonorhc noyhcat

Yippeeeeeeeeeeeeeeeeeeee!, dachte Thomas, als Mexiko aus vier Kilometern Entfernung auf ihn zuraste, denn mit krampfhaft geschlossenem Mund konnte er nicht schreien. Zumindest das Wetter war für den Sprung geeignet. Die Luft war dünn, die mit ihm chronoportierte dichtere hatte nur kurz leise geknallt. Thomas taumelte, um stabiles Gleichgewicht bemüht, machte ein Hohlkreuz, streckte Arme und Beine zur großen X-Lage aus. Der Fallwind massierte ihn grob mit fünfzig Metern pro Sekunde, so dass er die schmerzenden Knochen kaum bemerkte, dann, einen Kilometer hoch, ein Knattern und Sekundenbruchteile später ein brutaler Ruck, der Wind fauchte, die Halteleinen knarrten, Ösen und Scharniere der Aufhängung quietschten, und er sank langsam dem Planeten entgegen. Sand und Felsen und Kakteen und keine Brokkoli.

*

Thomas spannte einen Bogen Papier in die Schreibmaschine; schon das produzierte ungeheuren Lärm.

Inzwischen hatte Thomas sich an seine neue Identität, den angeblichen Abschluss der Oyster Bay High School, die erfundenen zwei Jahre bei der Navy, das Leben hier in Seattle, nördlich von Puyallup gewöhnt. Seinen Vornamen hatte er behalten, ebenso sein Geburtsdatum, den VE-Day, wenn er sich auch ein paar Jahre jünger gemacht hatte, und sein Nachname war ein Anagramm seines Pseudonyms. Sogar ein paar Kurzgeschichten, die angeblich aus seiner College-Zeit stammten, hatte er in kleinen Magazinen untergebracht.

Keinen so bedeutenden Magazinen wie dem, das zwischen Playboys und einer New York Times aufgeschlagen auf seinem Schreibtisch lag. Vom Autor einer Geschichte darin hatte er erst vor einem Jahr einen Roman gelesen, *Time out of Joint*, in dem ein Mann glaubte, Kreuzworträtsel zu lösen, während er in Wirklichkeit Raketenflugbahnen berechnete. In einer realistischen Umgebung, dachte Thomas, Peenemünde, London, wäre das ganze viel glaubwürdiger. Wenn jemand in der Lage gewesen wäre, die Einschläge der V2 trotz Poisson vorherzusagen ... *irgendwann werde ich etwas darüber schreiben.*

Thomas lebte zurückgezogen, die Menschen hier waren so erschreckend unterentwickelt. Nicht einmal ein Jahrhundert zeitlicher Abstand, und eine ganze Welt lag zwischen ihm und ihnen. Ob Sex mit einer der Eingeborenen schon als Sodomie galt?

Der Fernsehschirm flimmerte hell- und mittelgraublau, Thomas sah auf, als er mit halbem Ohr den Namen Bush hörte, doch es ging lediglich um Prescott Bush, den republikanischen Senator für Conneticut, nicht seinen Sohn. George trieb sich noch in seiner Zapata Petroleum Corporation herum, er würde erst in drei Jahren erfolglos von den Falken für den US-Senat in Texas nominiert werden.

Der Sprecher erwähnte nur kurz Ostdeutschland. *Wenn ihr wüsstet*, dachte Thomas. Im Juli werden 30444 Einwohner die DDR verlassen, achthundert in einer Woche, zweitausend an einem Tag. Und im August wird die

Antwort in Beton gegossen. Brandts schriftliche Bitte an den Präsidenten um politische Maßnahmen würde keinen Erfolg haben. Kennedy war nicht Bush. Immerhin hasste Bush Brokkoli.

„*Broccoli*“, zischte Thomas leise und wandte sich wieder der Schreibmaschine zu. Er drückte mit dem linken kleinen Finger die Shift-Taste, wodurch sich der gesamte Typenkorb senkte, dann eine Buchstabentaste nieder. Der Hebel flog nach oben, gleichzeitig warf sich das Farbband ihm in den Weg. Der Typenkopf presste die Farbe aus dem Band aufs Papier, beide fielen zurück in ihre Ruhestellung, und da stand es, unregelmäßig, ausgefranst, in Courier: *V*.

*

Er war alt, spürte es in allen Knochen, obwohl er seit Ewigkeiten nicht mehr teleportiert war, und die Quacksalber hier konnten nichts dagegen tun.

Hier werden Nervositäten auf den Plan gerufen, dachte er, *wie du sie kennst, wenn du dich im Vergehen der Zeit gefangen fühlst und keine Geschichte, keine Zeitmaschine mehr erreichbar ist. Auf dem Weg nach Rhode Island solltest du Salem umgehn. SNAFU.*

So früh am Morgen wach zu sein ... CNN einschalten, nicht mehr, um sich zu informieren, nur um nicht allein zu sein. Gequältes Husten. Kerouac war nicht auf der Straße gestorben, sondern beim Fernsehen.

Der Reporter berichtete von einer Insel, auf der Spam Hauptgericht war, Spam gekocht, gebraten, gebacken, gegrillt, frittiert, Spam am Spieß, in Scheiben, in Streifen oder in Würfeln.

„*Teeny weeny tin caskets*“, sagte Thomas kopfschüttelnd. Sie aßen aus winzigkleinen Blechsärglein. „*Gorgeous toys, kids: look at all those trucks and soldiers and rockets and tanks.*“

Er zappte – Kolumbus in brueghelschen Farben; dröhnende Raumschiffe; ein nachtblauer Schatten über Gotham: Bruce mit Maske; Vetter John mit Cowboyhut; in Zeitlupe jagender Gepard; Heinecken; Tumult bei den Bradys; Heinz' Ketchup; Aspirin; ein roter Pontiac im Tiefflug; Schwarzbrenner in Chicago; kreischende Bonobos; eine AT&T 800er Nummer; der Skipper auf Gilligans Insel; ein Traumschiff im Azurmeer; vermummte Chirurgen; brummende Schwarzweißdoppeldecker; ein Yello-Clip; Sylvester und Tweety; Rudy Huxtables Prom als Zeichentrick; ein Rocksänger in magrittescher Landschaft vervielfacht; Radar, Hawkeye und Major Burns; Coca Cola.

Mühsam ging er zum Fenster und blickte hinaus. Angoulême brannte, das Rot und Orange der Morgensonne ließ all das Glas aufflammen, hinter jedem Fenster Platz für einen Schadrach.

Seine letzte Jeremiade lag halb fertig und lange unberührt im Rechner. Inzwischen schrieben andere von ihm ab, wiederkäuten seine Ideen ...

Ein Klatschen im Schlafzimmer. War das Mädchen immer noch da? Roseanne. Er hatte sie doch vor die Tür gesetzt nach ihrer letzten Meinungsverschiedenheit. Seine Anspielung auf ermordete Hefe im Brot infantil zu nennen, sie mit dem Vorwurf an Antifaschisten zu vergleichen, Sterne am Himmel zu bewundern ...

Ein weiteres Geräusch, schmatzend, als ob jemand über nasses Moos liefe. Wasser kroch unter der Tür hervor; Thomas öffnete sie.

Die Zelle hatte eine Ecke des Betts abgeschnitten, die Hülle lag schlaff da, der Boden war überschwemmt. Zwei Brokkoli standen auf dem nassen Teppichboden.

Thomas starrte sie an. „*The wizards of OSS*", sagte er. Dann nickte er.

Auf der Zelle stand nicht -`.:.,-⁝,-;:.„--`.:.,...⁝:; , *Teleporter*, sondern -„--⁝,-;:.„--`.:.,...⁝:; . Thomas versuchte, das Wort zu entziffern, -, , *gestern*, und ,- , *morgen*, Präfixe für Verben, doch hier ...

Es war so einfach, entsetzlich einfach. Sie hatten das Gerät mitchronoportiert, und so konnten sie zurückkehren. Mit ihm zusammen.

Einer der beiden reichte ihm sachlich eine Plastikkarte, immer korrekt, immer vorschriftsmäßig, selbst bei einer Reise in die Vergangenheit. Sie kommunizierten nicht einmal mit einem Sprachgenerator, der ihr Ultraschallzirpen hörbar machte, sondern schriftlich.

Thomas besah sich die Karte, obwohl er wusste, was darauf stand.

Es sah fast schön aus in der schlichten, exakten Grammatik der Brokkoli, beinahe wie ein türkisches Chorlied in Hamparsum-Notation, drei bis auf die Tempora identische Zeilen, die Verben durch Prä- und Suffixe aus nur einem einzigen abgeleitet, „- *sagen*, eingebettet in die Belehrung.

Die Brokkoli-Version des Miranda-Acts: ' alles, was du sagst, schreibst oder denkst, alles, was du sagtest, schriebst oder dachtest, alles was du sagen, schreiben oder denken wirst ...'

Carolin Keupp

Freie Meinungsäußerung

Ein Zellklumpen
in einer Brühe
nur, da hatten sie dein Foto
schon in ihrer
Datenbank.

Auf dem Monitor
sah sie dich kaum
regen, da wusste sie:
zwölf Prozent
diabetikgefährdet.

Noch bevor dein
winziges Herz zu
schlagen begann,
hielten sie es schon
bereit, das Tonbandgerät.

Als du die Abstimmung
mit den Füßen
gegen ihre Bauchdecke antratst,
verrieten sie
dein Geschlecht.

Jetzt schreist du!
Nach allem, was wir für dich getan haben!
Du weckst die Nachbarn,
(und vielleicht die ganze Nation)
mitten in der Nacht!
Was für ein Geschrei das wird!
(schreit noch jemand mit?)
SCHREI DOCH NICHT SO!

Muna Bering

Ohne Blutvergießen

„Specht! Es gab wieder eine Drohung gegen das Schiller-Gymnasium."

„Wieder von *Batman*?"

„Wieder von *Batman*. Ähnlicher Wortlaut wie das erste Mal. Auch Schuldirektor Bartsch wird erneut persönlich bedroht. Und noch einige andere Lehrkräfte."

„Was hat die Ziehlke jetzt vor?"

„Das erfahren wir gleich. Besprechung um halb zwei, Raum 251. Sei pünktlich!"

„Frau Hummert, von Ihren Leuten erwarte ich, dass sie das Internet bis in den letzten Winkel durchleuchten!"

„Dafür sind wir da, Herr Köllner."

„Durchforsten Sie weitere Seiten nach dem Nickname *Batman*! Oder nach verwandten Formen, Sie wissen schon."

Frau Hummert und ihr Team Internet-Ermittler antworten nicht, aber am stetigen Klicken der Notebook-Tastaturen lässt sich erahnen, dass fleißig Notizen gemacht werden, während Köllners kurzatmiger Bass dröhnend Anweisungen gibt.

„Herr Specht ist eben dabei, eine Liste der Schüler und Lehrkräfte des Schiller-Gymnasiums zu organisieren. Durchkämmen Sie sogenannte Schüler-Netzwerke nach den Namen der Schüler! Legen Sie Profile an! Ich will wissen: Was sind das für junge Leute? Wofür interessieren sie sich? Wie stellen sie sich dar? Wirken sie unzufrieden, wütend, egoman? Kommen sie aus armem Elternhaus, sind sie Migranten? Gehen sie auf LAN-Partys, mögen sie gewalttätige Filme? Hören sie Heavy Metal oder Gangster Rap, spielen sie Rollenspiele? Sehen Sie sich entsprechende Foren an! Sie kennen die Zielgruppen und Alarmzeichen."

Klackklackklack murmeln emsig die Tastaturen. Jemand hustet. Draußen rauscht der Verkehr.

„Nehmen Sie Kontakt auf mit Herrn Heise und Frau Martens, die die Schüler-Datenbank der Schule auswerten. Ergänzen Sie Ihre Profile: Uns interessieren schlechte Schulnoten, schwache Kopfnoten, Sitzenbleiber, häufige Verweise, asoziales Verhalten, Klassenbucheinträge ... so etwas. Wir wissen: *Batman* ist rechtschreibschwach. Verinnerlichen Sie die Fehler, die er in seinen Botschaften gemacht hat! Kümmern Sie sich außerdem um Kaufprofile der auffälligeren Jugendlichen – die großen Online-Anbieter werden sie Ihnen zur Verfügung stellen." Köllner macht eine kurze Pause, räuspert sich. Dann: „926 Schüler sind auf dieser Schule – bis spätestens übermorgen mittags möchte ich von jedem einzelnen ein Profil abrufen können, das *alles* über ihn verrät! Schaffen Sie das, Frau Hummert?"

„Sicher."

„Gut." Köllner stößt zufrieden Luft aus. „Ich möchte außerdem, dass Sie zwei oder drei Kollegen abstellen, die ähnliche Profile von den Lehrkräften anlegen."

„Es gab wieder eine Drohung gegen die Schule, Katja." Köllner spricht gedämpft. In der Ferne beginnt die Kirchturmglocke rollend zu schlagen.

Ein Buch wird zugeklappt. Eine dunkle Frauenstimme fragt, leicht zögernd: „Vom selben Typen wie letztes Mal?"

„Wahrscheinlich. Jedenfalls wurde die Nachricht wieder unter dem Nickname *Batman* ins Netz gestellt."

„Und was schreibt er?" Frau Köller klingt gefasst, spricht aber leise, als habe sie Angst, jemand könne hören, worüber sie sprechen.

„Ach!" Man hört Köllner geradezu an, dass er eine wegwerfende Handbewegung macht. „Ähnlich krudes Zeug wie das erste Mal: *Die Zeit der unbestraften Demütigungen ist vorbei. Schon sehr bald wird zurückgeschossen. Bartsch-Arsch wird im Kugelhagel tanzen. Das Blut von kleinen Strebersäuen und Arschkriechern wird Klassenzimmer rot färben* ... Und so weiter."

„Mein Gott!"

„Ja. Krank! Noch drei weitere Lehrkräfte werden

namentlich genannt.“

Einen Moment lang schweigt das Paar. Im Kamin knistert das Feuer verschwörerisch. Die Wanduhr tickt gleichmäßig. Sonst ist es still im Wohnzimmer. Bis Frau Köllner fragt: „Und was passiert jetzt? Schließen sie diesmal die Schule?“

„Nein.“ Köllner sagt das mit Nachdruck. „Das bringt uns nicht weiter. Vielleicht hat es *Batman* ja nur genau *darauf* abgesehen – ein unbeliebter Verlierertyp, der mit seiner Drohung Angst und Schrecken verbreiten will, um ein Gefühl von Macht zu haben. Er soll auf keinen Fall Erfolg haben mit seinem Irrsinn! Wo kämen wir da hin?“

„Aber was …?“

„Der neu gegründeten Sonderkommission *Batman* stehen alle Mittel und Wege offen, um die Identität des Schreibers schnellstmöglich zu ermitteln. Dafür hat die Ziehlke gesorgt. Und wir haben Kollegen vor und in der Schule postiert.“

„Hoffentlich reicht das.“ Frau Köllner klingt etwas zweifelnd.

„Katja.“ Köllners Bass wird weich. „Ich weiß: Du machst dir Sorgen um Vanessa und Max. Ich ja auch. Aber verlass dich drauf –“ Vielsagende Pause. „– *ich* werde alles dafür tun, dass es an dieser Schule kein Blutvergießen gibt! Kein zweites Erfurt! Kein zweites Celle! Ich werde das verhindern!“

„*Du* …? Heißt das …?“

„Ganz genau!“ Köllners Stimme verrät grimmigen Stolz. „Die Ziehlke hat *mich* zum Leiter der Soko *Batman* ernannt.“

„Wolfgang!“ Frau Köllner ist trotz des beunruhigenden Themas freudig überrascht. „Herzlichen Glückwunsch! Endlich!“

„Ja. *Endlich*.“ Er schweigt kurz. Dann, wie zu sich selbst: „Dein alter Kater wird der Ziehlke beweisen, dass sie mit mir aufs richtige Pferd setzt.“

Bettfedern quietschen.

„Und? Bist du für deinen Englischtest morgen gut vorbereitet?", fragt Köllner seine Jüngste. Dicke Daunendecken rascheln leise, Hände streichen über Stoff.

„Ja. Glaub schon." Vanessas Stimme ist hell und dünn, als sei das Mädchen selbst aus zerbrechlichem Porzellan gemacht. Ein kleiner Engel, den man beschützen will.

„Mach dir keine Sorgen, Spatz." Köllner gibt ihr einen Kuss. „Du schaffst das! Und jetzt schlaf gut."

„Du auch." Sie zögert. Dann, wispernd: „Du, Papa ..."

„Ja?"

„Sei – sei mir bitte nicht böse, aber –" Ihr Stimmchen wird vor Nervosität noch dünner. „– ich habe vorhin gehört, was du Mama erzählt hast."

„So."

„Ja. Papa, stimmt das? Will jemand Direktor Bartsch töten?"

„Ach du je!" Köllner seufzt. „Vielleicht, mein Spatz. Ganz sicher ist das nicht. Vielleicht hat auch nur jemand Spaß daran, ihm Angst einzujagen. Verstehst du?"

„Weiß nicht. Ein bisschen."

„Dein dicker Papa gibt sich jedenfalls ganz große Mühe, den Übeltäter zu finden, das kannst du mir glauben!"

„Okay. Gut." Aber sie klingt noch immer beunruhigt. „Wir haben Direktor Bartsch nämlich in Deutsch. Ich mag ihn."

„Ach, Spatz. Mach dir bitte keine Sorgen. Und versprich mir", sein Ton wird eine Spur autoritärer, „dass du *niemandem* erzählst, was du heute Abend gehört hast. Verstanden? Auch Grit nicht. Auch deinem Bruder nicht!"

„Ja, Papa." Schuldbewusst. „Ich *wollte* auch nicht lauschen, es war mehr so ... *zufällig*, weißt du?"

„Ich kann`s mir vorstellen." Köllner schmunzelt. „Du bist halt die Tochter deines Vaters." Die Bettfedern quietschen wieder, als er seinen massigen Körper aufrichtet. Mit einem Klick wird das Licht gelöscht. Dann, ins Dunkel hinein, sagt Köllner noch: „Vielleicht kannst du mir sogar ein wenig helfen."

„Wie denn?"

„Du kannst in der Schule ein bisschen die Augen offen halten. Deine Mitschüler beobachten. Es ist wahrscheinlich, dass jemand, der so schlimme Drohungen ins Internet stellt, sich auch sonst nicht normal verhält: Vielleicht hat er schlechte Zensuren oder ist frech zu den Lehrern. Oder er hat keine Freunde. Einer, der im Sportunterricht immer als Letztes gewählt wird. So einer, weißt du?"

„Aber Papa, die Schule ist groß. Ich kenne doch nur die Leute aus meiner Klasse."

„Aber du kannst dich doch ein bisschen umhören, oder?"

„Ja. Das schon." Sie schweigt kurz, vielleicht denkt sie nach. Dann: „Also, der Raul aus der 9c, der musste schon mehrmals zum Bartsch. Weil er sich andauernd prügelt. Dem Lukas hat er sogar schon mal einen Büschel Haare ausgerissen! Und ein paar Mädchen aus der Achten hat er ganz ekelig beschimpft und angespuckt."

„Na, siehst du, das ist doch schon was!" Man hört Köllner an, dass er grinst. „Genau so was interessiert mich! Meinst du, du kannst mir solche Mitschüler aufschreiben? Mit Nachnamen?"

„Guten Morgen, Frau …" Köllner blättert in seinen Notizen. „… Nußbaum."

„Guten Morgen." Frau Nußbaums Stimme ist kräftig und eine Spur streng.

„Setzen Sie sich doch bitte."

„Danke."

Stuhlbeine schaben gedämpft über den Teppichboden des Lehrerzimmers, als die Lehrerin Platz nimmt. Dann wieder Köllners Bass: „Sie unterrichten Biologie und Musik."

„Das ist richtig."

„Wie viele Kurse haben Sie zurzeit?"

„Vierzehn."

Ein Kugelschreiber kratzt eilig auf Papier. Jemand macht Notizen.

„Frau Nußbaum, Sie wissen sicherlich, worum es geht."

„Ja." Ohne zu zögern. „Es wurde ein Amoklauf im Internet angekündigt."

„Genau." Köllner brummt zustimmend. „Wir müssen davon ausgehen, dass es sich bei dem potenziellen Amokläufer um einen Schüler oder eine Schülerin *dieser Schule* handelt."

Bedeutungsvolles Schweigen. Irgendwo hallen Schritte durch lange, leere Korridore. Gegen die Fenster prasselt leichter Regen.

„Vielleicht sitzt der potenzielle Amokläufer *in einem Ihrer Kurse.*"

„Ich verstehe."

„Herr Specht und ich möchten Sie bitten, uns einige Auskünfte über Ihre Schüler zu geben. In erster Linie interessieren uns natürlich die auffälligen Jugendlichen, Sie wissen schon: Versetzungsgefährdete, Mobbingopfer, Querulanten … diese Kaliber. Vielleicht wurden *Sie* sogar schon einmal beschimpft oder bedroht und haben es einfach nicht ernst genommen …"

„Herr Köllner", unterbricht die Befragte in diesem Moment den Ermittler. „Ich fürchte, ich kann Ihnen nicht helfen." Sie klingt höflich, aber bestimmt.

„Bitte?"

„Ich sagte: Ich fürchte, ich kann Ihnen nicht helfen. Ich halte keinen meiner Schüler und keine meiner Schülerinnen für fähig, einen Amoklauf anzukündigen, geschweige denn durchzuführen. Mehr kann ich Ihnen nicht sagen."

Stille. Vielleicht verblüfftes Schweigen. Auch der Kugelschreiber hält inne. Schließlich räuspert Köllner sich etwas umständlich und fragt noch einmal anders: „Keiner der Jugendlichen, die Sie unterrichten, verhält sich also auffällig oder –?"

„Das habe ich nicht gesagt, Herr Köllner. Natürlich sind nicht alle meine Schülerinnen und Schüler brav, fleißig, höflich, freundlich und zufrieden. Im Gegenteil. Dennoch kann ich mir nicht vorstellen, dass eine oder einer von ihnen tatsächlich zur Waffe greifen und andere Menschen töten würde."

„Das kann man sich leider nie vorstellen", grummelt Köllner fast traurig.

Die Lehrerin antwortet nicht.

„Wissen Sie, Frau Nußbaum –" Spechts kurzatmige Fistelstimme mischt sich ein. „Es ist schön, dass Sie Ihren Schülern gegenüber so vertrauensvoll eingestellt sind. Leider hat es sich aber in der Vergangenheit immer wieder gezeigt, dass gerade Personen, die viel mit den Jugendlichen zu tun haben – ihre Lehrer beispielsweise –, deutliche Zeichen übersehen oder falsch deuten. Aus diesem Grund ist es wichtig, dass Sie uns Zwischenfälle schildern, auffällige Schüler aufzeigen und ähnliche Details nennen, *obwohl* Sie nicht glauben, dass etwas von Belang dabei sein könnte … aber es ist nun einmal wichtig, dass Herr Köllner und ich uns unser *eigenes* Bild machen."

„Manchmal sieht man aus der Ferne klarer", brummt Köllner zustimmend.

Frau Nußbaum scheint nicht überzeugt. Sie schweigt. Ihr Stuhl quietscht, als sie sich ein wenig bewegt. Dann holt sie tief Luft: „Wissen Sie, meine Herren, ich habe prinzipiell ein gutes Verhältnis zu meinen Schülern – auch zu den *auffälligen*, wie Sie es nennen. Und ich verstehe mich nicht nur als ihre Lehrerin, sondern durchaus auch als *Vertrauensperson.* Aus diesem Grund missfällt es mir einfach, die Details, die Sie vermutlich hören wollen, gewissenlos auszuplaudern … wer über seine letzte schlecht ausgefallene Klassenarbeit geweint hat, wer in letzter Zeit kaum mehr zuhört, weil er Liebeskummer hat, wer mich nicht leiden mag und schon häufiger zum Direktor geschickt wurde … so etwas wollen Sie doch hören, oder nicht?"

„Alles, was Sie sagen, wird von uns absolut diskret behandelt", versichert Specht.

„Erstens – entschuldigen Sie bitte – glaube ich das

nicht, und zweitens ist das überhaupt nicht der Punkt!"

„Frau Nußbaum." Köllner bleibt gelassen. „Sie wissen, denke ich, dass in der Internetbotschaft diverse Kollegen von Ihnen, unter anderem Direktor Bartsch, namentlich bedroht werden ..."

„Auch das ist nicht der Punkt!" Die Lehrerin schnaubt unterdrückt. „Sie *wollen* mich nicht verstehen!"

„Ich kann Ihnen wirklich nicht ganz folgen." Höflich. Und Specht, sachlich: „Sollten Sie uns etwas von Belang wissentlich verschweigen, machen Sie sich strafbar."

„Ich verschweige Ihnen nichts!" Heftig. Wieder quietscht ihr Stuhl. Dann, beherrscht: „Aber ich kann Ihnen nun einmal nicht helfen. Hätte ich einen begründeten Verdacht gegen einen meiner Jugendlichen, würde ich ihn selbstverständlich mit Ihnen teilen. Mir macht die Amokdrohung auch Angst. Aber ich weigere mich, deswegen alle Schüler unter Generalverdacht zu stellen und sowohl ihre Privatsphäre als auch mein eigenes Gewissen zu verraten. Ich kann Ihnen also nicht helfen," wiederholt sie. „Tut mir leid." Und schweigt.

Schließlich, als keiner der beiden Männer etwas erwidert: „Darf ich jetzt gehen?"

„Bitte sehr. Und vielen Dank." Specht kann sich einen ironischen Unterton nicht verkneifen.

Ein Stuhl quietscht. Schnelle, durch Teppich gedämpfte Schritte entfernen sich. Eine Tür wird geöffnet und geräuschvoll geschlossen.

Dann herrscht länger Stille. Nur Spechts Stift kratzt fleißig Notizen auf Papier.

Schließlich legt Specht den Schreiber beiseite und stellt fest: „Was für eine Ziege! Die ist bestimmt von der Bürgerbewegung."

„Nicht unwahrscheinlich." Köllner klingt belustigt. Sein Stuhl knarzt leise, während er nachdenklich vor- und zurückkippelt. „Ich glaube sogar, das war die *Vorsitzende* der Bürgerbewegung."

Die Männer lachen.

„Na ja“, schmunzelt Köllner noch, „schwarze Schafe gibt es immer. Nur gut, dass die Kollegen der ehrenwerten Frau Nußbaum kooperativer sind als sie!“

„Du siehst müde aus, Kater.“

„Das bin ich auch. Der Tag war anstrengend.“

„Gibt es Neuigkeiten?“

Köllner zögert kurz. „Wo sind die Kinder?“

„Keine Bange, beide ausgeflogen. Nessie ist bei Grit, und Max hängt mit seinen Jungs in der Stadt ab.“

„Gut.“ Die Polster geben leise pfeifend nach, als Köllner sich seufzend in seinen Sessel sinken lässt. „Leider gibt es nichts Erfreuliches zu berichten. Specht und ich waren den ganzen Tag in der Schule und haben das Kollegium befragt. Und nachmittags saßen wir fast drei Stunden vor dem Haupteingang und haben die Schüler beobachtet …“

„Klingt langweilig.“

„War es irgendwie auch. Andererseits … wenn man sich bewusst macht, weswegen man da sitzt … dann hockt man da und sieht diese vielen jungen, unfertigen Menschen kommen und gehen: die Strebertypen, die Langhaarigen, die Pickligen, die Unsicheren, die Modepüppchen, die Angeber, die Unscheinbaren, die Türken, die Dicken … *und man kann ihnen nicht in ihre Köpfe gucken*! Bei jedem denkt man: Was geht in dir vor? Bist du unser *Batman*? Und, noch schlimmer, bei jedem fragt man sich: Was versteckt der in seiner großen Ledertasche? Unter seiner prolligen Bomberjacke? Unter seinem weiten Ledermantel?“ Köllner seufzt. „Wenn nur nicht Herbst wäre! Diese langen Mäntel machen mich nervös!“

Frau Köllners beschwichtigendes Lachen gerät etwas unecht.

„Weißt du was, Katerchen, was du jetzt brauchst?“ Köllners Hemd raschelt verstohlen, als seine Frau ihm die Schultern zu kneten beginnt. „Ein heißes Bad.“

„Klingt gut.“ Köllner brummt wohlig.

„Ich lass dir eins ein." Sie gibt ihm einen schmatzenden Kuss auf den Mund.

„Katja, du bist ein Schatz." Er küsst zurück. Dann, leiser: „Sind die Kinder noch länger weg?"

„Ich nehme es an." Man hört Frau Köllner an, dass sie lächelt. „Warum?"

„Es gibt da noch etwas, das dein alter Kater braucht … vom Bad abgesehen …"

„So?" Frau Köllner kichert. „Was könnte das wohl sein?" Und Köllner, vertraulich raunend: „Wenn du mit ins Schlafzimmer kommst, zeige ich es dir."

„Was gibt es denn so Dringendes in aller Herrgottsfrühe, Frau Hummert?" Köllner schließt energisch die Tür hinter sich. Draußen jubiliert eine Armee Vögel über das Anbrechen eines neuen Tages.

„Eine neue Botschaft. Zwar nicht von *Batman* und in einem anderen Forum, aber der Schreiber nennt sich *Dark Knight* und schreibt völlig zusammenhanglos nur zwei Sätze, nämlich: *Ihr kriegt mich nicht. Blut soll fließen.*"

„Verdammt!" Köllner flucht halblaut. „Das ist er! Das ist unser Amokläufer!"

„Anzunehmen. Die Betreiber des Forums wurden bereits informiert."

„Lässt sich der Eintrag zurückverfolgen?"

„Wir arbeiten daran. Ich fürchte aber, nicht."

„Was ist mit den Profilen der Schüler?"

„Wir sind fast fertig. Meine Männer haben sich kaum Nachtruhe gegönnt."

„Danke, Frau Hummert. Sie leisten unschätzbare Arbeit."

„Das ist selbstverständlich, Herr Köllner." Frau Hummert klingt unbeeindruckt wie immer.

„*Ihr kriegt mich nicht. Blut soll fließen*", murmelt Köllner leise vor sich hin. Dann, grollend: „Dieser verwirrte Halbstarke! Der hält sich wohl für oberschlau!" Mit trockenem Klacken lässt er sein Handy aufschnappen. Drückt einige

Tasten. Wartet kurz, bellt dann: „Specht? Ja, Köllner hier, guten Morgen! Specht, wir brauchen eine Genehmigung, die Schließfächer der Schüler öffnen und den Inhalt sichern zu dürfen. … Bitte? Ja. Ja, genau! Heute noch! Und die Beamten vor Ort sollen verstärkt werden. … Ja! Am liebsten schon seit einer halben Stunde. Danke, Specht. Wir treffen uns um acht im Büro der Ziehlke!"

Die Uhr des nahen Rathausturmes hat gerade ein fünftes Mal geschlagen, als sich die Tür zu einem Raum öffnet, in dem einige Menschen konzentriert miteinander murmeln.

„Guten Abend, meine Herren, meine Damen", poltert Köllner.

„Guten Abend, Herr Köllner!" – „Guten Abend, Herr Specht!"

„Und, gab es interessante Funde?"

„Einige, Herr Köllner." Die raue Frauenstimme verrät Frau Bohler als Sprecherin, eine passionierte Raucherin. Und einer ihrer jüngeren Mitarbeiter ergänzt heiter: „Es ist erschreckend, was Pennäler so alles in ihren Schließfächern aufbewahren!"

„Wie darf ich das genau verstehen?"

„Nun ja." Auch Frau Bohler klingt leicht amüsiert. „Es gibt tatsächlich kaum etwas, das wir *nicht* gefunden hätten. In den knapp 240 Schließfächern der Schule befanden sich neben Schulbüchern, Kunstutensilien und Sportsachen auch Zigarettenschachteln, Kondome …"

„Aller Geschmacksrichtungen!", wirft einer der Männer ein, und die anderen lachen.

„… Zeitschriften jeder Couleur, schimmelige Pausenbrote, Comics, gebrannte und Original-Software, DVDs, natürlich Marihuana und Alkohol, Messer und ein Schlagring …"

„Schusswaffen?", unterbricht Köllner.

„Nur eine Paintball-Pistole."

„Sie haben alles katalogisiert?"

„Natürlich."

„Gibt es besonders verdächtig erscheinende Funde?"

„Einige. Ich zeige sie Ihnen."

„Danke. Specht, lass du dir derweil die anderen Funde zeigen. Vielleicht fällt dir ja noch etwas auf."

„Mach ich."

Schritte. Als Frau Bohler und Köllner schließlich stehen bleiben, fängt Frau Bohler an zu erklären: „Erik Grotelüschen, zehnte Klasse, sonst nicht auffällig: zwei Waffenkataloge in seinem Spind. Ebenfalls einen Waffenkatalog haben wir bei Hayati Neffati gefunden. Iraner. Im Abschlussjahr. Laut Schülerdatenbank ist es unwahrscheinlich, dass er das Abitur schafft."

Im Hintergrund wird gemurmelt und ab und an gedämpft gelacht: Specht lässt sich die „harmlosen" Fundsachen zeigen.

„… nicht nur heiße Höschen, sondern auch einen Megadildo!", ist zu verstehen, „und was für ein Teil! Specht, guck mal!" Anerkennende Pfiffe. „Dildo XXL, würd ich sagen!" „Da kriegste gleich Penisneid, was, Marco?" „Ganz und gar nicht, liebe Nicole. Wenn du willst, kannst du gern vergleichen." Wieder wird gelacht.

Frau Bohler informiert derweil weiter: „Christoph Wolf, elfter Jahrgang. Einige DVDs." Kunstpause. Dann, nachdrücklich: „Nur Batmanfilme."

Köllner schnalzt mit der Zunge. „Na, sieh mal einer an!"

„… heißt Tanja Jeske und ist in der zehnten Klasse." „Und ist auch optisch nicht zu verachten, Marco hat gleich mal die Datenbank gecheckt." „Schöne Möp… äh … *Augen*!" „Naja, ich dachte mir, wenn die auf große Teile steht, lässt sie sich vielleicht von mir auch mal was Gutes tun." „Angeber!" „Dann muss sie`s sich auch nicht mehr einsam auf der Mädchentoilette mit einem Dildo besorgen, sondern sammelt praktische Erfahrungen."

Köllner und Bohler ignorieren den frivolen Spaß im Hintergrund. Sie sind alle überarbeitet und angespannt.

„Hier. Ein Tagebuch, auch mit Zeichnungen und einer Menge Gedichte." Dünne Papierseiten werden geblättert. „Anke Römmer. Gehört zur sogenannten Gothic-Szene. Gilt als Außenseiterin. Sehr still. Ihr Vater ist vor drei Monaten nach langem Leiden an Krebs gestorben. In den Gedichten geht es oft um Tod, ums Sterben, um Selbstmord."

„Auch um Mord?"

„Nicht direkt." Frau Bohler zögert. „Aber andere Menschen werden durchaus immer wieder als kalt, grausam, dumm dargestellt … als Menschen, die es nicht verdienen zu leben. In ihrer einsamen Wut auf die Welt fühlt sich das Mädchen überlegen, besonders. Ihr Verhältnis zum Tod ist zwiespältig: Er ist nicht nur beängstigend, sondern auch ein Vertrauter, der Erlösung und Befreiung bringt."

„Sehr interessant."

„Gedanken dieser Art sind in der Gothic-Szene allerdings weitverbreitet und nicht ungewöhnlich."

„Ich werde das Mädchen überprüfen."

Das Freizeichen ertönt ein paar Mal. Dann wird abgenommen: „Köllner."

„Katja, ich bin`s. Ich wollte dir nur Bescheid sagen, dass es heute sehr spät wird. Vielleicht muss ich auch durcharbeiten."

„Ich hab mir so etwas schon gedacht, Kater. Du Armer. Läuft`s denn gut?"

„Wir tun alles, was wir können." Köllner klingt müde. „Ich bin fast sicher, dass wir *Batman* schon ziemlich dicht auf den Fersen sind. Die Profile, die Auskünfte der Lehrkräfte und die Fundsachen aus den Schließfächern wurden und werden noch immer von Psychologen ausgewertet. Bei den besonders verdächtigen Schülern sind wir jetzt in den Rechnern und in den Familientelefonen drin … Im Grunde dürfte es nur noch eine Frage der Zeit sein – trotzdem …"

„Was trotzdem?"

„Ich bin erst beruhigt, wenn wir ihn wirklich haben.

Und ich würde meine Seele verkaufen, um ihn noch heute Nacht zu finden! Mit jedem weiteren Schultag wird die Zeit knapper. Wer weiß? – vielleicht will er *morgen* zuschlagen. Vielleicht sitzt er *jetzt gerade* auf seinem Bett und ölt seine Schusswaffe!"

„Du wirst ihn rechtzeitig finden, Wolfgang", beschwichtigt Frau Köllner, aber sie klingt selbst unsicher dabei.

Köllner hört es. Er seufzt. „Entschuldige, Katja. Ich wollte dich nicht beunruhigen." Er wählt einen zuversichtlicheren Ton: „Mit den Mitteln, die uns zur Verfügung stehen, dürfte es tatsächlich nicht mehr lange dauern, bis wir ihn haben."

„Gut."

„Und was gibt es bei dir Neues?"

„Nicht viel." Frau Köllner senkt die Stimme minimal. „Nur Max hat heute gesponnen."

„Max? Warum?"

„Ach! Er ist wütend – auf dich. Wegen der Schließfächer."

„Max hat doch nicht mal einen Spind in der Schule."

„Ach, keine Ahnung!" Sie stößt kurz Luft aus. „Wahrscheinlich hat ein Kumpel von ihm ein Fach oder ein Mädel, das er toll findet, oder was weiß ich! Pubertät, sag ich nur. Jedenfalls hat er fürchterlich herumgestänkert und eine Menge Mist von *Prinzipien* und *Privateigentum* von sich gegeben und Türen geknallt, bis ich ihn in sein Zimmer geschickt habe."

„Klingt so, als sollte ich morgen mal ein ernstes Wörtchen mit ihm reden."

„Das bleibt dir, fürchte ich, nicht erspart."

„Jaja, Kinder sind schon ein Segen", brummt Köllner ironisch. Dann: „So, jetzt muss ich aber Schluss machen. Nur eins noch: Erinnerst du dich noch an das schwarz gekleidete Mädchen, das Max neulich mit nach Hause gebracht hat? Dunkle Haare, nicht gerade dezent geschminkt? Wir haben Witze gemacht."

„Ja. An die erinnere ich mich."
„Weißt du noch, wie sie hieß?"
„Anja, glaube ich. Oder Anke. Warum?"
„Erkläre ich dir später mal, in Ordnung? Jetzt muss ich auflegen. Die Arbeit ruft. Gute Nacht, Katja! Gib Nessie einen Kuss von ihrem dicken Papa!"
„Mach ich. Viel Erfolg!"
„Danke. Ach so, und Katja?"
„Ja?"
„Sollte ich *Batman* bis morgen früh noch nicht gefunden haben, lass die Kinder krankschreiben. Mir wär dann wohler."

„Herr Köllner, wir haben eine Nummer Siebenundzwanzig. Tamer Güdeg. Durchschnittlicher Schüler. Gilt als stiller Außenseiter. Möglicherweise computerspielsüchtig … spielt hauptsächlich Ego-Shooter, auch Index-Spiele. Ist auf LAN-Partys als Crack bekannt. Und – jetzt wird es interessant: Hat sich in den letzten Monaten via Internet diverse Bücher über Serienmörder und Amokläufe bestellt. Eine Liste der Titel finden Sie in seinem Profil."
„Gute Arbeit. Klinken Sie sich ein!"

„Ach ja, ohne Pause geht es nicht." Köllner seufzt müde. Specht murmelt zustimmend.
Sie schlürfen schweigend ihre Kaffees. Einer von beiden trommelt leise mit seinen Fingern auf dem Plastik seiner Stuhllehne. Sonst ist es still – keine Tastaturen klackern, keine Handys klingeln, kein Stimmengewirr. Dann: Specht, zögernd: „Köllner, ich brauche einen Rat."
„Schieß los."
„Es ist eine … etwas delikate Angelegenheit."
„Nur zu! Ich kann Geheimnisse für mich behalten."
„Ich weiß." Specht holt tief Luft: „Es geht um Daniel Sauer, den Freund meiner Tochter. Sie sind seit einigen Monaten zusammen, seit Juni oder Juli. Nadine ist total

verliebt in ihn, und mir und Pia gefiel er auch immer gut. Höflich. Pünktlich. Ehrgeizig. Und gut zu Nadine. Es gab also nie Grund zur Klage." Specht lacht trocken.

„Und jetzt hast du einen Haken gefunden?"

„Ja. Leider." Specht seufzt. „In seinem Spind: Pornohefte. Vier Stück. Ich hab sie vorhin nur zufällig gesehen, als wir bei der Bohler waren."

„Das ist natürlich ein starkes Stück."

„Allerdings. Zumal eins davon auf ... wie sagt man? ... *Bondage* und *SM* spezialisiert war! Das war voll mit gefesselten nackten Frauen und mit Domina in Lack und Leder ..."

„Specht. Das sind Teenager! Das darf man nicht so ernst nehmen."

„Ich weiß! Aber wenn ich mir vorstelle, wie der Kerl diese dreckigen SM-Fantasien im Kopf hat und dann meine einzige Tochter befingert ..." Er bricht ab. „Dann wird mir schlecht."

„Mhm." Köllner brummt nachdenklich. Vermutlich denkt er an Vanessa.

„Jedenfalls bin ich jetzt unsicher, was ich machen soll", fährt Specht fort. „Ob ich Pia davon erzählen soll. Oder Nadine. Oder Daniels Eltern. Oder ob ich gleich Daniel zur Rede stelle!"

„Ehrlich gesagt: Ich würde die Sache für mich behalten, auch wenn es schwerfällt. Immerhin ist deine Tochter mit dem Jungen glücklich – sagst du selbst."

„Ja, aber doch nur, weil sie nicht ahnt, wie dieser Kerl wirklich drauf ist!" Specht stößt erregt Luft aus. „Ich finde, sie hat ein Recht darauf, das zu wissen. Und ich *muss* Konsequenzen ziehen! Ich kann den Typen nicht mehr in meinem Haus haben und so tun, als wäre nichts."

Gemurmel, Tastaturgeklicke, Rechnersummen. Draußen zeugt verschlafenes Vogelzwitschern vom baldigen Ende der Nacht. Eine Straßenkehrmaschine rumpelt dröhnend vorbei, als plötzlich: „Herr Köllner, hier! Schnell! *Wir haben ihn!*"

Stühle werden hastig gerückt, Menschen springen auf, eilige Schritte. Dann Köllners Bass: „Zeigen Sie her!"

„Hier." Lange Fingernägel tippen etwas ein. „Florian Ehlig. Der Kerl, der aus dem Schützenverein geflogen ist. Auf seinem Rechner finden Sie …" Wieder wird getippt, dann: „Hier: einen Grundriss des Schiller-Gymnasiums. Eine Liste mit Namen ausgewählter Lehrer und Schüler. Deren Stundenpläne." Pause. „Das reicht doch wohl, oder, Herr Köllner?"

„Allerdings." Grimmig. Sein Handy schnappt auf. „Wo ist Specht? Er soll den Wagen vorfahren!"

„Herr Köllner, herzlichen Glückwunsch! Sie haben einen Amoklauf im Schiller-Gymnasium verhindert!"

„Danke schön. Ich habe nur meine Pflicht getan."

„Der mutmaßliche Täter, der heute früh gegen fünf Uhr in Gewahrsam genommen wurde, ist der 16-jährige Schüler Florian Ehlig. Zeigt er sich geständig?"

„Nein. Der junge Mann bestreitet – trotz eindeutiger Beweise, die wir auf seinem Rechner gefunden haben –, einen Amoklauf geplant zu haben."

„Wie von seinem Anwalt zu hören ist, hat der junge Mann die fraglichen Dateien, die ihn als *Batman* entlarven, bis heute Morgen angeblich noch nie gesehen."

„Behauptet er, stimmt. Aber wissen Sie", Köllner klingt gelassen, „ich bin zuversichtlich, dass sich der Fall sehr schnell klären wird – spätestens, wenn wir die potenzielle Tatwaffe gefunden haben."

„Für den Großteil der Stadt sind Sie ein Held, weil Sie ein Blutvergießen an einer unserer Schulen verhindert haben. Es gibt aber auch kritische Stimmen, die sich gegen die Art, wie Ihre Ermittler vorgegangen sind, aussprechen …"

„Aber natürlich. Die gibt es immer, und ich höre sie schon gar nicht mehr." Köllner räuspert sich. „Wir hatten für alle Ermittlungen selbstverständlich die nötigen Genehmigungen. Und die haben wir bekommen, weil Eile geboten und das Risiko groß war. Was wollen die Herren und Damen der Bürgerbewegung eigentlich? Eine Gesetzeslage wie vor sechzehn Jahren? Ich will Ihnen mal was sagen." Er räuspert sich erneut. „Vor sechzehn Jahren – vor den 43 Toten von Celle – hätten wir nicht so schnell und gründlich zugreifen können, wie wir es in diesem Fall getan haben. *Vor sechzehn Jahren hätten wir diesen Amoklauf höchstwahrscheinlich nicht verhindert!* Florian Ehlig hätte seine Pläne heute, spätestens morgen in die Tat umgesetzt. Es hätte Verwundete gegeben, wahrscheinlich Tote: Lehrer und Schüler!" Er schnauft. „Ich kann nicht begreifen, wo die Bürgerbewegung und entsprechende Politiker ihre Prioritäten setzen."

„Heute oder morgen wäre der geplante Amoklauf blutige Realität geworden, sagen Sie? So knapp sind wir an einer Katastrophe vorbeigeschlittert?"

„Allerdings. Ein angekündigter Amoklauf ist ein Wettlauf gegen die Uhr – besonders nervenaufreibend, weil man nicht weiß, wann der Alarm schellen wird, wenn Sie mir dieses Bild erlauben. Aber glücklicherweise", Köllner seufzt selbstzufrieden, „ist ja niemand zu Schaden gekommen."

Jochen Micknat

Pavels Hund

Am 12. März 1909 geriet ein Motorradfahrer auf dem Wege von Zarskoje Selo nach St. Petersburg auf eine Eisspur. Das Motorrad, eine schwere Maschine von Laurent & Klement aus Jungbunzlau im tschechischen Teil der Donaumonarchie, das eine für die damalige Zeit beachtliche Geschwindigkeit entwickelte, rutschte von der Straße in den Graben. Der Fahrer prallte mit dem Kopf gegen einen Markierungsstein und starb an der Unfallstelle.

Die Ermittlungen ergaben, dass es sich bei dem Toten um den einunddreißigjährigen Pavel Alexandrovitsch Lesskov handelte. Der Leichnam wurde zu einem Beerdigungsinstitut gebracht und Lesskovs einzige nähere Verwandte, seine Tante, benachrichtigt, damit sie das Erforderliche in die Wege leiten könne. Pavel Alexandrovitsch hatte eine Aktentasche mit sich geführt. Da diese ein Manuskript enthielt, wurde der Inhalt zunächst von der Zensur geprüft, so dass seine Tante sie nicht zusammen mit dem Leichnam erhielt. Nach der Überprüfung wurde die Tasche polizeilich archiviert und die Tante benachrichtigt, wo sie diese abholen könne; was sie jedoch nie tat. So wurde der Inhalt nach einiger Zeit ein weiteres Mal überprüft, um dann anderswo erneut archiviert zu werden.

Wir wissen nicht, wer diese zweite Überprüfung vornahm, können aber sicher sein, dass es ein subalterner Beamter mit einem klugen Kopf und wenig Einfluss war. Seine Klugheit zeigt sich darin, dass er die Bedeutung oder besser: die Möglichkeit einer Bedeutung dieses Manuskriptes erkannte, seine Einflusslosigkeit darin, dass er die Papiere offensichtlich nicht zur Überprüfung dieser Möglichkeit an eine Universität übergeben konnte. So tat er das einzig ihm mögliche. Er beklebte die Aktentasche mit einem Zettel, auf dem er vermerkte: „Inhalt: Manuskript; wissenschaftliche Arbeit." Und darunter, mit roter Tinte geschrieben: „Könnte wertvoll sein!" Schließlich fügte er einen Stempel und eine unleserliche Unterschrift hinzu.

Dieser Stempel und diese drei Worte bewahrten die Tasche rund hundert Jahre davor, verkauft oder vernichtet zu werden. Eine abgestoßene braune Aktentasche reiste von Archiv zu Archiv, eingelagert, registriert und manchmal mit einem zusätzlichen Stempel versehen; sofort in einem abgelegenen Regal, einem Karton oder einfach auf dem Fußboden vergessen. Ein Gegenstand, geradezu bestimmt dafür, verloren zu gehen, doch geschützt durch die drei magischen Worte. Offensichtlich traute sich niemand, etwas endgültig zu beseitigen, das „wertvoll" sein könnte.

Vor einiger Zeit wurde das zentrale Polizeiarchiv in St. Petersburg umverlegt und die eingelagerten Gegenstände neu bewertet. Die Aktentasche geriet in die Hände eines Archivars, der, einflussreicher als der zaristische, nicht nur die mögliche wissenschaftliche Bedeutung des Manuskriptes erkannte, sondern der auch in der Lage war, es zur Begutachtung der St. Petersburger Universität zuzuleiten. Dort wurde es bereits nach kurzer Prüfung tatsächlich als wertvoll eingeschätzt.

Pavel Alexandrovitschs Dokument ist eine eigentümliche und manchmal kuriose Mischung aus wissenschaftlicher Arbeit, sentimentalen und philosophischen Betrachtungen und Tagebuch. Über seinen philosophischen oder literarischen Wert soll hier nicht spekuliert werden; die Universität St. Petersburg wird das gesamte Manuskript voraussichtlich im Herbst veröffentlichen, dann kann sich jeder selbst ein Bild machen. Unbestreitbar ist der Wert des Textes als wissenschaftliches und zeitgeschichtliches Dokument.

Meine Ausführungen haben das Ziel, den wissenschaftlichen Inhalt von Pavel Alexandrovitschs Aufzeichnungen, ergänzt durch einige biographische Notizen, kurz und allgemeinverständlich zusammenzufassen. Die mit dem Manuskript befassten Wissenschaftler sind übereinstimmend der Meinung, dass Pavel Alexandrovitschs außergewöhnliches Experiment und die mit ihm verbundenen Implikationen von Bedeutung sind; ja, dass wahrscheinlich in wenigen Jahren Pavels Hund ebenso bekannt sein wird wie der fast sprichwörtliche Pavlowsche Hund (wobei bei letzterem Hund eigentlich in der Mehrzahl stehen müsste).

Pavel Alexandrovitsch Lesskov wird 1878 in St. Petersburg geboren. Als einziges Kind wohlhabender Eltern hat er eine unbeschwerte Kindheit und genießt die beste damals in Russland mögliche Ausbildung. Er zeichnet sich aus durch eine ausgeprägte mathematische Begabung und große Liebe zu Tieren. Bereits der Sechsjährige zieht aus dem Nest gefallene Vogelküken selbständig groß; zu dem Hund der Familie hat er eine so enge Bindung, dass seine Mutter in einem Brief an eine Freundin nur halb im Scherz erwähnt, sie sei überzeugt, ihr kleiner Pavel besäße die ungewöhnliche Fähigkeit, sich mit dem Tier telepathisch zu verständigen. 1887 stirbt seine Mutter bei der Geburt seiner Schwester im Kindbett, einige Tage später die Schwester. Pavel, immer schon ein sensibler und zurückhaltender Knabe, wird nach dem Tode der geliebten Mutter still und menschenscheu. Dies verstärkt sich, als 1892 sein zwar nicht geliebter, doch respektierter Vater bei einem Jagdunfall ums Leben kommt.

Der Vierzehnjährige wird zu seiner verwitweten Tante gegeben, die eine Villa im noblen Petersburger Vorort Zarskoje Selo besitzt, der auch Puschkin genannt wird, weil der Dichter dort ein Haus bewohnte, wenn er gerade nicht verbannt war. Der schweigsame Knabe und die ältliche Tante kommen gut miteinander aus, Pavel Alexandrovitsch bleibt bis zu seinem Unfalltod. Er wird von der Tante geschätzt und von einigen Dienstboten liebevoll umsorgt, bleibt jedoch verschlossen. Seine Tante pflegt ihn „mein melancholischer Pavel" zu nennen. Nach den Aufzeichnungen in seinem Manuskript bewahren den Jugendlichen drei Dinge vor dem Versinken in Depressionen: der geräumige, zur Villa gehörende Park, die Literatur und vor allem die Mathematik.

„Die Mathematik", schreibt er, „habe ich immer geliebt, weil es in ihr keine Zufälle gibt und darum das Schicksal keinen Raum hat."

Nach der Matura beginnt Pavel Alexandrovitsch folgerichtig ein Mathematik-Studium, wechselt aber nach einigen Semestern an die medizinische Militärakademie St. Petersburg. Als Grund für diesen Wechsel benennt er Angst, sich den Menschen völlig zu entfremden und als einsamer Eigenbrötler zu sterben. An der Militärakademie wird der große Ivan Pavlow sein Lehrer, der schnell die Begabung des Studenten erkennt und ihn zu einem seiner Assistenten macht. Obwohl sie einander schätzen, kommt es bald zu Spannungen, immer häufiger auch Auseinandersetzungen zwischen ihnen. Der schmächtige, blasse, wortkarge und schüchtern erscheinende Pavel Alexandrovitsch ist sich seiner Fähigkeiten sehr wohl bewusst und äußerst bestimmt in seinen Ansichten. Zudem vertritt er diese, wohl, weil wegen seiner ausgeprägten Menschenscheu seine Menschenkenntnis gering ist, ohne eine Spur von Diplomatie. Es kann nicht ausbleiben, dass er mit dem extrovertierten und eitlen Genie Pavlow aneinander gerät. Die Spannungen erreichen Ende 1905, nachdem Pavlow das Prinzip der Konditionierung entdeckte, ihren Höhepunkt.

Heute darf wohl vorausgesetzt werden, dass die Pavlowschen Experimente zumindest in den Grundzügen bekannt sind. Pavlow wollte untersuchen, ob die Zusammensetzung des Mundspeichels sich je nach Beschaffenheit der Nahrung ändert. Dazu schnallte er Hunde in ein schaukelartiges Gurtnetz, das ihnen fast jede Bewegungsmöglichkeit nahm. An ihrem Hals wurde ein Reagenzglas befestigt, eine Wange wurde durchbohrt und ein Schlauch eingeführt, der den sich in der Mundhöhle sammelnden Speichel in das Gläschen leitete. Allerdings funktionierte das Experiment nicht, weil der Speichelfluss bereits einsetzte, wenn die Tiere die Schritte dessen hörten, der ihnen das Futter brachte; also bevor sie die Beschaffenheit der

Nahrung erkennen konnten. Die Störung seines Experimentes wurde zur Grundlage von Pavlows wichtiger Entdeckung: dass man zwei Reize (Nahrung und Geräusch) miteinander verbinden und anschließend allein durch den Schlüsselreiz (das Geräusch) die Reaktion (den Speichelfluss) auslösen kann. Pavlow probierte eine Reihe von Klangerzeugern, darunter eine Spieluhr und ein Metronom. Am wirkungsvollsten war eine einfache Glocke, die Pavlow zugleich die Gelegenheit bot, eindrucksvoll zu posieren: ein ondulierter Weihnachtsmann mit sorgfältig gepflegtem blonden Bart, der lächelnd die Glocke zur Bescherung schwingt.

In dieser Zeit kommt es häufig zu Streitereien zwischen Pavlow und Pavel Alexandrovitsch, dem die Bedingungen der Experimente unnötig grausam erscheinen. Die Auseinandersetzungen erreichen ihren Höhepunkt, als Pavel Alexandrovitsch Pavlows Behauptung, die Konditionierung sei ebenso schnell wieder aufzulösen wie zu schaffen, widerspricht. Die vorgenommene Konditionierung sei viel zu kurz, um eine solche Aussage zu rechtfertigen; außerdem seien anhaltende Ergebnisse zu erwarten, wenn der Schlüsselreiz nicht regelmäßig, sondern mit Unterbrechungen gegeben werde (die zweite Annahme ist inzwischen bestätigt, durch sogenannte „intermittierende Verstärkung" sind tatsächlich die beständigsten Verhaltensänderungen zu bewirken).

Der Vorwurf, voreilig Ergebnisse zu verkünden, also schlampig zu arbeiten, trifft Pavlow tief. In der immer heftiger werdenden Diskussion beruft er sich auf seine wissenschaftlichen Verdienste (er war zu dieser Zeit bereits Nobelpreisträger) und wirft Pavel Alexandrovitsch schließlich vor, dieser könne als gutsituiertes Bürgersöhnchen gar nicht ermessen, welche Opfer er, Pavlow, der Wissenschaft gebracht habe und weiter bringe. (Pavel Alexandrovitsch beklagt sich im Manuskript bitter über diese in seinen Augen arrogante Abfuhr, doch Pavlow hat mit einem gewissen Recht so argumentiert. Er hatte den Konflikt mit seiner Familie in Kauf genommen, als er sich dafür entschied, Wissenschaftler, nicht Priester zu werden; und er war Zeit seines Lebens arm, zumal er den Großteil seines Gehaltes in den Aufbau seines physiologischen Labors für experimentelle Medizin steckte. Seine Lebensumstände waren so bescheiden, dass er seine Ehefrau meist bei Verwandten unterbringen musste, während er selbst in einem Abstellraum der Akademie schlief, weil sie sich eine gemeinsame Wohnung nicht leisten konnten).

Nach heftigem Streit entlässt Pavlow Pavel Alexandrovitsch. Dieser verlässt nicht nur die Assistentenstelle, sondern auch dic Akademie, um selbständig zu forschen. Dazu nimmt er einen von Pavlows Hunden mit, der ihm besonders ans Herz gewachsen ist. Es ehrt Pavlow, dass er Pavel Alexandrovitsch trotz ihres Zwistes hierzu die Erlaubnis gibt.

Pavels Hund: ein großer, graupelziger Hirtenhund mit hellbraunen Augen, freundlich und geduldig, der den schönen Namen Onur trägt, was bei den Tscherkessen Stolz bedeutet. Pavel Alexandrovitsch baut einen Geräteschuppen im Park für seine Experimente um, wobei er auf Gurte und Wangendurchbohrungen verzichtet. Zunächst geht sein Ehrgeiz nur so weit, zu beweisen, dass seine Annahme korrekt war, Verstärkung, über einen längeren Zeitraum und mit Unterbrechungen gegeben, bewirke eine längerfristige Verhaltensänderung. Der Beweis gelingt ihm, aber zu dieser Zeit scheint ihm das nicht länger besonders wichtig. Er verfolgt eine neue Idee, das Experiment weiter zu führen.

Wenn es möglich ist, ein Signal langfristig zu festigen, das die Reaktion „Hunger“, angezeigt durch den Speichelfluss, auslöst, überlegt Pavel Alexandrovitsch, so müsste es doch ebenso angehen, ein Signal für die Reaktion „satt“ zu installieren. Zu diesem Zweck vergrößert er die Futterportionen zunächst so, dass der Hund den Napf nicht auf einmal leeren kann. Der gute Onur muss sich in dieser Zeit, bei täglichem Auslauf im Park und riesigen Futtermengen, wie in einer Art hündischem Paradies vorgekommen sein.

Genau in dem Moment, in dem Onur zu fressen aufhört, weil er die Menge nicht bewältigen kann, betätigt Pavel Alexandrovitsch die Glocke. Nachdem er auf diese Art über längere Zeit das Signal „satt“ installiert hat, verkleinert er die Futterportionen wieder. Wenn sie nur noch so groß sind, dass der Hund sie gut auf einmal fressen kann, läutet er die Glocke genau dann, wenn der Napf leer ist. Nachdem er auch diese Konditionierung gefestigt hat, kann Pavel Alexandrovitsch endlich mit dem ersten Schritt des eigentlichen Experimentes beginnen: er lässt die Glocke ertönen, noch bevor der Hund den Napf geleert hat. Wie erwartet hört Onur mit dem Klang zu fressen auf, obwohl er nicht wirklich satt und noch Futter im Napf ist.

Pavel Alexandrovitsch verkleinert nun kontinuierlich und langsam die Futterportionen. Dies ist der kritischste Teil des Experimentes: Pavel muss diese Verminderung sehr behutsam vornehmen und Onur dabei auf das Genaueste beobachten. Eine gewisse Unruhe des Hundes ist in Kauf zu nehmen, sollte diese aber nur einmal so weit gehen, dass der Hunger ihn dazu treibt, auch nach dem Erklingen der Glocke weiter zu fressen, so wird die Konditionierung durchbrochen und Pavels Experiment gescheitert sein.

In diese schwierige Zeit fällt Pavel Alexandrovitschs wohl einzige Liebesgeschichte (die damals bei Wohlhabenden übliche sexuelle Einführung durch willige Bedienstete nicht mitgerechnet). Eine ebenfalls verwitwete, aber jüngere Freundin der Tante verliebt sich in den leidenschaftlich der Wissenschaft ergebenen, intellektuellen und eleganten Motorradfahrer. Es kommt zu einer heftigen Affäre, die aber bald belastet wird durch die Aufmerksamkeit, die Pavel seiner Arbeit mit Onur zu schenken gezwungen ist. Ungeschickterweise versucht seine Freundin mit der Wissenschaft zu konkurrieren und verliert. Pavel ist von ihrem immer häufiger werdenden Genörgel entnervt, auch stellt er fest, dass seine Leidenschaft schwindet, teils wegen ihrer Streitereien, teils auch, weil er immer intensiver mit dem Experiment befasst ist, die ersten Skrupel hat und die Geschichte als eher lästige Ablenkung zu empfinden beginnt. Die Beziehung endet, nachdem Pavel Alexandrovitsch zum dritten Male der Frau gereizt zu erklären versucht, es ginge nicht um „diesen verdammten Köter", zumindest nicht in der Hauptsache. Es ginge um Wissenschaft.

„– Wissenschaft", sagt er, und indem er es sagt, beginnt er sich zu fragen, ob er denn überhaupt wünsche, mit einer Frau tief und innig verbunden zu sein, möglicherweise ja über einen längeren Zeitraum, der man solches erklären müsse. Gar dreimal.

Pavel Alexandrovitsch beendet die Affäre und widmet seine wieder ungeteilte Aufmerksamkeit dem Experiment. Die Portionen sind inzwischen extrem verkleinert, Onur ist abgemagert und schwach, sein Fell beginnt struppig und stumpf zu werden. Pavel bekümmert der Zustand des Hundes, dennoch entschließt er sich, das Experiment im Namen der Wissenschaft zu Ende zu führen. Er bemerkt dazu: „Im Dienst der Wissenschaft, ja, aber ich werde wohl einen Hund töten, der mir vertraut. Und was möglicherweise noch schlimmer ist: ich habe ihn betrogen. Er hat mir vertraut und ich habe ihn betrogen."

Die entscheidende Phase des Experimentes beginnt, nachdem Pavel Onur überhaupt kein Futter mehr gibt. Und hier setzt er seine geniale Erfindung ein: Pavel Alexandrovitsch hat die Fußmaschine einer Pauke mit der Glocke verbunden. Er bringt dieses einfache Pedal in Onurs Bereich und nachdem Pavel es ihm einige Male gezeigt hat, kann Onur mit einem Pfotendruck das Signal „satt" selbst auslösen. Onur betätigt seinen Fußhebel häufiger, als Pavel das Signal gab, aber nicht ständig. Es entsteht ein gewisser Rhythmus, den er beibehält. Allerdings lässt er den Hebel nicht mehr aus den Augen.

In der Endphase des Experimentes kann Pavel die Tür

des Schuppens öffnen und dem Hund sogar Futter in eine Ecke des Raums stellen. Obwohl er noch einige Zeit körperlich dazu in der Lage wäre, verlässt Onur sein Gefängnis nicht mehr und geht auch nicht zum Futter. Er liegt in seiner Ecke, hat seinen Fußhebel im Auge und betätigt ungefähr alle zwanzig Minuten die Glocke. Schließlich wird er immer schwächer und sehr müde, die Abstände zwischen den Signalen werden größer, endlich scheint der Hund einzuschlafen, öffnet aber noch einmal kurz die Augen und stirbt.

Pavel Alexandrovitsch schreibt über diesen letzten Blick, eigentlich habe er erwartet, dass dem Hunde im Moment des Todes bewusst werde, dass er um ein ganzes Hundeleben in Freiheit betrogen sei; dass dieser letzte Blick traurig und wütend sein werde. Jedoch sei in diesem Blick keine Andeutung davon gewesen, dass Onur begriff, was mit ihm geschah und was er verloren, nein, aufgegeben hatte. Die letzten Worte in Pavel Alexandrovitschs Manuskript lauten:

„Endlich schien Onur eingeschlafen. Doch gerade als ich mich betrübt erheben wollte, öffnete er noch einmal die Augen und sah mich lange und ruhig an. Dann, im letzten Moment, bevor seine Augen brachen, kam ein leises Erstaunen in seinen Blick, doch ich denke nicht, dass dies etwas mit plötzlicher Bewusstheit zu schaffen hatte, es war ein sozusagen ganz unschuldiges Erstaunen. Wenn es etwas bedeutete, dann ungefähr: ‚So spät schon? Ach!´

Ich glaube – nein, ich bin mir sicher – dass er satt und zufrieden verhungert ist.“

Arno Endler

Meine Farbe ist Schwarz

Franz lehnte sich auf den brusthohen Gartenzaun. Die Spitzen der Holzlatten waren abgerundet und mit roter Farbe gestrichen. Auf der anderen Seite bückte sich Josef über die zarten grünen Pflänzchen, die bewiesen, dass die Mohrrübenernte ergiebig sein würde.

„Hey, Josef! Warum sind die Zaunspitzen rot?", rief Franz und lächelte.

„Weil es mir gefällt", brummte der ältere Mann und richtete sich mit einem Ächzen auf. „Wohin führt es dich heute?"

„Ich muss einkaufen."

„Mhm. - Und? Wie geht es dir dabei?"

„Einer muss es tun, Josef. Wenn nicht ich, wer dann?"

„Magst schon Recht haben." Josef runzelte die Stirn und fragte: „Wie lang bist schon bei uns?"

„Am Montag sind es vier Jahre."

„Wie die Zeit vergeht!"

„Stimmt. Ich muss jetzt gehen, Josef."

Der Mann winkte kurz und widmete sich dann wieder seinen Beeten. Franz ging weiter, genoss die frische Luft und den Sonnenschein. Sein Weg führte ihn am Außen-Laden der kleinen Gemeinde vorbei, in dem am heutigen Tag Ina Dienst tat. Franz mochte Ina, versuchte viel Zeit in ihrer Nähe zu verbringen, was in der Gemeinde aufgefallen war. Die zwanzigjährige Frau war eine Schwarz-Geborene, was bedeutete, dass sie sich in der Außenwelt gar nicht aufhalten durfte. Sie war geboren in der Gemeinde, lebte in ihr und würde auch hier sterben, wenn ihre Zeit gekommen war. Franz, der letzte Neuzugang, liebte es, wenn sie ihr blondes Haar zu einem Zopf flocht. Immer wieder brachte er Blumen aus seinem Garten mit, die Ina schweigend annahm. Gelegentlich entlockte er ihr ein Lächeln. Dies waren die Tage, an denen Franz seine Entscheidung, Teil der

Schwarz-Gemeinde zu werden, innerlich bejubelte. Nichts war vergleichbar mit dem Liebreiz Inas. Sie würde seine Frau werden, er war sich da sehr sicher.

Die Tür zum Außen-Laden war nur angelehnt. Franz öffnete sie einen Spalt und spähte in den Verkaufsraum, in dem sich Menschen drängelten. Ina stand hinter der Theke, wog Gemüse ab, faltete Papiertüten und überreichte die Einkäufe den Außenweltlern. Das hektische Kopfnicken, mit dem die Kunden die Bezahlung abschlossen, erinnerte Franz an die Zeit, als er selbst noch nicht zur Schwarz-Gemeinde übergetreten war. Er fasste sich an den Nacken. Die Operationsnarbe war noch immer zu spüren. Verärgert, dass er immer noch daran denken musste, nahm Franz die Hände wieder runter und konzentrierte sich auf Ina. Er betrachtete fasziniert ihre zarten Hände, die geschickt mit dem Gemüse und dem Verpackungsmaterial umgingen. Er hätte ihr stundenlang zuschauen können, aber er hatte eine Aufgabe.

Leise lehnte er die Tür wieder an und nahm den Weg auf der Rückseite des Ladens in Blockhausweise. Er streichelte das glatte Holz und fragte sich, wann die nächste Schutz-Lasur aufgetragen werden musste. Die Oberfläche war sonnenwarm und angenehm. Franz fühlte sich großartig.

Auf dem Kiesweg Richtung Ausgang winkte er anderen Bewohnern der Schwarz-Gemeinde. Doch das Lächeln auf seinem Gesicht gefror zu einer Grimasse, als er das Metalltor erreichte, das die Gemeinde vom Rest der Welt trennte. Franz fragte sich, warum ausgerechnet ihm diese Aufgabe immer noch oblag. Seit seiner Einkehr in die Schwarz-Gemeinde war ihm niemand mehr gefolgt. Da immer der jüngste Neuzugang die Kontakt-Aufgabe wahrnahm, hatte er dies ganz selbstverständlich übernommen. Doch inzwischen fühlte er sich in der Außenwelt nicht mehr wohl und hätte den Staffelstab am liebsten weitergereicht. Aber niemand stieß zu der Schwarz-Gemeinde, ganze vier Jahre lang. Es war außergewöhnlich, aber die Regeln blieben unverändert. Franz schüttelte die unangenehmen Gedanken aus seinem Kopf und betrachtete den Türöffner. Neben dem hässlichen Grau-Metallic des fast vier Meter hohen, zweiflügeligen Tores war ein grauer Kasten auf Kopfhöhe befestigt. Dies war das rötliche Auge eines Retina-Lesegerätes. Franz beugte sich vor und hielt sein rechtes Auge vor den Abtaster. Ein roter Laser maß sein Auge und gab mit einem Klack den Weg frei.

Das Tor öffnete sich einen Spalt, gerade breit genug für einen Menschen. Franz trat schnell hindurch und hörte das dumpfe Klong, als das Tor ins Schloss fiel. Er drehte sich um und betrachtete das Warnschild auf dieser Seite des Durchganges.

WARNUNG!

SIE VERLASSEN HINTER DIESEM TOR DIE OBSERVOSPHÄRE!

DURCHGANG ERFOLGT AUF EIGENE GEFAHR!

Neben dem Tor prangte auch hier ein Retina-Scanner. Franz betete, dass er bei seiner Rückkehr ebenfalls funktionieren würde. Mit Entsetzen dachte er an den Tag zurück, als sich das Tor nicht für ihn geöffnet hatte. Einen Pfosten hatte er übersehen und war in ihn hinein gelaufen. Das Ergebnis war ein blaues Auge, und der Scanner erkannte Franz nicht mehr. In seiner Verzweiflung benutzte er den Ladeneingang, der nur den Außenweltlern vorbehalten war. Er erzählte von dem Missgeschick, worauf seine Freunde im Laden gelacht hatten und ihn einfach durch die hintere Tür passieren ließen. Doch dies war ein unerlaubter Grenzübertritt. Die Strafe folgte sofort und die Schwarz-Gemeinde musste einen zusätzlichen Monat Steuern bezahlen.

Josef hatte ihn beruhigt und erklärt, dass ihnen dies nicht zum ersten Mal geschehen war und sie die Steuern problemlos begleichen konnten, da die Ernte in dem Jahr sehr gut gewesen war. Also beglich Franz die Steuern mit Kohlköpfen und Kartoffeln und einer Entschuldigung für sein Verhalten.

Dies sollte ihm nie wieder passieren, hatte er sich geschworen. Und so sah er sich aufmerksam um, ob sich etwas in der Observosphäre verändert hatte.

Schwebe-Mobile sausten nahezu geräuschlos über die blitzsauberen Straßen. Franz stellte fest, dass seit seinem letzten Aufenthalt die Modefarbe gewechselt hatte. Grün mit grellorangen Punkten war nun in. Die Geschwindigkeit war geblieben. Pfeilschnell sauste ein Mobil nach dem anderen vorbei. Einige hundert Meter die Straße entlang gab es einen Fußgängerüberweg. Dorthin musste er, da er nur an dieser Stelle die Straße ungefährdet überqueren konnte. Franz ging entlang dem blickdichten Zaun, der sich fast acht Meter in die Höhe spannte. Auf der Außenseite waren in regelmäßigen Abständen die Störimpulssender zu erkennen, die für die Abgeschiedenheit der Schwarz-Gemeinde sorgten. Kein noch so konzentrierter Überwachungsstrahl hätte ein Signal aus dem Inneren seiner Heimat empfangen, obwohl dies nicht mehr notwendig war. Vor vierzig Jahren, zum Zeitpunkt der Gründung der Schwarz-Gemeinde, waren die Operationen, während der die ID-Chips entfernt wurden, noch nicht so ausgereift wie heute. Es bestand ein gewisses Restrisiko, dass leichte Schäden am Gedächtnis, oder dem Gehörzentrum im Hirn eintraten. Manche Schwarzler waren nicht bereit, dieses Risiko zu tragen. Da die Datenselbstbestimmung jedoch gesetzlich verankert war, wurde die Umzäunung datenübertragungssicher gebaut. Somit waren auch die Schwarzler geschützt, die ihren Chip noch nicht entfernt hatten. Inzwischen lebte niemand mehr in der Gemeinde, der diese Erinnerung an ein früheres Leben noch im Körper trugen. Franz fragte sich bei jedem Besuch, warum die Störsender nicht abgebaut wurden.

Zum Glück war niemand in der Gemeinde gezwungen, den hässlichen Zaun jeden Tag anschauen zu müssen. Auf der anderen Seite wuchsen hohe Büsche und Bäume, die so dicht waren, dass die Umgrenzung unsichtbar blieb.

Ein leises Brummen übertönte die Windgeräusche der Schwebe-Mobile. Franz sah nach oben und entdeckte eine der Observo-Drohnen. Knapp einen halben Meter lang, schneeweiß. mit einem Flüsterpropeller ausgestattet, flog sie über den Gehweg auf der anderen Seite der Straße. Es war noch früh am Morgen, und nur wenige Fußgänger bevölkerten die Häuserzeile. Die Drohne helikopterte über die Köpfe der Menschen hinweg, die sie nicht eines Blickes würdigten. Zu alltäglich war dieses Bild inzwischen. Franz konnte sich an eine Zeit erinnern, als das Auftauchen dieser Drohnen noch von Protesten begleitet war. Die Regierung hatte jedoch betont, dass nach dem Einsatz der Observo-Drohnen die Kriminalitätsrate auf unter 0,1 Prozent gesunken war. Es wurde sicher auf den Straßen des Landes. Sicher - und still.

Franz erreichte den Überweg und sah ein Problem auf sich zukommen. Die Taste, die bislang für eine Unterbrechung des laufenden Verkehrs für Fußgänger gesorgt hatte, war entfernt worden. Sonst hatte er lediglich drücken müssen, und ein akustisches Signal hatte die sichere Überquerung der Straße angezeigt. Wieder ein Vorgang, der nur von einem ID-Chip-Inhaber bewältigt werden konnte. Franz sah sich ratlos um. Es war zu gefährlich, die Straße einfach so zu kreuzen. Die Schwebe-Mobile sausten mit mehr als hundert Sachen an ihm vorbei, und da viele Menschen um diese Zeit des Tages zur Arbeit schwebten, war der Verkehr enorm.

Franz sah auf der anderen Seite einen Fußgänger und rief: „He! Sie da!“ Er winkte heftig.

Der Mann sah sich um, entdeckte Franz und ging dann weiter.

„He! Halt! Ich brauche Ihre Hilfe!“

Doch der andere war nicht gewillt stehenzubleiben und verschwand um die nächste Ecke. Franz winkte dem nächsten Passanten, als die Drohne plötzlich abdrehte und zu ihm steuerte. Der Schwarzler erschrak unwillkürlich, obwohl er sich keiner Schuld bewusst war. Er wartete mit klopfendem Herzen ab, bewegte sich so wenig wie möglich, bis die Drohne etwa einen halben Meter vor seinem Gesicht schwebte. Aus einem verborgenen Lautsprecher drang eine metallisch verzerrte Stimme: „Identifizieren Sie sich!"

Franz nahm seinen Mut zusammen und antwortete: „Meine Farbe ist Schwarz."

Die Drohne verharrte auf der Stelle. Dann endlich kam die nächste Anweisung aus dem Lautsprecher: „Geplante Dauer und Zweck deines Aufenthaltes, Schwarzler!"

Franz stellte erleichtert fest, dass er es wohl mit einem Menschen in einem Kontrollzentrum zu tun hatte. Mit Schaudern dachte er an die wenigen Male, wo er mit der Zentral-KI in Dialog getreten war.

„Ich bin zu einem monatlichen Einkauf in der Observosphäre. Voraussichtliche Dauer: etwa zwei Stunden."

„Deinen Namen, Schwarzler!", forderte der Kontrolleur, der wer weiß wo saß.

„Meine Farbe ist Schwarz", erwiderte Franz trotzig.

„Ich kenne deine Ausreden, dreckiger Schwarzler! Sie werden dir noch vergehen. Hattest du einen ID-Chip oder bist du schon so geboren?"

Franz überlegte, ob er diese Frage beantworten wollte und beließ es bei einem erneuten: „Meine Farbe ist Schwarz."

„Nun, gut! Ich werde ein Auge auf dich haben. Du kannst passieren."

Franz atmete erleichtert auf und sagte: „Der Überwegsmechanismus ist entfernt worden. Vor einem Monat war er noch da. Könnten Sie mir bitte dabei behilflich sein?"

„Soso", antwortete sein gesichtsloser Gesprächspartner: „Du willst mir deinen Namen nicht verraten, aber über die Straße soll ich dir helfen?"

„Nach dem Gesetz muss ich meinen Namen nicht preisgeben. Ich habe Ihnen doch nichts getan. Also wären Sie bitte so freundlich?"

„Nun gut! Das Recht ist auf deiner Seite - noch! Also

will ich dir mal über die Straße helfen."

Ein paar Sekunden später summte es laut und vernehmlich. Die Schwebe-Mobile sausten nun in etwa drei Meter Höhe über die Straße. Franz sagte: „Danke."

„Keine Ursache, dreckiger Schwarzler!" Die Drohne erhob sich höher in die Lüfte und verschwand.

Franz überquerte die Straße. Das Sausen über seinem Kopf machte ihn nervös. Als er noch etwa fünf Schritte zu gehen hatte, verstummte das Signal. Er fluchte, hechtete so schnell er konnte auf den Gehweg uns stürzte. „Dieser Hundesohn von einem Kontrolleur ...!", keuchte er, als er sein aufgeschlagenes Knie betrachtete, aus dem das Blut sickerte. Die Hose war zerrissen und ruiniert. Er würde Wochen brauchen, um sich eine neue leisten zu können. Vielleicht würde Josef ihm aushelfen. Franz schluckte seinen Ärger runter und rappelte sich auf. Der Markt, in dem er seine Bestellungen aufgeben wollte, lag gerade um die nächste Häuserecke. Der Schwarzler blickte sich nach allen Seiten um, doch die Drohne war nirgends zu sehen. Franz ging los, bemerkte, dass sonst keine Fußgänger mehr zu sehen waren. Die Stille auf der Straße war unheimlich. Etwas stimmte nicht, doch Franz wusste nicht, was. Es blieb nur dieses ungute Gefühl, das er bei seinen vorherigen Besuchen nicht gespürt hatte. Er beschloss, sich zu beeilen und lief, trotz seines schmerzenden Knies, schnell über den Gehweg.

Die Tür des Supermarktes war offen, der Laden fast menschenleer. Selbst an der Backtheke, der einzigen Service-Einheit, die noch von einem Menschen bedient wurde, stand niemand an.

Franz betrachtete im Vorbeigehen die Auslagen. Belegte Brötchen, Croissants und fertige Sandwiches lagen dort für die Spätfrühstücker bereit. Sein sehnsuchtsvoller Blick wanderte hin zu den geschnittenen Kuchen, eine der wenigen Köstlichkeiten, die er in der Schwarz-Gemeinde vermisste. Der Mangel an Milchprodukten und Eiern ließ einen Kuchen zu einer selten genossenen Kostbarkeit werden.

Franz blieb stehen und sprach die Verkäuferin an: „Wie teuer ist ein Stück Käsekuchen?“

Die junge Frau mit dem Kurzhaarschnitt und wunderschönen blauen Augen sah ihn irritiert an. „Ist Ihr Chip defekt?“

Die Frage hätte Franz erwarten müssen. Klar, konnte ein Kunde mit ID-Chip die Preisinformationen über das Cyber-Net erfragen, ihm war dieser Weg blockiert.

„Nein“, antwortete er. „Ich habe keinen Chip.“

Die Verkäuferin wurde zunächst bleich, dann rot im Gesicht. „Sie sind ein ...?“

„Ja, meine Farbe ist Schwarz!“, bestätigte Franz. „Wie teuer ist nun der Kuchen?“

„Ähm, was nützt Ihnen der Preis, wenn Sie ihn nicht bezahlen können?“

Franz lächelte, griff in die Tasche und zückte eine Plastikkarte. „Ich habe eine ID-Card mit Geldfunktion. Ist zwar alt, aber funktioniert immer noch gut. Und Geld ist kein Problem. Die Karte ist aufgeladen.“

„Wir akzeptieren keine ID-Cards!“, entgegnete die junge Frau abweisend.

Die freudige Erwartung verflog in einem Anfall von Ratlosigkeit. „Seit wann?“

Die Frau musterte ihn und meinte: „Ich arbeite erst seit zehn Tagen hier. Wenn es mal anders war, tut es mir leid. Aber ich kann Ihnen auf die ID-Card nichts verkaufen.“

Franz steckte frustriert die Karte weg. „Trotzdem, danke“, murmelte er und ging vorbei an menschenleeren Automaten-Bars, Cafés und Service-Einheiten für Haarschnitte, Pediküre, Maniküre und Massagen. Auch die medizinischen Abteilungen waren an diesem Morgen nicht frequentiert. Franz wurde es mulmig. Er beschleunigte noch seine Schritte und erreichte endlich eines der letzten verblieben Bestell-Service-Terminals. Es wurde lediglich für die Menschen benötigt, deren ID-Chips nach einer Operation noch nicht wieder synchronisiert waren.

Er stellte sich vor das Terminal und drückte den Knopf

für halbautomatische Hilfe. Die Abdeckung des Retina-Scanners glitt beiseite. Franz unterzog sein rechtes Auge erneut der Identifzierungsprozedur.

„Willkommen! Was kann ich für Sie tun?“, schnarrte die Stimme des Terminals.

„Ich möchte Bestellungen aufgeben“, verkündete Franz.

„Dies ist nicht möglich.“

Franz stutzte. „Warum nicht?“

„Insuffiziente Daten!“

„Ähm. Ich bin ein Schwarzler! Meine Farbe ist Schwarz!“

„Dies ist korrekt! Der Abgleich mit der ID-Datenbank hat keinen Treffer für eine positive Identifizierung ergeben. Folglich sind Sie ein Ausgegliederter!“

„Das ist richtig. Trotzdem möchte ich etwas bestellen.“

„Dies ist nicht möglich.“

„Auch Ausgegliederte dürfen bestellen“, versuchte Franz die KI zu überzeugen.

„Dies wird nicht in Abrede gestellt.“

„Warum nimmst du dann nicht einfach meine Bestellung auf?“

„Es besteht keine Möglichkeit für einen Konsumvorgang, da die Einkäuferseite nicht zahlungskräftig ist.“

„Was? Du meinst, ich könnte nicht bezahlen? Habe ich das richtig verstanden?“

„Ja!“

„Aber ich kann bezahlen. Ich habe eine ID-Card.“

„ID-Cards werden nicht akzeptiert!“

„Das kann nicht sein. Ich war vor nicht einmal einem Monat hier. Genau an diesem Terminal, und es gab ein Kartenlesegerät!“

„Das Lesegerät wurde gemäß Gesetz zur Beschränkung des unkontrollierten Konsums abgebaut.“

„Wie bitte?“

„Das Lesegerät wurde gemäß Gesetz zur Beschränkung des unkontrollierten Konsums abgebaut“, wiederholte die KI.

„Aber wie sollen wir dann an unsere Waren kommen?“, fragte Franz ratlos.

„Diese Frage kann ich Ihnen nicht beantworten.“

Franz starrte schweigend das Terminal an. Das ungute Gefühl hatte einen Namen bekommen. Scheinbar hatte die Regierung einen Grund, sich nicht mehr an die ursprünglichen Vereinbarungen zu halten. Die Situation war ernst.

„Gibt es noch irgendwo anders ein Terminal, das über ein Kartenlesegerät verfügt?“, fragte der Schwarzler.

„Dies entzieht sich meiner Kenntnis“, antwortete die gefühlskalte Stimme der KI und fragte dann: „Kann ich Ihnen auf andere Art behilflich sein?“

„Nein“, hauchte Franz und wandte sich ab. Er musste mit den Oberen der Schwarz-Gemeinde sprechen. Man würde sich beraten und Kontakt mit der Regierung aufnehmen. Die Lage war äußerst prekär.

Er verließ den Markt eilig, rannte zum Überweg, hielt einen Passanten einfach am Arm fest, bis der ihm die Straße freischaltete und hastete auf die andere Seite. Als er außer Atem am Tor ankam, das ihm die Heimkehr ins Paradies verhieß, lehnte er sich an das kühle Metall und schnappte nach Luft. Es dauerte eine Weile bis das Stechen unterhalb seines Herzens nachließ.

Franz platzierte sein Auge vor dem Scanner und wartete kurz. Als das Metalltor aufsprang, wollte er sofort hindurch schlüpfen, doch ein Schlag gegen seine Schulter fegte ihn zur Seite, so dass er zunächst gegen das Tor schlug und dann zu Boden stürzte. Benommen rappelte er sich auf, doch der Zugang zur Schwarz-Gemeinde war bereits wieder versperrt. Erneut hielt er sein Auge vor den Scanner. Diesmal kam er ungehindert hindurch und atmete erleichtert auf, als sich das Tor hinter ihm geschlossen hatte. Dann sah er den Mann, der auf dem Boden lag und nicht zu den Schwarzlern gehörte. Er musste die Gelegenheit genutzt haben, und war durch den Zugang hinein geschlüpft.

„Ich habe es geschafft!“, rief der Unbekannte, dessen Kleidung edel wirkte. Seine Haare waren nach der neuesten

Mode geschoren und orange gefärbt. Über den Augenbrauen prangten Tätowierungen in Form von galoppierenden Pferden. „Es ist vorbei! Sie haben mich nicht aufgehalten!"

„Wer sollte Sie aufhalten?", fragte Franz.

„Na, die Observoisten!"

Franz hatte diesen Ausdruck noch nie zuvor gehört. „Was sind Observoisten?"

„Die neue Garde der Regierung! Auf welchem Stern lebst du eigentlich?"

Franz ignorierte die letzte Bemerkung und entgegnete freundlich: „Mein Name ist Franz. Wie heißt du?"

„7wx77qz8!", ratterte der Außenweltler die ID-Nummer seines Chips herunter.

Wieder lächelte Franz milde und sagte: „Hier zählt deine ID nicht. Wir benutzen unsere Vornamen oder im Zweifelsfall einen Spitznamen. Wie wurdest du von deinen Eltern gerufen, als du noch ein Kind warst?"

„Das ist ungehörig! Danach fragt man nicht", antwortete der Mann und wurde sogar ein wenig rot im Gesicht.

„Möchtest du in unsere Gemeinschaft eintreten?"

Der Außenweltler nickte heftig.

„Wir sprechen uns hier alle mit unserem Vornamen an. Wie gesagt, ich bin Franz. Wer bist du?"

„Rudolf", flüsterte der Mann und sah verlegen zu Boden.

„Willkommen, Rudolf. Ich bringe dich zu Josef, einem der Oberen, so nennen wir unsere gewählten Gemeindeleiter. Er wird dir alles erklären."

Rudolf nickte ergeben und folgte Franz, vorbei am Verkaufsladen und den Gärten am Weg.

„Es ist so still", sagte der Neuzugang.

„Ja, es gibt nicht viele Maschinen in unserer Gemeinschaft. Außerdem ist Mittagspause, da ruhen auch einige von uns." Franz erklärte dies nur halbherzig, da seine Gedanken immer noch um das Problem der nicht akzeptierten Karte kreisten. Was würde Josef dazu sagen?

„Das meinte ich nicht mit still“, widersprach Rudolf.

„Was meinst du denn?“

„In meinem Kopf! Es fühlt sich an, wie ein Loch.“

„Ein schwarzes Loch! Ja.“ Franz lachte. „Du bist jetzt außerhalb des Bereiches der Observosphäre. Das Cyber-Net wird geblockt, und dein ID-Chip hat keine Verbindung mehr. Daher die Leere oder Stille. Das erste Mitglied unserer Gemeinde, das sich den Chip entfernen ließ, empfand es genauso. Eine Leere, wie ein schwarzes Loch. Daher auch die Bezeichnung Schwarz-Gemeinde.“

„Tut es weh?“, wollte Rudolf wissen.

„Was?“

„Das Entfernen des Chips!“

Franz griff sich unwillkürlich an den Nacken. „Nein, nicht wirklich. Die Wundbehandlung dauert etwa zwei Monate, dann hast du es überstanden.“

„Oh gut!“

„So - da sind wir. Josef!“

„Was ist denn?“, grummelte der Obere, als er aus seiner Hütte herauskam.

„Ein Neuer. Er heißt Rudolf!“

Josef musterte den Neuzugang und lächelte freundlich: „Es ist lange her, dass wir jemand neues in die Gemeinde aufnehmen konnten. Den Außenweltlern scheint die Einschränkung ihrer Freiheit weniger schlimm, als das Leben ohne Cyber-Net bei uns. Wieso bist du gekommen?“

Rudolf sah den Oberen erstaunt an. „Es gibt viele so wie mich, die es versuchen. Aber ich habe fast zwei Jahre gebraucht, um den geeigneten Zeitpunkt zu erwischen.“

„Warum bist du nicht vor das Tor gegangen und hast es mit deinem Chip geöffnet?“, fragte Franz, der es seinerzeit genauso gemacht hatte.

„Die Funktion ist gelöscht worden. Das Tor in die Schwarz-Gemeinde ist für Normal-Bürger verschlossen“, erklärte Rudolf.

„Aber das Gesetz gewährte jedem Bürger den freien Zugang zu unserer Gemeinschaft“, widersprach Franz.

„Gesetze können geändert werden, Franz. Vielleicht ist unsere Gemeinde nicht mehr erwünscht. Wir sind eine Enklave, ein unkontrollierter Ort. Machthaber fürchten wenig mehr, als den Verlust von Kontrolle. Wir sollten den Rat einberufen!“, sagte Josef, legte dem Neuzugang die Hand auf die Schulter und erklärte ihm: „Wir entfernen deinen Chip später. Es eilt nicht, du bist hier sicher vor dem Cyber-Net. Erst müssen wir uns beraten, einverstanden?“

Rudolf nickte.

„Gut, dann geh du zum Laden, Franz! Sie sollen schließen für heute. Wir halten einen Rat ab, sofort. Alle sollen dazu kommen.“

„Aber es ist noch etwas geschehen, Josef, beim Einkauf ...“

„Später, Franz. Dies können wir beim Rat klären. Geh jetzt!“

Wenig später hörte Franz, auf dem Weg zum Laden, bereits die Glocke, die alle zum Thing-Platz rief. Die Kunden im Laden reagierten nervös, als sie hinaus geschickt wurden. Aber endlich konnten sie die Ladentür zur Außenwelt schließen. Dann rannten sie alle zum Thing.

Über zweihundert Männer, Frauen und Kinder drängten sich in dem Amphitheater ähnlichen Platz, mit den vier aufsteigenden Sitzreihen im Halbrund. Die vier Oberen standen unten und warteten geduldig, bis alle einen Platz gefunden hatten. Dann sprach Josef: „Ich grüße euch alle zu einem weiteren Thing. Es ist etwas geschehen! Wir haben einen neuen Bewohner. Es ist Rudolf. Steh auf Rudolf, damit dich jeder sehen kann.“

Rudolf der neben Franz saß erhob sich unsicher und nickte nach allen Seiten. Dann setzte er sich wieder.

Josef sprach weiter: „Doch Rudolf hat schlechte Neuigkeiten mitgebracht. Die Gesetze, die den Außenweltlern freien Zugang zu unserer Gemeinschaft zusicherten, scheinen ihre Gültigkeit verloren zu haben.“ Lautes Stimmgewirr ließ die nächsten Worte Josefs unverständlich werden. Die

Zuhörer schienen alle gleichzeitig zu reden.

„Ruhe! Ruhe bitte!“, schrie Josef, und tatsächlich verebbte der Lärm.

Franz erhob sich und rief: „Dies ist nicht das Einzige! Die ID Card wird nicht mehr akzeptiert. Wir können weder Lebensmittel, noch andere Dinge des täglichen Bedarfs bestellen. Keine Medikamente, keine Milch, keine Eier, keine Töpfe und noch vieles mehr, was wir nicht selbst herstellen können.“

Josef starrte ihn an: „Wir werden eine Lösung dafür finden. Danke, Franz, für deinen Bericht. Ich denke, wir sollten eine Delegation zur Regierung der Außenwelt entsenden, um die Problematik deutlich zu machen und die alten Gesetze wieder in Kraft treten zu lassen. Es muss eine vernünftige Lösung für beide Seiten geben. Ich eröffne hiermit die Diskussion. Wer möchte etwas sagen?“

Doch bevor noch jemand sich zu Wort melden konnte, schrie Rudolf auf und presste die Hände auf seine Ohren.

„Was ist, Rudolf?“, rief Franz erschreckt und hielt den Neuzugang fest, der aufgesprungen war und zu stürzen drohte. „Sag doch was! Hast du Schmerzen?“, fragte er noch.

Rudolf schrie nur noch lauter, dann endlich verständlich: „Es ist so laut!“

„Was ist laut?“

Rudolf sank wieder auf seinen Sitz, stöhnte und nahm endlich die Hände von den Ohren. „Was ist geschehen, Franz?“

„Sag du es mir. Du hast geschrieen und behauptet, es wäre laut. Was ist laut?“

„Die Leere in meinem Kopf ist nicht mehr da.“ Der Neuzugang der Gemeinde starrte Franz an. „Was bedeutet das?“

„Josef?“, rief der in die Mitte des Versammlungsplatzes: „Sein Chip scheint wieder zu funktionieren.“

Der Obere schaute fassungslos in Richtung der beiden Männer, dann wandte er sich an seine Mit-Oberen und wollte noch etwas sagen, als die Hölle über die Versammlung hereinbrach.

Helikopter, Drohnen, Männer in Uniformen mit Waffen im Anschlag stürmten das Gelände. Rauchgranaten wurden gezündet, Warnschüsse abgefeuert und Kommandos gebrüllt, die die Menschen erschreckten. Bevor sie sich versahen, lagen alle auf dem Boden, wurden gefesselt und voneinander getrennt. Kinder weinten, Männer schrieen und Frauen schluchzten. In all diesem Chaos hatte Franz nur einen Gedanken: Ina!

Selbst als man ihn auf den Boden presste, ihm ein Knie schmerzhaft in den Rücken stieß, man ihm die Hände zurück riss und sie fesselte, sah er nur zu ihr, versuchte ihr ein Lächeln zu schenken. Das junge Mädchen lag nur wenige Meter von ihm entfernt und lächelte tapfer zurück. Franz sah, wie ein Uniformierter eine Spritze aufzog und sie Ina in den Nacken stieß.

„NEIN! NEIN! IHR SCHWEINE! Lasst sie in Frieden!“, schrie Franz noch, dann spürte auch er einen Einstich im Nacken. Wenige Momente später wurde es dunkel um ihn.

„Willkommen, 2k343kj2! Willkommen zurück in der Gemeinschaft aller Menschen.“

Franz starrte dem Mann wütend ins Gesicht. Er versuchte, sich zu bewegen, aber Arme und Beine waren mit Riemen am Bett befestigt. „Wo ist Ina?“

„Wer?“, fragte der Mann im weißen Kittel zurück.

„Ina. Das Mädchen aus meiner Gemeinde.“

„Oh. Sie ist hier irgendwo im Gebäude. Aber ich würde dich bitten, diese Obszönität nicht zu begehen.“

„Welche Obszönität?“

„Diese - Namenssache. Es ist nicht schicklich.“

Franz versuchte sich loszureißen. „Bind mich los!“

„Das kannst du selbst tun“, antwortete sein Gegenüber.

„Wie soll ich mich selbst befreien. Du hast mich gefesselt! Bind mich los!“

„Du wurdest nicht gefesselt. Die Arretierung diente nur deiner Sicherheit während des Eingriffs."

„Eingriff? Welcher Eingriff?"

„Ja, du bist nun wieder ein vollwertiges Mitglied unserer Gemeinschaft. Du hast einen ID-Chip. Gib ihm einen Befehl, und er wird die Fesseln lösen."

Franz schwieg. Er wusste nicht, was ihn mehr entsetzen sollte. Das hinterhältige Grinsen des Mediziners oder die Tatsache, dass man ihm ohne sein Einverständnis einen Chip implantiert hatte.

„Na, los! Ich habe nicht ewig Zeit. Ich muss noch zu weiteren Rückkehrern."

Franz versuchte seine Atmung zu beruhigen, seinen Puls auf ein erträgliches Maß zu reduzieren. Dann dachte er: ÖFFNE!

Die Bänder fielen ab. Er war frei.

„Das hast du fein gemacht, 2k343kj2. Jetzt setz dich schön brav, dein Instrukteur wird in wenigen Minuten bei dir sein." Der Mann verließ den Raum.

Franz war so verblüfft, dass er nur hinterher schauen konnte. Als er alleine in dem Raum war, sah er sich in Ruhe um. Es gab keine Fenster, keine Apparate, keine Möbel, außer dem Bett, auf dem er eben noch angeschnallt gelegen hatte. Nur ein einziger Ausgang zu einem schmucklosen Flur, soweit er es sehen konnte.

Jemand betrat den Raum. Eine Frau, die Ina ein wenig ähnelte, aber um einiges älter war. „Hallo, ich bin 9skehr7go5mj547, dein Instrukteur. Hast du eine Frage?"

Franz fixierte sie feindselig. „Meine Farbe ist Schwarz!"

„Es gibt kein Schwarz mehr. Die Enklave ist aufgelöst, und ihr dürfte alle wieder Teil der Gesellschaft sein", erwiderte die Frau.

„Ich will nicht Teil der Gesellschaft sein. Ich will den Chip nicht in meinem Kopf haben, der euch sagt, was ich tue, was ich will, was ich fühle oder welche Krankheit mich in zwei Jahren befallen wird. Ich will nicht arbeiten, und das Ergebnis meiner Arbeit wird bereits beurteilt, während ich es tue. Ich will nicht, dass dieser Chip entscheidet, ob ich das Papier und die Ölfarben wert bin, dich ich möchte, weil ich ein Bild malen will. Mein Wille, nicht eure Kontrolle, ist das Entscheidende. Also nehmt den Chip wieder raus!"

Die Instrukteurin lächelte sanft. „Der eigene Wille ist irrelevant. Durch den Chip gibt es keine Gewalttaten mehr, keine Kriege, keine Verschwendung von Ressourcen und niemand leidet mehr an Hunger, Durst oder schwerwiegenden Krankheiten. Jeder akzeptable Wunsch ist nur einen Gedanken weit entfernt."

„Doch wer entscheidet über das, was akzeptabel ist? Wer die Daten hat, hat auch die Kontrolle! Wo bleibt mein freier Wille?"

„Richtig! Der freie Wille! Ich kann dir eine freudige Mitteilung machen." Die Instrukteurin lächelte. „Dir, und allen anderen Bewohnern der Enklave wurde die neueste Generation von ID-Chips implantiert. Sie ermöglichen einer KI die Kontrolle über euer Verhalten. Es wird euch an nichts mangeln, außer dem freien Willen. Ihr habt bewiesen, dass ihr nicht zur Gesellschaft gehören wollt, also zwingen wir euch dazu. Nun dient ihr der Wissenschaft. Sollte der Chip bei euch die Verhaltensabnormität eindämmen können, werden wir jedem Menschen diese neue Art von Chip einsetzen, und es wird die absolute Gesellschaft werden."

„Aber ich spüre keine Kontrolle des Chips! Er hat bei mir versagt", triumphierte Franz.

Die Instrukteurin sah auf ihre Armbanduhr. „Er wird jetzt eingeschaltet."

Am Abend gab es Essen in der Kantine. Ein ausgewogener Geschmacksbrei, der alle notwendigen Vitamine, Ballaststoffe und Spurenelemente enthielt, die 2k343kj2 benötigte. Er setzte sich an einen Tisch zu einer jungen Frau, die er unsicher anlächelte. Der Impuls, sie anzusprechen und nach ihrem Namen zu fragen, verging so schnell, wie er gekommen war.

2k343kj2 war ein glückliches Mitglied der Observosphäre und vergaß augenblicklich, welch wunderschöne Empfindung es gewesen war, Ina anzuschauen, wie sie im Laden die Kunden bediente.

Patricia Weidinger

Spiel's noch einmal, Sam

Die Musik war ohrenbetäubend. Immer lauter, immer schriller wurde die Stimme der Sängerin. Mit erhobener Faust deutete sie ins Publikum. Die Fäuste im Publikum erwiderten begeistert ihren Gruß und johlten die gerade gesungene Textzeile mit. Seit es modern geworden war, rückwärts zu singen, verstand kaum noch jemand den Text der Lieder, doch durch die ständigen Wiederholungen merkte man sie sich auch so.

Das Licht wurde schon wieder greller. Im Fünf-Minuten-Takt wurden von der Decke aus Fotos geschossen, die man sich später herunterladen konnte. Damit man darauf auch etwas erkennen konnte, war die gesteigerte Beleuchtung erforderlich. Man hatte sich daran gewöhnt, man empfand sie als fixen Bestandteils eines Konzerts. Die Farben wurden dabei oft variiert. Somit war sie von der normalen Lightshow oft gar nicht mehr zu unterscheiden.

Anna stand wie immer weit vorne. Dort gab es genügend Sicherheitskräfte, die gröbere Ausschreitungen verhinderten. Sie bereute es, alleine gekommen zu sein. Nie hatte jemand Zeit. Seit Einführung der fünfundfünfzig Stunden Woche, war man froh, wenn man zumindest die eigene Familie hin und wieder sah.

Anna war schon etwas schläfrig, doch plötzlich horchte sie auf. Wie lautete der Refrain des Liedes? Wieso verstand sie ihn plötzlich? DLUSCH T'CHIN TSI AMRA FOO TELL. Ja, kein Zweifel. Sie sangen: LETHOPHARMA IST NICHT SCHULD.

Wieder erhoben sich ringsum die Fäuste zum Gruß. Annas Faust war nicht dabei. Demonstrativ hielt sie die Arme verschränkt. Lethopharma hatte die Erderwärmung für die vielen Krankheits- und Todesfälle verantwortlich gemacht. Die Erderwärmung!

Es war schon irgendwie komisch. Ausgerechnet jene Firmen, die die Existenz der Klimaveränderung jahrzehntelang abgeleugnet hatten, machten diese jetzt für alles verantwortlich: Für das Waldsterben, für das Verschwinden der Wale und eben auch für die immer häufiger werdende Unfruchtbarkeit von Frauen oder für Todesfälle von Säuglingen. Die Präparate von Lethopharma hatten zwar zu Geburten geführt, aber bei fast sechzig Prozent war der, noch immer nicht vollständig geklärte, plötzliche Kindstod eingetroffen.

Grelles Licht, ein kurzer Blitz und schon waren Annas kritisches Gesicht und ihre verschränkten Arme im Bild festgehalten. Sie beschloss, zu gehen. Sie war maßlos bestürzt. Wieder hatte jemand die Seiten gewechselt. Diesmal ihre Lieblingsband SAM.

Noch spürte sie nichts von der Gefahr, in der sie schwebte. Doch als sie sich auf den Weg zum hinteren Ausgang der Halle machte, lächelten ihr zu viele Gesichter zu. Einige streckten sogar die Hand nach ihr aus. Anna wich ihren Blicken aus und versuchte, ruhig zu bleiben. Sicher bildete sie sich das alles nur ein.

Wieder gab es einen Beleuchtungsblitz und alle Fäuste schnellten in die Höhe. Anna blieb stehen, ein Vorwärtskommen schien unmöglich. Schulter an Schulter standen die Konzertbesucher da und blickten jetzt förmlich an ihr vorbei zur Bühne. Anna sah sich um. Gab es keinen anderen Weg?

Dort! Dort hinten stand ein Mädchen mit verschränkten Armen. Auch sie hatte es gehört, auch sie hatte es verstanden! Anna änderte ihre Richtung und kämpfte sich zu dem Mädchen durch. Sie hatte blaue Haare und rot-schwarz gestreifte Ärmel. Sie wirkte fast, wie aus der alten Zeit. Als sie Anna anlächelte, blitze sogar ein Piercing kurz zwischen den Zähnen durch. Bevor Anna noch etwas zu ihr sagen konnte, wurde die Musik wieder lauter und der Refrain begann aufs Neue. Das unbekannte Mädchen mit den blauen Haaren sah Anna noch immer freundlich an, doch hinter ihrem Rücken ballte sie die Hand zu einer Faust …

Mit dumpfen Laut fiel die Tür hinter Anna ins Schloss. Sie zuckte leicht zusammen. Fröstelnd umschlang sie mit den Händen ihre Ellbogen und schlug die Augen auf. Sie befand sich auf dem Boden einer Kammer mit glatten Wänden und einer schwarzen Decke. Die Wände schimmerten, so als wären sie nass. Abgesehen von einem metallischen Summen war kein Laut zu hören. Langsam richtete Anna sich auf. Sie trug noch die Kleidung, die sie auf dem Konzert getragen hatte. Was war nur passiert? An ihrem rechten Bein war eine Fußfessel angebracht. Ein kleines grünes Licht war darauf zu sehen. Nur Häftlinge bekamen so etwas! Anna sprang auf. Das kleine Lämpchen an der Fußfessel begann zu blinken. Das Summen wurde lauter. Anna presste die Handflächen an die Ohren.

Das war es also, was mit den Leuten geschah! Sie verwendeten Schallwellen dafür! Vor ihrem geistigen Auge erschienen die stumpfen, leeren Gesichter, die sie bisher nur aus dem Gerichtsfernsehen gekannt hatte. Überall hatte man Werbung für „*die Behandlung*“ gemacht. Sie sei zwar sehr teuer und nur über erhöhte Steuern zu finanzieren, machte aber aus jedem Verbrecher wieder eine wertvolle Arbeitskraft. Sogar das Schlafbedürfnis konnte auf nur drei Stunden reduziert werden. Anstatt im Gefängnis zu versauern, sollte man seine Strafe abarbeiten. Ein Serienkiller kann Kindergärtner werden, ein Bankräuber bei der Nationalbank anfangen, ein Terrorist zur Staatspolizei wechseln. *Alles ist möglich.* Dieser Slogan prangte mittlerweile an jeder zweiten Hausmauer.

Die Gänsehaut auf Annas Armen stammte nun nicht mehr nur von der Kälte allein. Sie hatte die Gerüchte von zusätzlichen „Behandlungen“ nie geglaubt. Nur Verbrecher bekamen eine. Nur Verbrecher!

Das laute Summen ließ wieder nach. Stattdessen flammte rotes Licht auf und widerlegte Annas ursprüngliche Theorie von den Schallwellen. Das Licht schien keinen

Ursprung zu haben. Von allen Seiten drang es auf sie ein. Annas Augen schmerzten hinter den geschlossenen Lidern. Sie versuchte, ihre Augen auch mit den Händen zu schützen. Doch das Licht durchdrang alles.

Endlich wurde auch das Licht wieder schwächer und eine der Wände glitt ächzend zur Seite. Erschrocken öffnete Anna die Augen. Eine Vorrichtung für einen Taststrahl war zum Vorschein gekommen. Der Strahl erfasste zuerst ihre Fußfessel und wanderte dann langsam an ihrem zitternden Körper empor. Mit Panik stellte sie fest, dass sie sich nicht mehr bewegen konnte.

Ein gellender Schrei ertönte aus einer benachbarten Zelle. Endlich ein menschliches Geräusch. Sie war nicht alleine. Wie verzweifelt sich die fremde Stimme anhörte! Starr vor Angst erwartete Anna ihr Schicksal. Als der Strahl ihren Kopf erreichte, brach sie zusammen. Sie fühlte sich wie das Seil eines Fakirs, dessen Meister aufgehört hatte, auf der Flöte zu spielen. Sobald die Melodie verklingt, hält es nichts mehr.

Mit einer ungeheuren Kraftanstrengung gelang es Anna, sich auf den Rücken zu drehen. Der Fußboden war eiskalt, doch sie bemerkte es gar nicht. Der schreckliche Strahl war noch immer auf ihren Kopf gerichtet. Tränen flossen über ihr Gesicht. Ein gequältes, verzweifeltes Lachen, das nicht von ihr selbst zu stammen schien, kämpfte sich aus ihrem gepeinigten Körper. Die Röte des Strahls nahm die Farbe von geronnenem Blut an.

Sie hatten mit dem Löschen ihres Bewusstseins begonnen. Auch davon hatte Anna bereits in der Werbung gehört: *„Nur das Löschen der kriminellen Charaktereigenschaften ermöglicht eine spätere, erfolgreiche Integration in die Gesellschaft."*

„Aber ich habe keine kriminellen Eigenschaften!", versuchte sie zu schreien. Doch keines dieser Worte schaffte es über ihre Lippen.

An den Wänden sah Anna Bilder, die Szenen aus ihrem Leben erzählten. Erinnerungen, ja sogar ihre Gedanken tauchten auf und verblassten. Sie sah ihre Geburt, ihren ersten Schultag, ihren Wunsch, Konzertpianistin zu werden und dann ihren zehnten Geburtstag.

Damals hatten sie ihr erstes animiertes Tier bekommen. Die Entscheidung, dass man Nahrungsmittel und kostbares Wasser ausschließlich für „nützliche" Tiere und Pflanzen verwenden dürfe, war nach dem ersten globalen Jahr ohne Regen schnell gefällt worden. Annas Tier war eine drollige Imitation eines Zwergpinseläffchens gewesen. Erst nach fünfzehn Jahren war seine Kraftzelle unaufladbar geworden. Danach hatte sie noch einige andere animierte Tiere gehabt, aber die neueren Modelle waren nicht auf eine so lange Lebensdauer ausgelegt. Deshalb war eine starke emotionale Bindung nicht mehr möglich gewesen.

Als nächstes erschien Annas Initiationszeremonie. Eine schmerzliche Erfahrung. Damals hatte sie zum ersten Mal Widerstand gezeigt. Ließen *SIE* sie deshalb diese Szene noch einmal durchleben?

Sie stand in einem weißen Umhang in einer weiten Ebene aus hellem Sand. Die Zeremonie hatte schon begonnen. Menschen in roten Kutten hatten einen Kreis um sie gebildet. Sie hatten ihre Kapuzen tief in ihre Gesichter gezogen, sodass Anna sie nicht erkennen konnte. Das war auch nicht nötig. Anna wusste, wer diese Menschen waren. Einer von ihnen hob seinen Stab, an dessen Ende sich gleißendes Licht sammelte. Die anderen folgten seinem Beispiel. Über Annas Kopf vereinigten sich die Lichtstrahlen zu einem glühenden, weißen Feuerball. Unerbittlich senkte er sich auf sie herab. Sie fühlte, wie er sie durchdrang und schließlich jede Pore ihres Körpers ausfüllte. Trotzig hob sie den Kopf und biss sich vor Schmerz auf die Unterlippe. Ein erstauntes Raunen ging durch den Kreis. Warum zeigte sie keine Demut? Wusste sie nicht, dass sie sich zu beugen hatte? Nur die Aufgabe der Individualität ermöglichte eine funktionierende, friedliche Gesellschaft.

Der Feuerball zeriss in tausend kleine Funken. Sie ergossen sich als glühender Regen auf Annas Umhang. Anna schrie auf und fiel auf die Knie. Danach war das Feuer verschwunden. Annas Kutte war rot geworden. Müde hob sie den Kopf und griff nach dem Stab, den man ihr reichte. Er fühlte sich warm und rau an. Langsam stand sie auf und neigte den Kopf wie zum Gruß. Wortlos nahm sie ihren Platz im Kreis ein.

Nach der Auflösung sämtlicher Religionen, um eine friedliche Koexistenz zu ermöglichen, hatte man drei universelle Riten eingeführt, um gemeinsame Werte zu etablieren: Initiation, Konvergenz (nur mit einem oder mehreren Partnern) und schließlich die Verabschiedung. Sobald jemand beschlossen hatte, zu sterben, kamen die Menschen zusammen, um ihn oder sie zu ehren. Starb jemand eines natürlichen Todes, wurde dieses Ereignis mit besonderen Auszeichnungen geehrt. Die Familien, bei welchen ein solcher Fall auftrat, waren oft wochenlang im Fernsehen.

Mittlerweile waren die Bilderwände in Annas Gefängnis leer. Sie konnte förmlich fühlen, wie der Geist aus ihr heraustropfte. Wie lautete ihr Name? Wer waren ihre Eltern gewesen?

Die Wände standen schwarz und stumm da. Sogar das entsetzliche Summen hatte aufgehört. Die junge Frau, die einmal Anna geheißen hatte, befühlte ihr Gesicht und stellte fest, das ihre Augen geschlossen waren. Sie öffnete sie. Woher wusste sie, wie das ging? Ein kurzer Erinnerungsblitz von tanzenden Schmetterlingen über einem weißen Gitterbett durchzuckte sie.

Ihr Blick fiel auf einen Spiegel, der vorher noch nicht da gewesen war. Er stand direkt vor ihr und war fast so groß wie sie selbst. Ein unbekanntes Mädchen lächelte ihr daraus etwas stumpfsinnig entgegen.

Diesmal war sie selbst es, die markerschütternd schrie. Der Spiegel zerbarst in hunderte Stücke, als ihr Schlag ihn traf. Sie ballte die blutende Faust und schrie immer weiter. Das Blut floss warm an ihrem empor gerissenen Armen herunter. Sie schrie um ihren Verstand, ihr Wesen, ihre Existenz. Doch ihre Stimme wurde immer leiser. Es war hoffnungslos. Sie konnte nicht gewinnen.

Schon glitt die Wand wieder zur Seite, das rote Licht loderte erneut auf und das Summen setzte beinahe kreischend wieder ein. Gleich würden sie von vorne beginnen. Gleich würde alles vorbei sein! Gehetzt sah das Mädchen ohne Namen sich um. Der Taststrahl kam unerbittlich näher. Nein, gewinnen konnte sie nicht, aber sie konnte fliehen! Mit dem letzten Funken Verstand, der ihr noch geblieben war, griff sie nach einer der etwas größeren Spiegelscherben und stieß sie mit aller Kraft in ihre Kehle. Wie sprudelndes Quellwasser, das endlich aus seinen unterirdischen Zwängen befreit worden war, schoss ihre Seele in Gestalt eines roten Blutstrahles aus ihrem Körper und floh in die Nacht.

Florian Bayer

EWE

„Your Brother is watching you. But you are also watching your Brother“

(Einleitendes Zitat des EWE-Glossars, zurückgehend auf den Erfinder des EWE-Systems Dr. Gruber)[1]

Girl, you really got me going
You got me so I dont know what I'm doing
Yeah, you really got me now
You got me so I cant sleep at night

Sechs Uhr. Die Stimmen der Davies Brüder rissen mich aus dem Schlaf. Wie jeden Morgen quälte ich mich aus meinem Bett, schlüpfte in die vor mir liegenden Pantoffeln und bewegte mich augenreibend zum PC, der munter vor sich hinsurrte. Ich hatte noch über drei Stunden Zeit, bis ich in der Redaktion sein musste, aber wenn ich jetzt die Hälfte meines Watch-Dienstes erledigte, hätte ich zumindest in der Mittagspause und heute Abend Zeit für andere Dinge. Ich warf einen kurzen Blick auf den Monitor, nur um sicher zu gehen, dass während der Nacht nichts Besorgniserregendes vorgefallen war. Dann ging ich schnellen Schrittes in die Küche und setzte Kaffee auf. Während ich die erste Tasse des Tages trank und die dazugehörige Zigarette rauchte, betrachtete ich in alle Ruhe, was auf dem Bildschirm vor sich ging. Tom schlief noch, aber ich wusste, pünktlich um halb sieben würde sein Wecker klingeln, irgendeine klassische Symphonie erklingen lassen und ihn ebenso unsanft aus dem Schlaf reißen, wie mich gerade eben die Kinks. Aber Tom schien bereits wach zu

[1] Alle folgenden Zitate aus: Maske, Nicolai (Hrsg.): Das EWE-Glossar. Enzyklopädie zur ganzheitlichen Überwachung. (Überarbeitete und erweiterte Neuausgabe) Berlin 2067

sein. Etwas unruhig wälzte er sich in seinem Bett, schaute ab und zu nervös auf die Uhr im anderen Ende seines Zimmers und zog immer wieder die Decke etwas höher über seine Schultern, als könne er so die ihm zustehende Schlafenszeit künstlich verlängern. Ich notierte:

6:20 Beobachtungssubjekt Nr. 37482009 ist bereits wach, wartet mit dem Aufstehen allerdings wie immer, bis der Wecker klingelt. Seine Wohnung befindet sich in einem aufgeräumten Zustand, das Licht im Bad brennt, wahrscheinlich, weil er wieder mal vergessen hat, es auszumachen, als er heute Nacht auf der Toilette war. Seine Katze sitzt in der Küche vor ihrem leeren Trinknapf und wartet darauf, dass er aufsteht, um ihn aufzufüllen.

6:30 Der Wecker klingelt. Beobachtungssubjekt Nr. 37482009 steht auf und geht Richtung Küche. Er füllt den Trinknapf der Katze und nimmt sich selbst etwas zu essen aus dem Kühlschrank.

EWE-System, das: EWE (Everybody watchs Everybody); System der ganzheitlichen Überwachung, die sich darin äußert, dass jeder einzelne Mensch ab seinem 18. Geburtstag dazu verpflichtet ist, eine bestimmte Person zu überwachen (→ Watcher) und zugleich von einer anderen Person überwacht wird (→ Beobachtungssubjekt).

Ich gähnte und streckte mich, während ich beobachtete, wie Tom die Küche verließ und sich schmatzend an seinen PC setzte. Während er dies tat, warf ich einen verstohlenen Blick zu der Kamera, die in fünf Metern Abstand von mir an der Decke über der Zimmertür hing und auf mich gerichtet war. Die Wahrscheinlichkeit, dass auch ich gerade in diesem Moment beobachtet wurde, war hoch. Die meisten Menschen erfüllten ihren Watch-Dienst – oder zumindest einen Teil davon – gleich nach dem Aufstehen. Auch Tom saß nun an seinem Computer und beobachtete irgendeinen Mann, der, wenn er nicht gerade schlief oder frühstückte auch irgendjemanden beobachtete, der jemanden beobachtete, der jemanden beobachtete. Manchmal fragte ich mich, wann und ob diese riesige Kette wieder bei mir ankommen würde, eine Frage die ich freilich nicht beantworten konnte, schließlich war es jedem Watcher verboten, sein Beobachtungssubjekt zu kontaktieren, ebenso wie es den Beobachtungssubjekten verboten war, nachzuforschen, von wem sie beobachtet wurden. Ich persönlich fand diese Regelung sehr beruhigend, ebenso die Tatsache, dass Tom in einer ganz anderen Stadt als ich lebte, mehrere hundert Kilometer von hier entfernt, und so nur eine geringe Wahrscheinlichkeit bestand, dass wir einander über den Weg laufen würden. Ich wüsste nicht, wie ich reagieren würde, wenn ich ihn plötzlich sähe. Vielleicht würde ich mich durch eine unbedeutende Geste verraten, ein Lächeln oder ein Winken, und das könnte schon zu viel sein. Mein Watcher könnte genau diese verräterische Sekunde beobachten und die Information gleich weiterleiten.

Ich war mir sicher – auch wenn es bei hoher Strafandrohung verboten war mit anderen Menschen über das persönliche Beobachtungssubjekt zu reden – dass es da andere weitaus schwieriger hatten, vielleicht ihren Nachbarn oder sogar ihren besten Freund beobachten mussten und somit jeden Tag Gefahr liefen, sich durch eine falsche Geste ihrem Beobachtungssubjekt zu verraten, wenn sie Pech hatten, während sie selbst beobachtet wurden.

Watcher, der: Status eines jeden beobachtenden Menschen. Beginn der Watcher-Tätigkeit ist das vollendete 17. Lebensjahr. Die Tätigkeit endet mit krankheitsbedingter Watchingunfähigkeit oder dem vollendeten 70. Lebensjahr, kann allerdings auf freiwilliger Basis fortgesetzt werden.

Auch wenn es – als die ersten Soziologen ihre Pläne vorstellten – noch sehr viele kritische Stimmen gegenüber dem EWE-System (Everybody Watchs Everybody) gegeben hatte, so waren diese doch sehr schnell verstummt, als das System seine Leistungsfähigkeit unter Beweis stellte.

Praktisch jede Form des Verbrechens war zurückgegangen, die Anzahl der geplanten und durchgeführten Terrorakte lag bei Null, Morde gab es keine mehr, ebenso wenig organisiertes Verbrechen. Die einzigen Delikte, von denen man hin und wieder hörte, waren spontane Körperverletzungen, impulsive Gewaltausbrüche und im allgemeinen Verbrechen, die der hin und wieder hervorkommenden triebgesteuerten Natur des Menschen geschuldet sind. Aber selbst diese Vorkommnisse hatten sich auf ein Minimum reduziert.

Beobachtungssubjekt, das: Bezeichnung für den zu beobachtenden Menschen eines bestimmten Watchers. Jeder Mensch wird bei seiner Geburt zum Beobachtungssubjekt und bleibt dies bis zu seinem Tod.

Ich konnte mehr als dankbar dafür sein, Tom als Überwachungssubjekt gewonnen zu haben. Er war nicht sonderlich begabt, seine Kindheit war eher von Durchschnittlichkeit geprägt gewesen, und seitdem er mit seinem Studium begonnen hatte, lebte er in einer bescheidenen Ein-Zimmer-Wohnung im Studentendorf. Ein Genie, ein Wunderkind oder ein exzessiv lebender Hedonist hätten mich womöglich neidisch machen können, aber Toms Mittelmäßigkeit spiegelte die Mittelmäßigkeit meines eigenen Lebens wider. Er hatte hier und da ein paar eher unglückliche Beziehungen hinter sich. Sein Sexleben war alles andere als aufregend – so hatte ich auch nie Verlangen gehabt, dort länger als nötig zuzuschauen – und im Moment war er wie ich notorischer Single, verbrachte sein Leben zwischen Universität, einigen kulturellen Aktivitäten und der Pflege von Freundschaften, so wie ich es während meines Studiums auch die größte Zeit über gemacht hatte. Hätte er mit den 25 Jahren, die er mittlerweile alt war, bereits eine Frau oder gar Kinder gehabt, hätte das mit Sicherheit schwere Depressionen ausgelöst, denn immerhin stand ich mit meinen 43 Jahren ohne Kinder und nur mit unzähligen in die Brüche gegangenen Beziehungen dar.

Toms wohldosiertes Glück genügte mir, um weder neidisch auf ihn zu sein, noch Mitleid mit ihm empfinden zu müssen. Natürlich wäre es interessant gewesen, einen Profirennfahrer oder den Lead-Sänger einer Metalband auszukundschaften, aber ich war zufrieden.

Überwachungssoll, das: Vorgegebene Richtlinie für die tägliche Zeit, die man in das Überwachen investieren muss. Seit 2025 festgelegte 6 Stunden.

Der Tag hatte viel Arbeit gebracht. Wegen einer schweren Grippe hatte ich einiges nachzuholen, und so war ich voll gepackt mit allerlei Unterlagen, als ich schließlich nachmittags um sechs an meiner Wohnung ankam. Ungeschickt versuchte ich die verschiedenen Aktenordner auf meinem linken Arm zu balancieren, während ich die rechte Hand dazu benutzte, den Briefkasten aufzuschließen und den ohnehin viel zu hohen Papierstapel um die aktuelle Post zu ergänzen, die unter einem Berg von Werbung begraben lag. Eine aktuelle Stromrechnung, eine Postkarte meiner Eltern und ein absenderloses Briefkuvert. Ich schloss weiterhin ungelenk balancierend die Wohnungstür auf und stolperte noch ungeschickter in meinen Wohnungsflur, nur um im nächsten Moment laut fluchend sämtliche Papiere fallen zu lassen und auf dem Boden zu verstreuen.

„Jaja, sehr witzig", sagte ich Richtung Kamera und verbeugte mich gleich im nächsten Moment: „Vielen Dank, vielen Dank, mir hat es sehr viel Freude gemacht, Ihnen die Slapstick-Nummer des Tages zu präsentieren."

Ich hatte mir angewöhnt, hin und wieder zu meinem Watcher zu sprechen. Auch wenn klar war, dass ich keine Antwort erhalten würde, empfand ich die Vorstellung doch als angenehm, dass ein ungefähr 61jähriger genau in diesem Moment am Computermonitor saß und sich an meinem mit Sicherheit urkomisch anzuschauenden Auftritt erfreute.

Ich packte den Ordnerstapel unsortiert auf meinen Schreibtisch und öffnete den absenderlosen Brief. Darin war ein weiterer Briefumschlag sowie ein kleiner Zettel auf dem ein Datum ein Ort und eine Uhrzeit standen, sowie der kurze Satz: „*Ich habe DIE Story für Sie. Vertrauen Sie mir.*“

Ein kurzer Blick zum Computermonitor verriet mir, dass Tom gerade dabei war, seine Katze zu füttern. Außerdem hatte er Damenbesuch. Soweit ich mich erinnerte, hatte er sie letzte Woche bei einer Vorlesung kennen gelernt und offensichtlich keine Zeit verloren, sie in seine Wohnung einzuladen. Da es sehr unwahrscheinlich war, dass mehr passieren würde als ein nettes Gespräch, widmete ich mich wieder dem zweiten Umschlag, der nicht einmal zugeklebt war. Ich griff hinein und zog zwei Fotos hervor. Beide zeigten mich, einmal beim Kaffeetrinken am frühen Morgen, einmal in der S-Bahn auf dem Weg zur Arbeit. Beide Fotos waren ganz eindeutig Aufzeichnungen von Kameras des EWE-Systems.

Ein Schrecken durchfuhr meinen Körper. Diese Fotos mussten von meinem Watcher festgehalten worden sein. Das fotographische Festhalten bestimmter Beobachtungen war bei verdächtigen Situationen eigentlich ein legitimes Vorgehen. Aber zum einen war an diesen Bildern nicht das geringste Diskreditierende zu erkennen, und zum anderen war es dem Watcher streng verboten, mit seinem Beobachtungssubjekt Kontakt aufzunehmen, was mit diesem Brief womöglich so eben geschehen war. Ich hielt die beiden Fotos stirnrunzelnd in Richtung Kamera.

„Was soll das? Sie müssten eigentlich alt genug sein, um zu wissen, dass dies verboten ist. Sie könnten sich in ganz schöne Schwierigkeiten bringen, wenn Ihr Watcher das mitkriegt. Klar, der könnte fast 80 sein und nicht mehr fit genug, um so etwas zu bemerken. Wahrscheinlicher ist aber, dass Sie von einem engagierten Jungspund beobachtet werden!“ – Keine Reaktion – „Hören Sie. Falls Sie damit ein Treffen beabsichtigen, lassen Sie sich gesagt sein, dass das unmöglich ist. Damit würden Sie nicht nur Ihren Hals riskieren, sondern auch ich meinen.“ – Keine Reaktion – „Na gut, ich sehe das als einen Ausrutscher an. Sehen Sie in

Zukunft davon ab und machen Sie Ihre Arbeit ordentlich."

Anonymitätsrichtlinien, die: Verbot, mit dem beobachteten Subjekt Kontakt aufzunehmen. Verbot, mit anderen Menschen über das eigene Beobachtungssubjekt zu reden. Verbot in irgendeiner Form Informationen über das eigene Beobachtungssubjekt zu veröffentlichen. Verbot über den eigenen Watcher Nachforschungen anzustellen, und mit diesem Kontakt aufzunehmen.

Tom hatte sich mittlerweile zu seiner Besucherin aufs Bett gesetzt, während ich versuchte, das Zittern meiner Hände loszuwerden. War mein unbekannter Watcher, der mir auf wenig subtile Weise eine Kontaktofferte gemacht hatte, mit seinem Vorhaben – wie auch immer dies aussah - bereits aufgeflogen? Womöglich waren schon Beamte in seiner Wohnung, die ihn verhörten, die ihn festnahmen, womöglich hatte sein Watcher bereits am frühen Mittag, als der Brief abgesendet worden war, die Behörden mittels einer Eil-Rohrpost verständigt ... vielleicht war das aber auch eine Falle. Vielleicht wollte mich irgendjemand verdächtig machen, und hatte daher diesen Brief aufgesetzt. Womöglich waren die Fotos Fälschungen, das vermeintliche Treffen fingiert, um mich direkt in die Arme des Staatsschutzes laufen zu lassen. Ich versuchte, mich zu konzentrieren.

Nein, Feinde hatte ich keine, ich wüsste niemanden, der so etwas tun sollte, nur um mir zu schaden. Es lag sehr nahe, dass die Fotos tatsächlich von meinem Watcher stammten. Aber was wollte er damit erreichen? Gut, er wusste, dass ich in der Presse tätig war, er wusste wohl wie niemand sonst um meine Arbeit, mein Engagement und die fast schon pathologische Akribie, mit der ich spannenden Geschichten nachging. Vielleicht wusste er außer mir niemanden, dem er diese Story verkaufen konnte, und der Zufall wollte es so, dass ausgerechnet ich, Reporter aus Leidenschaft, sein Beobachtungssubjekt war. Aber warum sollte er dann auf diese Art mit mir Kontakt aufnehmen? Er hätte in die Redaktion kommen, wie ein Fremder mit mir reden können. Ich hätte nie erfahren, dass er mein Watcher ist. Hätte meine Arbeit trotzdem gründlich gemacht, wenn das Thema, was er mir anzubieten hatte, genug hergab.

In der Aufregung hätte ich fast vergessen, was noch alles zu tun war. Schnell tippte ich die Beobachtungen dieses Abends in meinen Computer und betätigte den Drucker, der innerhalb weniger Sekunden die Chronologie von Toms Tagesablauf ausspie. Ich steckte meine Notizen in den Post-Zylinder und schob das ganze in die Druckröhre, in der es mit einem lauten Zischen nach oben gesogen wurde. Dann ließ ich mich aufs Bett fallen und betrachtete wieder den Zettel auf dem das morgige Datum, *Revaler Str. 17* und *15 Uhr* standen. Der Treffpunkt war nicht weit von unserer Redaktion entfernt, die Uhrzeit passte perfekt in meinen Tagesplan, ein weiteres Indiz dafür, dass der Brief tatsächlich von meinem Watcher stammte.

Watcherausbildung, die: Für alle Bürger verpflichtender Lehrgang, der vor Erreichen des 18. Lebensjahres stattgefunden haben muss. Aufgabe: Die Initiierung in die Watching-Tätigkeit, Aufgaben und ethische Normen, die die Arbeit im EWE-System mit sich bringt.

Nein, ich hatte mir die Entscheidung nicht leicht gemacht , hatte Vor- und Nachteile abgewogen, hatte mit mir selbst gehadert und am Ende hatte doch die journalistische Neugierde gesiegt. Bei dem Gedanken, dass meine Entscheidung eigentlich schon festgestanden hatte, als ich den Brief das erste Mal gelesen hatte, schauderte es mir. Was tat ich hier überhaupt? Ich war doch glücklich, zufrieden mit dem System, in dem ich lebte, in dem wir alle lebten. Ganzheitliche Überwachung. Jeder beobachtet jeden, das konnte einen negativen Beigeschmack haben, musste es aber keineswegs. Wir lebten immerhin in einem freien Staat. Unsere Zeitung brachte regelmäßig systemkritische Kolumnen, es gab lebhafte Debatten über Wirtschaft, Kultur und Außenpolitik. Niemand, den ich kannte fürchtete sich vor gesetzlicher Willkür. Warum sollte man auch, solange man nichts verbrochen hatte ... Nein, dies war kein totalitäres System, wir hatten alle Freiheiten, die wir brauchten. Ich hatte in meiner Jugend *1984* ebenso gelesen wie *Brave New World*, hörte klassische Musik mit ebenso viel Freude wie subversiven oder größtenteils vermeintlich subversiven Rock, hatte mich während meines Studiums durch Rechts- und Sozialgeschichte gekämpft und hatte auch immer die großen, zeitkritischen Philosophen lesen dürfen. Also warum unterlief ich hier die Stütze dieses Systems, das Prinzip der ganzheitlichen Überwachung? Gab es wirklich keinen Grund dafür außer meiner schrecklichen Neugierde, dieser verhängnisvollen Wissbegier, die mich danach lechzen ließ, was es mit dem Brief wohl auf sich hatte? War das schlicht und einfach fanatischer Ehrgeiz, der mich nun hier in der Revaler Straße in einer Toreinfahrt ausharren ließ? Ich hatte mich in der hintersten Ecke der Wand verkrochen, wenn die Person, die ich erwartete, tatsächlich mein Watcher war, wusste er, wo ich zu finden war. Er müsste nicht lange suchen oder gar an der Straße warten, er würde zielstrebig auf mich zukommen und sagen …

„Nicolai." Ich zuckte kurz zusammen angesichts dieser Koinzidenz zwischen meiner Gedankenwelt und dem, was außerhalb vor sich ging.

„Sie scheinen mich gut zu kennen …", sagte ich, während ich die Fassade einer vermeintlichen Gefasstheit wahrte. „Darf ich auch Ihren Namen erfahren?"

„Nennen Sie mich Hektor. Ich freue mich, dass Sie trotz Ihrer gestrigen Ansprache Richtung Kamera aufgetaucht sind. Ich dachte mir, dass Sie kommen würden. Der journalistische Eifer, hab ich Recht?"

Ein kurzes Blinzeln meinerseits – bedurfte es wirklich mehr, um zu beweisen, dass er mein Watcher war?

„Hören Sie zu! Ich will nur ganz sicher gehen, dass ich tatsächlich meinen Watcher vor mir habe. Erzählen Sie mir etwas aus meiner Kindheit, was nur Sie wissen können."

„Erinnern Sie sich an Clara?"

Diesmal konnte ich mein inneres Zusammenzucken auch in der äußeren Haltung nicht verbergen.

„Danke, das dürfte genügen. Also warum haben Sie mich kontaktiert, warum …"

Ich begann zu flüstern: „Warum haben Sie keine Angst davor, dass Ihr Watcher jetzt gerade fein säuberlich unser Gespräch notiert?" Ein zufriedenes Lächeln umspielte seine Lippen. „Ich habe keinen Watcher. Ich arbeite für den Staat!"

„Selbst die ranghöchsten Politiker werden beobachtet", protestierte ich. „Ich bin lange genug im Geschäft um zu wissen …"

„Weiß ich! Aber das Amt, in dem ich meine – sagen wir mal politische – Arbeit verrichtet habe, hat mich seit meinem 30. Lebensjahr dazu berechtigt, unbeobachtet zu bleiben."

„Und was ist das für eine Arbeitsstelle?" Ich versuchte dem kritischen Unterton meiner Stimme eine besonders schwere Gewichtung zu geben.

„Genau das wollte ich Ihnen zeigen. Ich denke, Sie sollten es mit eigenen Augen sehen. Sonst glauben Sie es mir eh nicht, richtig?" Er zwinkerte mir auf unangenehm joviale Weise zu. „Außerdem wollte ich Sie bitten, über das, was ich Ihnen zeigen werde, einen Bericht zu schreiben. Da sie die Kamera in ihrem Büro bereits eingesteckt haben, wäre es sehr schön, wenn Sie auch Fotos vor Ort machen würden. Immerhin gelten Sie als ein wichtiger Experte für das EWE-System, insbesondere seitdem Sie dieses Glossar publiziert haben. Ich denke, Ihre Leser und auch alle anderen Menschen verdienen es, die Wahrheit zu erfahren."

„Die Wahrheit", wiederholte ich stirnrunzelnd, aber die Betonung, die er in das Wort gelegt hatte, schürte meine Neugierde nur weiter.

„Kommen Sie, ich bin mit dem Wagen hier. Vertrauen Sie mir. Was es zu gehen gibt, lohnt sich."

EWE-Netz, das: Rohrpostsystem, das mittels Druckluft die Informationszylinder der verschiedenen Watcher zur Hauptdatenverarbeitung transportiert.

Wir fuhren eine Zeit lang durch die Stadt, um diese schließlich über eine kleine Nebenstraße zu verlassen, vorbei an mehreren Plattenbauten und Fabrikgebäuden. In einiger Entfernung hörte ich das Brummen unzähliger Korsos, die sich auf der Autobahn fortbewegten. Wir hingegen befuhren Landstraßen, die mit jedem weiteren Kilometer abgelegener schienen. Während ich mich noch fragte, ob Hektor mich schlicht belogen hatte, als er behauptete, keinen Watcher zu haben und ob schon hinter der nächsten Abbiegung eine Straßensperre wartete, dämmerte es mir so langsam, dass die Gegend, in der wir uns nun bewegten, vollkommen kamerafrei war. Auch das Auto Hektors hatte nicht das geringste Anzeichen einer Innenkamera, ansonsten obligatorisch in jedem Neuwagen. Hektor schien meine Gedanken lesen zu können: „Keine Sorge. Hier ist nichts überwacht. Wir werden gleich ein etwas größeres Fabrikgelände passieren, auf dem unser Wagen von mehreren Sicherheitskräften kontrolliert werden wird. Nein, nein. Es genügt vollkommen, wenn Sie sich hier unter dem Sitz verstecken. So genau sind diese Kontrollen nie und ich habe auch Autorisation für diesen Bereich."

Ich kam seiner Bitte nach und versteckte mich unter dem Vordersitz, während er eine alte Wolldecke über mich warf. Es erschien fast lächerlich, dass ein solch stümperhaftes Versteck ausreichen sollte, um sich in ein städtisches Amt für Überwachung einzuschleichen, aber Hektors Sicherheit beruhigte mich, und so verschwand ich für die nächste halbe Stunde in fast vollkommener Dunkelheit. Wir fuhren noch einige Zeit weiter, bis der Wagen zum Stehen kam. Aus meinem Versteck hörte ich, wie Hektor das Wagenfenster herunterließ und sich kurz mit einem offensichtlich sehr jungen Mann unterhielt. Das Gespräch, das eher nach Smalltalk als einer gewissenhaften Kontrolle klang, war schon nach kurzer Zeit beendet, und wir fuhren mit offenem Fenster weiter. Es ging steil abwärts und schließlich versackte auch die letzte Resthelligkeit, die durch die mich versteckende Decke hindurch gelangt war. Offensichtlich befanden wir uns in einer Tiefgarage. Zahlreiche Kurven und Steigungen führten uns weiter hinab und nach mindestens zehn Minuten ständig abwärts gehender Fahrt kam Hektors Wagen endlich zum Stehen. „Sie können jetzt raus kommen, Nikolai. Die Luft ist rein."

Das Parkhaus, in dem wir uns befanden, war durch riesige Neonleuchten in ein strahlendes, steriles Weiß getaucht. Mehrere Türen führten zum Treppenhaus, außer uns war kein anderer Wagen zu sehen.

„Also gut", sagte Hektor erregt und klatschte dabei in die Hände, als würde eine schwere Aufgabe auf uns warten. „Hier beginnt unsere Führung."

EWE-Beamter, der: Sachbearbeiter, der in direkter Verbindung zur Polizei und zum Militär die Watch-Informationen der Bürger seines Bezirks auswertet

Wir betraten das Treppenhaus und gingen gleich weiter geradeaus durch einen schmalen Gang, in dem ein rhythmisches Geräusch wahrzunehmen war, das mit jedem Meter lauter wurde. Plopp, Plopp, Plopp. Fast im Sekundentakt.

„Hinter dieser Wand fließt sämtliche Röhrenpost der gesamten Stadt. Immer, wenn sie einen ihrer Zylinder verschlossen und durch die Druckröhre auf die Reise geschickt haben, wird er früher oder später hier landen. Sehen Sie es sich an." Mit diesen Worten öffnete Hektor eine massive Flügeltür, hinter der sich ein schmaler Sims befand. Was unter und über diesem Sims zu sehen war, ließ meinen Atem stocken. Genauso hatte ich sie mir vorgestellt, die unzähligen Röhren, aus unzähligen Straßen, wie sie zusammenliefen und all die zylindrisch verpackte Post zum

Zielort versendeten. Und obwohl ich dergleichen schon auf Fotos und Bauplänen gesehen hatte, war es in der Realität umso imposanter. Unzählige kleine Röhren wuchsen aus dem scheinbaren Nichts, das sich in diesem Abgrund befand, und verbanden sich schließlich zu größeren Röhren, in denen 4,8 und schließlich 16 Zylinder einheitlich nebeneinander nach oben katapultiert wurden, immer wieder begleitet von dem charakteristischen Geräusch, das der zum Bewegen benötigte Druck erzeugte.

„Von hier gelangen die Zylinder in die … Datenverarbeitung!“

Das Stocken in Hektors Stimme war nicht zu überhören. „Mein Gott! Ich hätte nicht gedacht, dass es so viel ist. Wie viele Leute hier beschäftigt sein müssen, um all diese Informationen vernünftig auszuwerten?“

„Das wäre der nächste und auch schon abschließende Programmpunkt unserer Reise. Und das wäre auch das, was ich Ihnen eigentlich zeigen wollte.“

Wir verließen den Sims - auch wenn ich das beeindruckende Bild dieses Raumes nur widerwillig hinter mir ließ - und gingen zu einem Personenfahrstuhl, den Hektor durch eine Autorisationskarte in Gang setzte. „Wir befinden uns jetzt 300 Meter unter der Erde“, dozierte Hektor. „Die Verarbeitung findet weiter oben statt.“

Während wir hochfuhren, machte ich mich darauf gefasst, was ich jetzt wohl sehen würde. Es musste etwas Entlarvendes, etwas Schockierendes sein, zumindest der Aufregung in Hektors Gesicht nach zu urteilen. Außerirdische, die die Informationen über uns Menschen nutzten, um eine Invasion der Erde zu planen? Der Gedanke brachte mich zum Schmunzeln. Derlei Verschwörungstheorien hatte es immer wieder mal gegeben. Ihre Argumentationen waren mehr als dürftig. Vielleicht zombieähnliche Arbeiter, die nur noch zur Datenverarbeitung in der Lage waren? Eine gestapoähnliche Geheimpolizei? Ein riesiges Werbeunternehmen, das den Staat bezahlte, um die präventive Verbrechensbekämpfung mitnutzen zu dürfen, um perfekte

Kundenprofile zu erstellen? Ein riesiger Computer, der die Daten automatisch auswertete, ein Quasistaatsoberhaupt, das nicht menschlich war? Ein postmoderner Wizard of Oz? Meine Gedanken schlugen Kapriolen und doch fand ich immer noch am wahrscheinlichsten, einfach auf einen riesigen Bürokomplex zu stoßen, perfekt durchorganisiert, voll in Arbeitswut und immer in direkter Verbindung zur Polizei und zum Militär. Dann stieß mir zum ersten Mal dieser Geruch in die Nase. Zuerst konnte ich ihn gar nicht einordnen. Er war schmerzhaft, oder noch besser formuliert beißend, irgendwie unangenehm, stechend. Ich versuchte seine mögliche Ursache einzuordnen, aber es misslang mir. Es war ein Geruch, den ich an diesem Ort nicht erwartet hätte; er erinnerte mich an … Plastik. An schmelzendes Plastik, verbranntes Plastik, an …

Ich stieß einen heiseren Schrei aus, als sich die Fahrstuhltür öffnete. Das was hier zu sehen war, war keine außerirdische Kommandozentrale, kein Datenverarbeitungsbüro. Es war eine Fabrik. Ein riesiger Raum, in dem sich große Metallkanister befanden. Die Druckröhren liefen alle an bestimmten Punkten zu Trichtern zusammen, und diese wiederum führten direkt in die Metallkanister hinein. Und darin zu sehen …? Nichts! Nichts außer lodernden Flammen. Die Zylinder, gefüllt mit tagtäglich in mühevoller Sechs-Stunden-Arbeit beschriebenen Informationen, landeten ungeöffnet in den Flammen, schmolzen zusammen, verbrannten, wurden zerstört. Keine Kontrolle, keine Ausbeutung der Informationen, nichts Dergleichen. Niemand wurde über die Beobachtungen informiert, niemand wertete sie aus, sie wurden schlicht und einfach vernichtet, aus dem Weg geräumt wie die Ergebnisse einer sinnlosen Beschäftigungstherapie.

„Ich denke, wir sollten jetzt gehen. Bevor uns jemand sieht!“ Hektors Stimme hatte jegliche Erregung, jegliche Aufregung und Präsentationsfreude verloren, sie klang nüchtern, kühl und resigniert. Ich nickte ihm stumm zu und wir stiegen wieder in den Aufzug.

EWE-Effekt, der: Von der Soziologie so bezeichnetes Phänomen des vollkommenen Rückgangs von geplanten Straftaten durch die Installation des EWE-Systems. Gründe für den EWE-Effekt sind besonders die Angst, dass der eigene Watcher besonders aufmerksam und gründlich bei der Aufzeichnung sein könnte und die Vorstellung einer ständigen Präsenz der Überwachung, obwohl diese in den meisten Fällen nur 6 Stunden am Tag stattfindet. (→ EWE-Panik, → EWE-Paranoia, → EWE-Kollaps)

„Und?“, fragte Hektor, nachdem sich unser Wagen wieder Richtung Innenstadt bewegte. „Wenn Sie mehr sehen wollen, kann ich Sie gerne noch mal einschleusen.“

„Ich habe alles gesehen, was ich sehen musste“, sagte ich, während Hektors Wagen vor meinem Haus hielt.

„Wann wird Ihr Artikel hierzu erscheinen?“

„Nie“, sagte ich und versuchte meine Stimme dabei so ruhig wie möglich zu halten. Zum ersten Mal an diesem Tag sah ich ehrliche Verblüffung in Hektors Gesicht. „Wie meinen Sie das?“, fragte er stotternd.

„Ich dachte …“

„Ich weiß, was Sie dachten. Die Wahrheit, die kostbare Wahrheit.“

„Sehen Sie denn nicht, was hier vor sich geht?“

Hektors Stimme überschlug sich. „Ich sehe genau, was hier geschieht. Und deswegen werde ich Ihnen nicht helfen. Sie glauben, die Menschen sollten die Wahrheit erfahren. Ich glaube, das sollten sie nicht. Sehen Sie denn nicht, dass das System funktioniert? Wir haben die effektivste Verbrechensbekämpfung in der Geschichte unseres Staates und nicht weil wir einen riesigen Polizeiapparat hätten, eine repressive Gesetzgebung oder gnadenlose Gefängnisse. Wir haben nichts als die Angst vor der allumfassenden Kontrolle. Die Kontrolle selbst ist eine Chimäre.“

„Aber die Angst ist real, und sie ist falsch!“

„Wissen Sie, Hektor“, sagte ich, während ich den Wagen verließ: „War die Angst vor Gott so falsch? War die

Angst vor der Hölle so falsch? Vielleicht brauchen wir Menschen das Gefühl einer uns alle übersteigenden, uns alle kontrollierenden Kraft, um richtig zu handeln." „Wir werden Tag für Tag beobachtet. Vielleicht nur von einem einzelnen Menschen, aber auch dies zerstört unsere Privatsphäre unser Recht auf Anonymität. Dabei wäre es nicht einmal notwendig."

„Vielleicht ist es das doch!"

„Sie haben resigniert … Nicht, was die Wahrheit betrifft, sondern … was den Menschen betrifft!"

„Vielleicht habe ich das", sagte ich und hob meine Hand zum Gruß. „Vielleicht habe ich das. Machen Sie es gut, Hektor. Halten Sie sich in Zukunft an die EWE-Gesetze."

Privatsphäre, die: Durch das EWE-System nur geringfügig beeinträchtigtes Recht alleine und nicht öffentlich zu sein.[2]

Erschöpft ließ ich mich auf meinen Wohnzimmersessel fallen, zündete mir eine Zigarette an und betrachtete den Computermonitor. Tom hatte sich gerade ein Abendessen zubereitet und verspeiste dies nun genüsslich. Ich erhob mich, ging zum Computer und tippte schließlich:

20:10 Beobachtungssubjekt Nr. 37482009 isst zu Abend und hört Mozart.

20:20 Beobachtungssubjekt Nr. 37482009 spült sein Geschirr.

Es waren noch zwei Stunden Watch-Dienst, die ich an diesem Tag abzuleisten hatte. Ich lehnte mich zurück und beobachtete Tom bei der Tätigkeit, die ich als nächstes aufzeichnen würde.

---

[2] Maske, Nicolai (Hrsg.): Das EWE-Glossar. Enzyklopädie zur ganzheitlichen Überwachung. Berlin 2046 [Eintrag in der überarbeiteten Ausgabe von 2067 entfernt]

Britta Martens

Sozialstaat 2200

„Das kann doch nicht wahr sein, ich bin Maschinenbauingenieur, es muss doch eine Arbeit für mich geben!" Wütend hieb Reiner Meyer mit der Faust auf den Schreibtisch.

„Ich kann Ihre Verzweiflung verstehen", mitfühlend sah ihn die Frau in dem grauen Klimatech-Büroanzug an. „Aber Ihre Gene sprechen nun mal gegen Sie. Es ist bei Ihrer Veranlagung durchaus legitim, dass man sich für einen anderen Bewerber entscheidet."

„Aber ich habe diese verdammte Krankheit doch gar nicht! Ich werde nicht eingestellt, weil ich sie bekommen *könnte*!" Reiner hatte wie immer das Gefühl, nur von Idioten umgeben zu sein. Wollte denn niemand verstehen, dass er nicht depressiv war, auch wenn seine Gene eine Veranlagung dazu zeigten? Mittlerweile war er allerdings kurz davor, tatsächlich durchzudrehen. Seit zehn Jahren schlug er sich mit Gelegenheitsjobs mehr schlecht als recht durch, obwohl er in Rekordzeit und mit Bestnoten sein Studium abgeschlossen hatte. Dann war alles außer Kontrolle geraten. Er hatte zu dem letzten Jahrgang gehört, der noch ohne Gentest ein Studium hatte antreten dürfen. Bereits ein Jahr später war Genetics one, die erste Generation der kompletten Durchleuchtung, Standard geworden.

Seine damalige Freundin hatte ursprünglich Biologie studieren wollen, Genetics one hatte jedoch ergeben, dass sie hoch allergisch auf alles reagieren könnte, was grünt und blüht. Sie hatte die Zulassung also nicht bekommen – auch wenn Reiner sie nie auch nur mal niesen gehört hatte, wenn potentielle Allergene flogen. Diesem Argument, ebenso wie seinem Einwand, dass es schließlich perfekte Antihistamine gab, war Linda in keiner Weise aufgeschlossen. Sie akzeptierte die Empfehlung zum Jurastudium. Reiner hatte es kaum noch drei Monate mit ihr ausgehalten.

Er war damals bereits ein Gegner der auf Genetics one basierenden Prädiagnostik, hatte Demos besucht, Petitionen unterschrieben und war schließlich doch in deren Mühlen geraten. Hasserfüllt hatte er bei seinem ersten Vorstellungsgespräch die Prozedur der Extraktion und Analyse über sich ergehen lassen. Mit allem hatte er gerechnet, dass seine Blutwerte ihm die durchfeierten Studentennächte übel nahmen, dass seine kurzsichtigen Augen erst ein weiteres Mal gelasert werden müssten, bevor er seinen Job antreten konnte, nicht jedoch mit der Diagnose, die ihm der Genetics-Beauftragte in seinem sterilen weißen Labor-Tech-Anzug überbrachte.

„Es tut mir leid, Herr Meyer, aber leider hat der Test ergeben, dass Sie die ausgeprägte Neigung zu einer tiefgreifenden Depression in sich tragen. Ich bedaure, Ihnen mitteilen zu müssen, dass wir deshalb von einer Einstellung absehen müssen."

Völlig verdattert war Reiner aus dem Gebäude gewankt. Das konnte doch nicht sein! Er mochte viele Schwächen haben, aber depressiv war er nicht.

Selbst nach zehn Jahren hatte er sich immer noch nicht damit abgefunden. Unzählige Tests waren dem ersten gefolgt, leider immer mit dem gleichen Ergebnis. Das zumindest musste selbst Reiner zugeben, exakt war Genetics, das mittlerweile in der Version two point zero am Markt war. Erklärlich war es ihm jedoch nach wie vor nicht. Warum war der Test das Hauptkriterium geworden? Wie kam es, dass es niemanden interessierte, dass er einen Top-Abschluss und trotz aller Misserfolge nie die Hände in den Schoß gelegt und unzählige Fortbildungsmaßnahmen belegt hatte?

Mit versteinerter Miene kehrte er in die Gegenwart des Sozialstaatsbüros zurück. Die Sachbearbeiterin hatte seine gedankliche Abwesenheit nicht bemerkt, sie war damit beschäftigt, eifrig die Seiten auf ihrem Bildschirm umzuzappen. Reiner schöpfte neuen Mut. Vielleicht fand sich ja doch noch eine Stelle oder zumindest ein weiteres Vorstellungsgespräch. Die Worte der kühlen, blonden Frau brachten ihn jedoch schnell auf den Boden der Tatsachen zurück.

„Ich kann Ihnen leider auch diesmal keine Angebote machen. Allerdings möchte ich Ihnen ein wenig helfen."

Reiner blickte sie erwartungsvoll an.

„Sie haben aufgrund Ihres Krankheitsbildes Anrecht auf einen Urlaub in einem Reha-Spa am Meer. Dort können Sie ausspannen, zur Ruhe kommen, ganz einfach …"

„Ich brauch keine Ruhe, ich brauche einen Job!", fuhr Reiner der Blondine über den Mund. „Verstehen Sie das doch!"

„Ein Reha-Spa kann Ihnen helfen, Ihren Seelenfrieden…"

Auch diesmal ließ Reiner sie nicht ausreden. „Mein Seelenfrieden wäre komplett wiederhergestellt, wenn ich endlich in meinem Beruf arbeiten könnte und keine Teller mehr stapeln oder ähnlichen Blödsinn machen müsste! Also lassen Sie mich mit Ihrem Spa-Quatsch in Ruhe und finden Sie endlich eine Arbeit für mich!" Reiner stand auf. „Ich betrachte das Gespräch für heute als beendet!"

Bevor er die Tür hinter sich zuziehen konnte, hörte er noch die freundlich-unverbindliche Stimme seiner Sachbearbeiterin, die ihn an seinen festen Termin einen Monat später erinnerte. Nur mühsam beherrscht lief Reiner die langen öden Flure des Sozialstaatsbüros hinab. *Nur noch raus*, war sein einziger Gedanke.

Als er wenig später die wärmenden Strahlen der Sonne auf seinem Gesicht spürte, ging es ihm schon ein wenig besser. Er beschloss, sich einen Ready-Snack und ein E-Paper zu gönnen und es sich für ein paar Stunden auf der Relax-Wiese des Entertainment-Centers gut gehen zu lassen. Er entsicherte mithilfe seines Fingerabdrucks das hoffnungslos veralterte Hover-Board und ordnete sich in den fließenden Verkehr aus anderen Hover-Boards, Solar-Bikes und hochmodernen Robot-Hovers ein.

Vor dem Entertainment-Center angekommen, machten sich die Klassenunterschiede bereits in den Parkgelegenheiten bemerkbar. Direkt am Eingang befand sich eine großzügige Fläche, auf der sich die selbst navigierenden Robot-Hovers selbstständig in die platzsparendste Anordnung brachten, in der Mitte standen Solar-Bikes in allen Größen und am äußeren Rand konnten alle Fortbewegungsmittel abgestellt werden, die nicht in eine der anderen beiden Kategorien passten.

Zwischen zwei wahren Oldtimern fand Reiner einen Platz für sein Hover-Board. Er warf mehr als nur einen bewundernden Blick auf die Motorräder mit klassischem Bodenkontakt. Baujahr 2100 schätze er die eine Maschine, die andere könnte sogar noch älter sein. Vielleicht war sie bereits im ausgehenden Ölzeitalter über die Straßen gerollt! Mit einem letzten Blick auf die chromglänzenden Maschinen machte er sich auf den Weg zum Eingang des Entertainment-Centers.

Reiner ging durch die weit geöffneten Flügeltüren und schon waren sämtliche Gedanken an die graue Vorzeit verschwunden. Wie sollte man in dieser bunten Konsum orientierten Welt auch einen wirklichen Gedanken im Kopf behalten, dachte er bitter. Links von ihm belehrte ein riesiger Plasma-Schirm die kaufwilligen Besucher über die neuesten Trends und lieferte passenderweise auch gleich die Information, in welchem Shop sich was erwerben ließ.

Genervt ließ Reiner den Eingang zur Shopping-Area hinter sich. Selbst als er noch mehr Geld zur Verfügung gehabt hatte, übten die Mega-Malls auf ihn eine bedrohliche Wirkung aus. Warum, hatte er sich immer gefragt, stürzen sich gesunde Menschen in einen wahren Kaufrausch, nur weil irgendein Modemacher angeblich ein noch besser klimatisierendes Material erfunden hat und die daraus hergestellten Hemden mit einem neckischen gelben Fleck auf der Schulter versieht? Das must-have, als er seine

Abschlussfeier hatte! Sein Hemd war schlicht schwarz gewesen, im Retro-Look der Jahrtausendwende geschnitten – inklusive Kragen – und somit auffälliger als jeder bunte Fleck es je hätte erreichen können. Sein Weg als Außenseiter schien damals schon vorgezeichnet gewesen zu sein, nur dass er das damals noch nicht wusste.

Nachdem er sich durch einen Wust von Eltern und Großeltern gekämpft hatte, die ihre Kleinen beim Spielen in der Fun-under-10-Area beobachteten, stieß er aufatmend die Tür zur Relax-Wiese auf. Sofort schlug ihm der unbestimmte Duft von Sommerblumen gemischt mit einer Note frisch gemähtem Gras entgegen. Zwar wusste er, dass dieses Gemisch künstlich erzeugt wurde, trotzdem atmete er tief ein und genoss für einen Moment einfach nur die Strahlen der Artificial-Sun, die einen nie endenden Sommer auf die Relax-Wiese zauberte.

Schließlich öffnete er die Augen wieder und begann mit dem leichten Anstieg zum höchsten Punkt der Wiese. Sie war auf das Dach der über das Untergeschoss erreichbaren Schwimmhalle gebaut und stieg in einer sanften Neigung auf die doppelte Höhe an. Im Schwimmbad erzeugte dies das Gefühl, man schwämme in einer Grotte, die sich dem offenen Meer zuneigte. Oben angekommen fand Reiner schnell einen Platz, von dem aus er das fröhliche Treiben viele Meter unter ihm beobachten konnte. Er genoss das verworrene Geräusch aus fröhlichem Kindergekreische, sanft gemurmelten Unterhaltungen und dem Rauschen der Wellen, das Menschen schon seit Jahrhunderten erzeugten, sobald sie sich an einen Strand begaben.

Gerade wollte er das E-Paper, das er sich vorher besorgt hatte, in seinen Portable-Comp schieben, als sein Blick auf einen etwa vierzehnjährigen Jungen fiel. Er hatte es sich auf einer Decke bequem gemacht und las. Das an sich war noch nichts Besonderes, schließlich tat er nur das, womit sich nahezu alle Wiesenbesucher die Zeit vertrieben. Doch die navigierten sich mit Tasten, Touches oder Voice-

Orders – je nach Alter und Bauart des Portables – durch die Texte. Der Junge hingegen hielt etwas in der Hand, das verdächtig nach einem Buch im klassischen Sinne des Ölzeitalters aussah.

Fasziniert starrte Reiner auf das seltene Objekt.

„Was schauen Sie denn so?“, fragte der Junge, dem die erhöhte Aufmerksamkeit seines Nachbarn nicht entgangen war.

„´Tschuldigung, dass ich störe.“ Reiner setzte ein Lächeln auf. „Ist das tatsächlich ein Buch, was du da hast?“

„Klar! Das ist der Neuste von C.F. Hunter!“ Der Junge steckte einen Finger in den Roman, um die Seite nicht zu verlieren und hielt ihn dann so, dass Reiner das Cover erkennen konnte. Tatsächlich, der aktuelle Krimi der Bestsellerautorin C.F. Hunter, die den Writer of the Year Award 2198 gewonnen hatte! Reiner war mehr als nur verblüfft, schließlich wurden Bücher seit Erfindung der Portables im Jahr 2084 nicht mehr gedruckt. Zwar waren ihm gelegentlich Bücher aus der alten Periode begegnet, aber dieses gehörte eindeutig nicht dazu. C.F. Hunter war laut biographischen Angaben gerade einmal 32 Jahre alt.

„Wie kommst du an das Buch?“ Vielleicht konnte der Junge ja seiner Verwirrung entgegensteuern.

„Hab’s an einem Flying-Kiosk gekauft. Ich war begeistert, wollte mir das sowieso holen und dann kommt der Kiosk vorbei und hat es. Zu ´nem echt fairen Preis und in so einem coolen Design!“ Mit leuchtenden Augen ließ der Junge die Seiten unter seinem Daumen rauschen.

„Ist das Papier?“ Reiner konnte kaum glauben, was er da hörte.

„Nee, irgend so ein komisches Verbundzeugs. Latex-Carbonium-irgendwas. Hat der Typ in dem Kiosk mir erzählt. Musste also nicht ein Baum für sterben!“

Reiner war ein wenig enttäuscht, dass der Junge ihm nicht anbot, seinen Fund einmal anzufassen. Stattdessen schlug er sein Buch an der mit dem Finger markierten Stelle auf und vertiefte sich wieder in seine Lektüre. Reiner lächelte noch immer über die pure Begeisterung des Jungen, als er sein E-Paper hochlud und beschloss, in der nächsten Zeit verstärkt Ausschau nach einem Flying-Kiosk zu halten. Wäre doch gelacht, wenn er nicht auch an ein Exemplar des ersten Buches seit über hundert Jahren kommen würde!

Die Schlagzeilen waren nichts Besonderes. Hier ein paar Arbeitslosenzahlen, dort eine politische Krise in einem Land, das so weit entfernt lag, dass Reiner kaum seinen Namen kannte. Mehr aus Gewohnheit blätterte er zum Stellenteil weiter, Hoffnung auf eine Erfolg versprechende Anzeige hatte er schon lange nicht mehr. Er klickte sich zu der entsprechenden Page durch und wollte gerade im Work-Search-Index die technischen Berufe anwählen, als sein Blick auf eine kleine, unauffällige Anzeige direkt unter dem Index fiel.

An alle Berufsgruppen: Wir brauchen Sie zum Aufbau von etwas Großem. Auch wenn Sie keine abgeschlossene Berufsausbildung haben, melden Sie sich! KEIN GENTEST!

Reiner las die Anzeige ein zweites Mal. Wo war nur der Haken bei der Sache? Wahrscheinlich gab es nur unterbezahlte und minderwertige Arbeiten zu vergeben, das zumindest hatte ihn die Erfahrung gelehrt, wenn er schon einmal zu euphorisch auf eine Anzeige reagiert hatte. Trotzdem – zu verlieren hatte er schließlich nichts! Schnell tippte er ein standardisiertes Anschreiben in sein Portable und bevor er es sich noch anders überlegen konnte, klickte er auf senden.

Wenig später war er gerade dabei, sich durch die weiteren Anzeigen zu zappen, als ein leise summender Ton ihm anzeigte, dass er Post habe. Ein schneller Blick in sein Mail-Programm verkündete ihm Erstaunliches: *Sehr geehrter Herr Meyer, wir freuen uns über Ihre Antwort auf unsere Anzeige. Ihrer Mail entnehmen wir mit Begeisterung, dass Sie studierter Maschinenbauingenieur sind. Wann möchten Sie zu einem Vorstellungsgespräch kommen? Wir wären ab sofort für Sie bereit! Mit freundlichen Grüßen, Stefanie Rousseau*

Reiner war kurz davor, sich selbst in den Arm zu kneifen. War dies ein ganz verrückter Traum? So etwas passierte doch nicht einfach!

„Freuen", vielleicht, aber „mit Begeisterung" und „ab sofort"?

Egal, beschloss Reiner, *ansehen kann man sich die Leute ja einmal.*

Sehr geehrte Frau Rousseau, verraten Sie mir, wo ich Sie finde und ich sage Ihnen, wie schnell ich bei Ihnen sein kann!

Auch diesmal kam die Antwort prompt. Die Mail verriet ihm die Adresse und den nichtssagenden Namen der Firma, in deren Auftrag Stefanie Rousseau ihre Mails versandte. Reiner überschlug kurz den Weg. In etwa einer halben Stunde konnte er dort sein.

Das Gebäude, vor dem er in der Nachmittagssonne sein Hover-Board abstellte, machte einen ebenso unscheinbaren Eindruck. Immerhin war es groß und lag in unmittelbarer Nähe zum Meer. Keine schlechte Lage also. Reiner atmete tief durch und schritt den gläsernen Eingangstüren entgegen. Er gelangte in eine Art Foyer, das ihn an eine Mischung aus Hotel und Ministerium erinnerte. Er trat an das Rezeptionspult, hinter dem eine hübsche Dame in recht unangepasster Kleidung über einem Aktenordner saß. Er räusperte sich vorsichtig. Keine Reaktion. Er räusperte sich ein weiteres Mal. Dasselbe Resultat. Vorsichtig beugte sich Reiner über den Tresen, sodass ihn die Dame schließlich bemerken musste. Das tat sie auch – sie zuckte in sich zusammen, sodass sie Reiner das Gefühl gab, er habe sich innerhalb der letzten Minuten in ein Alien verwandelt.

„Entschuldigung", brachte er hervor, „das wollte ich nicht! Sie so erschrecken, meine ich!"

Die Dame grinste ihn freundlich an und zog zwei altmodische Stöpsel aus ihren Ohren.

„Ist nicht Ihre Schuld!", erklärte sie fröhlich. „Ich hab nur nicht so schnell mit Ihnen gerechnet. Die meisten brauchen immer eine Viertelstunde länger, als Sie angeben.

Und das hätte immerhin noch für zwei weitere Songs mindestens gereicht!" Immer noch schelmisch lächelnd hielt sie einen iPod dritter Generation hoch. Reiner war begeistert.

„Ist das ein iPod aus dem ausgehenden Ölzeitalter?"

„Yepp, ist es!"

„Und was hören Sie gerade?"

„Die Musik ist sogar noch älter als das Gerät! Wahrscheinlich sagt Ihnen Nirvana nichts ... ?"

„Aus dem letzten Jahrtausend! Das war wirklich noch ein absolut handgemachter Sound. Ich liebe *Come as you are*!"

Das Grinsen der Dame wurde noch breiter. „Ich auch! Wollen Sie mal reinhören?"

„Würde ich gerne, aber ich habe einen Termin mit Stefanie Rousseau."

„Ah, stimmt ja! Na, vielleicht passt es ja später! Sie finden Frau Rousseau den Gang dort hinunter in Zimmer 5." Sie wies mit der linken Hand einen langen Gang mit wenigen Türen hinunter.

„In Ordnung!" Reiner wandte sich in die angegebene Richtung. „Auf Nirvana komme ich später noch zurück!", rief er der Dame fröhlich über die Schulter zu und ließ ein lässiges Winken folgen. So gut hatte er sich schon lange nicht mehr gefühlt.

Die Dame hingegen führte ihren Arm, an dem ein Armband einen Voicer tarnte, zum Mund und drückte die Nummer, die die Sprachverbindung zu Stefanie Rousseau herstellte. „Stefanie, hier Tanja. Er scheint okay zu sein. Der Netzhautscan hat seine Identität bestätigt und auch ansonsten passt er gut hierher. Könnte ein echter Glücksgriff sein!"

Reiner fand fast am Ende des Ganges endlich Zimmer fünf. Er wollte gerade anklopfen, als die Tür sich von alleine öffnete und er einer Enddreißigerin in lässiger Kleidung und Pferdeschwanz gegenüberstand. „Reiner, wie schön, dass Sie da sind! Ich bin Stefanie."

Positiv überrascht von der informellen Ansprache, schüttelte Reiner die ihm angebotene Hand.

„Kommen Sie doch mit!"

Reiner folgte Stefanie in einen angrenzenden Raum, der im Gegensatz zu dem recht kühl wirkenden Büro eher dem Naturell seiner Benutzerin entsprach. Fröhliche Grün- und Aquatöne ließen die Aussicht auf das offene Meer, welche die Panoramafenster ermöglichten, noch beeindruckender erscheinen. Reiner musste sich zusammenreißen, dass ihm nicht vor Staunen der Mund offen stand.

„Wie ich sehe, beeindruckt Sie die Aussicht!", stellte Stefanie freundlich fest.

„Ja, ohne Frage. Das ist die pure Natur dort unten. Bei allen Versuchen ist es immerhin noch niemandem gelungen, das Meer zu zähmen!"

Stefanies Augenbrauen zuckten fast unmerklich. „Ja, das ist etwas, was keine Kunstlandschaft mit Artificial-Suns je hervorbringen könnte!"

„Nein. Es ist wirklich eine Schande, dass man kaum noch irgendwo baden kann, seit überall Gezeitenkraftwerke die Strömungen zu gefährlich machen."

Nun lachte Stefanie ganz offen. „Ich sehe schon, Tanja hat nicht übertrieben, als sie Sie als passend einordnete!"

Reiner verstand nicht und das konnte man seiner Mimik auch leicht entnehmen. „Zu viel möchte ich ihnen noch nicht erklären. Nur so viel. Es geht uns vor allem um die richtige Einstellung und die scheinen sie zu haben. Wollen wir uns kurz setzen? Ich muss Ihnen trotz allem noch ein paar Fragen stellen."

Die beiden ließen sich an dem Konferenztisch nieder und die nächste halbe Stunde beantwortete Reiner zahlreiche Fragen zu aktueller Politik, Umweltangelegenheiten und der Geschichte der Erde. Immer wieder musste er dabei feststellen, dass es nicht so sehr um sein Wissen als seine Meinung zu den einzelnen Themenbereichen zu gehen schien. Was nur, überlegte Reiner, hat das alles wohl mit einem Job als Maschinenbauingenieur zu tun? Noch bevor sich dies jedoch klären konnte, überlief es Reiner kalt den Rücken. „Und nun zur letzten Frage: Was für ein Gendefekt hat Ihre Einstellung bis jetzt immer wieder verhindert?“ Die Frage hallte in seinem Kopf wie ein Echo.

Das musste ja so kommen! Gleichgültig, was in der Anzeige stand, natürlich war am Ende doch sein Genpool das Entscheidende. Zwar hatte ihn noch niemand nach seinem offiziellen Test gefragt, insofern hätte er auch die Möglichkeit zur Beschönigung, Reiner entschloss sich jedoch für die Wahrheit. Lieber kurz und schmerzlos den Traumjob wieder verloren, als hinterher noch ein Verfahren wegen Betrugs!

„Ich trage das Gen, das Depressionen hervorrufen kann“, sagte er schlicht.

„Hervorrufen kann? Sie sind also nicht depressiv?“

„Noch nicht, aber nach zehn Jahren Arbeitslosigkeit wegen einer nicht vorhandenen Krankheit bin ich auf dem besten Wege dorthin!“

Stefanie lachte erneut. „Wie schön, dass Sie ehrlich zu mir waren! Ich muss Ihnen nämlich gestehen, dass ich über Ihre persönlichen Daten bereits informiert bin. Am Eingang wurde Ihre Netzhaut gescannt und Tanja – die Nirvana verehrende Rezeptionistin – ist in Wahrheit keine Sekretärin, sondern die beste Hackerin, die dieses Jahrzehnt hervorgebracht hat.“

Reiner spürte, wie er zornig wurde.

„Ich kann verstehen, dass Sie wütend sind.“ Stefanie erkannte die Anzeichen sofort. „Und ich möchte Ihnen versichern, dass dies die einzige und gleichzeitig letzte uneingewilligte Überprüfung war.“

Stefanie machte eine kurze Pause, in der Reiner sich ein wenig sammeln konnte.

„Sie müssen jedoch verstehen“, fuhr sie schließlich fort, „dass wir für das, was wir tun, ein gehobenes Maß an Sicherheitsüberprüfung benötigen.“ Sie stand auf.

„Ich möchte Sie nun jemandem vorstellen.“

Stefanie verließ den Raum durch eine kleine Tür, die Reiner vorher gar nicht aufgefallen war. Dahinter erstreckte sich ein weiterer Flur, von dem im Gegensatz zu demjenigen, auf dem er hergekommen war, zahlreiche Türen abgingen. Stefanie ging zielsicher auf eine besonders dick gepolsterte zu. Auch diese Tür öffnete sich im passenden Moment. Stefanie trat einen Schritt zur Seite, sodass Reiner einen unverstellten Blick in das Innere des Büros hatte. Er hatte einen mächtigen Schreibtisch und einen streng dreinblickenden Boss erwartet, was er jedoch fand, war ein luftiger Wintergarten, in dessen äußerste Ecke sich eine kleine, bescheidene Arbeitsecke duckte. Auch der Mann, der lächelnd auf Reiner zukam, war auf den ersten Blick nicht so beeindruckend wie erwartet. Er war mittelgroß, in Retro-Jeans und ein ebensolches T-Shirt gekleidet und mindestens achtzig Jahre alt. Bereits auf den zweiten Blick sah Reiner jedoch, dass in seinen Augen eine Weisheit blitzte, wie er sie schon lange nicht mehr erlebt hatte.

„Junger Freund“, er reichte Reiner zur Begrüßung beide Hände, „ich freue mich, Sie in unserem Team begrüßen zu dürfen!“

Reiner wollte gerade protestieren. Er hatte schließlich noch nichts zugesagt oder gar unterschrieben. Das Blitzen in den Augen des Alten hielt ihn jedoch davon ab. Vielleicht war er ja doch am richtigen Platz im Leben angekommen?

„Setzen wir uns doch hier rüber, ich denke, ich muss Ihnen einiges erklären. Stefanie wird sie nachher wieder abholen.“

Die beiden Männer folgten dem verwinkelten Zimmer zu einer überdachten Terrasse. Reiner kam sich vor wie in einem Märchen, als er zusätzlich zu dem bombastischen Ausblick auch noch einen bunten Cocktail gereicht bekam.

„Ich nehme an“, begann der Ältere erneut zu sprechen, „Sie sind ein wenig verwirrt, was das alles hier soll. Angefangen mit der Anzeige bis zu meiner Erscheinung hier.“

Reiner nickte nur. „Bevor ich Ihnen gerne alle Fragen beantworte, möchte ich Ihnen jedoch eine stellen. Warum haben Sie auf die Anzeige überhaupt reagiert?“

Obwohl Reiner mit dieser Frage nicht unbedingt gerechnet hatte, fiel ihm die Antwort leicht. „Der Zusatz *kein Gentest* war das Ausschlaggebende.“

„Das hatte ich mir bereits gedacht! Warum schließlich sollte ein Maschinenbauingenieur, für den es eigentlich überall Arbeit geben müsste, sonst seit so langer Zeit arbeitslos sein. Auch wenn sie das bereits einmal beantworten mussten, dürfte ich trotzdem fragen, an was Sie laut Gentest leiden?“

„An Depressionen.“

„Aber Sie haben gar keine, stimmt's?“, unterbrach der Alte ihn lebhaft und seine Augen funkelten besonders stark.

„Ja, genau!“

„Wir haben hier Krebskranke, die noch nicht einmal erahnen können, welche Art von Tumor sie denn ereilen soll, Herzkranke, die exzessiv Sport betreiben, Schizophrene, die noch nie in ihrem Leben auch nur die winzigste Halluzination hatten, da passt ein nicht depressiver Depressiver gut hinein!“

Reiner konnte seinem Gegenüber nur bedingt folgen.

„Was ich sagen will, ist, dass diese Gentests kein Segen der Arbeitswelt sind, sondern ihr größter Fluch. Wir verschenken eine enorme Arbeitskraft in diesem Land, weil wir sklavisch an die Ergebnisse der Tests glauben. Menschen bauen ihren Lebensweg auf einer Lüge auf. Denn warum sollte jemand mit der Neigung zu, sagen wir mal Rheuma nicht ein Leben lang effektiv arbeiten, schließlich kann man Rheuma mittlerweile ohne Probleme behandeln!“

Reiner nickte beifällig. Natürlich, so hatte er auch immer über das System gedacht.

„Und hier kommt meine Organisation ins Spiel! Sehen Sie, ich hatte Glück, erstens bin ich mit dem sprichwörtlichen goldenen Löffel im Mund geboren, zweitens bin ich alt. Ich konnte noch selbstständig wählen, wie ich mein

Leben verbringe. Heute kann das niemand mehr und das Schlimmste ist – die Menschheit akzeptiert diese Kontrolle!"

Reiner dachte kurz an seine frühere Freundin Linda.

„Ich sehe, Sie verstehen, was ich meine!" Der Alte hatte den Gesichtsausdruck richtig gedeutet. „Haben Sie eigentlich eine Idee davon, wie akribisch wir überwacht werden?"

„Wenn ich an Ihren heimlichen Netzhautscan denke, befürchte ich, mir ist nicht alles bekannt!" Reiner nahm mit einem spitzbübischen Lächeln seinen Worten die Schärfe.

„Nehmen Sie zum Beispiel die E-Books und E-Papers. Glauben Sie, die Bücher wurden abgeschafft, weil es den Wäldern so schlecht ging? Das war ein guter Slogan, um die Abschaffung durchzusetzen, der wahre Hintergrund war die absolute Kontrolle der Leser. Sobald jemand ein nicht registriertes E-Document hochlädt, schickt der Portable eine Nachricht an das Ministerium Für Innere Sicherheit!"

Reiner dachte an den Jungen im Entertainment-Center.

„Betreibt Ihre Organisation zufällig auch Flying-Kiosks?"

Der Alte klatschte begeistert in die Hände. „Haben Sie eines unserer Bücher gesehen? Ein Meisterwerk, nicht wahr? Allerdings gehört die Wiedereinführung von Büchern nur zu einer Abteilung unserer Organisation. Eine andere arbeitet an der statistischen Erhebung vom Wahrheitsgehalt der Gentests, wiederum eine andere an der Renaturisierung der Alltagswelt. Eines aber haben alle gemeinsam. Sie benötigen Maschinen. Neue müssen konstruiert werden, alte gewartet … Ich könnte Sie mir wunderbar als Verstärkung für unser Technik-Team vorstellen!", schloss der Alte seinen Vortrag.

Reiner war begeistert. All dies entsprach dem, was er zum Teil schon immer gewusst oder zumindest geahnt hatte.

„Wo ist der Haken?", dachte er und stellte erst fest, dass er laut gesprochen hatte, als sein potentieller Arbeitgeber antwortete.

„Sie müssten hier oder in einem anderen Gebäude der Organisation wohnen. Wir möchten nicht riskieren, dass wir oder unser Ziel gefährdet würden, weil sie in einem unbedarften Moment die falsche Bemerkung machen. In der Wohnung, die wir Ihnen zuweisen würden, hätten Sie wirkliche Privatsphäre, keine Kameras, keine Mikrofone, nur Sie."

Reiner zögerte. Das war durchaus eine Einschränkung. Der aufmerksame Alte bemerkte sein Zögern. „Wir haben eine schöne Fünf-Zimmer-Wohnung frei. Mit Dachterrasse!"

Reiner grinste. „Sie wollen mich ködern!" Er dachte an sein winziges Sozial-Appartement, das der Staat ihm bot. „Und es gelingt Ihnen!"

„Das freut mich! Stefanie wird Ihnen gleich Ihr neues Zuhause zeigen. Außerdem können Sie sich neu einkleiden. Lernen Sie die Bequemlichkeit von Naturfasern kennen!" Der Alte zupfte an seiner Jeans. „Wir sehen uns in den nächsten Tagen, wenn Sie sich eingelebt haben und besprechen Ihre Position und ihren Arbeitsbereich."

Ein wenig überrumpelt, aber zufrieden folgte Reiner wenig später Stefanie Rousseau durch die Gänge des riesigen Komplexes. Tausend Fragen schossen ihm noch immer durch den Kopf, doch er war sicher, dass sich viele in den nächsten Tagen klären würden. Eine brach sich jedoch spontan Bahn: „Warum öffnen sich die Türen selbsttätig, wenn es doch angeblich keine Überwachung gibt?"

Stefanie lachte herzhaft. „Bleiben Sie mal ein wenig zurück!" Sie trat an eine Tür heran und sie öffnete sich. Sie ging einen Schritt zurück, die Tür schloss sich wieder. Stefanie drehte sich grinsend zu Reiner um. „Keine Überwachung, keine Zauberei, sondern schlichte Bewegungsmelder. Eine Erfindung aus dem Ölzeitalter!"

Reiner lachte nun ebenfalls. „Faszinierend!" Dann stutzte er. „Aber dann kann ja jeder meine Wohnung betreten!“

„Nein!“ Stefanie zog ein Stück Metall aus der Hosentasche. „Dafür benutzen wir diese. Schlüssel sind wirklich sehr praktisch!“ Reiner fühlte sich in eine andere Zeit versetzt. Nicht alles aus der Vergangenheit war so schlecht, wie man es ihm immer wieder hatte klarmachen wollen, dachte er. Und es überkam ihn ein Anflug von Stolz, dass er von nun an mit daran arbeiten würde, dass diese Erkenntnis die Menschen erreichte.

Jürgen Hutschalik

Fünf

Mein Zweitanschluss klingelte. Mit langen Fingern hangelte ich nach dem schwarzen Knochen auf meinem Schreibtisch, drückte die Taste mit dem freischwebenden Hörer.

„Ja?"

Durch eine Menge Hintergrundlärm aus Quietschen, Schreien, Rufen, Stampfen hörte ich die vertraute Stimme einer jungen Frau.

„Bist du`s, Paps?"

„Lara?"

„Ja, ich bin`s. Ich muss mich kurz fassen, der Akku von meinem Handy ist gleich leer. Bevor du weiter fragst: Ich bin gerade auf der Polizeiwache Stemwerder Dreieck. Sie haben Till festgenommen. Du kennst Till, er war letztes Mal auf meiner Geburtstagsfeier."

„Ja, aber ... warum hat die Polizei ihn festgenommen und was hast du damit zu tun?"

„Na ja, er war auf der Demo gegen den Einmarsch, völlig gewaltfrei natürlich, Till würde keiner Fliege etwas zuleide tun, und da standen ein paar Idioten um ihn herum, die haben faschistische Lieder gesungen ..."

„Auf dieser Demo gegen den Truppeneinmarsch in ..."

„ ... sag ich doch, und da soll Till angeblich mitgesungen haben, sie hätten Videoaufzeichnungen von einer Autokamera ..."

„ ...und- warst du auch ...?"

„Ob ich auch auf der Demo war? Nein, natürlich nicht, ich hab`s euch doch versprochen. Es geht nur darum, dass sie ihn ebenfalls verdächtigen, bei der letzten Maikundgebung einer der radikalen Aktivisten gewesen zu sein. Auch da haben sie angeblich Videoaufzeichnungen von zwei fest installierten Kameras, die den Freiheitsplatz überwachen und auf denen sein Gesicht zweifelsfrei zu erkennen sei."

„Und?“

„... und? Du weißt doch, dass wir am 1.Mai an der Ostsee waren, die ganze Truppe – mit Till. Na ja, und das sag ich denen natürlich auch.“

„Du sollst also Zeuge spielen?“

„Klar, aber das dauert, bis die hier in Fahrt kommen. Deshalb wollte ich nur kurz Bescheid sagen, dass ich nicht pünktlich zum Essen zu Hause sein werde.“

Ich hörte einen dumpfen Ton.

„Du, Paps, mein Akku ist gleich leer, ich wollte nur durchrufen, damit Ihr euch keine Sorgen macht ...“

„Ist gut, ich weiß Bescheid, Lara.“

„... aber sag` Mama nichts davon, die regt sich gleich immer so auf.“

„Okay!“

„Danke, Paps, bis nachher ...“

„Tschüss, meine Kleine.“

Ich legte auf und wandte mich wieder der Korrespondenz auf meinem Schreibtisch zu. Widerwillig zog ich einen Brief aus einem grauen Umschlag aus wiederverwertetem Altpapier.

Mit Skepsis betrachtete ich das Schreiben vom Finanzamt. „ ... im Rahmen der üblichen Erhebungen weisen wir Sie darauf hin, dass ...“ Was da stand, konnte ich einfach nicht ganz nachvollziehen. Das hiesige Finanzamt warf mir vor, Zinseinkünfte in Höhe von 25,80 Euro nicht ordnungsgemäß versteuert zu haben! Mir war nicht bewusst, dass ich überhaupt über Zinseinkünfte verfügte, alldieweil Einnahmen über mein Gehalt in der Regel mehr als vollständig für Nahrungsmittel, Kleidungsstücke, Miete, Strom, Auto und vieles andere mehr verbraucht wurden. Ein Vier-Personen-Haushalt ist nun mal kostenintensiver als zum Beispiel ein Singlehaushalt. Woher also kamen um Gottes Willen diese 25,80 Euro Zinseinkünfte? Seufzend durchwühlte ich die Ordner mit den Einkommensteuererklärungen vergangener und laufender Jahre in dem kleinen grauen Bürocontainer neben meinem Schreibtisch.

Die Eingangstür schlug.

„Hallo", hörte ich Berni rufen.

„Hallo, mein Schatz", antwortete meine Frau aus der Küche. Der Ranzen plumpste in der Diele unter die Garderobe, die Küchentür quietschte, gleich darauf knarrte die Kühlschranktür. Das war Bernis üblicher Weg nach der Schule. Die Kühlschranktür klappte wieder zu.

2002, 2003, 2004, 2005 ... Ich ergriff einen grau bedeckelten Ordner und knallte ihn auf die hellbraune Buchenplatte vor mir. Zwei Bleistifte störten den Aufprall und rollten eilends über die Tischkante hinunter auf den beigen Fransenteppich.

Laute Stimmen aus der Küche.

„... ich kann nichts dafür, Mama, der Herr Hollermann hat Dinge abgefragt, die wir gar nicht besprochen haben ..."

„... aber das gibt es doch gar nicht, du hast bestimmt irgendwo einen deiner Übungszettel verlegt ..."

„... hab` ich nicht, die anderen haben auch keinen über die Nordpol-Region bekommen, nur die in der Parallelklasse ..."

„... was haben die anderen denn für Noten geschrieben ..."

„... weiß ich nicht ..."

„... wieso weißt du das nicht ..."

Ich überschlug die ersten Seiten des Ordners, Quittungen, Fahrtkostenabrechnung, aha, da hatte ich die Abteilung Bankverbindungen und Wertanlagen. Ich stockte kurz. Es war einfach idiotisch, in dieser Rubrik nachzusehen. Ich wusste aus dem Kopf, dass ich über keinerlei geheime Sparbücher oder Aktiendepots verfügte. Trotzdem - ich wendete Blatt für Blatt, drehte den Ordner nach rechts, nach links, um ja keine Eintragung zu übersehen - natürlich nichts. Das hieß, es gab nur zwei Möglichkeiten:

„Ja, habt ihr denn keinen Klassenspiegel?"

„Nein, das geht nicht, Mama, wegen des Datenschutzes ..."

„Liest Herr Hollermann denn nicht die Noten vor,

dann könntest du dir doch selbst einen Klassenspiegel machen ... ?"

„... geht auch nicht, fällt auch unter Datenschutz ..."

„... aber du weißt doch wenigstens die Noten von deinen Freunden oder deinem Nachbarn ..."

„Keine Chance, Mama, Herr Hollermann hat gesagt, dass wir den Datenschutz sehr ernst nehmen sollen, weil das in einem Gesetz drinnen steht, und jetzt traut sich niemand mehr, öffentlich seine Zensur zu sagen ..."

„... hat er euch denn auch gesagt, warum der Datenschutz für eure Noten so wichtig sein soll?"

„... äh, nein, glaube nicht ..."

Ich entschied mich für Möglichkeit eins: Ein Irrtum beim Finanzamt. Ich wühlte die Durchwahl-Nummer von dem für die Buchstaben H-K zuständigen Sachbearbeiter beim Finanzamt heraus und tippte mit spitzen Fingern die kleinen Ziffern auf dem tragbaren Telefon.

„Nein, telefonisch dürfen wir keine Auskünfte geben ...", hörte ich aus der schwarzen Hörmuschel.

„Aber Sie kennen mich doch, Herr Fadenbrink, ich gebe schon seit fünfzehn Jahren meine Einkommenssteuererklärung immer persönlich bei Ihnen ab ..."

„Tut mir leid, aber rechtsverbindliche Auskünfte zu Sachfragen dürfen wir prinzipiell nicht geben, und telefonisch sowieso nicht, Datenschutz, Sie verstehen! Aber wenn ich Sie richtig verstanden habe, bezweifeln Sie die Richtigkeit einer Zinsversteuerung, da kann ich nur allgemein sagen: Wir bekommen unsere Daten direkt von den Banken. Da steht mehr über Sie, als Sie wahrscheinlich selbst von ihren Finanzen wissen. Seien Sie lieber froh, dass Sie kein Bußgeld wegen Steuerhinterziehung bekommen haben!"

Bußgeld wegen Steuerhinterziehung von 25,80 Euro? Der Mann hatte Recht. Die einfache Nachzahlung war angenehmer als ein zusätzliches Bußgeld. Ich bedankte mich freundlich für das Gespräch und legte auf. Rechtsverbindliche Sachauskunft – ich wollte doch nur etwas über meine Einkünfte wissen, die anscheinend höher waren, als ich vermutet hatte!

„Gib` mir `mal die Nummer von deinem Lehrer, Berni, es muss doch wohl möglich sein, zu erfahren, wie du notenmäßig in der Klasse stehst!"

„Die hab ich nicht, Mama!"

„Wie, du hast sie nicht, ja, wer hat sie denn dann?"

„Frau Monkowiak vom Sekretariat ..."

„Hast du denn die Nummer vom Sekretariat?"

„Ja, 04325437..."

Trotzdem – es ließ mir keine Ruhe, von irgendwoher Zinseinkünfte bezogen zu haben und nicht zu wissen aus welcher Quelle. Nach Höhe der Zinsen zu beurteilen, müsste die Geldanlage zwischen fünfhundert und eintausend Euro liegen. Vielleicht war da ja noch mehr ...?

Ob Margrit vielleicht wusste ...?

„Frau Monkowiak? Ich hätte gern die Telefonnummer von Herrn Hollermann. Mein Sohn hat nämlich einen Test mit nach Hause gebracht, der ein paar Fragen aufwirft ... wie, die können Sie mir nicht sagen, aber ich muss ihn doch fragen können ! Datenschutz? Ja, aber ... vielleicht können Sie mir dann sagen, in welchem Ort er wohnt, dann könnte ich im Telefonbuch ... was, das geht auch nicht, ebenfalls Datenschutz? Ja, aber man muss doch irgendwie in Kontakt mit ihm treten können! Ich soll meinem Sohn eine schriftliche Nachricht in die Schule mitgeben und dann würde sich Herr Hollermann schon melden? Frau Monkowiak, ich möchte ihn aber jetzt sprechen und nicht erst in zwei Wochen .... wie, das tut Ihnen leid? Ja mir tut es auch leid und wie ..."

Schweigen. Das Gespräch schien beendet zu sein. Vielleicht war jetzt der richtige Augenblick..

„Du, Margrit ..."

„Ja, Peter?"

Die Tür schwang auf. Margrit stand mit vor Aufregung gerötetem Gesicht im Raum. Sie hatte fast violette Flecken auf den Wangen und ihre grüne Augen blitzten ärgerlich.

Das Telefonat mit dem Schulsekretariat war anscheinend nicht ohne Spuren geblieben.

„Margrit, Schatz, sag` einmal, hast du ein Sparbuch mit ungefähr tausend Euro?“

Die Farbe wich aus Margrits Gesicht. Selbst die fast violetten Punkte auf den Wangen verblassten. Nur das zornige Funkeln ihrer Augen hatte an Intensität zugenommen. Ich war mir sicher, dass sie mir vorher besser gefallen hatte.

„Du hast mir hinterherspioniert. Du hast in meinen Sachen gewühlt!“

„Nein, Margrit, Du verstehst das völlig falsch, das Finanzamt verlangt ...“

„Nein, mein Lieber“, unterbrach sie mich, „ich verstehe das schon richtig.“ Tränen schossen ihr in die Augen. Fast überschlug sich ihre Stimme, als sie fortfuhr.

„Dabei sollte es eine so schöne Überraschung für deinen Geburtstag werden. Seit Monaten habe ich für die Reise gespart. Und jetzt hast du alles verdorben!“, rief sie mit tränenerstickter Stimme und rannte schluchzend aus dem Zimmer. Ich hörte sie die Treppe hinaufeilen. Kurz darauf fiel die Tür zum Schlafzimmer vehement ins Schloss. Es war wohl doch nicht der richtige Augenblick gewesen. Vielleicht war es aber auch die falsche Frage ...? Dabei wollte ich lediglich etwas über unsere Finanzen erfahren, was ohnehin schon jede Institution in diesem Land, ob Bank oder Finanzamt, längst zu wissen schien!

Langsam, fast ängstlich schwang die Verbindungstür zur Diele erneut auf.

„Du, Paps, was hat Mama?“, fragte Berni leise, als er mein Büro betrat.

„Nichts, nichts, eigentlich nichts, Mama und ich, wir haben nur minimale Probleme mit dem Datenschutz“, antwortete ich, klappte den Ordner mit den Steuerunterlagen zu und erwartete ein geruhsames Wochenende ohne weitere Datenübermittlung zwischen meiner Frau und mir.

Reinhard Griebner

Dunkelmänner

(Textvorlage für einen Rock 'n' Roll-Song)

Die Dunkelmänner werfen lange Schatten.
Die Dunkelmänner steh'n nicht gern im Licht.
Man kennt sie größtenteils vom Hörensagen,
Doch blicken lassen sie sich lieber nicht.
Die Dunkelmänner ziehen an den Strippen.
Die Dunkelmänner mögen 's gern diskret.
Sie legen größten Wert auf Recht und Ordnung,
Sofern man ihren Handschlag übersteht.

Die Dunkelmänner haben niemals dienstfrei.
Die Dunkelmänner halten sich bedeckt.
Sie haben hundert Punkte auf dem Konto,
Wenn keiner weiß, wer wo dahinter steckt.
Die Dunkelmänner sind die hellsten Köpfe.
Die Dunkelmänner teilen sich die Welt.
Fast immer zahlst am Ende du die Zeche,
Und hast nicht mal ein Hasenbrot bestellt.

Der Erste beschattet den Zweiten,
Der Dritte wird vom Vierten bewacht,
Der Fünfte bespitzelt den Sechsten,
Der Siebte gibt auf den Achten acht.
Die knallharten Knaben im Trenchcoat,
Sie beherrschen die Szene perfekt.
Die Schlapphüte geben den Ton an,
Und einer wird vom andern gecheckt.

Die Dunkelmänner tragen weiße Westen.
Die Dunkelmänner tauchen auf und ab.
Sie ziehen gern das Trumpf-As aus dem Ärmel,
Und keiner macht beim Kreidefressen schlapp.

Die Dunkelmänner wissen, wo es langgeht.
Die Dunkelmänner reizen auf den Skat.
Und wer sich nicht nach ihren Regeln richtet,
Ist Kandidat fürs nächste Attentat.

Der Achte beschattet den Siebten,
Der Sechste wird vom Fünften bewacht,
Der Vierte bespitzelt den Dritten,
Der Zweite gibt auf den Ersten acht.
Die knallharten Knaben im Trenchcoat,
Sie beherrschen die Szene perfekt.
Die Schlapphüte geben den Ton an,
Und einer wird vom andern gecheckt.

Sascha Dickel

Panoptikum

Live Bed Show (13.03.2028.22:37)

Zuerst zieht sie die Vorgänge zu. Danach setzt sie dem Mann auf dem Bett und sich selbst eine Sonnenbrille auf und löscht das Licht. Es dauert eine Weile, bis sich ihre Augen an die Restlichtverstärker gewöhnen. Die Farben ihres Zimmers werden nun für beide zu einem konturlosen Grün und Grau. Er will schon anfangen, sich auszuziehen, aber sie hält ihn zurück. Sie legen sich Atemschutzmasken an, die fast den gesamten Kopf umschließen, und sie greift wortlos zu einer Spraydose, auf der in schwarzer Schrift *Visual Security* steht. Sie versprüht einen feinen roten Nebel im ganzen Raum – auch in die Ecken und unter die Kommode. Sie rückt sogar die Nachtschränke ab und kriecht unter das Bett. Danach betätigt sie mehrere Schalter an den Zimmerwänden. An allen Stellen des kleinen, aber luxuriösen Schlafzimmers, wo noch nicht genug von dem Aerosol verteilt worden ist, leuchtet es nun in einem matten Rot. Dort muss noch einmal nachgelegt werden. Also wieder dasselbe Spiel.

Nun kommen die beiden richtig zur Sache. Ihre langen roten Haare fallen auf sein Gesicht und seine Brust. Immer wieder reckt er sich hoch, um ihre Brüste zu lecken. Ich weiß nicht, ob sie gekommen ist, aber er ist es auf alle Fälle. Und ich habe alles von Anfang bis Ende aufgezeichnet.

Simulacra-Spam (14.03.2028.09.14)

Der Shuttle-Bus, der Luisa am nächsten Morgen zur Arbeit bringt, hat ein Sicherheitssiegel der Stufe vier. Damit ist man vor Panoptikum relativ gut geschützt. Aber zugleich bedeutet es, dass die viertelstündige Fahrt unglaublich dröge verläuft. Der Bus hat keine Fenster und die Passagiere sitzen in hermetisch abgeschirmten, stockfinsteren Einzelkabinen. Es gibt aber zumindest einen Panoptikum-Monitor. Luisa schaut sich nacheinander ein paar Videos aus ihrer Favoritensammlung an: Ein Konzertbesuch, ein Alpenpanorama, das Tagebuch ihrer Nachbarin und eine Mitarbeiterschulung. Dann verfolgt sie den Weg ihres Mannes Michael zur Arbeit. Er geht immer zu Fuß durch die Innenstadt, was bedeutet, dass er an einer Unzahl von Kameras vorbeiläuft, welche die Daten natürlich gleich zur Panoptikum-Plattform schicken. Daher kann sie seinen Weg gut nachvollziehen. Aber das selbst gewählte Programm von Luisa wird plötzlich überlagert von einem Werbespot. Ein blonder Mann im senfgelben Anzug erscheint und legt sofort los.

„Mit einem Click zum Eigenheim im Netz! Panoptikum-Simulacra machen es möglich! Mit ihrem Simulacrum können Sie Ihre Persönlichkeit optimal zum Ausdruck bringen! Erstellen Sie sich ein unverwechselbares Profil. Name, Beruf, Sternzeichen und Wohnort vermitteln Besuchern den ersten Eindruck. Aber vergessen Sie auch nicht Ihre Lieblingsfilme, Lieblingsbücher, Lieblingsrezepte, Lieblingssongs, Lieblingstiere, Lieblingsclubs, Lieblingsstädte, Lieblingspolitiker und Lieblingsfarben und was Sie sonst noch lieben. Definieren Sie Ihre Beziehungen und schaffen Sie sich ein persönliches Netzwerk. Ob Lebenspartner, Liebhaber, Freunde, Kollegen, Bekannte, Lehrer, Vorbilder, Hassobjekte, Verflossene oder politische Gegner, visualisieren Sie Ihre Kontakte! Außerdem können Sie auf Ihrem Simulacrum natürlich Tausende von Fotos und Videos ablegen, die Sie in allen nur erdenklichen Situationen präsentieren. Sie können mit Panoptikum sogar Geld verdienen und jede Menge Weblinks und Werbung auf Ihrem virtuellen Zuhause platzieren. Das Simulacrum jedes Besuchers wird automatisch gescannt, so dass Ihre Werbung optimal auf ihn zugeschnitten werden kann.

Aber halt! Sie könnten nun ja denken, dass ein Simulacrum nichts anderes bietet, als eine x-beliebige

Profilseite auf einem der virtuellen sozialen Netzwerke, welche im ersten Jahrzehnt des neuen Jahrtausends wie Pilze aus dem Boden geschossen sind. Aber ein Simulacrum geht weit darüber hinaus! Die meisten unserer User haben einen Live-Stream installiert, der einen großen Teil ihres Alltags dokumentiert. So können ihre Freunde immer sehen, was sie gerade so treiben. So sind sie nie allein! Wie das funktioniert? Ganz einfach! Sie können sich ja meistens darauf verlassen, dass irgendwer an dem Ort, an dem Sie sich gerade aufhalten, eine SpyCam platziert hat. Dass bedeutet, dass viele Ihrer Schritte ohnehin auf der Panoptikum-Plattform zu finden sind. Aber früher musste man sich seine Fotos und Videos mühsam zusammensuchen. Unsere neue Gesichtserkennungssoftware macht dieser Mühsal ein Ende. Jedes Bild oder Video von Ihnen wird damit von Ihren Agenten aufgespürt, gespeichert und zusammengefügt. Wenn Ihnen das noch nicht genügt, gibt es natürlich auch die Möglichkeit, sich mit unseren Partnerunternehmen für Spyware in Verbindung zu setzen! Umgeben Sie sich mit einer ganzen Wolke von Spionen, die ihren Körper aus den unterschiedlichsten Perspektiven aufzeichnen!

Sie wollen immer noch mehr Möglichkeiten? Dann statten Sie Ihre Haut mit Sensoren aus, die Ihre Gesundheitsdaten registrieren, dokumentieren und veröffentlichen. Implantieren Sie Kameras in Ihrem Körperinneren und zeigen Sie Besuchern Ihres Simulacrums die atemberaubende Welt Ihrer Blutbahn oder Ihrer Bauchspeicheldrüse. Vor einer Woche erst hat ein Krebspatient das Wachstum seiner Tumore in den verschiedensten Körperregionen dokumentiert. Die medizinische Fachwelt war begeistert und hat nach Freiwilligen verlangt, die es dem Mann gleich tun sollen. Haben Sie eine Krankheit? Dann nutzen Sie Panoptikum, damit die automatisierten Diagnoseagenten, die Ihr Simulacrum sicher massenhaft besuchen werden, alle eventuellen Probleme erkennen können. Länger leben mit Panoptikum!

Oder machen Sie aus Ihrem Körper ein Kunstwerk. Erst letzten Monat hat ein Künstler seine organischen Aktivitäten auf seinem Simulacrum ausgestellt und verdient nun Millionen! Eine junge Studentin mit einer Neuroprothese hat sogar neulich dafür gesorgt, dass ihr Gedankenstrom in Echtzeit zu ihrem Simulacrum übertragen und dort vertextet wird. Freunde postmoderner Literatur sind begeistert!

Aber es gibt noch viel mehr Features! Geben Sie sich nicht mit einer einfachen Website zufrieden. Machen Sie aus Ihrem Simulacrum ein interaktives Erlebnis. Gestalten Sie Ihr virtuelles Zuhause doch als riesigen Garten, Palast oder Unterwasserhaus. Bieten Sie Ihren Besuchern dort reale und virtuelle Objekte zum Verkauf an und erschaffen Sie moderne *Talk-and-play-areas.* Sie müssen noch nicht einmal selbst anwesend sein, um Ihre Besucher kennen zu lernen. Lassen Sie doch einfach eine virtuelle Kopie von sich herumlaufen. Eine künstliche Intelligenz, die monate- oder gar jahrelang Ihr Verhalten beobacht. Sie wird Sie bald perfekt imitieren können! Und Sie wird nur die Besucher zu Ihnen durchstellten, die Ihrem Präferenzprofilen für Interaktion entsprechen.

Gewähren Sie Besuchern auch einen Blick in Ihre Vergangenheit! Schneiden Sie thematisch sortierte Videosequenzen zu verschiedenen Aspekten ihrer Biographie zusammen."

Es erfolgten Einblendungen, die mit: *Meine Hetero-Pase, Curriculum Vitae, Sportsgeist, Unfälle – sortiert nach Schweregrad* betitelt waren.

„Werden Sie zum Star Ihres Lebens und lassen Sie andere daran teilhaben!"

Die letzte Einblendung: Panoptikum – *Share Your Life*!

Die Werbung ist so überflüssig wie ein Kropf. Wer hat heute denn noch kein Simulacrum? Leider hat die Werbefirma irgendwann mal einen Zehnjahresvertrag mit dem Busunternehmen vereinbart. Aber Gott sei Dank ist der Spot nun vorbei – genauso wie die Fahrt. Der Bus fährt nun durch eine Schleuse auf das Firmengelände von APD – *Advanced Pricavy Design*. Die Türen werden geöffnet und ein feiner blauer Nebel wird in das Innere des Fahrzeugs geblasen. In diesem Augenblick versuchen Abertausende von Nanobots jeden Spion, der noch am Körper oder an der Kleidung haftet, zu vertilgen. APDs Firmensicherheitspolitik gegen Industriespionage.

Danach geht Luisa wie alle anderen durch die verspiegelten Korridore und ausladenden Hallen zu ihrem Büro. Sie wirft einen Blick auf die Auftragseingänge, sortiert nach gewünschter Authentizitätsstufe: *Eine Nacht im Limerick's* (Stufe 1), *Weg durch die Oxford Street* (Stufe 2) und *Arztbesuch* (Stufe 4). Sie beginnt wie immer mit dem schwersten Auftrag. Eine Neukundin braucht ihre Hilfe in einer medizinischen Angelegenheit. Also scannt sie zuerst auf der Basis von Fotos und Videos mehrere Versionen des Gesichts der Kundin ein. Dann kommt der Rest des Körpers an die Reihe, bei dem man etwas weniger fein arbeiten muss – da die Kundin keine Nacktszenen wünscht. Dann geht es weiter mit der Bewegungsanalyse. Hier wartet beim „Arztbesuch" kaum Arbeit auf sie. Die Kundin soll einfach im Sprechzimmer auf einem Stuhl zu sehen sein. Normalerweise hätte Luisa nun ein Standardarztzimmer aus ihren Datenbanken hervorgekramt und es mit einem nichts sagenden Onkel Doktor bestückt. Aber in diesem Fall wünscht die Kundin mehr Sorgfalt. Also muss Luisa auf einen ihrer Kooperationspartner in L.A. zurückgreifen und dessen Daten verwenden. Der Arzt wird heute noch 1200 Euro auf seinem Privatkonto vorfinden und bei eventuellen Rückfragen jederzeit bestätigen, dass er die Patientin behandelt hat. Die Kundin wiederum wird ein perfektes Video für ihr Simulacrum erhalten.

Die meisten Menschen haben es längst aufgegeben, ihre Privatsphäre zu schützen und sich von den Abermillionen Spionen zu verbergen, die täglich ihren Weg kreuzen. Das neue panoptische Prekariat umfasst somit etwa 72 Prozent der Landesbevölkerung.

Die Oberschicht der Datenschutzhierarchie bilden diejenigen, die sich Privatisierungstools variabler Qualität leisten können – vom einfachen Panoptikum-Alarm bis zu einer Wolke von Nanobots, die aktiv Spione jagen. Luisa arbeitet für die oberen Zehntausend, denen selbst dieses nicht genügt, und die sich deshalb mit Alibi-Clips eindecken. Gefälschte Panoptikum-Clips, authentischer als die Realität. Der Arztbesuch für den Arbeitgeber. Der hyperrealistische Spaziergang auf der Oxford-Street, der beweist, dass das Sexvideo im Bordell eine Fälschung sein muss. Das ist Luisas nächstes Projekt. Der Job würde unter normalen Umständen kaum eine Stunde dauern. Aber es soll alles anders kommen. Während sie noch über den Bewegungsabläufen ihrer Kundin brütet, wird sie von einer Nachricht ihres Privatisierungssystems unterbrochen.

„Soeben wurde ein Panoptikum-Video der Stufe vier von ihnen veröffentlicht. Möchten sie das Video gleich ansehen, oder soll es ihrem Archiv abgelegt werden“?

Luisa hatte den Filter des Programms so eingestellt, das Panoptikum-Clips der Stufen eins bis drei, also Videos, die sie auf öffentlichen Plätzen, in öffentlichen Gebäuden oder aber in relativ unverfänglichen Orten, wie Einkaufszentren oder Bars zeigen, gar nicht erst gemeldet werden. Diese Mitteilung aber bedeutet, dass ein Video veröffentlicht wurde, dass sie in ihrer eigenen Wohnung zeigt. Sie sagt leise, „Zeig es mir jetzt gleich“. Und dann sieht sie es.

Neuro-Prosa (14.03.2028.10:15)

Schnell hacke ich mich in ihr Neuro-Implantat, dass sie sich (Gott sei’s gedankt) vor zwei Jahren im Rahmen einer Arbeitsleistungsoptimierung implantieren ließ. Ich sehe nicht durch Luisas Augen. Die technischen Mittel dazu sind erst in einem frühen Entwicklungsstadium. Mein Neuro-Interpreter übersetzt stattdessen ihre Gedanken und Gefühle in halbwegs akzeptable Prosa. Für meine Bedürfnisse ist das authentisch genug. Die Alternative wäre ein ungefilterter Bewusstseinsstrom, für dessen Interpretation man irgendeinen Literaturstudenten bezahlen müsste. Das also lese ich:

Das Video beginnt im *Moja-Seven.* Hier werden an jedem Abend Hunderte von Panoptikum-Videos aufgezeichnet. Für viele ist das der einzige Grund, diesen After-Work-Club überhaupt zu besuchen. Die Spion-Kontrollen sind lax und dienen eher dazu, den Behörden zu signalisieren, dass man seinen Pflichten nachkommt. Tatsächlich aber lebt der Club durch die Panoptikum-Kultur und alle wissen das. Der Abend im *Mojo-Seven* ist für jeden eine Frage der sorgfältigen Selbststilisierung. Jeder Tanzschritt, jeder Schluck aus den langstieligen Cocktailgläsern, jeder Flirt, muss wohlüberlegt in Szene gesetzt werden. Das ist aber für einen großen Teil der Gäste nur die eine Hälfte der Abendunterhaltung. Der andere Teil besteht aus der Suche nach der perfekten Aufzeichnung. Es gibt hier viele Möglichkeiten, um Spione zu platzieren: auf oder über der Tanzfläche, auf dem Körper eines anderen Gastes, an der Theke oder vor der Lichtanlage, auf dem Boden eines Glases, am eigenen Auge oder sogar in der Mundhöhle eines Besuchers. Aber nicht nur auf die Bilder, auch auf die akustischen Aufzeichnungen kommt es an. Manche zeichnen Bargespräche auf, andere schneiden die Soundcollagen des DJs mit. Wieder andere konzentrieren sich auf das Stöhnen der erschöpften Tänzer, auf Küsse, Schrittfolgen, das Einschenken der Gläser oder die abweisenden Worte der Türsteher.

Man sieht unsere ersten Blickwechsel und wie er mir den *Vienna Blues* mit Batida und Orangensaft, einem Teelöffel Akazienhonig, einem Spritzer Bananensaft und einem ordentlichen Schuss Absinth, ausgibt. Danach folgt ein wenig Smalltalk („Öfters schon hier gewesen?" „Finden Sie den DJ auch grenzwertig?", „Ich mag ihr Tattoo!"), dann der Wechsel zum Du („Was machst du beruflich?", „Ist dir auch so langweilig?"). Bald sind wir bei mir Zuhause. Man sieht, wie ich ihm und mir die Sonnenbrille aufsetze und das Licht lösche. Es wird dunkel, aber die Kamera des Spions fängt trotzdem alles ein. Die Farben des Videos ändern sich nur unmerklich, während für uns beide die Welt in einem konturlosen Grün und Grau versinkt. Dann kommen die Atemschutzmasken, und meine verzweifelten Versuche jeden Winkel mit dem Sicherheitsspray zu erfassen. Man sieht, dass ich etwas betrunken bin und dass ich die letzten Wochen nicht trainiert habe. Ich hatte gestern Morgen eine Aktualisierung meines Privatisierungssystems vorgenommen. Gerade deswegen habe ich mich vollkommen sicher gefühlt. Ich hätte mich sonst vielleicht nicht so gehen gelassen. Vielleicht wäre es dann für meinen Mann nicht so schwer zu ertragen. Vielleicht würde er mir verzeihen, wenn er nur sehen würde, dass ich steif wie ein Brett war. Aber so war es nicht. Und das sieht man deutlich.

Ich schaue es mir sechsmal hintereinander an. Meine Gedanken drehen sich im Kreis. Ich gehe zur Lounge für die Angestellten, in der zu dieser Zeit natürlich niemand ist und nehme mir eine Flasche Vodka. Dabei wird mein Fingerabdruck gescannt und mein Konto automatisch mit 7.99 Euro belastet. Ich gehe zurück, lege alle Aufträge auf die Warteschleife und trinke drei Gläser. Dann habe ich genug Mut, um Michael anzurufen, der natürlich im Home-Office arbeitet – in unserem eigentlichen Zuhause, wo ich aber nur am Wochenende wohne. Ich lasse es endlos klingeln. Er geht nicht ran. Scheiße. Aber zugleich bin ich wahnsinnig erleichtert. Ich schaue mir noch einmal das Video an. Dabei trinke ich wieder zwei Gläser. Dann muss ich zur Toilette und kotze mir die Seele aus dem Leib. Es ist fast nur Galle und Alkohol. Wahrscheinlich wird das, allen Sicherheitsvorkehrungen zum Trotz, auch irgendwann bei Panoptikum landen (worauf du dich verlassen kannst, Luisa!), aber das ist mir egal. Eigentlich dürfte man mich ja nicht sehen können, da die Toiletten zappenduster sind (meine optischen Verstärker wirken hier aber Wunder). Und hören wird man mich hoffentlich auch nicht, weil dort wahnsinnig laut Bach gespielt wird. Wie gut, dass ich mich für den Audiofilter in Unkosten gestürzt habe!

Ich schwanke aus der Toilette hinaus und mache mich auf dem Weg zum Angestelltenausgang. Unterwegs nehme ich drei Ethanol-Blocker. Das macht mich wieder halbwegs klar. Ich fahre zurück in meine Wohnung und lade mir die neuesten Updates für mein Privatisierungssystem herunter. Ich besprühe jeden Winkel mit Nanobots, die nichts anderes tun, als Spione zu vertilgen. Es hilft alles nichts. Ich kauere auf meinem Fußboden und habe das Gefühl, von tausend Blicken durchbohrt zu werden (zu Recht!). Ich bilde mir ein, dass jede Bewegung meiner Finger, die sich gerade in meinen Handballen bohren, beobachtet wird, wie jedes Schlucken aufgezeichnet wird. Irgendwann beginnt sich alles um mich herum zu drehen und ich merke, wie ich schon eine ganze Weile hyperventiliere. Ich kralle mir einen Müllbeutel, halte ihn mir vors Gesicht und versuche langsam in den Beutel ein- und auszuatmen. Das bringt mich wieder ein wenig runter. Ich begreife jetzt: Ich kann nicht hier bleiben. Nicht in diesem Zimmer und auch nicht in meiner Wohnung.

Ich fahre wieder zur Arbeit. Mein Büro ist der einzige Ort, an dem ich mich unbeobachtet fühle. Wegen meiner Arbeit bei APD musste ich 230 Kilometer entfernt von meinem Mann leben. Dabei hat keiner meiner Freunde mehr ein Büro, niemand fährt mehr zur Arbeit. Die meisten Jobs lassen sich effektiver von Zuhause aus erledigen. Nur nicht meiner. Die Arbeit von RLI erfordert eine Stufe der Diskretion, die Privathaushalte sich nicht leisten können. Aber heute ist die Firma meine letzte Hoffnung um aus der Sache hier halbwegs unbeschadet herauszukommen …

Und natürlich war mir klar, dass Luisa früher oder später auf diese Idee kommen würde. Bevor sie aber ihre Pläne umsetzen kann, muss Luisa sich ein weiters Mal den Simulacra-Werbefilm ansehen. Währenddessen hänge ich meinen eigenen Gedanken nach:

Road-to-Hell (14.03.2028.12:03)

Es ist eine Ironie der Geschichte, dass unsere Feindbilder immer anachronistisch sind. Als die Furcht vor dem Großen Bruder Staat in den Achtzigern ihren Höhepunkt erreichte, begann sich bereits die Macht der Konzerne am Horizont abzuzeichnen, die langsam aber sicher mehr Neugier für den Bürger zeigten als der politische Apparat. Kurz vor der Jahrtausendwende, als die Globalisierung sich immer mehr von einem Mythos in gegenwärtiges Erleben verwandelte, begann man, die Datengier und die Manipulationsstrategien der Konzerne endlich zu erkennen, aber man übersah einen weit mächtigeren Feind. Geblendet von den Freiheitsversprechen der weltweiten Datennetze, verstanden wir nicht, dass wir alle unserer Freiheit bald gemeinsam ein Grab schaufeln würden. Jeder Einzelne trug dazu bei. Ich weiß nicht, ob wir jemals eine Wahl hatten. Erschufen die Möglichkeiten des Netzes erst den unstillbaren Drang zur Selbstdarstellung und die maßlose Neugier, die die Welt der zwanziger Jahre des neuen Jahrhunderts nun prägt? Oder entfesselten die technischen Innovationen des Web 2.0. (und dann 3.0, 4.0, 5.0. …) nur menschliche Triebe, die immer schon ein Teil von uns waren und nun durch keine Macht der Welt mehr eingedämmt werden konnten? Ich weiß es nicht.

Manche sagen, dass Panoptikum mit den virtuellen sozialen Netzwerken wie Facebook und Myspace begann. Andere sagen, dass Videoplattformen wie YouTube (mit seinen missraten Geschwistern – den Pornoplattformen) die Wurzel allen Übels waren. Ich aber glaube, dass Panoptikum schon mit der Entwicklung der datenhungrigen Suchmaschinen seinen Anfang nahm. Sicher ist zumindest, dass die technische Konvergenz der neuen Netzmedien in den späten Zehnerjahren unseres Jahrhunderts zur Erschaffung einer Webanwendung neuen

Typs führte – Panoptikum.

Anfangs war Panoptikum nicht mehr als eine integrierte Weboberfläche für Web 2.0-User – eine Entwicklung, die von den Konzernen, die mit ihren Plattformen Milliarden erwirtschaften, jahrelang blockiert worden war, da sie glaubten, dass dies ihr ihre Kundenbindung untergraben würde. Ihre Bedenken waren berechtigt. Das Ganze wurde letztendlich von einigen cleveren Entwicklern als Open-Source-Lösung realisiert. Diese Kerle wären wohl in den 70ern Hippies gewesen und hätten sich in den 80ern keine Demo unter dem Motto *Big Brother is watching you!* entgehen lassen. So aber wurden sie zu den Totengräbern unserer Freiheit. Das alte Sprichwort, dass die Straße zur Hölle mit guten Absichten gepflastert ist – das traf wohl auch hier zu. Das Ergebnis sah zunächst folgendermaßen aus: Eine schlichte aber elegante und personalisierbare Weboberfläche entstand, die alle sozialen Web 2.0.-Anwendungen, all die virtuellen Netzwerke, Video- und Fotoplattformen, in sich integrierte. Durch einen cleveren Deal mit Google konnten die User von Panoptikum vollständig auf den Besuch ihrer bisherigen Plattformen verzichten. Man konnte jedes Foto und Video, jeden „Freund" oder „Kontakt" in jedem sozialen Netwerk der Welt über das Panoptikum-Interface finden. Die Leute konnten sich also die Mühe sparen, in verschiedenen Netzwerken präsent zu sein. Anwendungen, die das Leben einfacher machen, gewinnen eben am Ende immer. Die ursprünglichen Firmen gab es zwar noch, aber sie verschwanden hinter der Oberfläche von Panoptikum.

Das alles war aber lediglich der stille Auftakt zum großen Fiasko. Denn in den Zwanzigern kam endlich der lang ersehnte Durchbruch in der Nanotechnologie. Der Traum vom direkten Zugriff auf die Welt der Moleküle wurde Wirklichkeit. Eine Welle der Miniaturisierung war die Folge. Kameras und Abhörgeräte wurden unsichtbar und verschmolzen zu „Spionen", die alle möglichen Umweltdaten aufzeichneten. Die besten sind heute kleiner als 0,1

Millimeter, und damit kleiner als eine Hausstaubmilbe. *Sypware* wurde bald massenhaft genutzt.

Es gibt drei grundverschiedene User von *Spyware*. Die harmlosesten Typen sind die „Künstler". Ihnen geht es nur um möglichst elegante, bizarre, verwirrende, amüsante oder kurzweilige Bild- und Tonarrangements. Einige produzieren endlos lange, möglichst authentische Einstellungen. Andere sehen in ihren Aufzeichnungen nur Rohmaterial, dass man in Eigenkreationen immer wieder neu kombinieren und verzerren muss, bis die Originalquellen kaum noch erkennbar sind. Viele sind auch nur Selbstdarsteller, die ihr eigenes Leben in ein Kunstwerk zu verwandeln versuchen. Manche verkaufen die von ihnen erstellten Clips, aber die meisten wollen ein möglichst großes Publikum erreichen und stellen ihre Produkte einfach im titanischen Panoptikum-Universum zur Schau. Aber welche Chance hat man schon, wenn man im globalen Aufmerksamkeitswettbewerb Abermillionen von Konkurrenten hat? Da ist es schon einfacher, unfreiwillig zu Ruhm zu gelangen.

Und das geschieht meistens durch die Arbeit der „Ermittler". Diese versuchen unermüdlich, im Auftrag von eifersüchtigen Eheleuten oder rachsüchtigen Kollegen, meist aber auf der Basis eigener voyeuristischer Triebe, möglichst pikante oder enthüllende Details einzufangen. Sie sind die Erben der Paparazzi, aber sie unterscheiden sich von ihren Vorgängern doch in einer entscheidenden Hinsicht. Im Gegensatz zur ausgestorbenen Art der Paparazzi sucht ein Ermittler nicht nach bestimmten Stars. Seit Panoptikum ins Leben der Menschheit getreten ist, gibt es keine Stars im alten Sinne des Wortes mehr. Böse Zungen sagen zwar, dass Stars schon immer nur als Produkte der Medien gewesen waren, aber im Zeitalter von Panoptikum hat sich dieses alte Vorurteil aufs Radikalste bestätigt und ist nun zur allgemein akzeptierten Gewissheit geworden. Ein Star ist nun jeder und niemand. Berühmt werden die, die von Panoptikum in Szene gesetzt werden. Dann stehen sie für einige Zeit im gleißenden Licht der

Öffentlichkeit. Und viele hassen ihren Ruhm, denn er basiert allzu oft auf Peinlichkeiten wie einen missratenen Witz, einer durchzechten Nacht oder einem spektakulären Sturz. Noch häufiger geht es um die Veröffentlichung pikanter Details auf Toiletten, Umkleidekabinen oder vermeintlich einsamen Stränden. Diejenigen, welche auf diese Art und Weise unfreiwillig berühmt werden, können nur darauf hoffen, dass das neue mediale Gedächtnis des Globus schnell vergisst. Durch die Arbeit der Ermittler kann man sich die immer gleichen Dokumentationen von Untreue, Bordellbesuchen, Steuerhinterziehung, Drogenkonsum, obskurer Hobbys oder einem nur scheinbar gut abgeschirmtem Doppelleben in myriadenfachen Variationen betrachten. Das ist unser kollektiver Verdienst, denn wer ist heute kein Ermittler?

Die dritte und bei weitem kleinste Fraktion ist die der „Archivare". Ihnen geht es um nicht mehr und nicht weniger als um die Erfassung der gesamten Aktivitäten der Menschheit. Jedes auch noch so unbedeutende Ereignis soll visuell, akustisch und möglichst auch olfaktorisch aufgezeichnet werden. (Der Tastsinn lässt sich noch nicht so gut einfangen …) Jede Facette der Wirklichkeit soll Teil der zweiten panoptischen Realität werden. Während man die Künstler belächelt und die Ermittler fürchtet, versucht man, die Archivare zu meiden. Man versteht nicht, wofür sie ihre kostbare Lebenszeit investieren. Sie tragen das Stigma des Freaks.

Alibi-Fabrikation (14.03.2028.16:51)

Ich breche hier erstmal ab, denn gerade wird es bei Luisa wieder interessant. Sie geht in ihr Büro und fängt sofort an, ihr Alibi zu fabrizieren. Sie entscheidet sich für die Produktion eines Clips, der an der Wahrheit schon ziemlich nah dran ist und zum Großteil aus echten Panoptikum-Aufzeichnungen besteht: Der Abend im *Mojo-Seven*. Die Cocktails. Der Smalltalk. Aber danach nimmt

Luisas Clip einen anderen Verlauf, sie erschafft eine andere Realität. Eine zweite Chance für Luisa entsteht. Aus ihrer Perspektive lügt sie ihren Mann nicht an, sie korrigiert nur falsche Entscheidungen. Sie stellt den fertigen Clip nicht auf ihr Simulacrum. Das wäre zu offensichtlich. Sie zerhackt ihn wieder und verteilt ihn auf der Panoptikum-Plattform. Dann telefoniert sie mit ihrem Mann:

„Michael?"

„Ja?"

„Hast du schon …"

„Ja … Ja, natürlich … ich habe es schon gesehen. Verdammt Luisa, wie konntest du unser Leben einfach so ...? "

„Nein! Scheiße, nein, nein! Das ist alles Scheiße! Dieser Typ, o.k., ja, ich habe mit ihm geflirtet, ja, ich habe zu viel getrunken, aber Michael, hörst du, Michael ich habe nicht mit ihm geschlafen, hörst du? Das ist einer dieser verdammten Rache-Clips abgeblitzter Typen, von denen man immer wieder hört. Scheiße, ich hätte nie gedacht, dass mir so was passieren würde!"

Luisa bricht neben dem Hörer zusammen und weint zusammengekauert neben ihrem Aktenregal.

„O.k., Schatz, o.k."

„Michael, du musst mir glauben. Nie, niemals würde ich dir so etwas antun, hörst du!" Ihre Stimme erstickt fast. „Ich liebe dich, Michael …"

„Ist schon gut Schatz, ist schon o.k. Ich glaub' dir ja."

„Wirklich?"

„Ja. Natürlich. Wirklich …"

Und so geht das Mantra der gegenseitigen Beteuerungen noch eine Weile weiter. Natürlich würde Michael bald auf Nummer sicher gehen wollen, auf Luisas Alibi-Clips stoßen und ihre Irreführung für bare Münze nehmen. Normalerweise wäre die Angelegenheit für Luisa damit erledigt.

Intimitäts-Demontage (17.03.2028.18:12)

Am nächsten Tag kann alle Welt bestaunen, wie ein

Fake-Clip fabriziert wird. Der Clip mit dem Titel *Alibi-Fabrikation* ist schon kurz nach der Veröffentlichung in den Top 10 des Tages aufgestiegen. Luisas Täuschungsmanöver wird in allen Details offenbart. Ein paar Stunden später sitzt Luisa auf der Straße. APD hat sich von ihr getrennt. Michael hat die Scheidung eingereicht. Die Mehrzahl ihrer gemeinsamen Freunde steht auf seiner Seite. Aber das ist noch nicht einmal das Schlimmste. Das Schlimmste sind die Blicke, die Luisa nun von allen Seiten kassiert. Die Berühmtheit von *Alibi-Fabrikation* lenkt die Aufmerksamkeit der unbarmherzigen Massen erst so richtig auf *Live Bed Show*. Luisa hat schon bald einen Fan-Club, der sie als *Red-Blow-Job-Queen* feiert. Luisa ist nun ein Star. Ihr Leben wird bestimmt von Nervenzusammenbrüchen, Suizidversuchen und verzweifelten Rechtfertigungen in Form von Geständnis-Clips. Ihre Produkte *Späte Reue* und *Mein Leben mit der Schuld* schaffen es zwar auch in die Top 10, ziehen aber mehr Häme als Verständnis nach sich. Luisas Image-Problem besteht darin, dass sie nun einmal ihren Mann betrogen hat. Das macht sie in den Augen der Weltöffentlichkeit zur Täterin. Die Panoptikum-Gemeinde *Lasst Luisa in Ruhe* hat nur 124.456 Mitglieder. Die Gruppe *Gottes Werkzeug. Wie Panoptikum die Sünder entlarvt* hat es hingegen auf 63.345.466 Mitglieder gebracht.

Es tut mir leid für dich, Luisa. Aber jede Revolution hat ihre Opfer. Und ich brauchte nun mal eine APD-Mitarbeiterin. Vor ein paar Monaten bin ich an eine Software gelangt, die mir Zugang zu deinen Neuro-Implantaten gab. Ich studierte dich und wartete, bis deine Biochemie mir signalisierte, dass du anfällig für ein Abenteuer sein würdest. Mein Interpreter berechnete eine Seitensprungwahrscheinlichkeit von 78 Prozent. Dazu wusste ich natürlich genau, worauf du abfährst. Ich zog also die passenden Klamotten an, bestellte deinen Lieblingsdrink und machte das Richtige, als wir vermeintlich alleine waren.

Wir Archivare versuchen, der Menschheit den einzigen Weg in die Freiheit zu ebnen, der unter den Bedingungen unserer heutigen Panoptikum-Gesellschaft noch gangbar ist. Heute ist Privatsphäre eine Frage des Geldbeutels. Dieses Unrecht muss ein Ende haben. Wir fordern ein Ende der Privatsphäre für alle! Auch die Oberschicht muss einsehen, dass Datenschutz unter den Bedingungen des 21. Jahrhundert ein Anachronismus ist.

Es geht mir nicht um die Enthüllung des Fake-Clips. Darüber weiß ohnehin jeder Bescheid. Ich will euch zeigen, dass es auf Dauer nicht funktioniert. Euer Sicherheitsgefühl ist eine Illusion. Bald wird es für niemanden mehr möglich sein, unbeobachtet zu bleiben. Wir müssen uns klarmachen, dass wir ein paar Schritte zu weit gegangen sind. Niemand kann den Prozess mehr umkehren. Auch ihr nicht.

Es gibt nur eine Lösung. Wir müssen aufhören, uns zu verstecken. Auch unsere Gedanken werden bald im Livestream verfügbar sein – ob wir wollen oder nicht. Wir sind jetzt wirklich eine globales Dorf geworden, in dem jeder jeden kennt. Und bald wird es uns langweilig werden, einander zu beobachten. Unsere Neugier auf intime Details wird verschwinden, weil es keine Intimität mehr geben wird. Die Veröffentlichung dieser Clipsammlung wird mich ins Gefängnis bringen. Aber jede Revolution braucht ihre Opfer. Ein letzter Hinweis für die Bullen, die gleich meine Tür eintreten: Ihr wisst ja: Kein Verbrechen bleibt unentdeckt! Behandelt mich gut. Ihr werdet beobachtet.

Stephan Lack

Frittierte Belugas mit Ohren

Im taufrischen Jahr 2404 – erst kürzlich zum Jahr des biometrischen Blinddarmabdruckes gekürt – saßen zwei beste Freundinnen im Restaurant und erzählten einander den neuesten Tratsch, wie es andere beste Freundinnen bereits Jahrhunderte vor ihnen getan hatten. Augustine Ludmilla Dulcinela die Dritte hatte Claire ins noble *Cosmos Antique* eingeladen, das trendigste Lokal des Viertels. Mehrere Jahre hatten die Freundinnen auf einen Tisch warten müssen, und nun war Augustine schon so ungeduldig, dass es ihr mit dem Bestellen gar nicht schnell genug gehen konnte.

„Claire, bist du so weit?"

„Einen Augenblick. Das Speisedisplay ist so … groß", seufzte die sichtlich überforderte Claire, während sie sich durch das Angebot klickte.

„Komm schon, ich möchte bestellen", drängte Augustine.

„Okay, okay, ich nehme den Beluga." Claire drückte endlich auf Bestätigung. „Siehst du, ich bin eingeloggt. Zufrieden?"

„Und was wollen wir trinken?"

„Weiß nicht. Was trinkt man zu Beluga? Irgendeinen russischen Tropfen?"

Augustine zeigte sich schockiert: „Mein Gott, Claire, lebst du hinterm Mond?"

„Nein, eine Tante von mir hat dort ein Appartement", gab Claire kleinlaut zurück, „aber das Klima dort schlägt ihr aufs Gemüt."

„Ich meine, wo warst du die letzten Jahre? Russische Weine sind nicht mehr angesagt. Wir nehmen einen Tibeter." Augustine tippte sich elegant zur Weinkarte.

„Von mir aus", brummte Claire. „Dir scheint es ziemlich wichtig zu sein, was angesagt ist und was nicht."

„Man muss mit der Zeit gehen, Clairchen. Nicht jeder ist im 24. Jahrhundert stecken geblieben wie du."

„Reizend."

„Ach komm, sieh dich doch an! Du brauchst eindeutig mal ein optisches Update", sagte Augustine energisch und deutete mit ausholender Geste auf die Frisur ihrer Freundin.

„Was hast du dagegen, wie ich meine Haare trage?", brüskierte sich diese sogleich.

„Gar nichts, Schätzchen. Nicht wie du sie trägst. Dass du überhaupt noch welche hast."

Claire warf einen missfallenden Blick auf Augustines Haupt. „Ich stehe eben nicht auf Metallimplantate."

„Aber es ist ungeheuer praktisch", verteidigte sich Augustine. „Schau, ich brauch nicht mal ein Gel, um sie so hinzubiegen." Sprach sie und verpasste sich per Knopfdruck einen neuen Look, der ihrer Freundin wiederum die Haare zu Berge stehen ließ.

„Ich weiß nicht … ich lass mir einfach nicht gerne ins Hirn bohren, wenn's nicht sein muss."

Die leicht gekränkte Augustine versuchte Contenance zu bewahren. „Ja, du und Kosmetikbehandlungen, das passt einfach nicht zusammen, hm? Ah, da kommt ja mein Tibeter!"

„Du meinst: unser Tibeter!"

„Nein, ich meine den Hauptgang, nicht den Wein, du Dummerchen."

Claire schenkte der Speise auf dem heranschwebenden Teller einen mehr als skeptischen Blick. „Das kannst du doch nicht ernsthaft essen wollen!", stieß sie angeekelt hervor.

„Warum? Das ist die Spezialität des Hauses, Herzchen."

„Seit wann bist du Kannibalin?"

„Ich bin keine Kannibalin, ich bin Kanniganerin."

„Wo liegt der Unterschied?!"

„Wir Kanniganer essen nur Leute, die von selbst vom Baum fallen … oder von der Leiter, oder vom Stuhl, egal,

Hauptsache sie fallen."

Claire schüttelte sich, als Augustine den ersten Bissen in den Mund nahm.

„Ich habe mal eine Doku darüber gesehen. Die fallen nicht, die werden gestoßen."

„Ich bitte dich, Claire. Als hätte jemand nichts Besseres zu tun, als zu warten, bis ein anderer wo rauf klettert, um ihn dann runter zu stoßen. Also weißt du, Doku? Du bist ganz schön naiv."

„Für mich bleibt es dennoch Kannibalismus. Menschenfleisch, schön und gut. Wem's schmeckt, sag ich immer. Du wirst es nicht glauben: hier und da ein saftiger Amerikaner, dagegen ist nichts einzuwenden. Aber Tibeter, na weißt du!"

„Aber weshalb denn? Ist doch gut, dass die Chinesen doch noch einen Nutzen für die gefunden haben."

„Die Chinesen, die Chinesen, hör mir doch auf mit deinen Chinesen. Seit die Chinesen die Weltherrschaft an sich gerissen haben, stehst du immer auf ihrer Seite."

„Ach, hör doch auf damit", lachte Augustine jovial, „ich bin ihnen doch schon vorher in den Hintern gekrochen, schon vergessen? Aber was hast du denn? Dein ganzer Teller ist noch voll. Hast du denn gar keinen Appetit?"

Tatsächlich stocherte Claire nur unwillig in ihrem Essen herum.

„Ich dachte nicht, dass die Portion so riesig ist", gab sie zu.

„Was hast du erwartet? Du hast einen WAL bestellt, Claire!"

„Zwergwal!" meinte Claire in bestimmendem Tonfall, „Belugas sind Zwergwale. Außerdem schmeckt er fade."

„Er kann gar nicht fade schmecken! Der Beluga hier ist legendär. Das ist das einzige Restaurant der Stadt, wo man sich den Fisch selber aus dem Aquarium wählen kann."

„Säugetier."

„Was?"

„Wale sind Säuger, keine Fische."

„Schon klar!“ Augustine rollte mit den Augen.

„Außerdem sah er im Becken so klein aus. Ich glaube überhaupt, dass ich auf ein anderes Tier gezeigt habe. Und überhaupt wollte ich gar keinen Meeresbewohner. Aber du hast mir ja keine Zeit gelassen.“

„Jetzt bin ich wieder an allem Schuld. Na prima. Du hörst dich schon an wie meine Kinder“, sagte Augustine beleidigt, und Claire meinte darauf triumphierend: „Siehst du? Genau aus diesem Grund wollte ich keine Kinder, die älter sind als ich.“

„Na ja, es hat schon seine Vorteile, die Schulgebühr entfällt und du stolperst nicht ständig über Spielzeug. Aber sobald sie ins Pflegeheim kommen, werde ich sie wohl oder übel entkindern müssen.“

„Was ist denn bitteschön entkindern?“, wollte Claire klarerweise wissen.

„Ach, die Ärzte schneiden ihnen meine Geninfos heraus.“

„Also wieder etwas Kosmetisches?“

„Sag ich doch! Sobald das geschehen ist, sollten meine Muttergefühle gänzlich verschwinden. Ist ja schließlich dann nicht mehr mein Fleisch und Blut, richtig?“ Augustine nahm einen kräftigen Schluck vom Tibeter mit dem sie den Rest des anderen Tibeters hinunterspülte.

„Mich darfst du das nicht fragen“, meinte Claire, „hab ja meine Kinder auf ganz natürlichem Weg bekommen. Und alle waren Wunschkinder. Auch das Halbe. Wir hatten es schon als ganzes Kind konzipiert, aber das Schicksal wollte es anders.“

„Ich weiß, was du meinst. Wir hatten uns doch mal diesen halben Hund gekauft, aus purem Mitleid.“

„Mitleid, dass ich nicht lache! Du hast doch bloß einen Hund ohne Hinterteil gewollt, damit du nicht mit ihm Gassi gehen musst.“

„So hartherzig bin ich aber auch nicht, wie du mich darstellst. Nein, der Hund ist mir ans Herz gewachsen. Ich war ganz aufgelöst, als unser sibirischer Tiger ihn gefressen hat. Ich habe mir tatsächlich überlegt, ihn nochmals klonen zu lassen, aber Ignatius, du kennst ihn ja: ein geklontes Tier kommt mir nicht ins Haus."

„Ja, das ist übel. Ignatius ist ein Rassistenchauvinistenschwein."

„Leider. Seit kurzem sogar amtliches Parteimitglied", gab Augustine zu Protokoll. „Wusstest du, dass die RCS, also die Rassistenchauvinistenschweine die derzeit größte Partei ist?"

„Nein. Ich interessiere mich nicht für Sport."

„Ich glaube, das nennt man Politik, nicht Sport."

„Politik?" Claire dachte angestrengt nach. „Ja, kann sein, dass ich davon mal was gehört habe. Aber seit wann kennst du dich da aus?", wollte sie von ihrer Freundin wissen. „Das ist doch nun wirklich so was von 22. Jahrhundert."

„Na ja", sagte Augustine verlegen. „Durch Ignatius eben. Er liebt solche Rollenspiele. Seine Partei trifft sich jeden Samstag und dann sagt Ignatius solche Sachen wie: Ruhe im Parlament!"

„Das ist ja voll brontig", grunzte Claire.

„Ja, voll brontig, was?" Augustine lachte verlegen, ihre Gesichtszüge entgleisten aber abrupt in der Sekunde, als ihr und Claire ein heftiger Elektroschock verpasst wurde. Augustines metallene Haare waren zu einem einzigen Metallzacken verschmolzen, als sie sich zu dem Angreifer umdrehte. Hinter den Frauen hatte sich ein Mann in Polizeiuniform aufgebaut und hielt seinen Elektroschocker drohend auf sie gerichtet. „Tut mir leid, meine Damen, aber meine Devise lautet: zuerst schocken, dann fragen", ließ er die immer noch Funken schlagenden Frauen wissen. „Ich bin Polizeihauptkommissar Sibelius von der ZVA."

„ZVA?", bibberte Claire fragend.

„Ja, der Zentrale für verdaubare Abhörmodule", erläuterte der Kommissar. „Und eben so ein Abhörmodul hat Sie beide soeben der verschwörerischen Rede überführt."

„Wie, was?" Augustine konnte es kaum glauben. „Wie

wollen Sie bitteschön wissen, worüber wir uns unterhalten haben?"

Der Kommissar holte eine Pinzette aus seiner Tasche und fischte damit eine unerhört kleine Wanze aus den Überresten des Belugawales. „Sehen Sie, Gnädigste. Dies hier ist eines dieser verdaubaren Abhörmodule, von dem ich gesprochen habe. Sie können sich gar nicht vorstellen, wie schwierig es war, diese Dinger halbwegs genießbar zu machen. Der Prototyp schmeckte so stark nach Dieselöl, dass wir ihn nur in wenige Speisen beimengen konnten. Aber die derzeitige Wanzengeneration verfügt über fast keinen Eigengeschmack mehr, und kann somit für jegliches Essen Verwendung finden."

„Wollen Sie damit sagen, dass die Behörde die Speisen dieses Restaurants verwanzt hat?", entfuhr es Claire lautstark.

„Oh, nicht nur dieses Restaurant, meine Teure. Diese Art der Überwachung findet in sämtlichen Speisen unseres Landes Gebrauch. Jüngste Studien haben nämlich zu Tage gebracht, dass 96,45 Prozent aller Verschwörungspläne am Esstisch geschmiedet werden. Ihr Fall zeigt wiederum, dass die 69 investierten Milliarden in dieses Projekt kein rausgeschmissenes Geld waren."

„Aber wir haben keine Verschwörung geplant, gegen niemanden!", verteidigten sich die Freundinnen.

Der Kommissar projizierte das Gesprächsprotokoll auf die weiße Haut des Belugawales und unterstrich das Wort *Politik* mit einem Lasermarker. „Genau dieses verbotene Wort ist es, das auf einen in Angriff genommenen Systemumsturz hindeutet."

Augustine zeigte sich sichtlich erstaunt. „Ich wusste gar nicht, dass *Politik* ein verbotenes Wort ist. Wusstest du das, Clairchen?"

„Aber nein doch, wie auch."

„Eben. Wir waren uns beide nicht bewusst, dass wir über etwas Verbotenes sprechen, Herr Kommissar."

Der Kommissar kratzte sich betreten am Kopf. „Es ist

nun einmal so, dass ich Sie beide nun auf der Stelle exekutieren muss", meinte er, „das verlangt die Dienstvorschrift."

„Können Sie nicht ein Auge zudrücken?", bat Claire.

„Nur Ihre Augen, Gnädigste, nur Ihre Augen", schüttelte der Polizist den Kopf und schaltete seinen Elektroschocker auf Brutzeln. In diesem Moment sprang Augustine auf und hielt ihrerseits eine Polizeimarke in die Höhe. „Sie lassen mir keine andere Wahl", sagte sie und hielt dem verdatterten Polizisten ihr Abzeichen unter die Nase. „Ich bin Undercoveragentin von der ABF, der Abteilung zum Aushorchen bester Freundinnen, und damit Ihre Vorgesetze, mein Herr. Sie stören mich gerade bei einem heiklen Undercoverauftrag."

Die wahre Identität ihrer Freundin ließ Claire in Tränen ausbrechen. „Wie konntest du nur, Augustine?", flüsterte sie mit zittriger Stimme. „Ich dachte, ich kann dir vertrauen." Gleich darauf hatte sie wieder neuen Mut gefasst, langte in ihre Handtasche und zauberte wiederum eine Polizeimarke hervor. „Dann soll auch meine Maskerade ein Ende haben", verlautbarte sie. „In Wahrheit arbeite ich nämlich für die ZÜAABFZVA, die Zentralbehörde zur Überwachung der Abteilung zum Aushorchen bester Freundinnen und der Zentrale für verdaubare Abhörmodule."

„So eine Behörde existiert gar nicht!", ertönte es geschockt aus Augustines Mund.

„Sie existiert", berichtige Claire sie. „Und wie es sich anhand der beiden anwesenden Beamten zeigt, ist ihre Existenz auch durchaus notwendig." Sie wandte sich zuerst an den Polizisten. „Ich habe noch nie so eine misslungene Amtshandlung gesehen. Die Dienstvorschrift verlangt natürlich, die Verdächtigen zuerst vollständig zu eliminieren, bevor man sie mit den Anschuldigungen konfrontiert."

Anschließend richtete sie das Wort an Augustine. „Im Übrigen kann ich es nicht zulassen, dass eine Agentin der Abteilung zum Aushorchen bester Freundinnen eine so lange Zeit uneffektiven Smalltalk führt, anstatt der Verdächtigen gleich Fragen nach deren politischer Gesinnung zu stellen."

Jetzt drehte der Kommissar – mit seinen Nerven schon lange am Ende – gänzlich durch, jagte Claire einen tödlichen Stromstoß durch den Körper und schrie dabei: „Sie haben es schon wieder gesagt, das verbotene Wort!"

Bei dem Anblick der Asche ihrer einstigen Freundin packte Augustine den Polizisten und spießte ihn kurzerhand auf ihrer Metallfrisur auf. Nur Sekunden später fiel ein Klavier durch die Decke des Restaurants und begrub Augustine punktgenau unter sich. Eine derartige Zielsicherheit konnte natürlich nur ein Flieger der Abteilung zur blitzschnellen Beseitigung Amok laufender Agenten an den Tag legen. Die anderen Gäste des *Cosmos Antique*, die alle Zeugen des Schauspiels geworden waren, wandten sich wieder ihrem Essen zu und vermieden es tunlichst auch nur ein einziges Wort über den Vorfall zu verlieren. Spätestens am nächsten Morgen würden Gehirnchirurgandroiden an ihre Türen klopfen, um ihnen die Erinnerung an den heutigen Abend aus dem Kopf zu schneiden. Das einzig Gute daran war, dass damit wohl auch die allgemeine Aufregung über die üblicherweise unverschämt hohen Rechnungen im *Cosmos Antique* ein für alle mal aus ihrem Gedächtnis getilgt werden würde.

Felix Woitkowski

InEnerxy

Die Welt war eine andere geworden, als ich aus dem Gefängnis frei kam. Dabei hatte ich nur wenige Jahre gesessen, viel zu wenig, wenn ich daran dachte, was man mir anlastete. Zu Recht.

In kürzester Zeit waren die Energiepreise heftig gestiegen. Erdöl, Gas, Strom – das, was wir täglich brauchten, war zum Luxusgut verkommen, für die meisten schier unbezahlbar. Allein eine Fahrt mit dem Auto – daran war nicht zu denken. Selbst auf den vierspurigen Hauptstraßen hätten wieder Kinder Fußball spielen können.

Für die meisten war die Situation ausweglos.

Auch für mich.

Denn ich versuchte, mir ein neues Leben aufzubauen. Neuer Name, neue Identität, eine Idee, wie es weitergehen sollte. Und alles Geld, das ich verdienen konnte, ging für die Busfahrt nach Hause drauf. Das war unbegreiflich, unbezahlbar. Das war kein Leben!

Zur gleichen Zeit startete Enerxy, ein bis dato völlig unbekanntes Energieunternehmen, hervorgegangen aus den privatisierten Stadtwerken einer kleineren Stadt in Süddeutschland, eine gewaltige Werbekampagne. Jede Plakatwand, Anzeigen in Zeitungen, TV- und Radio-Spots sowie im Internet – überall war das Unternehmenslogo zu sehen und immer dieselben rhetorischen Fragen. Natürlich wollte ich einmal gedankenlos den Kühlschrank offen stehen lassen und im Winter ausgiebig lüften. Natürlich wollte ich meinen Fernseher anschalten, auch wenn ich nicht hinsah. Natürlich wollte ich an der nächsten roten Ampel endlich mal wieder den Motor aufheulen lassen und mir anschließend aus reiner Sinnlosigkeit ein Rennen mit dem Sportwagen auf der Rechtsabbiegerspur neben mir liefern. Natürlich wollte ich einfach mal für einen Tag nach New York fliegen. Scheiß drauf, was da ich da sollte und ob es mir gefiel!

Aber vor allem, und das fragte Enerxy mich nie, wünschte ich mir ein normales Leben zu führen. Doch das konnte ich mir nicht leisten.

Enerxy versprach vieles. Ich scherte mich trotzdem nicht darum. Wen interessiert schon Werbung und, wie gesagt, ich war gerade erst wieder draußen. Ich hatte echt andere Sorgen! Weil mich niemand von früher erkennen durfte, mied ich die Öffentlichkeit, so gut es ging, und wollte dennoch sauberes Geld verdienen. Ich kaufte und verkaufte Dinge über das Internet. Nebenbei machte ich alle möglichen Dreckjobs, die niemand sonst annahm, um wenigstens zu etwas Kapital zu kommen, mit dem ich mir etwas aufbauen konnte. Das war mein Plan, verdammt, so hatte ich es mir all die Jahre ausgemalt, aber ich kam einfach nicht voran!

Wenn bald der Strom, den es brauchte, einen PC hochzufahren, schon mehr kostet, als ich auf absehbare Zeit verdiente, war etwas falsch.

Doch dann, als ich wochenlang alle Werbung, mit der Enerxy uns bombadierte, ignoriert hatte, klingelten sie mich wach und standen plötzlich vor meiner Tür.

Zwei Männer. Schwarze Anzüge, weiße Hemden, Frisuren wie aus Modemagazinen. Redegewandt, gewollt sympathisch und professionell unaufdringlich. So wie Vertreter es nun mal sind. Soweit war nichts Außergewöhnliches an ihnen und ich würde mich wahrscheinlich nicht mehr so genau an sie erinnern, wenn da nicht noch etwas anderes gewesen wäre. Ein Auto, mit dem sie gekommen waren, blinkende Digitaluhren an ihren Handgelenken, Handys, PTAs, ein Laptop, lässig unter den Arm geklemmt. Die beiden strotzten vor Energie in einer Weise, wie sie schon zu der Zeit, bevor ich im Loch landete, verschwenderisch gewesen wäre.

„Enerxy“, sagten sie, reichten mir ihre Karte und standen bereits in meiner Wohnung. „Wir kommen von Enerxy und haben Ihnen ein Angebot zu machen.“

Ich lehnte ab, noch bevor sie konkreter werden konnten. Ich mache keine Haustürgeschäfte, weder auf der einen, noch auf der anderen Seite.

„Was machen Sie beruflich?"

Die beiden gingen nicht einmal auf meine Ablehnung ein und begannen mit mir zu plaudern.

Seit ich wieder draußen war, hatte ich keine richtige Unterhaltung mehr geführt. Nicht mehr als *Bitte, Danke, Hallo, Tschüss,* und als Gesprächspartner waren die beiden gut. Rhetorisch geschult sind viele Vertreter, doch meine Besucher waren Meister. Sie taten nicht nur so, sie interessierten sich wirklich für mich, fragten nach meinem Leben, meinen Wünschen und Träumen. Sie hörten zu, nahmen Anteil und gaben mir sogar Tipps, wie es hie und da weitergehen könnte. Alles erzählte ich ihnen nicht, aber vieles, und, was sie hörten, gefiel ihnen.

Dann unterbrachen sie das Gespräch und kamen auf das Geschäftliche zurück. Längst hatten sie Platz genommen. Es wäre unhöflich gewesen, sie einfach fort zu schicken. Also hörte ich mir an, was sie zu sagen hatten.

„Die Energiepreise steigen", sagten sie. Soweit nichts Neues. Doch: „Es gibt einen Ausweg. Werden Sie Kunde von Enerxy!"

Der andere führte fort: „Günstige Preise verspricht Ihnen jedes Unternehmen. Wir nicht."

Ich stutzte.

„Aber Enerxy macht Ihnen ein Angebot."

„Es gibt mehr als nur Geld, wissen Sie?"

„Bezahlen Sie mit etwas anderem."

„Was?", mein Interesse war geweckt.

„Bezahlen Sie mit Informationen."

„Informationen über Sie selbst."

Ich blockte ab. Nein, ich wollte nichts preisgeben, denn es war besser für mich. Nicht ohne Grund mied ich die Öffentlichkeit und gab meine Daten so selten wie nur eben möglich heraus. Nicht einmal das Schild neben der Klingel hatte ich beschriftet.

Trotz des neuen Namens war ich nicht unauffindbar und, dass ich gefunden wurde, wollte ich auf jeden Fall vermeiden. Ich hatte Menschen verraten, die mir vertraut hatten. Menschen, deren Vertrauen besser nicht missbraucht werden sollte.

„Es ist nicht schlimm, glauben Sie mir, und es tut nicht weh. Ihre Daten und Informationen werden anonymisiert. Niemand wird das, was Sie uns mitteilen, zurückverfolgen können."

„Und hören Sie sich doch erstmal an, was sich Enerxy allein das, was Sie uns heute erzählt haben, kosten lässt."

„W-Wie viel?" Plötzlich waren meine Hände schweißnass.

„Siebzig Prozent von Ihren derzeitigen …"

„*Bitte?*" Sollte das heißen, dass meine Energiekosten um fast ein Drittel sinken sollten? Das wäre unglaublich gewesen!

„Ich meine, siebzig Prozent auf Ihre derzeitigen Energiekosten."

„Für das nächste Quartal."

Mir verschlug es den Atem. Verdammt, scheiß auf das schlechte Gefühl! Damit waren alle meine finanziellen Probleme gelöst und ich konnte beginnen, zu leben.

„Wir haben dieses Gespräch mitgeschnitten."

„Entschuldigen Sie bitte, dass wir Sie vorher nicht um Erlaubnis gebeten haben."

„Aber so haben Sie keine Mehrarbeit. Nur Ihre Unterschrift brauchen wir." Er wies auf den Laptop.

So wurde ich Kunde von Enerxy. Und mit mir viele andere: Nachbarn, Fremde, Arme, Reiche. Alle.

Ich hatte Glück. Aus Zufall war ich einer der ersten, den Enerxy-Mitarbeiter aufsuchten. Andere erreichten sie erst Monate später. Beinahe ein halbes Jahr fühlte ich mich regelrecht reich. Mein Handel florierte. Ich brauchte nicht mehr auf die Uhr gucken, wie lange ich täglich am PC saß und das Internet durchforstete. Auch waren die Zeiten vorbei, in denen ich fremde Plattformen nutzen und Provisionen an die Betreiber zahlen musste. Mein eigener, gut laufender Shop war Realität. Mit jedem Tag stiegen meine Umsätze. Enerxy sei Dank! Denn mit jedem Kunden, den sie gewannen, hatte wieder eine Familie mehr Geld in der Hand, das sie bei mir ausgeben konnte.

Ich führte ein Leben, wie ich es mir immer gewünscht hatte.

Als nach dem ersten Quartal der Fragebogen kam, füllte ich ihn aus. Es waren harmlose Fragen. Einstellung, Geschmack, Zufriedenheit. Auch nach einem halben Jahr und später beantwortete ich alles, was sie wissen wollten.

Ich bemerkte, wie sich die Werbung, die mich erreichte, veränderte. Kinderspielzeug und Hundefutter wollte mir niemand mehr schmackhaft machen. Nahrungsmittel, viele Alkoholika und seltsamerweise oftmals Bekleidung für den gut situierten Mann reiferen Alters blickten mir aus den Prospekten entgegen. Auch im Internet, sogar in Fernsehen und Radio, waren die Botschaften der blinkenden Banner immer stärker auf mich gemünzt. Personalisierte Werbung war das Stichwort. Schon vor Jahren hatte es Dienstleistungen gegeben, die für jene Kunden umsonst waren, die ein paar Daten preisgaben. Sag mir, wer du bist, was du tust, magst und hasst. Dann bekommst du, was du willst. Dieses System hatte Enerxy auf eine neue Stufe gehoben.

Die spärlichen Nachrichten über Enerxy, die durch die Medien gingen, zeichneten die faszinierende Geschichte eines Unternehmens auf, das noch vor kurzer Zeit niemand gekannt hatte, aber durch eine clevere Werbekampagne und kluge, punktgenaue Managemententscheidungen erst ein Marktführer, dann ein Monopolist geworden war. Geld war in den Köpfen der Menschen mehr wert als Daten und Informationen. Welchen Gewinn Enerxy aber aus diesen Lappalien schlug, überblickte anfangs noch niemand.

Nach und nach übernahm Enerxy erst die gesamte deutsche Energieproduktion und -versorgung, dann streckten sie ihre Finger auch im Ausland aus. Vor Enerxy knieten die Kunden und kuschte die Konkurrenz.

Einkaufs- und Verkaufspreis kontrollierte bald ein einziges Unternehmen. Nicht nur bei Strom, sondern auch bei Öl, Gas, Kohle, Holz. An den Rohstoffbörsen war für Spekulanten kein Platz – das machte die Unternehmungsführung deutlich – und so konnte Enerxy die Kosten soweit drücken, dass sie bald zweifach verdienten. Das Geld, das sie noch von den Kunden bekamen, reichte aus, um bereits Überschüsse zu erwirtschaften. Doch der Weiterverkauf von Informationen und Daten wuchs und bald verkam die Energiesparte zum Nebengeschäft.

Aus Enerxy entstand InEnerxy, der weltgrößte Anbieter von Daten und Energie.

Ich selbst hatte früher in gewissen Kreisen verkehrt, in denen für verdammt viel Geld mit Informationen gehandelt wurde. Denn nichts ist gefährlicher und ungebändigter als ein gut gehütetes Geheimnis, das ans Tageslicht kommt.

Doch soweit war InEnerxy anfangs noch nicht. Meine Schuhgröße, Lieblingsfarbe, politische Richtung und Moralvorstellung ist nichts, was mir schaden könnte. Es ist lediglich interessant zur Profilbildung für Unternehmen, die ihren Absatz steigern wollen, Verlage ihre Auflagen, Politiker ihre Wahlergebnisse.

Die Entwicklung von InEnerxy blieb den meisten verborgen. Sickerte in der ersten Zeit noch etwas in den Wirtschaftsteilen der großen Tageszeitungen durch, wurde es dort bald sehr ruhig um das Unternehmen. Erst später erfuhr ich, dass InEnerxy indirekt auf die Medien Einfluss nahm. Zeitungen, Radio, Fernsehen und der Onlinejournalismus finanzieren sich zu einem Großteil über Werbung und diese wurde bald von InEnerxy kontrolliert. Später auch die Presseagenturen. Wer sonst könnte Interesse an Informationen haben? Als ich hörte, dass InEnerxy die Meinungs- und Marktforschungsinstitute, sogar das statistische Bundesamt belieferte – nicht nur mit Strom – hätte ich eigentlich beunruhigt sein sollen.

Ich hatte allerdings mit anderen Problemen zu kämpfen. Wer zu sehr mit sich beschäftigt ist, bemerkt nicht was draußen vor sich geht.

InEnerxy war natürlich nicht der Heilsbringer, den alle erwartet hatten. Zum einen war der siebzigprozentige Erlass nur ein Willkommensangebot. Zum anderen veränderte sich die Art der Information, die sie verlangten. Hatte ich zuvor jedes Quartal ein paar Kreuzchen gemacht und mich in vorgefertigte Schemata gepresst, musste ich nun ausführliche Antworten formulieren. InEnerxy interessierten immer mehr und konkretere Details. War ich noch bereit ausführlich meine Gedanken zu zeitgeschichtlichen und aktuellen Ereignissen darzulegen, wurde ich nervös, als es an meinen Alltag ging. Mein Tagesablauf war von Interesse: Wann sind Sie wo, warum und was tun Sie dort? Wen treffen Sie? Welche Menschen gehören zu Ihrem Umfeld und was denken Sie über sie? Was werden Sie morgen tun? Was sind Ihre Pläne für die Zukunft?

Ich erinnerte mich an das Gespräch mit den beiden Vertretern. Damals war ich gerade aus dem Loch heraus und trotz einiger Rückschläge voller Hoffnungen. Ich hatte Ihnen viel erzählt, doch hatte ich es gerne getan. Freiwillig, nicht aus Zwang.

Ich schluckte und steckte erneut das Kuvert in den virtuellen und realen Briefkasten.

Gleichzeitig stapelten sich im Postfach die Benachrichtigungen von InEnerxy. Sie boten sich an, mein Partner zu werden, so hieß es. Sie wollten Werbung für mich machen. Von der Idee bis zur professionellen Umsetzung, mit Erfolgsgarantie alles aus einer Hand, das versprachen sie mir. Die Preise waren hoch, an Geld und Information, die sie verlangten.

Ich verwarf diese Angebote sofort, ohne sie richtig gelesen zu haben. Mein Shop warf stetig genug ab. Ich lebte gut davon, doch etwas zur Seite legen und investieren konnte ich nicht.

Oft hatte ich den Traum, ein echtes Geschäft zu besitzen. Ein kleines Ladenlokal in einer Einkaufsstraße mit einem Schaufenster, vor dem die Menschen stehen blieben, wenn sie bummeln gingen. Kunden treffen, sie sinnlich wahrnehmen, ein Pläuschchen machen und ihnen dann ein *Auf Wiedersehen! Kommen Sie bald wieder!* hinterher rufen – das konnte ich alles nicht.

Diesen Traum Realität werden zu lassen, war mir nicht möglich. Ich habe gegen Menschen ausgesagt, die mir das niemals verzeihen und denen ich höchstens einmal wieder begegnen würde. Danach hätte ich nicht mehr die Möglichkeit dazu. Das Internet bot mir Schutz und Anonymität, die mir ein Geschäft niemals gewährt hätte. Deshalb hatte ich diesen Weg gewählt und konnte ihn nicht verlassen.

Ich hatte Angst.

Große Angst.

Und dann das.

Der neuen Abrechnung von InEnerxy lag eine Aufforderung nach Informationen und Daten bei. Das war der übliche zweite Teil der Bezahlung neben dem zweimal unterstrichenen Geldbetrag. Diesmal waren sie jedoch wieder einen Schritt weiter gegangen. Sie interessierten sich für meine Kindheit, Jugend, aber auch die jüngste Vergangenheit.

Ich wagte es nicht, nicht zu antworten. Doch was ich ihnen schrieb, waren Ausflüchte und schlechte Lügen. Ich war nicht in der Lage, mir ein komplettes Leben aus den Fingern zu saugen, und ich war überzeugt davon, dass sie alles nachprüfen konnten und würden. Ich hatte einen neuen Namen, verdammt, und mit allem, was zurück lag, abgeschlossen. Das hatte ich tun müssen.

Aber was sollte ich jetzt machen?

Zwei Tage später riefen sie mich an: „Entschuldigen Sie, uns muss ein Fehler passiert sein.“ Ganz freundlich und zuvorkommend. Der Fehler läge bei Ihnen, behaupteten sie und baten mich, die Fragen erneut zu beantworten.

„Natürlich. Gerne. Bitte. Danke. Tschüss.“ Endlich war die Verbindung wieder getrennt. Ich zitterte. Verzweiflung überkam mich. Noch immer wusste ich nicht, was ich tun sollte.

Ich schob die Entscheidung auf. Ein Tag, zwei Tage, drei. Beinahe hatte ich es schon wieder vergessen.

Dann stand plötzlich der schwarze Lederschuh eine Anzugträgers zwischen meiner Wohnungstür und ihrem Rahmen. „Guten Tag. InEnerxy. Ich muss mit Ihnen reden, Sie verstehen?"

Ich verstand sehr gut. Die Tür hätte ich am liebsten zugeschmissen.

„Wir haben die Vermutung, dass Sie den Vertrag, den Sie mit uns geschlossen haben, nicht einhalten. Ich meine, Sie …"

Ich wusste genau, was er meinte.

„Sie haben auch nicht auf unsere Nachfrage reagiert."

„Ich …" Ja, hatte ich nicht.

„Sie sparen derzeit 57,3 Prozent und alles, was wir von Ihnen verlangen, ist ein bisschen Kooperation." Er blickte sich um, sah den PC, den Fernseher, meinen Kühlschrank, die Klimaanlage. „Wissen Sie, was es heute kostet, Strom zu produzieren, Öl zu fördern? Haben Sie eine Ahnung, was InEnerxy auf sich nimmt, nur damit Sie ein normales Leben führen können? Denken Sie noch einmal darüber nach."

Er stand auf und ging zur Tür. Die Klinke hielt er bereits in seiner Hand. „Sechsunddreißig."

„Bitte, was?"

„Sechsunddreißig Prozent erlassen wir Ihnen noch dieses Quartal. Verstehen Sie das als Zugeständnis. Weil Sie so lange ein guter Kunde waren." Dann war er fort.

Ich hätte völlig verstört und am Boden sein sollen, doch für diesen einen Moment war ich nur erleichtert. Sechsunddreißig Prozent! Das konnte ich gerade noch aushalten, da war ich mir sicher.

Sogar null Prozent hatte ich überlebt. Damals ging es mir richtig dreckig und ich war gerade aus dem Loch heraus. Nun war ich besser gestellt. Also könnte ich auch das wieder schaffen. Eine Alternative gab es nicht.

Erst Tage später dämmerte es mir. Ich sortierte meine Post und sah gerade die Rechnungen durch, als ich auf die letzte Benachrichtigung von InEnerxy stieß. Ich bin niemand, der detaillierte Rechnungen aufmerksam studiert, doch diesmal blieb ich daran hängen.

Gegen Abend saß ich noch immer daran.

Und war am Ende.

InEnerxy war Monopolist und Monopolisten bestimmen den Preis. Die Energiekosten waren, versteckt hinter dem Weg der Bezahlung mit zwei Zahlmitteln, rapide gestiegen. Worüber früher gestöhnt worden war, war längst zur Lächerlichkeit verkommen.

Verdammt.

Aber ich war ein erfolgreicher Geschäftsmann und deshalb gab es einen Ausweg.

Wenn ich meinen Gewinn steigerte, waren höhere Kosten kein Problem.

„Guten Tag!" Der Filialleiter der Bank stand auf, als er mir die Hand reichte. „Setzen Sie sich doch!"

Ich musste investieren.

„Sie erwarten von uns, dass wir Ihnen eine Menge Geld zur Verfügung stellen."

„Ich möchte meine Unternehmung ausbauen."

„Sie wissen, dass wir bei einer Summe dieser Größenordnung genauestens Ihre Sicherheiten prüfen müssen ..."

„Haben wir das nicht bereits geklärt?"

„... und Ihre Kreditwürdigkeit."

Ich nickte. Natürlich mussten sie das. Aber das war doch reine Routine. Sehr wahrscheinlich hatte ich, indem ich eine neue Identität angenommen hatte, nicht denselben Status wie, sagen wir, ein Beamter, der sich Zeit seines Lebens nie etwas zu Schulden hat kommen lassen und mit Ende dreißig ein Haus für seine Familie bauen will. Aber trotzdem, bisher hatte ich immer alle Rechnungen bezahlt und gerade durch den neuen Namen durfte kein negativer Eintrag zu finden sein. Meine Kartei war ja gerade erst neu.

Was die Summe, die ich bekommen wollte, betraf,

übertrieb mein Gegenüber auf professionelle Weise. Nur einem Bankier ist es möglich, auch Centbeträge wie Staatsgeschäfte zu behandeln.

„Sie müssen wissen, wir beziehen bei der Analyse nicht nur unsere eigenen Daten, die wir über Sie als Kunden gesammelt haben, mit ein. Aber das ist nichts Neues für Sie, oder?"

„Natürlich nicht."

„Wäre es nach uns gegangen, Sie hätten den Kredit bekommen. Aber es gibt da in den letzten Wochen gewisse … Unregelmäßigkeiten." Er blickte an mir vorbei, als scheue er sich, mir die Nachricht direkt ins Gesicht zu sagen.

Als mir das auffiel, stand ich auf und verließ das Büro. Den Kredit würde ich nicht bekommen, was sollte ich mich weiter mit dem Mann auseinandersetzen. Es würde ja doch nichts ändern.

„Sie können Ihre Daten einsehen und ändern, wenn sie falsch sind!", rief er mir nach. Als ob das etwas genutzt hätte! Dies war bei weitem nicht mein erster Versuch gewesen, aber mein letzter.

Ich begann zu recherchieren. Die Banken zogen Informationen von der Schufa heran. Doch wie arbeitet die Schufa?

Etwas herauszufinden, dem ich vertrauen konnte, war nicht einfach. Von den frei zugänglichen Medien versprach ich mir keinen Erfolg und das Internet hatte bereits einen großen Teil seiner Vielfalt eingebüßt. Wenn dir überall dieselbe Werbung begegnet, weißt du, woran du bist. Erst über Hyperlinks die mich über verschiedenste Homepages zu weiteren Verweisen auf irgendwelche Seiten führten, die von keiner Suchmaschine erfasst wurden, gelangte ich nach und nach in Bereiche, die von den meisten Benutzern für immer unentdeckt bleiben würden. Als sich ein PopUp öffnete, in dem die Vorzüge des Sauerlandes als Feriendomizil für die ganze Familie beworben wurde und Erotikartikel für Frauen in einem weiteren, wusste ich, dass ich auf dem richtigen Weg war.

Vieles, das ich fand, war offensichtlich falsch. Verschwörungstheorien, wie es sie immer gegeben hatte, plump und dumm gemacht. Doch dann stieß ich auf eine Seite, auf der Informationen von InEnerxy gesammelt wurden.

Natürlich kontrollierte InEnerxy die Schufa und war ihr einziger Datenlieferant, darauf hatte ich auch selbst kommen können. Meine Kreditwürdigkeit war im Keller, weil ich nicht bereit gewesen war, ein paar Fragen zu beantworten.

Die Homepage war schlecht gemacht. Ein Layout wie aus dem letzten Jahrhundert, ohne erkennbaren Geschmack und Sinn für Benutzfreundlichkeit zusammengebaut. Eine übersichtliche Navigation fehlte ganz. Im Grunde handelte es sich um eine große Sammlung von Links, die immerfort auf unzählige weitere Seiten verwiesen.

Es machte keine Freude, sich damit auseinanderzusetzen. Alles war so unüberschaubar angelegt, dass es schier unmöglich war, den Inhalt zur Gänze zu überblicken. Nicht nur für mich, sondern auch für jeden Offiziellen, der das Internet hätte zensieren wollen. Und genau so sollte es sein.

Nach langem Suchen fand ich keine Hinweise darauf, warum es InEnerxy interessierte, ob ich mir Geld lieh oder nicht. Es verstärkte sich aber der Eindruck, dass sie an *allem* interessiert waren, das geschah, und so jeden kontrollieren konnten.

Wer nicht Kunde war, also nicht kooperierte, der nahm sich die Möglichkeit, weiterzuleben. InEnerxy hatte die Macht, dafür zu sorgen, und gebrauchte sie.

Ich fand Fotos, Videos, Dokumente, denen ich einfach Glauben schenken musste. Sie erzählten die Geschichte anderer, die ausgestiegen waren. Die *Abgeschalteten* wurden sie genannt, die *Energielosen. Gib die Errungenschaften der Moderne auf und lebe, als hätte es nie einen Fortschritt gegeben*, so hätte ihr zynischer Slogan lauten können.

Abgeschottet von der Öffentlichkeit vegetierten sie wie Straßenköter in gettoisierten Slums. Sie hatten keine Rechte

– niemand hat das, dem die Medien als Sprachrohr fehlen – , keine medizinische Versorgung, keine Absicherung, keine Arbeit. Es mangelt ihnen an Nahrung und Wasser, an allem, was die einfachsten Bedürfnisse gestillt hätte. Wer ein Dach über dem Kopf hatte, war bereits König.

Wenn erst einmal alles vorbei ist, dann richtig. Erziehung und Kultur sind schnell vergessen. Homo homini lupus est.

Verdammt! Ich musste mich übergeben, als ich erkannte, was das bedeutete.

Wenn ich mit InEnerxy kooperierte, würden Informationen publik werden, die mich umbringen würden. Irgendetwas sickert immer durch, gerade wenn es mit Geld zu kaufen ist. Würde ich jedoch nicht das tun, was sie von mir erwarteten, endete mein Leben ebenfalls.

Das, was ich wieder und wieder sah: Zahnlose Kinder mit Blähbauch, verkommene Eltern, die Auslebung archaischer Triebe und Gewalt, die Würde des Einzelnen für immer verloren. Das war eine von zwei Zukünften, die mein Ende bedeuteten.

Dann klingelte es an der Tür.

Ich weiß nicht, wie viel Zeit vergangen war. Tage? Wochen? Immer weiter hatte ich mich in das Informationsnetz eingegraben und von einem Grauen in das nächste gekommen. Während ich InEnerxy immer weiter zu hassen begann und mich selbst verfluchte, lag mein Shop brach. Es ging ja eh zu Ende.

Ich hoffte, mit jemandem Kontakt aufnehmen zu können, der mehr wusste. Doch so sehr ich es auch versuchte, jeder meine Versuche schlug fehl.

„Guten Tag! InEnerxy.“, begrüßte mich der Anzugträger. „Wir haben Ihnen geschrieben und hatten einen Termin.“

Ich konnte mich daran erinnern, wann ich zuletzt die Post durchgesehen hatte.

„Kommen Sie doch rein.“ Was sollte ich tun?

Der Mann redete über eine Stunde mit mir. Es war ihm

wirklich ernst und er war naiv genug zu glauben, dass er mich mit seiner Verkäuferrhetorik umstimmen konnte. Als er merkte, dass seine Versuche nicht fruchteten, wurde er langsam unsicher. Sein Lächeln erstarb, seine Wortwahl wurde direkter.

„Warum geben Sie uns nicht einfach das, was wir verlangen? Wollen Sie Ihr Leben wirklich aufgeben?"

Da riss mir der Kragen.

Nie war mein Ziel gewesen, das Gesetz willentlich zu überschreiten. Aber in einer Notsituation war ich zum Mitläufer geworden. Gleich beim ersten Mal hatten wir richtig Erfolg. Natürlich versuchte ich es erneut – Warum auch nicht? – und geriet in einen Strudel, aus dem ich mich nicht mehr zu befreien wusste. Bis zu dem Zeitpunkt, als plötzlich ein Ermittler vor meiner Tür stand und etwas von *Zeugenschutzprogramm* und *gemilderte Umstände* redete. Das war der Anker, den ich ergriff.

In dieser Zeit hatte ich mich immer gescheut, selbst Gewalt anzuwenden. Ich bin einfach nicht der Typ dafür. Aber oft genug stand ich daneben und profitierte von dem Erfolg, den ein gebrochener Arm oder akuter Sauerstoffmangel mir bescherte.

An dem Tag jedoch, als der Mann von InEnerxy in meinem Zuhause stand und auf mich einredete, änderte sich meine Haltung zur Gewalt grundlegend. Ich lernte, wie befreiend es sein konnte, einmal nicht an sich zu halten.

Ich schubste, ich trat, ich schlug. Mit allem, was ich in die Hände bekam.

Dann setzte eine kalte Rationalität ein. Ich wusste, wie die Regeln des Spiels sind. Schreie ihn an, so laut du kannst. Zermürbe seine Psyche. Und dann, wenn er kurz vor dem Abgrund ist, sprich mit weicher Stimme. Mach ihm Angebote. Zeig ihm einen Ausweg. Reiche ihm die Hand und sei ihm ein Freund. So lange, bis du erneut schreist.

Wiederhole jede deiner Fragen immer und immer wieder.

So machst du ihn fertig und lockerst seine Zunge.

Ich wollte alles von ihm wissen. Alles, was er wusste und noch mehr.

„Wer ist dein Vorgesetzter?", fragte ich ihn, als er kurz vor einer Ohnmacht an seinem eigenen Erbrochenen zu ersticken drohte. „Wie ist InEnerxy aufgebaut? Was wird mit den Daten gemacht? Wie werden sie weiterverwertet? Wie werden sie verkauft? Wo sind sie gespeichert? Wer hat Zugriff?"

Ich suchte nach den kleinsten Details, nach Schwachstellen, in die ich einbrechen konnte. InEnerxy würde von mir geknackt werden, da war ich mir sicher. Ich hatte ohnehin nichts mehr zu verlieren.

Der Knabe vor mir sang. Ein guter Anfang.

Er lieferte mir nicht viel, aber vor allem Namen von Menschen, die mir weiterhelfen würden, wenn ich meinen Forderungen nur etwas Nachdruck verlieh.

Alles, was ich brauchte, waren Informationen.

Wendelin August Mayer

Digitale Blumen

Sie blickte fast ein wenig verärgert auf ihren Computer, der ausgeschaltet auf dem Schreibtisch stand; von Zeit zu Zeit sah sie auf die Uhr, deren Zeiger stumpf die Stunden, die Minuten herunterzählten: noch eine Stunde bis sechs, noch eine dreiviertel Stunde, noch eine halbe.

Eigentlich war es ja ihre eigene Schuld gewesen. Aber nun konnte sie es schlecht wieder aus ihrem Gedächtnis löschen, die Bilder von ihrem inneren Auge verdrängen – so schlecht gehorchten ihr die körpereigenen Festplatten, ganz im Gegensatz zu den Speichern ihres Computers, deren Daten sie ausradieren, deren Plasmabildschirme sie durch einen Tastendruck zum Erlöschen bringen konnte.

War es vor einer Woche gewesen? Es wäre ihr ein Leichtes gewesen, das jetzt nachzuvollziehen, den Spuren nachzugehen, die sie im Leben hinterließ, sooft sie sich bewegte, wie ein Wesen im Schnee, und in diesem oder jenem Verzeichnis ein Datum, scheinbar belanglos, aufzuspüren, das ihr Auskunft gegeben hätte über die eine oder andere triviale Begebenheit, aus der sich ihr Leben zusammensetzte – aber was hätte das für einen Sinn gehabt? Es war in etwa eine Woche her, und keine digitale Weltzeitangabe, sechsstellig, hätte ihr mehr darüber ausgesagt.

Vor etwa einer Woche hatte sie den Brief erhalten, handgeschrieben, in einer ungelenken Handschrift, die anfangs mit großen Lettern begann, als folge sie noch einem guten Vorsatz, und gegen Mitte des Blattes hin kleinere Lettern zeichnete, bis sich die Größe der Buchstaben auf ein Mittelmaß eingependelt hatten. Die Unterschrift war dagegen wieder so schwungvoll und echt gewesen, als gehöre sie nicht dazu; sie wirkte unter dem mehr gemalten als geschriebenen Brief wie der Pinselstrich eines Meisters, der das Werk seines Schülers durch ein paar letzte Verbesserungen noch zu retten versucht.

Der Brief war von einem Mann geschrieben, den sie nicht kannte. Er wisse alles über sie, behauptete er. Über das Internet habe er von ihr erfahren. Sie passe perfekt zu ihm, er habe sich in sie verliebt, als er sie das erste Mal gesehen habe, ja er meine, sie schon immer zu lieben, und sei froh, jetzt die Frau, die er schon sein ganzes Leben lang erahne, endlich kennen gelernt zu haben. Er sei schon glücklich, sie von ferne beobachten zu dürfen. Sie solle auch keine Scheu vor ihm haben, er werde sich ihr offenbaren, wenn sie das wünsche, er wolle ja nicht im Geheimen um sie herum leben, sondern vor ihr, mit ihr, bei ihr. Wenn sie wolle, könne sie sogleich, sobald ihr Tee gezogen habe (als sie das las, schrak sie ein wenig auf, weil sie tatsächlich um diese Zeit, sobald sie heimkam, einen Tee aufsetzte, während sie die Post las – heute war ihr nicht danach gewesen, deshalb stimmte der Brief nicht vollkommen; das lag eben an der Antiquiertheit des Mediums, Briefe sind nicht spontan) – sobald ihr Tee gezogen habe, könne sie ihn anrufen, schlug der Mann vor, er werde darauf warten, aber auch zu jedem späteren Zeitpunkt, er werde bereit sein, wann immer sie ihn anriefe.

Überhaupt, behauptete der Mann in dem Brief weiter, sei er zwar gespannt darauf, sie endlich tatsächlich zu treffen, obwohl er, wie bereits erwähnt, glaube, bereits alles über sie zu wissen; gleichwohl könne er noch warten, bis sie auch neugierig darauf sei, ihn zu treffen, er habe nicht das Gefühl, sein Leben ohne sie zu vergeuden, nein, er habe das Gefühl, noch gar nicht geboren zu sein, und wann immer sie ihm sein Leben eröffnen werde, werde er bereit sein. Dergleichen Formulierungen enthielt der Brief noch etliche weitere; es war daher nicht verwunderlich, dass der Brief nicht mit einem leserlichen Namen unterzeichnet war, sondern mit einem schwungvollen Schriftzug, aus dem allenfalls einige Buchstaben zu individualisieren waren; dazu hieß es im Text: „Was tut schon der Name zur Sache, unter dem ich in diese Welt geboren wurde? Es sind ja doch die

Seelen, die zusammenfinden müssen; der Name, dessen sich die Welt bedient, um die eine Seele dingfest zu machen, ist doch nur ein lächerlicher Trick, der Sache habhaft zu werden, ein Windhauch, ein Nichts – wie dem auch sei, ich bin natürlich bereit, ihn preiszugeben, wenn du anrufst ..."

Das war vor einer Woche gewesen. Sie blickte wieder zur Uhr. Es war jetzt zehn Minuten vor sechs. Sie beobachtete, wie auf dem Flüssigkristallbildschirm die Zahlen abliefen, in endlosen Wiederholungen, die so ineinander verschachtelt waren, dass sich mit den Kombinationen von Sekunden, Minuten und Stunden Uhrzeiten für einen ganzen Tag angeben ließen, sodass man sagen konnte: *Jetzt ist die gleiche Uhrzeit wie gestern oder vorgestern, was natürlich*, dachte sie, *völlig sinnlos ist, was ist denn schon gleich außer einer leeren Bezeichnung, der Moment heute hat doch mit dem von gestern nichts zu tun.*

Sie hatte auf den Brief nicht reagiert. Sie hatte ihn durchgelesen, mehrfach, hatte sich dann den vorausgesagten Tee gemacht (*wieso sollte ich auch nicht*, dachte sie, *es wäre ja lächerlich, nur weil jemand anderes weiß, dass ich Tee trinke*), war ans Fenster getreten und hatte die Fensterfronten der gegenüberliegenden Häuser gemustert, auf der Suche nach einem antwortenden Gesicht, das sich dort hinter Glas und jenseits der Straße zeigen möge, aber nichts rührte sich, oder sie sah es schlicht nicht, das Gesicht, das sie anblickte, indem sie auf viele hundert Fenster sehen konnte – nicht weil sie nicht hineinsehen hätte können, sondern gerade weil sie hineinsah; so viel Glas und Mauerwerk hatte sie zu überblicken, vom Erdboden bis an den Himmel, und die Straße nach beiden Seiten hin mehrere hundert Meter weit, dass ihr Schauen sie Minuten kostete, während derer sie, den Stockwerken wie den Zeilen eines Textes folgend, Fenster für Fenster absuchte, und sich gleichwohl beobachtet wähnte von einem Fenster aus, das sie inmitten der vielen noch nicht gefunden hatte.

Sie hatte den Brief neben das Telefon gelegt, für alle

Fälle; schließlich war sie dann aber abends ins Bett gegangen, ohne weiter viel über die Sache nachzudenken; nicht, dass so etwas öfters passiert wäre, und ihr gleich gar nicht, jedoch fand sie es übertrieben, zurückzurufen; nur weil er wusste, dass sie Tee zu trinken pflegte, brauchte er noch lange nicht der Mann ihres Lebens zu sein; sollten die Dinge ihr so wohlgesonnen sein, wie es den Anschein hatte, so hatte es wohl keine Eile; andernfalls war ein heimlicher Verehrer nichts, was sie gar vermisst hätte, sie lebte auch so nicht schlecht.

Am nächsten Tag hatte sie am Frühstück gesessen und Radio gehört, als sich jemand im Radio ein Lied wünschte: *Back to Black* von der mittlerweile verstorbenen Sängerin Amy Winehouse. Sie horchte auf, weil es sich um eines ihrer Lieblingslieder handelte – eines, das sie schon lange nicht mehr gehört hatte, das fast schon in Vergessenheit geraten war, und über dessen Wiedertreffen sie sich freute; mochte es für ihre Ohren jetzt auch altmodisch klingen, und noch auf der Ebene des Unterbewussten mit ihrer Jugend, mit dem Musikgeschmack der späten Zweitausender verbunden sein (wie man jenes Jahrzehnt, das den Neunzigern folgte, nun nannte), war sie doch gespannt darauf, es nun wieder zu hören – und als sie auf die Stimme des Ansagers hörte, erfuhr sie, dass ein gewisser Mark es sich gewünscht hatte, für „Ramona, die Frau, die er über alles liebe, und die nun auch wissen solle, dass er sie liebe". Ramona, das war ihr Name. War dieser Mensch der gleiche wie gestern? Obwohl es absurd war, sogleich zu denken, sie selber könne gerade angesprochen sein unter den vielen Tausenden von Ramonas, die um diese Zeit diesen Sender horten, war es ihr erster Gedanke, so sehr fühlte sie sich angesprochen von dem Lied, dessen erste Töne noch parallel zu den letzten Worten des Ansagers erklangen und während derer Ramona in Erinnerungen schwelgte und in Mutmaßungen sich erging. Schließlich war sie zu dem Ergebnis gekommen, sich über das unerwartete Geschenk zu freuen, und natürlich noch nicht sogleich anzurufen, vielmehr bis zum Abend zu warten, auf jeden Fall, und dann etwa zu sehen, ob sie dann den merkwürdigen Vorfall vom Frühstück noch in Erinnerung hätte, oder ihn gänzlich anders einschätzte.

Noch vor ihrer Haustür hatte der mysteriöse Mann, der sich im Radio offenbar mitunter Mark nannte und der mit einem unleserlichen Namenszug unterzeichnete, einen weiteren Weg gefunden, in ihre Wohnung einzudringen. Als sie die Zeitung aufschlug, die sie jeden Morgen las (der Mann musste auch das gewusst haben, oder aber er hatte sich pauschal an alle Zeitungen gewandt: aber das hätte sie mittlerweile bereits enttäuscht), fiel ihr Blick auf eine Anzeige, die ein gewisser Mark aufgegeben hatte und in der er Ramona „einfach nur einen wundervollen Tag" wünschte, an dem sie „bestimmt wieder viele wundervolle Sachen tun würde". Ramona überlegte, was sie an jenem Tag vorhatte; es war aber ein recht gewöhnlicher Tag, ein Arbeitstag eben. Was sollte sie da schon Gelegenheit haben, Außergewöhnliches zu tun? Ramona zog das geblümte Kleid an, das eigentlich besser in den Sommer passte, weil sie sich in jenem Moment, in dem sie sich ihre Kleidung zurechtlegte, just so fühlte, und ging los. Auch nahm sie an jenem Morgen das Fahrrad, und nicht, wie gewöhnlich, den Bus; sie tat das nicht, um jenen Unbekannten zu ärgern (sie war, an jenem Morgen zumindest, ohnehin noch gar nicht geneigt, ihre Stimmung, die frisch und morgendlich war, Mark zuzuschreiben), vielmehr hatte sie eben einfach Lust darauf. Wenn jener Unbekannte jetzt in der Straßenbahn wartete, dann hatte er eben Pech (dachte sie), außerdem liebte er sie ja angeblich dafür, dass sie war, wie sie war, und dazu gehörte, neben vielen anderen Dingen, nicht zuletzt ihre Spontaneität. Sie genoss es, so sein zu können, wie sie war, und dafür von einem Unbekannten (was ja auch nicht völlig unromantisch war) bewundert zu werden, während der Fahrtwind ihre noch von der Dusche feuchten Haare trocknete und die Sonne auf ihr geblümtes Kleid schien. Dass dieser Mark sie bewunderte, hatte er zumindest behauptet; schon jetzt (obwohl seit jenem Brief noch keine vierundzwanzig Stunden vergangen waren) kam ihr das nicht mehr ganz unüberzeugend vor.

An ihrem Arbeitsplatz hatte jemand Blumen für sie abgegeben. Selbstredend waren es ihre Lieblingsblumen, sie hätte mittlerweile auch gar nichts anderes erwartet. Als sie nach Hause kam, fand sie Pralinen in ihrem Briefkasten. *Er muss ja wissen, ob ich mir das leisten kann*, dachte sie sich, und aß die Pralinen. Er hatte es auch geschafft, einen Brief in ihre Dienstpost zu schmuggeln, was angesichts des komplexen internen Verteilungssystems auf jeden Fall eine schwierige Sache gewesen sein musste. Außerdem, überlegte Ramona, konnte der Brief auch erst seit gestern Abend verschickt worden sein; wenn sie ihn gleich angerufen hätte (oder hatte er gewusst, dass sie das nie getan hätte? Sie war sich nicht einmal selbst sicher, ob dem so war), hätte er den Brief ja noch aufhalten können müssen. War dieser mysteriöse Mann einer ihrer Arbeitskollegen? Sie blickte sich verstohlen um in dem Großraumbüro, das tagsüber ihren Aufenthaltsort bildete. Sie kannte hier fast alle vom Sehen. Der Reihe nach ging sie ihre Kollegen durch: einer war schwul, wusste sie, ein anderer hatte eine Freundin, der dritte war verheiratet, der vierte war über siebzig (er hatte mithin bald das gesetzliche Rentenalter erreicht), der fünfte war ein karrieregeiler Streber, der weder links noch rechts blickte (und Mark hieß von ihnen allen ohnehin keiner) …

Nein, einer ihrer Kollegen konnte es nicht sein. Außerdem hatte Mark (sie fand es seltsam, dass sie den Mann, den sie noch nicht einmal im Geringsten kannte, bereits gewohnheitsmäßig mit dem Vornamen bezeichnete: *Mark*) – außerdem hatte Mark seine Informationen ja aus dem Internet beschafft, hatte er angegeben.

Später am Tag ging sie ihre Bekannten durch. Sie dachte an Klassenkameraden und flüchtige Bekanntschaften, an Studienfreunde und verflossene Liebschaften …

Wer konnte in Frage kommen, jener Mark zu sein? Es

gab niemanden, der so hieß und den sie gekannt hätte. Außerdem hatte er ja seinen Vornamen mittlerweile preisgegeben. Hätte das jemand getan, den sie gekannt hätte? Doch wohl nicht. Es musste jemand vollkommen Fremdes sein, folgerte sie.

Es war wohl noch an jenem „ersten Tag danach", dass ihr die Sache anfing, auf eine gewisse andere Art und Weise Spaß zu machen. Sie versuchte, die Schachzüge ihres Gegenspielers (der ja kein Gegner in diesem Sinne war) vorauszuahnen, auf sie im Vorhinein zu reagieren (wobei sie sich sicher war, dass Mark Mittel und Wege hätte, davon Kenntnis zu erlangen) oder sie, halb spöttisch, halb damenhaft, scheinbar unbemerkt links liegen zu lassen, womit sie Mark nicht etwa verärgern wollte, ihn vielmehr necken und auf ihre Weise auf dieses ungleiche Spiel eingehen, seiner Kreativität etwas entgegensetzen wollte. Aber er schaffte es immer wieder, sie zu überraschen.

An einem Abend der Woche fand sie zu Hause ein Foto von sich und ihrem Hund, den sie vor (sie rechnete nach) dreizehn Jahren gehabt hatte, der dann aber in einem Autounfall gestorben war. Dieses Foto, erinnerte sie sich, hatte sie einmal besessen, es dann aber (nachdem sie es als Erinnerungsstück überallhin mitnahm) verloren, so sehr sie auch danach gesucht hatte. Offenbar hatte jener Mark es geschafft. Sie wusste nicht, wie er das nun wieder bewerkstelligt hatte. Sie hatte ja noch nicht einmal eine Ahnung, wer er sein könnte. Er bestand bis jetzt nur in einer Armee von Einfällen, von Aufmerksamkeiten, von überraschenden Begegnungen, die sie heimsuchten, wenn sie am allerwenigsten damit rechnete. Aber diese so unerwartete Aufmerksamkeit (die sie mehr freute als alle Pralinen und Blumen der Tage zuvor) berührte sie doch auf eine andere Art als alle anderen Aufmerksamkeiten, hatte hier doch Mark sein Wissen über sie genutzt, um ihr damit etwas zu verschaffen, was sie selbst einmal so verzweifelt gesucht hatte und von dem jetzt gar nicht mehr gewusst hatte, wie sehr es ihr Herz berührte.

Die Sache mit dem Foto hatte sie dazu geneigt gemacht, die Affäre ernster zu nehmen als bisher. Vielleicht gab es ja wirklich eine Verwandtschaft zwischen ihren beiden Seelen? Und war es nicht verlockend, sich zu überlegen, wie es wäre, von einem liebenden Mann tagtäglich umsorgt zu werden?

Nach einer Woche, die voll war mit Pralinen und kleinen Geschenken und lieben Grüßen und netten Überraschungen wählte sie eines Abends die Nummer, die im Brief stand.

„Hallo Ramona“, meldete sich eine männliche Stimme. Sie schätzte den Sprecher auf etwa dreißig, und die Stimme klang ein wenig spöttisch, als spräche ein alter Freund zu ihr, der bei dem Gedanken an sie auf eine lange und erlebnisreiche Freundschaft zurückblicken konnte.

„Hallo“, sagte Ramona. „Du hast mich ehrlich gesagt schon neugierig gemacht.“

Der Mann lachte. „Na, ich hab mir ja auch ganz extra besonders viel Mühe gegeben“, sagte er.

„Wie hast du das mit dem Foto gemacht?“, wollte Ramona wissen.

Der Mann lachte wieder. „Das erzähle ich dir bei unserem ersten Treffen“, sagte er. Und sie verabredeten sich für den nächsten Tag: Mark würde sie um sechs Uhr abends abholen, versprach er. Das war gestern gewesen.

Jetzt war es zehn vor sechs. Ramona blickte auf die Uhr, aber Vorfreude stellte sich nicht ein. Gut, natürlich würde sie Mark treffen. Vielleicht würde es ja auch ganz reizvoll werden, aber viel versprach sie sich nicht mehr davon.

Es war gegen drei Uhr heute Nachmittag gewesen. Sie war unverhofft früher nach Hause gekommen und hatte noch drei Stunden Zeit gehabt. Sie langweilte sich, und sie war auch ein bisschen aufgeregt. Wenn es doch endlich sechs Uhr wäre, dachte sie. Wie dieser Mark wohl aussehen mochte? Und was er für ein Mensch war?

Schließlich hielt sie es nicht mehr länger aus. Sie

schaltete den Computer ein und suchte nach Mark. Es war nicht besonders schwer, ihn zu finden, immerhin hatte sie seinen Vornamen und seine Telefonnummer. Es kostete sie nur eine geringe Zeitspanne, bis sie einiges über ihn herausgefunden hatte.

Mark war einunddreißig und bereits geschieden. Offenbar hatte er seine erste Frau auch über das Internet gefunden und ausfindig gemacht und sie ähnlich umworben wie jetzt Ramona. Dem zu Folge, was ein Freund der beiden in einem Internettagebuch schrieb, hatte jene erste Frau sogar drei Wochen gewartet, bis sie Mark anrief. Ramona erfuhr auch etwas über die Vorgehensweise von Mark: er hatte ein weitgespanntes Netzwerk von Freunden, die er für die verschiedenen Aufträge einsetzte. Ramona sah sie in einem digitalen Verzeichnis aufgelistet (Mark hatte laut diesem Verzeichnis 328 „Freunde", die bei diesem Verzeichnis ebenfalls angemeldet waren) und sie erkannte Arbeitskollegen von sich darunter, ihren Briefträger, ja sogar einen ihrer Nachbarn. Auch die Sache mit dem Foto konnte sie sich mehr oder minder zusammenreimen; ihre damalige beste Freundin, mit der sie zusammen im Urlaub gewesen war, war mit einem Freund von Mark befreundet und hatte offenbar bei der Suche geholfen: jedenfalls war Ramona nicht mehr besonders neugierig, wie Mark es geschafft hatte.

Überhaupt fiel einiges von seinem Aufgebot an Überraschungen in sich zusammen. Natürlich, so und so musste er es gemacht haben, konnte sie die Sachen im Nachhinein relativ einfach nachvollziehen. Wahrscheinlich hatte es ihn nicht einmal besonders viel Aufwand gekostet, überlegte sie, vielleicht einen Nachmittag oder zwei. Fast enttäuscht war sie auch, dass sie nur „die zweite" war und dass Mark an ihr nur ausführte, was bei seiner ersten Frau zumindest für eine Hochzeit gereicht hatte. *Sobald man die Zusammenhänge überblickt*, dachte sie, *wird fast alles so trivial.* Und die ganze Verehrung jenes Mannes, die sie noch vor zwei Stunden an Jane Austen erinnert hatte, kam ihr jetzt nurmehr vor wie die Ausführung eines gut konstruierten, aber im Wesentlichen doch herzlosen Computerprogramms.

Sie blickte wieder auf die Uhr. Es würde gleich sechs Uhr werden, und sie hatte trotz allem nicht vor, zu spät zu kommen. Sie seufzte und stand auf. Sie blickte kurz noch in den Spiegel, dann auf die Uhr. *In drei Stunden bin ich zurück*, dachte sie, während sie aus der Tür trat. Aber es war eine schöne Woche.

Michaela Kuich

Frau Mairand

„Frau Mairand, ich bitte Sie, da drüben an der Wand Platz zu nehmen."

Ich nicke, drehe mich um. Der Saal, in dem ich mich befinde, ähnelt einer Fabrikshalle. Altes, bröckeliges Mauerwerk. Backstein. Ansonsten gefällt mir diese Art Häuser, doch hier sieht selbst das schöne tizianrot der Backsteinziegel trostlos grau aus. Von der Decke hängen Neonleuchten, die jeden Zentimeter der Haut ausleuchten, jeden Krater, jede Narbe, jede Pore zum Vorschein kommen lassen und die Gesichter der anderen Wartenden geisterähnlich erscheinen lassen. Der Saal ist voll von solchen Spukgestalten. Voll von gequälten, gebückten Kreaturen, die auf ihren Henker zu warten scheinen. Das letzte Gericht. Eng an eng drängen sich die Menschen. Die meisten sitzen auf dem Fußboden, einige wenige, vermeintlich Glückliche haben auf einer der Holzbänke Platz gefunden, die vereinzelt im Raum stehen. Die Holzbänke erinnern mich an meine Schulzeit. Turnbänke. Ein junger Mann versucht gerade, eine ältere Dame von der Bank zu drängen. *Bandscheiben*, behauptet er. *Alter*, keift sie zurück. *Krankheit vor Alter*, beharrt er. Ich verstehe das Gezänke um die Bänke nicht. Hier, wo wir ohnehin bereits ohne Würde sind, wird noch Wert darauf gelegt, sich an die gesellschaftlichen Regeln zu halten und auf Sitzbänken zu sitzen. Vielleicht ist er das, der letzte Zipfel Integrität, an den sich die Menschen klammern. Ich bin ein Mensch, ich sitze auf einer Bank. Nur wer Tier ist und schuldig, kauert auf der Erde. Mir ist das egal. Der Fußboden scheint mir eine komfortable Alternative zu den unbequemen, überfüllten Sitzbänken. Ich lasse mich auf den Boden sinken. Schließe mich der Gespenstergesellschaft an, bin jetzt Teil von ihr. Doch diese Geister scheinen sich ihrer Zusammengehörigkeit nicht bewusst zu sein. Versuchen sie sogar zu leugnen. Drehen pikiert den Kopf, wenn ein Fremder den Versuch startet, Kontakt aufzunehmen. *Nein, das hier ist nur ein Irrtum, ich bin keiner von EUCH*, sagen die Blicke. Doch der Schein des Neonlichtes straft die Blicke Lügen. Lässt die Menschen wissen, dass jeder der Anwesenden schuldig ist. Hier sehen doch alle gleich aus! Kalkgesichtig, kreidebleich, bis auf die dunklen Augenringe. Wie könnte jemand, der so aussieht, unschuldig sein?

An den Wänden der Anstalt sind unzählige Kameras montiert, die sämtliche Winkel des kargen Gemäuers ausleuchten. Sie lassen uns wissen, dass es keinen Ausweg gibt, kein Entrinnen, bis wir unseren Namen aus einem der Lautsprecher vernehmen. Bis wir unseren bitteren Gang antreten dürfen. Canossagang. Immerhin haben sie uns unseren Namen gelassen. Nicht durchnummeriert. Soll uns das in dem Glauben lassen, wir wären Individuen? Zusammengepfercht in einem Schweinestall. Quietschend. Wartend auf unsere Schlachtung. Und der Bauer versucht uns zu beruhigen, bevor man uns eine Kugel in den Kopf jagt. Man soll immer mit den Tieren sprechen, sie in dem Glauben lassen, man meine es nur gut mit ihnen, ansonsten schütten sie zu viele Stresshormone aus und das Fleisch schmeckt nicht mehr so gut. Der Bauer lächelt mir zu. In diesem Fall ist er eine junge Beamtin, thronend in der Mitte des Saales. Hinter einem sterilen, weißen Schreibtisch. Auf einem modernen Ledersitzmöbel. Designerstück. Nicht billig, nicht billig, aber soooo bequem. Zufall, dass diese Frau die einzige Beamtin ist, die ich in meinem bisherigen Leben lachen sehen habe? Der Bauer macht seine Sache gut. Allein wie er das *Frau Mairand* betont hat. Als wäre er persönlich darauf bedacht, meinen Fall so schnell wie möglich zu bearbeiten. Als wäre all das nur ein einziges Missverständnis und ich müsste mir gar keine Sorgen machen. So viel Bedeutung kann der Bauer in die Betonung eines gewöhnlichen Namens legen. Streicheleinheiten vor der Schlachtung.

Ich sehe mich um. Unweit von mir sitzt eine junge

Frau. Mitte zwanzig. Die Tränen haben ihr die Wimperntusche von den Wimpern gespült, sie unterhalb des Unterlides gesammelt, gerinnen lassen, dunkle Augenschatten gebildet. Tränenrinnen. Ihre Haut ist dunkel. Olivfarben. Sie ist kein gewöhnlicher Geist. Kein kreidebleiches Häufchen Elend. Ich spüre ihre Wut. Auch ihr hat der Bauer nichts vormachen können. Sie zittert, bohrt sich ihre Fingernägel in die Oberarme. Kratzt. Krallen wetzen. Ich erhebe mich, setze mich neben sie.

„Und? Wie lange wartest du schon auf deine Hinrichtung?“ Sie kneift ihre Augen zusammen. Grüne Katzenaugen. Ihr Blick zerlegt mich in kleine Einzelteile, ehe sich ihre Gesichtszüge wieder glätten. Sie lächelt. „Und was hast du verbrochen?“

„SPOT.“ Fieberhaft beginnt sie wieder, ihre Oberarme zu bearbeiten, schabt kleine Wunden in die Haut.

SPOT. Ein System, das uns als Erlösung dargeboten worden ist. Aufgedrängt. Es befreit uns von Terroristen. Misst Blutdruck und Herzschlag, Blutstrom der Gesichtshaut, zeichnet alles via Videokamera auf. Änderungen der Gesichtsmuskeln. Schlägt das System Alarm, wird man von groben Securitybeamten durchsucht, nach Flüssigsprengstoff, Drogen, Waffen. Trägt man nichts Verdächtiges bei sich, wird trotzdem angenommen, man habe vor in Österreich seinen terroristischen Aktivitäten nachzugehen. Dann wird man hierher gebracht, in die Anstalt, zur Befragung. SPOT. Keine Angst mehr. Kein Terror. Seit SPOT sind in Österreich keine Flugzeuge mehr in den Donauturm geflogen, oder ins Millenium-Center, oder in die Uno-City. Tatsächlich sind bisher in Österreich noch nie Flugmaschinen in irgendwelche Gebäude gestürzt. Der Bundeskanzler sagt, Vorsicht ist besser als Nachsicht. Und wen kümmert es, dass die Trefferquote des Systems nur bei siebzig Prozent liegt? Immerhin kommen so siebzig Prozent der Terroristen nicht ins Land, können so also auch keine Straßenbahnen sprengen, Rohrbomben basteln, nicht in die Lugner City fliegen. Ich jedenfalls gehöre zu den restlichen dreißig Prozent. Fehlerquote. Ich bin also nur ein Kollateralschaden. Ein kleiner Fehlschlag, doch betrachtet man das große Ganze und denkt man an das Wohl der Österreichischen Nation, bin ich unwichtig. Kein Super-Gau, kein Armageddon, nicht einmal Waterloo. Ein Opfer, im Krieg gegen den Terror, das der Staat gewillt ist, zu erbringen. Danke, dass Sie Ihre Identität für den Staat aufgeben, man wird es Ihnen danken indem man Sie mit einer Horde Terroristen in eine unterkühlte Fabrikshalle zwängt und sie einem unangenehmen Verhör unterzieht. Sollten Sie aber, ja es soll vorkommen, doch wieder freigelassen werden, da sich unsere Vermutungen als schlichtweg falsch herausgestellt haben, schicken wir Ihnen gerne als Entschädigung einen Geschenkkorb und einen Gutschein für einen lebenslangen Vorrat an Ottakringer Bier, was sie sicher brauchen können, denn nach unserem Verhör werden Sie nicht mehr derselbe Mensch sein, so leid es uns tut, dieses Opfer müssen wir in Kauf nehmen, und es ist ja auch für einen guten Zweck. Seit es SPOT gibt, können wir hier in Österreich wieder frei atmen und leben und laufen nicht mehr Gefahr von Selbstmordattentätern in die Luft gesprengt zu werden. Wir bitten um Ihr Verständnis.

„Ich bin schon das zweite Mal hier." Nervös fährt sie sich durchs kastanienbraune Haar. Zwingt sich dazu zu lächeln. „Diesmal wird's wohl nichts mehr mit der Freiheit." Ich überlege krampfhaft, wie ich sie wieder aufmuntern könnte. Floskeln wie *Wird schon wieder werden*, *Alles halb so schlimm*, *Alles wird gut*, gehen mir durch den Kopf. Nichts wird wieder gut. Ich fühle mich hilflos, halte lieber den Mund. Lege ihr meine Hand auf den Unterarm. Sie greift nach meiner Hand, drückt sie. Danke, sagt ihr Händedruck.

„Marisol Pérez, bitte begeben Sie sich in den Befragungsraum. Man wird sich sofort um Sie kümmern." Die zuckersüße Bauernstimme dröhnt aus einem Lautsprecher über uns. Verklebt unsere Gehörgänge. Honig in unseren Hörorganen.

„Das bin ich."

Marisol klopft mir auf die Schulter. „Wir sehen uns später." Sie erhebt sich, sieht mich noch einmal an. „Alles halb so schlimm." Marisol spuckt mir diese vier Worte zum Abschied entgegen. Verdrossen. Wie einen bitteren, klebrigen Klumpen, der ihr die längste Zeit die Luftröhre verschlossen hat, den loszuwerden ihr grundlegendstes Bedürfnis es war. Sie dreht sich um, geht auf die schmale Tür, am anderen Ende des Saales zu. Öffnet sie. Verschwindet. Bis jetzt ist noch keiner der Verschollenen zurückgekehrt. Die Tür scheint Eingang zu sein, jedoch nicht Ausgang. Schwarzes Loch. Und keiner weiß, was sich dahinter befindet, außer Marisol. Jetzt ist es zu spät. Ich habe es verabsäumt, sie danach zu fragen, nach dem WAS. Die Pforte hat sich hinter ihr geschlossen und ich kann nichts anderes tun, als abzuwarten. Bis ich selbst diejenige bin, hinter der sich die Tür schließt.

Keinen der Anwesenden scheint es zu interessieren, dass immer mehr Menschen von der Stimme aus dem Lautsprecher aufgerufen werden. Jeder ist nur noch mit sich selbst beschäftigt. Nicht mein Name. Nicht mein Name der da ertönt. Trotzdem scheint der Saal sich nicht leeren zu wollen. Minütlich werden Neuankömmlinge durch die Sicherheitsschleuse in die Halle überstellt. Frischfleisch. Vom Bauern in Empfang genommen. Die Daten in den Computer getippt. Name. Adresse. Telefonnummer. Sozialversicherungsnummer. Ein Knopfdruck und du existierst nicht mehr. Oder bist plötzlich Terrorist. Natürlich, terrorverdächtig, das ist etwas anderes. Und wenn du dich gut führst, durch Zufall es schaffst dich aus der Sache rauszureden, bist du trotzdem für deine Nachbarn weiterhin *der Terrorist*. Und die Frau Meier lädt dich nicht mehr auf einen schnellen Kaffee ein. Der Herr Soundso will dich nicht mehr in seinem Golfclub als denkbares, zukünftiges Ehrenmitglied aufnehmen. Du bist gebrandmarkt. Terrorist steht dir ins Gesicht geschrieben. Danke, für Terroristen schenken wir keinen Wein aus, Terroristen stellen wir heuer leider keine ein, an Terroristen verkaufen wir keine Billy-Bücherregale. Die einzige Möglichkeit, die dir dann noch bleibt, ist ein Job bei den Zeugen Jehovas, als Wachturmverkäufer, am Westbahnhof. Die Zeugen sind mindestens genau so verhasst wie Terroristen. Sind sie ja irgendwie auch, Terroristen. Zeitschriftenterror. Wir-sind-Träger-der-einzigen-Wahrheit-Terror. Wir-sind-erleuchtet-Terror. Selbstgefälliger-Gesichtsausdruck-Terror. Ich weiß, ich übertreibe, aber ich bin Terrorist. Kann nicht klar denken, bin Terrorist. Verblendet von falschen Ideologien, Terrorist.

„Gabriele Mairand, bitte begeben Sie sich in den Befragungsraum. Man wird sich sofort um Sie kümmern."

Die Tür schließt sich hinter mir.

Tobias Peterka

Tiamat 58 A

Der beruhigende Dreiklang des sich herunterfahrenden Organizers hallte durch das sterile Treppenhaus. Kempgens steckte das handtellergroße Gerät mit säuerlicher Miene in die Innentasche seines Sakkos.

Er hatte sich immer vor dieser Aufgabe gefürchtet, doch nun gab es keinen Ausweg mehr. Kein Vertretenlassen. Keine hastig vorverlegte Fortbildung.

Zwei ebenfalls in graue Anzüge gekleidete Herren hasteten von unten kommend an ihm vorbei, grüßten jeweils mit einem Kopfnicken.

Der elegante, schlanke Lift, dessen Surren in diesem Moment wieder einmal durch die Wand drang, war ausschließlich den Mandanten vorbehalten. Bei Albrecht & Singh achtete man schließlich schon aus Prinzip auf die Gesundheit der Mitarbeiter.

Kempgens schloss die linke Hand fester um den Aktenkoffer und bog schwungvoll um eine Treppenkehre, wobei seine Absätze ein grelles Quietschen verursachten.

Hoffentlich ging es schnell! Die Gegenseite schien laut Aktenlage ja bereits sehr kooperativ gewesen zu sein.

Die schmucklose Treppe endete in einem unscheinbaren Foyer, dessen zwei Empfangstheken Kempgens stets wie Sarkophage in einem geplünderten Grab vorgekommen waren. Er schenkte der attraktiveren der beiden Sekretärinnen ein flüchtiges Lächeln, ohne auf die Reaktion zu achten.

Eine gläserne Doppeltür öffnete sich gleich einem auf der Seite liegenden Auge und ließ warme Luft über ihn hinwegfluten. Trotzig kontrollierte er seinen Krawattenknoten, blieb stehen und suchte mit zusammengekniffenen Augen den in der Sonne daliegenden Parkplatz ab. Obwohl es vollkommen windstill war, huschten unzählige kleine Schatten über die Betonfläche.

Ein Stück entfernt erkannte er schließlich den silberfarbenen Audi. Auch wenn man von Selling nicht viel Gutes sagen konnte – pünktlich war er.

Kempgens setzte sich zielgerichtet in Bewegung, woraufhin am Heck des Wagens auch sofort zwei grellgelbe Lichtquellen aufleuchteten. Einen Augenblick später hob sich das ovale Vehikel einige Handbreit in die Luft und verharrte geduldig, bis Kempgens heran war.

Die Beifahrertür fuhr lautlos zur Seite.

„Mensch Ansgar, beeil´ dich! Die Hitze haut einen ja wirklich um."

Kempgens beugte sich zu Selling in die nach aggressivem Aftershave riechende Fahrerkabine, schüttelte ihm schweigend die Hand und schob seinen Aktenkoffer in eine der dafür vorgesehenen Vertiefungen zwischen den Frontsitzen. Betont umständlich nahm er danach seinen Platz ein und betätigte den Türschließer.

Selling hatte dem Prozedere grinsend zugesehen und fummelte nun an der Klimaanlage herum. Auf seiner Stirn, deren Ausläufer schon deutlich hinter die Ohren vorgedrungen waren, glänzte Schweiß.

„Dann wollen wir mal. Hätte nicht gedacht, dass ich mit dir mal eine Konfiskation haben werde!", meinte Selling in seiner stets aufgesetzt wirkenden Stimmlage.

Kempgens erinnerte sich mit Grauen an die Wochen nach Sellings Rhetorikfortbildung. Die ganze Kantine hatte sein Mitteilungsbedürfnis zu jedem noch so belanglosen Thema leidlich auskosten dürfen.

„Ich auch nicht", entgegnete er, „aber bis ich bei den Terminen was mitzureden habe, wird es wohl noch eine Weile dauern."

„Wem sagst du das!", antwortete Selling und ließ den Audi höher steigen. In der Windschutzscheibe erschienen sofort die Projektionen der Luftkorridore. Die vorherrschende Farbe Rot sowie drei blinkende Warnhinweise deuteten unmissverständlich auf dichten Berufsverkehr hin.

Selling murmelte etwas unwirsch vor sich hin und

steuerte einen dunkelorangen Korridor an. Die Gebäude um den Parkplatz waren schnell passiert und schon tauchten sie in das infernalische Chaos der morgendlichen Rushhour ein. Selling widmete sich konzentriert den Projektionen in der gewölbten Windschutzscheibe, welche die einzige Möglichkeit boten, in dem Wirrwarr aus unterschiedlich großen Flugvehikeln so etwas wie geleiteten Verkehr auszumachen.

Mit einer beiläufigen Handbewegung schaltete er das Radio ein und wählte die Option *favourites*. Johnny Cash erklang in gehobenem 7.1 Surround Sound.

Kempgens seufzte innerlich und ließ seinen Blick aus dem Seitenfenster über Frankfurt am Main schweifen. Während der Schwerlastverkehr deutlich höher seine Bahnen zog, wurden die Personengleiter auf drei Ebenen kanalisiert, welche durch ein kompliziertes Zubringer- und Ausfahrtensystem untereinander verbunden waren und knapp über der Höhe der Deutsche Bank Zwillingstürme begannen.

Lediglich die neueren Wolkenkratzer der Tokio-Klasse ragten aus dem Schwarm metallener Körper, der sich über die Stadt erstreckte. Die wenigen Außengeräusche, die durch die Schallisolation des Oberklassegleiters drangen, mussten spätestens vor Johnny Cash die Waffen strecken.

Kempgens schloss die Augen und zählte stumm bis dreißig.

„Hast du dir die Akte schon rübergezogen?“, fragte er schließlich und wandte sich Selling zu.

Der Rechtsanwalt nickte, wobei sich Kempgens zuerst nicht ganz sicher war, ob dies ihm oder der Musik galt. Dann jedoch tasteten Sellings etwas zu kurz wirkende Finger erneut über das zentrale Bedienfeld.

„Na klar. Hier kannst du noch mal alles einsehen“, meinte er, ohne den Blick von der simulierten Straße zu nehmen. „Lass dir ruhig Zeit, ich muss sowieso noch zum Shanghai.“

Das untere rechte Viertel der Windschutzscheibe

schaltete von orange-roten Linien auf eine großzügige Doppelseite Text um. Kempgens beugte sich nach vorne und blätterte mittels Handbewegungen knapp vor der Scheibe in den Akten herum.

„Seit wann tust du dir diesen Fraß an?", wollte er nebenbei von Selling wissen.

Dieser zuckte mit den schmächtigen Schultern.

„So schlecht ist das Zeug gar nicht. Mein letzter Fitnesstest war für meine Gen-Stufe überdurchschnittlich, da werde ich es mir mal erlauben."

Kempgens brummte in einer bewusst undeutbaren Mischung aus Zustimmung und Tadel vor sich hin und studierte die Akten eingehender. Nicht, dass er sie nicht schon von gestern Abend her gekannt hätte, doch bei solcherlei Angelegenheiten pflegte Dr. Albrecht von Zeit zu Zeit höchstpersönlich noch die eine oder andere Anweisung hinter die Datei zu hängen.

Diesmal gab es keinen Annex. Nur die übliche Paragrafenfolge in gebetsmühlenartiger Anordnung unter der Textpassage *Sofortige delegierte Beschlagnahme gemäß Patentgesetz-Novelle 2034*.

Schlecht gelaunt schloss er die Textansicht und streifte seinen Aluminium-Aktenkoffer mit einem kurzen Blick. Dort drinnen befanden sich alle nötigen Dokumente, um diese unangenehme Gelegenheit hinter sich zu bringen – sogar als altmodischer Papierausdruck. Kempgens verschränkte die Arme vor der Brust und musterte die akkuraten Nägel seiner rechten Hand.

„Hölderlinstraße 15. Wo genau liegt das eigentlich?", wollte er beiläufig von Selling wissen.

„In diesem bewachten neuen Wohnpark in Bad Vilbel", antwortete dieser und schürzte die Lippen. „Exquisite Lage. Den Quadratmeterpreis willst du gar nicht wissen, sag ich dir."

„Gewerblich?", hakte Kempgens ohne darauf einzugehen nach.

Selling warf einen Blick in den digitalen Rückspiegel

und setzte den Blinker, um tiefer zu gehen. „Was?"

„Die Neureutners", meinte Kempgens ungeduldig. „Sie haben doch eine Export-Firma. Wurde das Patent gewerblich verletzt?"

„Ging das nicht aus dem Schriftwechsel hervor?", entgegnete Selling und hielt auf ein stilisiertes S aus knallroter Leuchtreklame zu, das knapp unter der Spitze an einem kleineren Wolkenkratzer angebracht war.

„Nein. Es wurde offen gelassen, da es durch die Novelle keinen Unterschied im Vorgehen mehr macht. Aber es würde mich trotzdem interessieren. Rein persönlich."

„Ach, Ansgar!" Selling vollführte demonstrativ eine wegwerfende Geste mit der Rechten. „Wir sollen uns keine persönlichen Gedanken machen, sondern unrechtmäßigen Diebstahl geistigen Eigentums bekämpfen. Spätestens in fünfzehn Minuten wirst du die ganze Sauerei schon selbst sehen."

Bei den letzten Worten drosselte er die Maschine spürbar und bog in einen aus einer riesigen Plexiglasröhre bestehenden Fly-Thru. Er regelte die Musik herunter und öffnete das Fahrerfenster.

„Danke, dass Sie sich für Shanghai Convenience entschieden haben", hallte eine fröhliche Frauenstimme aus einem Lautsprecher in der Gebäudewand. „Ihre Bestellung bitte?"

Selling musterte die bunten Angebote neben dem Schalter und gab seine Entscheidung weiter.

„Für dich wahrscheinlich nichts, was?", wollte er über die Schulter von Kempgens wissen. Dieser zog es vor, gar nicht zu antworten.

Nachdem Selling seine Kreditkarte durch ein Lesegerät gezogen hatte, wurden sie freundlich zu einer Durchreiche weiter vorne komplimentiert. Eine junge Angestellte mit hochgesteckten, blonden Haaren sowie zwei nach Gebratenem riechenden Tüten erwartete sie bereits.

„Danke, Herr Selling. Noch ein Besuch und Sie nehmen an unserer exklusiven Kreuzfahrt-Auslosung teil."

Selling bedankte sich ebenfalls und nahm das Essen in Empfang, wobei er die Tüten umständlich an der gleichen Seite wie die junge Frau anfasste.

Der Gleiter nahm wieder Fahrt auf und verließ den gläsernen Schlauch Richtung Stadtteil Bad Vilbel.

Kempgens hatte die ihm weitergereichten Tüten widerwillig auf der Rückbank verstaut und wunderte sich gerade über den merkwürdigen Krimskrams, der dort herumlag, als Selling einen leisen Pfiff ausstieß.

„Na, hoppla, mein Geschmack geht immer noch in die richtige Richtung", erläuterte er, während er Kempgens seine Armbanduhr hinhielt.

Dieser erkannte stirnrunzelnd, dass es sich lediglich um ein verchromtes Plastikgerät mit einem kleinen Bildschirm handelte.

Auf hellblauem Grund stand dort die Zahl 5.7 sowie mehrere Wörter, die er jedoch nicht richtig registrieren konnte, bevor Selling seinen Arm wieder ans Steuer legte.

„Für jemanden, der bei Shanghai Convenience arbeitet, hat sie doch eine sehr beachtliche Gen-Stufe", meinte Selling halb ernst, halb scherzhaft.

„Du hast sie gescannt?", entfuhr es Kempgens. „Dir ist schon klar, dass das nicht wirklich legal ist?"

„Ah, Ansgar, jetzt sei doch nicht heiliger als der Papst!", wies Selling die Kritik gekränkt zurück. „Das Ding hier gibt es in jedem Scherzartikelladen für ein paar Euro. Es ist so ungenau, dass Stufe und Komponenten praktisch nur eine Schätzung darstellen."

„Warum benutzt du es dann?" Kempgens taxierte den Gen-Scanner an Sellings Handgelenk misstrauisch.

„Na, um meine natürliche Einschätzung zu überprüfen. Bisher lag ich selten viel mehr als eine Stufe weg."

Selling grinste und wechselte die Spur.

„Und das Ding gibt es in Scherzartikelläden?", wollte Kempgens wissen, während er innerlich die Schultern zuckte. Er hatte nicht wirklich Lust, Selling eine seiner ohnehin unzähligen schlechten Angewohnheiten auszutreiben.

„Na klar. Willst du auch einen haben? Meiner Tochter habe ich gleich einen mitbestellt."

„Nein, danke", wehrte Kempgens ab und musterte die näher kommende Schutzmauer des Bad Vilbeler Wohnparks.

Dass er kurz darauf in dem geparkten Audi Selling dabei zusehen musste, wie dieser undefinierbare, gebratene Fleischspieße und Pommes Frites hinunterschlang, besserte seine Laune nicht wirklich.

Schließlich stiegen die beiden Anwälte aus und gingen die Hölderlinstraße entlang.

„Da ist es ja – 15", verkündete Selling Pfefferminzbonbon lutschend und zeigte auf ein stattliches, dreigeschossiges Gebäude in Pastellgelb. An dem gusseisernen Tor in der niedrigen Gartenmauer prangte der Name Neureutner.

Zu Kempgens Überraschung war jedoch keine Klingel zu finden und so marschierten die beiden direkt auf die moderne Eingangstür zu.

Als sie den Vorgarten kaum zur Hälfte durchquert hatten, erschien ein rundlicher Herr mit kurzem, weißen Vollbart und Haupthaar in der Tür und musterte sie grußlos.

„Herr Neureutner?", fragte Selling sachlich, als sie heran waren. Das Bonbon hatte er zuvor unmerklich heruntergeschluckt.

Der Mann nickte wortlos und ging ohne weitere Formalitäten ins Haus. Selling und Kempgens tauschten einen kurzen Blick und folgten ihm.

Über einen hellen Flur ging es in den fast schon prächtigen Wintergarten, der über die vollen drei Geschosse angelegt zu sein schien.

Zwischen halbhohen Hibiskussträuchern befand sich ein dunkler Holztisch mit zwei Sitzbänken. Daneben stand ein dünner Mann mittleren Alters, der sowohl von seinem schwarzen Anzug als auch seiner säuerlichen Miene und der angespannten Körperhaltung her wie ein wartender Sargträger wirkte.

Kempgens schätzte jedoch eher, dass es sich um den Anwalt der Neureutners handelte - was ein kurzer Blick auf den geöffneten Aktenkoffer auf der hinteren Sitzbank bestätigte.

Selling hielt auf den Mann zu und streckte ihm seine Hand hin.

„Selling. Mein Kollege Kempgens. Wir hatten Mail-Korrespondenz."

„Thiel", kam die zu dem Gesicht passende Antwort. Der Händedruck wirkte roboterhaft.

Auf eine Geste seitens Thiel setzten sich die drei Anwälte an den Gartentisch. Kempgens konnte es Herrn Neureutner nicht wirklich verdenken, dass dieser reglos stehen blieb.

„Also", brach Selling die unangenehme Stille und öffnete seinen Koffer. „Ihre Mandantschaft hat sich nach der Entdeckung kooperativ verhalten, wodurch ich Ihnen hiermit wie zugesagt die strafrechtliche Verzichtserklärung von *Rhein-Ruhr Reinforcement* überreichen kann."

Er schob mehrere Blatt Papier in einem Folienumschlag über den Tisch. Kempgens erkannte sofort die drei pyramidenförmig angeordneten, bullig wirkenden R-Buchstaben des Konzernlogos.

Thiel zog die Unterlagen zu sich wie ein Pokerspieler gewonnene Chips.

„Vielen Dank. Die zivilrechtliche Haltung bleibt wohl unverändert?"

Selling faltete die Hände auf der Tischplatte.

„Es tut mir leid, aber Rhein Ruhr muss bei derlei Vorfällen konsequent bleiben. Bei den heutigen Kopiermöglichkeiten wären ansonsten horrende Investitionen in Gefahr."

Thiel nickte stumm und Selling versuchte sich in einem Lächeln, was er jedoch gleich wieder aufgab. Stattdessen räusperte er sich. „Herr Kempgens ist mit den Einzelheiten besser vertraut. Er wird der Form halber noch einmal den Sachverhalt zusammenfassen."

Selling deutete auf Kempgens wie ein Zauberer auf seinen gelungenen Trick und holte seinen Organizer hervor. Demonstrativ aktivierte er die Audioaufnahme und stellte das Gerät auf den Tisch.

Kempgens förderte nun seine Unterlagen zu Tage und räusperte sich ebenfalls. Eigentlich war er erleichtert, dass es nun bald vorbei sein würde.

„28.04.2038", begann er in veränderter Tonlage. „Hölderlinstraße 15, Frankfurt am Main. Erster Konfiskationstermin." Er warf bei dem letzten Wort Herrn Neureutner einen unwillkürlichen Blick zu.

„Durch Beschluss vom 12.02. 2038 des zuständigen Landgerichts wurde folgender Tatbestand unbestritten festgestellt: Angelegentlich einer Routineuntersuchung in der Universitätsklinik Frankfurt wurde die Verletzung des Patents Tiamat 58 A unter bekannter Patentnummer offenbar. Paragraf 9, Nummer 1 Patentgesetz in Verbindung mit Paragraf 9a, Absatz 3 Patentgesetz. Der Verletzergegenstand wurde sichergestellt, konnte aber nach Ermittlung der Verantwortlichen vorübergehend wieder ausgehändigt werden. Die Verletzung wirkt aufgrund der professionellen Ausführungsweise besonders schwer. Die gewerblichen Hintermänner waren trotz des kooperativen Verhaltens der Verantwortlichen nicht mehr ausfindig zu machen. Es wurde dennoch seitens des Geschädigten von der Verzichtsmöglichkeit des Paragrafen 142, Absatz 4 Patentgesetz Gebrauch gemacht. Ferner kommt eine Vernichtung gemäß Paragraf 140a, Absatz 1, Satz 1 in Verbindung mit Paragraf 9, Absatz 3 Patentgesetz mangels Verhältnismäßigkeit nicht in Frage. Die sofortige delegierte Beschlagnahme nach Paragraf 140a, Absatz 4 Patentgesetz in Verbindung mit Paragraf 27 Europäisches Fürsorgegesetz wird im Anschluss an dieses Diktat vollzogen."

Selling stoppte die Aufnahme und fügte der Datei eine Satellitenverortung zu Beweiszwecken bei. Dann bedankte er sich knapp bei Kempgens und schob Thiel zwei weitere Papierbögen über den Tisch. Der Rechtsbeistand überflog eine der beiden Ausfertigungen und reichte alles an Herrn Neureutner weiter. Dieser trat näher und unterschrieb mittels eines von Thiel gereichten Füllfederhalters.

„Ihr elenden Blutsauger“, stieß er dabei aus. „Hoffentlich seid Ihr mit Eurem dreckigen Gewerbe zufrieden!“

„Vorsicht, Herr Neureutner“, konterte Selling und hielt dem eisigen Blick des Mannes stand. „Ich frage mich, wer sich hier eines dreckigen Gewerbes bedient hat. Sie hatten mit Sicherheit genug Geld, um einen älteren Komplex legal zu erstehen. Aber Sie mussten ja unbedingt die Tiamat-Reihe haben – und dazu noch die neueste Variante!“

Selling blätterte grimmig in seinen im Koffer aufgeschlagenen Unterlagen. Er wedelte mit einem Bogen herum, auf dem deutlich überdimensioniert die roten Lettern *M & LS* zu lesen waren.

„Tiamat 58 A war sogar bis auf weiteres Militär und Leistungssport vorbehalten. Sie können froh sein, so glimpflich davonzukommen!“

Kempgens registrierte die sich aufbauende Spannung zwischen den beiden und erhob sich.

„Wir müssen nun den Verletzerge… die Konfiskation vornehmen.“ Er nickte mitfühlend in Richtung eines rückwärtigen Durchgangs, in dessen Schatten er schon seit einer Weile Bewegung wahrgenommen hatte.

„Bitte, Herr Neureutner.“

Der Angesprochene rang mit der Fassung – wobei Kempgens nicht sagen konnte, welche Richtung deren Verlust wohl nehmen würde.

Dann schien der Mann jedoch in sich zusammenzusacken und ging mit hängenden Schultern zu dem Durchgang hinüber.

Als er zurückkam, trug er einen wenige Monate alten Säugling auf den Armen. Das Kind war vollkommen still und blickte mit großen Augen in die Runde.

Herr Neureutner konnte die Tränen nun nicht mehr zurückhalten und reichte den Säugling fast hektisch Kempgens, der ihn umständlich in Empfang nahm.

„Hier“, meinte Neureutner mühsam beherrscht und übergab einen verschlossenen Briefumschlag. „Unsere Kontaktnachricht für seinen achtzehnten.“

„Natürlich.“ Kempgens registrierte unwillkürlich den Namen Tim auf dem Umschlag, bevor er ihn Selling hinhielt.

„Die relevanten Unterlagen über das Fürsorgeprogramm dürften in den nächsten Tagen bei Ihnen eintreffen“, verkündete dieser, während er alle Unterlagen wieder verstaute und aufstand.

In diesem Moment konnte man einen halb erstickten Aufschrei, gefolgt von rasch verklingenden Schritten aus dem rückwärtigen Durchgang hören.

„Meine Frau …“, gab Neureutner fast abwesend von sich. „Sie kann das nicht ertragen … Sie kann Sie nicht ertragen!“ Der rundliche Mann reckte den Kopf nach vorne und machte einen Schritt auf die beiden Anwälte zu.

Sofort ging Thiel mit erhobenen Armen dazwischen.

„Ich denke, die Herren sollten jetzt gehen.“ Er beugte sich beschwörend zu Neureutner hinunter und flüsterte ihm einige Sätze ins Ohr. Über die plötzliche Hektik begann das Baby lauthals zu weinen.

„Verdammt“, murmelte Selling. „Ich dachte, wir wären uns einig gewesen, dass es etwas verabreicht bekommt.“

„Gehen Sie“, zischte Thiel als Antwort mit einem nervösen Seitenblick in den hinteren Teil des Wintergartens.

„Es … es tut mir leid“, begann Kempgens, der hilflos versuchte, das Kind zu beruhigen, wurde aber sofort von Selling mitgezogen.

Mit weit ausgreifenden Schritten verließen die beiden das Haus und machten sich auf den Weg zu ihrem Gleiter.

Eine untersetzte Nachbarin warf einen verwunderten Blick über eine akkurat gestutzte Hecke auf das schreiende

Kind.

„Das erste Mal ist immer das schlimmste, keine Sorge", meinte Selling und wechselte die beiden Aktenkoffer in die andere Hand. Er warf einen grimmigen Blick auf den inzwischen rot angelaufenen Säugling.

„Wie konnten die auch nur glauben, dass der Komplex im Krankenhaus unentdeckt bleibt." Er schüttelte den Kopf. „Der ganze Tiamat der neusten Generation … das ist schon dreist."

Kempgens setzte wie in Trance einen Fuß vor den anderen und wiegte den Jungen ungelenk hin und her.

„Was wird Rhein-Ruhr mit ihm machen?"

Selling legte die hohe Stirn in Falten. „Naja, sie haben immerhin noch fast eintausend andere überstellte Kinder. Aber bei dieser Modifikation … wahrscheinlich werden sie ihn auf eine Sportakademie schicken. Bis zu seinem vierzigsten Lebensjahr steht Reinforcement immerhin zwanzig Prozent seines Verdienstes zu. Als Top-Fußballer …" Er pfiff anerkennend vor sich hin.

Das Baby wurde plötzlich leiser und versuchte stattdessen sich in Kempgens Armen hin und her zu drehen.

Selling verdrehte die Augen und stieß die Luft durch den Mund aus. „Komm, ich habe Spielzeug auf dem Rücksitz. Und dir gebe ich ´nen Kaffee aus, du bist ja kreidebleich."

Autoren

Florian Bayer

Jahrgang 1982, studiert Germanistik, Philosophie und Geschichte in Potsdam. Neben dem Schreiben gilt seine ganze Leidenschaft der Bühne. Er engagiert sich im Berliner Off-Theater „Verlängertes Wohnzimmer" beim Kindertourneetheater „Silflay" und arbeitet als Dramaturg, Regisseur und Schauspieler an verschiedenen Projekten. Außerdem ist er des öfteren auf den Open Stages und Lesebühnen Berlins zu sehen.
Homepage: http://www.plor.de/

Matthias Beirau

Geboren 1962 in Frankfurt, aufgewachsen in Oberursel/Taunus, lebt seit 1996 in Norddeutschland. Er studierte Wirtschaftswissenschaften und Germanistik und arbeitet seit 1992 in der IT Branche. Obwohl die erste Kurzgeschichte bereits 1985 veröffentlicht wurde, schreibt er seine Texte zum größten Teil zum privaten Gebrauch. Nähere Informationen zum Autor, zu diesem und weiteren Texten finden sich hier:
http://www.beirau.net/

Muna Bering

Jahrgang 1975, studierte Germanistik, Anglistik und Geschichtswissenschaft in Bielefeld. Lebt und arbeitet in Braunschweig. Schreibt überwiegend Prosa im Bereich Fantasy und (Fantasy-)Rollenspiel.

Holger Dauer

Jahrgang 1961, promovierter Germanist, seit 2001 Online-Redakteur bei „3sat“, daneben freier Publizist und Literaturkritiker (Rezensionen etwa für die „Allgemeine Zeitung“, Mainz, „Der Bund“, Bern, und „Freitag“, Berlin).
Herausgeber des Info-Portals „Tour-Literatur“ (www.tour-literatur.de).
Veröffentlichungen von Kurzgeschichten in Anthologien und Zeitschriften. Lebt in der Nähe von Mainz.
E-Mail-Kontakt: mailto:hdauer@web.de

Sascha Dickel

(*1978), studierte er Politikwissenschaft und Soziologie und schreibt derzeit seine Dissertation zu technischen Utopien der Gegenwart. Er lebt und arbeitet in Frankfurt am Main. Mit seinem literarischen Debüt Bio-Nostalgie gewann er 2006 den Jurypreis des internationalen Literaturwettbewerbs „what if“. Bio-Nostalgie wurde 2007 vom Bayrischen Rundfunk als Hörspiel gesendet. Er schreibt Essays, Gedichte und Kurzgeschichten. Homepage: http://www.saschadickel.de/

Arno Endler

Jahrgang 1965, glücklich verheiratet und Vater zweier Kinder. Außer dem Schreiben gehört insbesondere das Lesen zu seinen Leidenschaften. Seit dem Jahr 2006 schreibt er in seiner Freizeit Kurzgeschichten, von denen mehrere in Anthologien verschiedener Verlage veröffentlicht wurden. http://www.arnoendler.de/

Sarah Fiona Gahlen

geb. 1983, studierte Jura an der Humboldt-Universität zu Berlin und der Université de Rouen in Frankreich. Seit 2002 mehrere Veröffentlichungen, zuletzt „Segeln“ in der Anthologie „Auf dem Schiff“ zum „8. Harder Literaturwettbewerb“ 05/06 und „Die Libertins“ in der Publikation der Jungen Akademie zur Preisfrage 2006 „Wer hat die Wahl“

Reinhard Griebner

geboren 1952 in Görlitz, Autor und Journalist, lebt in Berlin. Veröffentlichungen: Erzählungen, Kinderbücher, Aphorismen, Hörspiele, Rock´n´Roll-Texte

Ulf Großmann

Ulf Großmann, geboren 31.12.1968 in Freiberg (Sachsen), zahlreiche Veröffentlichungen von Lyrik, Belletristik und Rezensionen in Zeitschriften und Anthologien, lebt in Dresden. Redakteur bei der Zeitschrift für Kunst und Literatur Ostragehege.

Katja Häuser

legt Wert auf ihre Privatsphäre.

Jürgen Hutschalik

Jahrgang 1957, geboren in Münster / Westfalen, verheiratet, zwei Kinder. Studium der Holzwirtschaft, lebt heute in der Nähe von Hamburg. Mehrere Veröffentlichungen von Gedichten und Kurzgeschichten. Im Jahr 2005 Sonderpreis der GWG im Rahmen eines Wettbewerbs der Hamburger Autorenvereinigung.

Mary Jirsak

geb. 1964 in Berlin, Sozialarbeiterin, lebt in Kiel.

Carolin Keupp

kommt aus einer Kleinstadt in der Nähe von Nürnberg. Nach ihrem Abitur im Frühjahr 2008 wird sie ein wirtschaftliches Studium beginnen.
Carolins literarische Tätigkeiten begannen mit dem Schreiben von Tagebüchern ab dem zarten Alter von 12 Jahren. Inzwischen möchte sie aber Texte verfassen, die einen Tag überdauern und universelle

Inhalte vermitteln. Dazu wählt sie fast ausschließlich die Lyrik als literarische Form. In ihren Werken spiegeln sich häufig ihre Interessen wie Politik oder der kulturelle Austausch wider, mit denen sie sich kritisch auseinandersetzt.

Michaela Kuich

Jahrgang 1986, studiert Übersetzen und Dolmetschen in den Sprachen Englisch und Spanisch. Sie hat eine kleine Tochter und ist daher derzeit in Erziehungsurlaub.

Stephan Lack

Geboren 1981 in Wien. Freier Schriftsteller und geprüfter Dramaturg. Mehrere Dramenübersetzungen aus dem Niederländischen. Mehrere Literaturpreise und Stipendien, u. a. Niederösterreichischer Dramatikerpreis 2006. Die Rechte an den bisherigen Bühnenwerken liegen beim Thomas Sessler Verlag. 2008 wurde das Stück „Lichtscheu" am Wiener Burgtheater uraufgeführt. Nähere Infos unter: www.sesslerverlag.at

Britta Martens

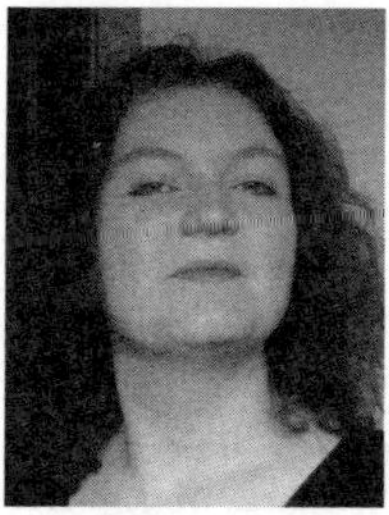

Britta Martens wurde 1979 in Bremen geboren. Seit zehn Jahren lebt sie in Göttingen, wo sie 2004 ihren Magister der Deutschen Philologie sowie der Mittleren und Neueren Geschichte machte und nun ihrer Autorentätigkeit nachgeht. Veröffentlichungen finden sich unter anderem auf der Homepage http://www.katzen-welten.de/ unter der Rubrik Kurzgeschichten.

Wendelin August Mayer

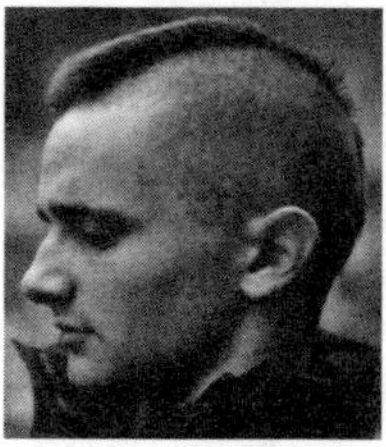

Jahrgang 1986, lebt und studiert in Freiburg im Breisgau. Bisher hat er Kurzgeschichten in Zeitschriften und Anthologien veröffentlicht, zuletzt die Kurzgeschichte „Die Blumenvase", in: „Sommer. Das perfekte Lesebuch", erschienen 2008 im Lerato-Verlag.

Jochen Micknat

Jochen Micknat, * 4.7.1946, lebt mit Frau Christine und Hund Kafka in Bensheim. Gestalttherapeut, Begründer der Gestaltheilpädagogik. Veröffentlichungen: „Gestaltheilpädagogik – der Umgang mit dem Trauma der geistigen Behinderung"; Köln 2002; diverse Artikel in Fachzeitungen. „Pavels Hund" ist die erste belletristische Veröffentlichung, weitere sollen folgen. http://www.gestaltheilpaedagogik.de/

Markus Pausch

Jahrgang 1974, Politikwissenschafter, lebt und arbeitet nach mehreren Auslandsaufenthalten in Salzburg.

Tobias Peterka

Geboren 1982 in der Nähe von Baden-Baden. Während des Wehrdiensts Stabsdienstsoldat auf der schwäbischen Alb. Studiert seit 2003 Jura/integrierte Wirtschaft mit Schwerpunkt Geistiges Eigentum und Wettbewerbsrecht in Bayreuth. Den nötigen Ausgleich bezieht er aus dem Sportfechten und seit einiger Zeit dem Verfassen von Kurzgeschichten und Novellen. 2008/09 erscheinen erste Anthologiebeiträge verschiedener Ausschreibungen. Jenseits der Belletristik gilt seine Faszination Nietzsche, sein Respekt Hegel und seine Bewunderung Fichte.

Uwe Protsch

Jahrgang 61, zwei Töchter, lebt in Frankfurt am Main. Bisherige Veröffentlichungen: „Das nichtzertifizierte Kind" (Publikumspreis beim Schreibrecht-Wettbewerb von Telepolis 2006)

Reinhold Schrappeneder

Reinhold Schrappeneder, geb. 1949 in Wiener Neustadt, Studium der Germanistik und Anglistik an der Universität Wien, lebt in Wien. Freier Mitarbeiter der Neuen Zürcher Zeitung, Vorstandsmitglied der Jura Soyfer-Gesellschaft, Mitglied der Grazer Autorenversammlung (GAV) und des Literaturkreises Podium. Zahlreiche Veröffentlichungen, unter anderem bei Suhrkamp, in der Neuen Zürcher Zeitung und im ORF, mehrere Literaturpreise. Zuletzt zwei Hörspiele: „Die Sonne über dem Wiental", Produktion ORF/Ö1 und „FOKSY", Produktion RBB (Radio Berlin Brandenburg).

Björn Schubert

Björn Schubert, 1973 in Hamburg geboren und dort wohnhaft, schreibt überwiegend Kurzgeschichten, von denen es bisher Veröffentlichungen in Literaturzeitschriften gab.

Achim Stößer

Achim Stößer wurde im Dezember 1963 in Durmersheim bei Karlsruhe geboren. Nach dem Studium der Informatik an der Universität Karlsruhe war er dort anschließend einige Jahre als wissenschaftlicher Mitarbeiter tätig. Er beschäftigte sich mit Computerkunst und -animation und hatte einen Lehrauftrag an der Hochschule für Gestaltung Karlsruhe. Als Gründer der Tierrechtsinitiative Maqi befasst er sich vor allem mit Veganismus und Antispeziesismus. Dies sind neben

Atheismus, Antirassismus, Antifaschismus auch Hauptthemen in seinen Erzählungen. Er veröffentlicht seit 1988 in Anthologien und Zeitschriften. Sein Erzählband „Virulente Wirklichkeiten“ erschien 1997 im dot-Verlag. Internet: http://achim-stoesser.de/

Mirko Swatoch

geb. 1963, lebt mit seiner Frau Petra auf der Schwäbischen Alb in Baden-Württemberg und schreibt Lieder, Gedichte und Kurzgeschichten. Er hat bereits CDs und ein Kinderbuch veröffentlicht und ist mit seinen Texten auch in diversen Anthologien und Literaturzeitschriften vertreten. Infos & Kontakt unter: www.mirko-swatoch.de.vu

Patricia Weidinger

Jahrgang 76, studierte Internationale Betriebswirtschaft in Wien und verfasste ihre Diplomarbeit zu einem umweltpolitischen Thema. Danach schrieb sie gemeinsam mit einer Absolventin der Philosophie zwei Drehbücher für Internetplanspiele des Südwindverlags (Transfair und Clean Clothes Campaign).
2005 gewann sie den zweiten Preis beim text4text Kurzgeschichten Wettbewerb. Neben einem unveröffentlichten Krimi arbeitet sie derzeit noch an einem fiktionalen Historiendrama. Wer mehr erfahren möchte: tric@gmx.at

Felix Woitkowski

Jahrgang 85, lebt als Student der Germanistik, Soziologie und Philosophie in Soest und Münster. Er ist freier Autor, Herausgeber von Anthologien, Musiker und Phantast. Seine Werke handeln von allerlei Wundersamem und Phantasmen, Schrecken und Grotesken, der Realität wie auch dem Irgendwo. Weitere Informationen, Einblicke in seinen Schaffensprozess, Gedanken und Rezensionen sind in seinem Weblog zu finden: http://www.taendelei.de.vu/

Lektorat

Nina Horvath

Nina Horvath studiert Paläontologie an der Universität Wien. Beim kreativen Schreiben gilt die Vorliebe der Autorin Science-Fiction-Geschichten, in denen der Protagonist in einer für ihn undurchschaubaren Welt agiert. Über ihre eigene Schreibtätigkeit kam sie auch zum Lektorieren – zunächst ausschließlich durch die Mitarbeit an Anthologien, später kamen auch einige Romane für den Atlantis- und Sarturia-Verlag hinzu.

Nahezu zeitgleich zu „Am Ende der Leitung“ erschien die Science-Fiction-Anthologie „Darwins Schildkröte“, die sie zusammen mit Timo Bader und Bernhard Weißbecker herausbringt und zu der sie die Titelgeschichte beigesteuert hat.

Homepage: http://www.ninahorvath.at

Blog: http://www.scifinet.org/scifinetboard/blog/nina/

Jury

Adrian Dabrowski

Adrian Dabrowski lebt und arbeitet in Wien und ist Obmann des Vereins quintessenz, dessen Zielsetzung die Wiederherstellung der Bürgerrechte im Informationszeitalter ist. Dort beschäftigt er sich bevorzugt mit technischen Aspekten der Überwachung und ist Autor von Stellungnahmen zu parlamentarischen Begutachtungsverfahren von neuen Gesetzen. Weiters nimmt er an Kongressen im Bereich Informationstechnologien teil, unter anderem präsentierte er dort seine Erkenntnisse zu Themen wie der Videoüberwachung durch die österreichischen Behörden und der Inkubatortätigkeit des US-Militärs für die Biometrieindustrie.

Franz Rottensteiner

Franz Rottensteiner wurde am 18.01.1942 in Waidmannsfeld/Niederösterreich geboren. Studium der Publizistik, Anglistik und Geschichte an der Universität Wien, 1968 Dr. phil. Rund 15 Jahre Bibliothekar an einem Forschungsinstitut, daneben Tätigkeit für verschiedene Verlage, unter anderem Betreuung der „Phantastischen Romane" und der „H. G. Wells Edition" im Paul Zsolnay Verlag und der „Science Fiction der Welt" im Insel Verlag, danach der „Phantastischen Bibliothek" im Suhrkamp Verlag. Herausgeber von rund 50 Anthologien, auch in den USA, Japan, den Niederlanden und Italien. Schrieb zwei Bildbände, „The Science Fiction Book" (1975) und „The Fantasy Book" (1978) und arbeitete an zahlreichen Lexika der Science Fiction und Fantasy mit. Seit 1985 freiberuflicher Autor und Verlagskonsulent. Seine ehemals „unillustrierte Literaturzeitschrift", „Quarber Merkur", wurde 1963 unter dem Schlachtruf „Kampf der verderblichen Schundliteratur" gegründet und erscheint nach wie vor. Der „Quarber Merkur" ist die einzige Zeitschrift im deutschen

Sprachraum, die sich kritisch mit allen Erscheinungsformen des Phantastischen, von der unheimlichen Erzählung bis zur Science Fiction, beschäftigt und selbst in amerikanischen Nachschlagewerken berücksichtigt wird.

Christian Schmaus

Christian Schmaus ist im Bereich Menschenrechte und Datenschutz in vielen Facetten tätig: Er ist Mitarbeiter in der auf grundrechtliche Fragestellungen spezialisierten Anwaltskanzlei Bürstmayr; externer Mitarbeiter des Ludwig Boltzmann Instituts für Menschenrechte, insbesondere zu Fragen des Datenschutzes; Koordinator der Kommission OLG Wien I des Menschenrechtsbeirats; und (Ko-)Autor verschiedener Stellungnahmen, Artikel, Gutachten, insbesondere zu datenschutzrechtlichen Fragestellungen.

Redaktion

Christian Pree

Jahrgang 64, beschäftigt sich seit vielen Jahren mit Science Fiction, unter anderem erstellt und betreut er die „Bibliographie der deutschsprachigen Science Fiction“ auf seiner Homepage. Für diese Bibliographie wurde ihm der Kurd-Laßwitz-Preis verliehen. Im Bereich Bürgerrechte und Datenschutz engagiert er sich im Verein quintessenz.
Homepage: http://www.chpr.at/

Herausgeber

Verein zur Wiederherstellung der Bürgerrechte im Informationszeitalter (quintessenz)

quintessenz ist eine Vereinigung von Menschen aus Technik, Wissenschaft, Journalismus und Kunst, die im Sommer 1994 ans Netz gingen und dort seitdem gemeinsam aktiv sind. Unsere Basisstation in Wien ist das Museumsquartier. quintessenz ist Gründungsmitglied der Dachverbände Global Internet Liberty Campaign [1996] und EDRi [European Digital Rights, Brüssel 2002]

Der Vereinszweck ist die Wiederherstellung aller Bürgerrechte, die mit technischen Mitteln inzwischen aufgehoben wurden. Für unbescholtene wie bescholtene Bürger/innen gingen und gehen gleichermaßen Rechte verloren wie:

Die Freiheit unbelauscht zu kommunizieren und unbeobachtet durch die Straßen zu gehen. Das Recht, in Ruhe gelassen zu werden, anonym einzukaufen und zu kommunizieren, oder das Recht, über die Speicherung und Verwendung der eigenen Daten selbst zu bestimmen. Dafür schleichen sich immer mehr Routinen aus dem Hochsicherheitstrakt in den Alltag der Zivilgesellschaft ein. Genaueres darüber erfahren sie im umfangreichen Archiv unserer Webseite.

Vorstand:

Adrian Dabrowski
Christian Jeitler
Georg Markus Kainz

Webseite:
http://www.quintessenz.at/

Über die Big Brother Awards

Dieses Buch wurde aus Anlaß der zehnten Verleihung von Big Brother Awards in Österreich herausgegeben.

Mit den Big Brother Awards bekommen Überwacher, Datenschnüffler und andere willfährige Räder und Rädchen in der Maschinerie der Überwachung, was sie verdienen: Einen Platz im garstigen Rampenlicht der Big Brother Awards, um die Schmähungen von Moderatoren wie auch Publikum hinzunehmen. In Österreich werden Big Brother Awards seit 1999 jährlich an Politiker und Beamte, Firmen und deren Chefs, Spitzel und Datensammler aller Art verliehen. An alle eben, die Menschen überwachen, bevormunden oder mundtot machen wollen.

Negativ-Auszeichnungen werden alljährlich in den Kategorien „Business und Finanzen", „Politik", „Behörden und Verwaltung", „Kommunikation und Marketing", „Lebenswerk" und „Öffentliche Volkswahl" vergeben. Die Verleihung dieser Preise findet immer am 25. Oktober im Rahmen einer Gala statt.

http://www.bigbrotherawards.at/ ist die Homepage der österreichischen Big Brother Awards, dort finden sich auch reichhaltige weitere Hintergrundinformationen zu den Themen Bürgerrechte, Datenschutz und Überwachung.

Die Datenschutz-Negativpreise wurden von Simon Davies [Privacy International] 1998 ins Leben gerufen, seit der Premiere in London werden sie von Südkorea bis Tschechien, von Spanien bis in die USA in einer jährlich wachsenden Anzahl von Ländern verliehen. Weitere Informationen siehe http://www.bigbrotherawards.org/

Seit 2003 wird auch der Preis „Defensor Libertatis" vergeben – die einzige positive Auszeichnung für jene, die sich für Datenschutz besonders herausragend eingesetzt haben.

Danksagung

Viele haben zur Entstehung dieses Buches beigetragen. Ich bedanke mich als Redakteur und Organisator im Namen des Vereins quintessenz bei den Autoren, ohne deren Kreativität und Können dieses Buch nicht möglich gewesen wäre., sowie bei Adrian Dabrowski, Nina Horvath, Daniel Jahre, Christian Jeitler, Georg Markus Kainz, Hans Knöll, Rose, Franz Rottensteiner und Christian Schmaus.

Weiterer Dank geht an die Stadt Wien (MA7) für die Förderung des Projekts und an die Organisation netznetz (www.netznetz.at), in deren Rahmen es eben diese Förderung befürwortet wurde.